Le séducteur sauvage

Retrouvez toutes les collections J'ai lu pour elle
sur notre site :

www.jailu.com

SUSAN JOHNSON

Le séducteur sauvage

Traduit de l'américain par Pascale Haas

POUR elle

Titre original :
Blaze
A Bantam Fanfare Book

© Susan Johnson, 1986

Pour la traduction française :
© Éditions J'ai lu, 1994

1

Boston, février 1861

De puissantes mains brunes qui vont et viennent paresseusement le long d'un dos cambré...

Une femme délicate au parfum enivrant de rose d'été...

Des ombres dans le demi-jour d'un couloir désert...

Le panneau en noyer ciré contre lequel l'homme prit appui lui parut solide. Au contact de la soie de Lyon, chaude et douce sous ses doigts, une onde de plaisir le traversa. Ses mains remontèrent lentement le dos soyeux de la jeune femme serrée contre lui, glissèrent jusqu'au ruché qui ornait le décolleté de sa robe, puis se refermèrent avec douceur sur ses épaules nues délicieusement parfumées. Il perçut également une fine odeur de violette et, lorsqu'il jeta un coup d'œil discret au bout du couloir sombre, sa joue effleura les boucles douces et dorées de la jeune femme.

— Que je vous fasse des câlins ici ne vous dérange pas, j'espère ? chuchota-t-elle timidement en guise de préambule.

— Ça ne me dérange pas, répliqua l'homme d'une voix grave profondément virile.

– Vous êtes le plus bel homme que j'aie jamais vu, à cent kilomètres à la ronde !

Lascive et caressante comme le miel, sa voix était teintée d'un charmant accent du Sud. Elle pressa de façon provocante son corps aux formes voluptueuses contre l'homme manifestement déjà fou de désir pour elle.

Grand et tanné par le soleil, il avait un parfait visage de dieu antique, ses cheveux indisciplinés étaient d'un noir aile-de-corbeau et son regard brillait d'un fascinant éclat. Il portait le costume traditionnel des Indiens des plaines : une peau d'élan à franges, décorée d'hermine et de pennes ; des mocassins brodés d'arabesques rouges, noires et dorées ; un magnifique collier composé de griffes d'ours et de plumes ornait sa poitrine à moitié nue.

Pour l'instant, c'était son torse large et musclé qui absorbait toute l'attention de la dame. Elle en caressa les contours, longuement, sensuellement, faisant rouler sous ses paumes les muscles tendus.

– D'où venez-vous ? demanda-t-elle dans un murmure.

Sa tenue – une robe somptueuse et imposante de la cour de France – était extravagante. Ses mains descendirent sur le torse puissant pour aller se faufiler sous la ceinture du pantalon de cuir.

– Du Montana, répondit dans un souffle l'homme au profil d'aigle.

– A quelle tribu correspond votre costume ? interrogea-t-elle de sa voix rauque et douce, tout en laissant courir ses doigts sur sa virilité.

Il dut avaler sa salive avant de lui répondre :

– Absarokee.

Aussitôt, la petite main cessa son exploration. Sans se méprendre sur la raison de cette brusque hésitation, il s'empressa de prononcer le nom sous lequel le monde extérieur connaissait son peuple :

– Corneille-de-Montagne.

Les doigts agiles de la jeune femme recommencèrent leur va-et-vient, s'attardant avec délices sur les muscles et tendons durs comme de la pierre. Une puissance prodigieuse émanait de ce corps superbe, et elle se sentit envahie par un feu dévorant. Elle reconnut sur sa peau l'odeur exotique des vastes prairies et des montagnes lointaines. Un peu plus grand que la moyenne, cet homme possédait une force et un calme troublants, véritable incarnation d'une nature majestueuse et d'une liberté absolue.

Pourquoi ne l'avait-il pas encore embrassée ? se demanda-t-elle avec une pointe d'irritation. Visiblement, il était pourtant loin d'être insensible à son charme. Lillebet Ravencour n'avait d'ailleurs guère l'habitude qu'on lui résistât. Depuis qu'elle avait seize ans, tous les hommes se jetaient à ses pieds. Elle s'appuya sur lui dans un bruissement de soie et, forte d'une expérience depuis longtemps acquise, elle se frotta contre lui avec une subtile et parfaite ambiguïté, à mi-chemin entre la provocation et l'innocence feinte. Elle resta légèrement pressée contre lui, jusqu'à ce qu'elle sentît le désir de l'Indien s'exacerber. Cette fois, il allait l'embrasser. Dans cette attente, elle leva vers lui son ravissant visage encadré de boucles d'or.

Mais il n'en fit rien. Au lieu de l'embrasser, il l'empoigna à deux mains et la souleva avec une facilité déconcertante, mettant fin à toute cérémonie. Et, sans le moindre effort, il l'emporta prestement dans la chambre la plus proche, des tourbillons de soie rose ruisselant sur ses bras et cascadant dans le couloir en un flot pâle et scintillant.

Enfin, plus tard – beaucoup plus tard – il l'embrassa. Il la couvrit de baisers tout en la déshabillant avec une délicieuse lenteur. Ses lèvres effleurèrent chaque courbe et chaque creux de son corps. Il l'embrassa là où jamais personne n'avait osé le faire auparavant et elle crut mourir lorsqu'elle sentit sur elle son souffle brûlant... Puis sa langue prit le relais de sa bouche, et elle eut conscience de n'avoir jamais approché d'aussi près le paradis.

Un court instant, Lillebet retrouva ses esprits, tandis qu'il se levait pour se déshabiller à son tour. Il se débarrassa de ses mocassins, puis ôta sa chemise en la faisant passer par-dessus sa tête avec une précipitation toute masculine.

— Et si quelqu'un entrait ? souffla-t-elle.

Elle le regarda jeter son collier sur la table de chevet d'une main alors que, de l'autre, il faisait glisser son pantalon en cuir sur ses hanches étroites. Il le laissa tomber à terre, juste à côté d'un amas étourdissant de dentelles. Grand, les épaules larges, étonnamment membré, il parcourut le peu de distance qui le séparait du lit. Aussitôt, le regard de Lillebet se figea et elle sentit le feu qui brûlait entre ses cuisses s'embraser de plus belle.

— Ne vous en faites pas, la rassura-t-il d'une voix calme en s'allongeant sur elle.

Puis il s'enfonça doucement en elle, plongeant avec délices dans cet océan de féminité et de douceur. Il leva vers elle ses yeux bordés de longs cils très noirs. Paupières closes, lèvres légèrement écartées, la jeune femme respirait très vite, laissant échapper de temps à autre de petits gémissements.

La dame semblait satisfaite. Décidant d'oublier sa question, il se pencha sur sa bouche entrouverte pour l'embrasser.

A quelques centaines de mètres de là, en haut d'une rue légèrement en pente offrant une vue saisissante au-delà de Charles River, une jeune fille à la crinière flamboyante était accoudée à la fenêtre de sa chambre, les yeux perdus dans l'obscurité.

– Encore une nuit de brouillard, se lamenta-t-elle. (Elle laissa retomber le lourd rideau de dentelle en soupirant.) Je suppose qu'il va encore pleuvoir demain et qu'on ne pourra toujours pas aller se promener à cheval.

La femme d'un certain âge en train de préparer le lit pour la nuit ignora le soupir et la remarque désabusée de la jeune fille.

– Venez vous asseoir, miss Venetia, que je vous fasse votre natte.

– Bon sang, Hannah, si je ne peux pas bientôt monter à cheval, je vais mourir d'ennui !

Sa femme de chambre personnelle, qui avait été autrefois sa nounou, la réprimanda aussitôt :

– Miss Venetia, surveillez votre langage ! Si votre maman vous entendait, elle vous enverrait au lit sans souper pendant une semaine.

Nullement impressionnée par la menace, la jeune femme aux immenses yeux clairs, de la couleur des lacs de montagne, se renfrogna dans une moue passagère.

– Étant donné que je ne la vois qu'à l'heure du thé, les rares jours où elle est à la maison et où elle n'a pas la migraine, il y a peu de chances pour qu'elle m'entende ! Et puis papa se fiche pas mal que je dise des gros mots. Il prétend qu'il faut se libérer de ses frustrations d'une façon ou d'une autre. Et une fille aujourd'hui n'a pas beaucoup de moyens à sa disposition. En dehors de courir les magasins, bien entendu, comme maman qui passe sa vie à le faire, conclut-elle d'un ton cinglant.

– Allons, ma chérie, ce n'est pas si grave.

Hannah apaisait les colères et les chagrins de Venetia depuis qu'elle était au monde.

La jeune fille se laissa retomber mollement en travers du lit, la masse de ses cheveux roux jurant avec le rose de la courtepointe. Comme tout le reste de la chambre, le dessus-de-lit couleur œillet avait été choisi par sa mère qui refusait obstinément la couleur criarde de la chevelure de sa fille. L'air morose, miss Venetia s'étira et soupira de nouveau.

– Oh, mais si, Hannah ! C'est épouvantable ! Monter à cheval est mon seul plaisir dans la vie, et voilà une semaine que je ne peux pas le faire ! Soit il pleut, soit il y a du brouillard, ou alors il fait froid – c'est tous les jours pareil...

Un troisième soupir, particulièrement profond et théâtral, retentit dans la pièce richement meublée.

C'était, il est vrai, une nuit d'hiver glaciale comme il peut y en avoir à Boston, affreusement humide et brumeuse, et les réverbères projetaient une lueur étrange et blanchâtre dans la rue.

Non loin de la jeune fille qui se plaignait du climat, dans une des somptueuses chambres d'amis d'un hôtel particulier de style gothique de Beacon Street, la nuit était loin d'être glaciale. En réalité, elle était même torride.

L'appétit de l'Indien était d'une sauvagerie barbare, et les sens de Lillebet répondaient avec une même ardeur. L'impression d'être possédée – de capituler – la submergea, l'amenant au paroxysme du plaisir. Elle gémissait et laissait échapper de petits cris chaque fois que les hanches étroites s'abattaient sur elle, comme au ralenti. Dès qu'il s'éloignait, ses ongles nacrés s'enfonçaient dans la peau cuivrée de son dos et de ses reins.

Indifférent aux griffes qui lacéraient son dos, il lui chuchota à l'oreille des mots d'amour, sensuels et troublants. Cette langue étrange et inconnue l'excita plus encore et lui procura un incomparable plaisir. De ses dents blanches et éclatantes, il mordilla la chair délicate de sa gorge, excitant tous ses sens avec une violence inouïe. Elle s'humecta les lèvres et poussa un cri lorsqu'une vague d'extase déferla en elle, la traversant de part en part.

L'homme jeta un coup d'œil vers la porte avant de couvrir rapidement la bouche de la jeune femme pour étouffer sa plainte. Alors, après s'être assuré qu'aucun des invités qui se trouvaient à l'étage en dessous n'avait entendu leurs ébats, il s'autorisa à jouir à son tour.

Ensuite, étendu sur le dos, un de ses bras enlaçant la jeune femme allongée à ses côtés, il se demanda si elle allait lui parler de scalps. Depuis son entrée dans la société bostonienne quatre ans plus tôt – une modeste fortune en or lui ayant permis d'être immédiatement accepté –, il avait découvert que les femmes du monde réagissaient face à lui de deux manières. Soit elles étaient horrifiées, comme si un domestique présomptueux avait quitté l'étable sans y être invité, soit elles le considéraient avec une indéniable convoitise. Les secondes se divisaient elles-mêmes en deux catégories : celles qui compatissaient par de tendres condoléances à la difficile condition des Indiens d'Amérique, et celles qui s'intéressaient au nombre de scalps qu'il avait pris.

Une fine main pâle remonta sur sa poitrine, le tirant de ses réflexions. La charmante dame s'adressa à lui en murmurant de sa voix douce et musicale, lui parlant comme à un enfant un peu simple d'esprit :

– Tu as tué... beaucoup... d'ennemis ?

Elle avait articulé le dernier mot en prenant soin d'en détacher chaque syllabe.

Pendant quelques secondes, il ne réagit pas. Puis il sourit et, la prenant sous les aisselles, la souleva pour l'allonger sur lui. Il contempla son ravissant visage à quelques centimètres du sien avant de répondre très calmement :

– J'ai rencontré si peu d'ennemis à Harvard cette année... les massacres n'ont pas marché très fort.

Sa voix profonde et cultivée lui arracha un délicieux frisson et elle poussa un petit cri aigu en se lovant contre lui. Une seconde plus tard, la dame releva la tête avec une moue coquette.

– Et à part cela, que fais-tu à Boston ?

Voluptueusement, elle glissa une jambe gracieuse entre les siennes.

– Tu veux dire en dehors de ce que je fais à l'instant même ? Je vais à l'école.

Le père de Jon avait pressenti l'inévitable conséquence des gigantesques migrations des Blancs vers l'Ouest et, dès que son fils unique avait été assez grand, il l'avait envoyé à l'école. Compte tenu de l'heure, de l'endroit et de l'irrésistible ondulation des hanches de la jeune femme étendue sur lui, Jon ajouta succinctement :

– Mon père a insisté pour que j'apprenne les mœurs des Blancs.

Elle se pencha sur lui et effleura le contour de sa lèvre supérieure du bout de la langue.

– Tu pourrais leur donner des leçons, dit-elle dans un souffle.

Une lueur amusée éclaira son regard et sa voix se fit douce comme du velours :

– Merci, madame.

Il se laissa caresser, cajoler par les mains fines qui

allaient et venaient sur ses épaules et son torse musclés.

– Tu as un nom ? demanda-t-elle en enfouissant les doigts dans ses épais cheveux noirs.

Il marqua un temps – que d'arrogance et d'ignorance dans cette question ! Mais son intention n'était pas mauvaise, aussi lui répondit-il d'un ton laconique :

– Blanc ou Indien ?

– Les deux.

Elle chassa une longue mèche sombre qui lui couvrait l'épaule.

– Ici, on m'appelle Jon Black. Mon nom indien est Dit-chilajash – le Couguar noir.

Encore une fois, elle fit joliment la moue, puis passa la langue sur sa lèvre inférieure, l'air lascif.

– Tu ne m'as pas demandé mon nom.

L'idée ne lui avait même pas traversé l'esprit.

– Je suis désolé. Mais j'étais tellement distrait. Et je le suis encore, s'excusa-t-il en suivant le gracieux mouvement de hanches de sa partenaire. Comment t'appelles-tu ?

Du bout des doigts, il dessina doucement la courbe de ses reins soyeux et s'arrêta un instant lorsqu'elle lui dit son nom dans un murmure. Mais aussitôt elle s'étira langoureusement et malgré lui – bien qu'il sût qu'en bas leur hôtesse allait bientôt s'étonner de leur absence – ses mains reprirent leur voluptueux massage. Un désir dévorant chassait ses bonnes intentions. La douce Lillebet qui, il venait de l'apprendre, était la belle-sœur de la maîtresse de maison, plongea son regard dans ses grands yeux noirs.

– Encore ? murmura-t-elle doucement.

– Comme tu le vois... Tes charmes... poursuivit-il de sa voix rauque tandis que ses longs doigts cuivrés se faufilaient entre ses cuisses... me fascinent.

A Harvard, non seulement il avait appris à boire du sherry et à débattre de philosophie, mais il s'était aussi initié à toutes les variantes de la Nouvelle-Angleterre concernant le langage universel de l'amour. Il embrassa alors chacun de ses doigts et lorsqu'il lécha son pouce, elle gémit :

– Jon, je t'en prie...

– Attends.

– Maintenant, oh, mon Dieu, je t'en supplie !

Ses doigts agiles continuaient à la caresser avec une dextérité digne d'un magicien.

– Chut...

Il lui effleura les lèvres, puis passa sa main libre sur la courbe de ses seins magnifiquement galbés, s'arrêtant à quelques millimètres des pointes durcies et avides de ses caresses. Et, après ce qui lui sembla une éternité, lorsqu'il tira légèrement sur une fine crête de chair rose en la pinçant entre ses doigts, la jeune femme frissonna de plaisir. S'écartant prestement, il la prit dans ses bras. Ses cheveux se coincèrent et il sentit le lien de cuir qui les retenait se casser d'un coup sec.

– Je t'en prie... insista-t-elle, le regard suppliant.

Le lien de cuir cessa très vite d'occuper ses pensées. Sans le moindre effort, il empoigna Lillebet et la prit sur lui, en pressant légèrement ses hanches étroites. Elle renversa la tête en arrière, gémissant et tremblant de plaisir, et ses mains minuscules se mirent à labourer frénétiquement le torse de l'Indien. Il la souleva à plusieurs reprises, lui imposant un rythme d'une infinie sensualité auquel elle s'accorda aussitôt. Elle le chevaucha longuement, langoureusement. Il se laissa retomber sur les oreillers, ferma les yeux et, tout en caressant les cuisses de Lillebet, s'abandonna au plaisir qui grandissait en lui.

Entraîné à percevoir le moindre son, il entendit

soudain des portes s'ouvrir puis se refermer au bout du couloir. La partie raisonnable de son cerveau lui suggéra, au nom de la prudence, de cesser cette agréable gymnastique... ou d'éteindre tout au moins la lumière, mais il repoussa ces deux alternatives : il avait déjà perdu la raison et était au bord de la jouissance.

Quand la porte s'entrouvrit, il releva la tête pour estimer l'étendue du danger. Son regard noir où brillait le feu de la passion se posa un court instant sur la maîtresse de maison. Un éclair de colère déforma son visage puis elle referma brutalement la porte. Il lui faudrait s'expliquer et s'excuser avec tact, pensa-t-il, juste avant que sa partenaire s'évanouît dans ses bras et qu'il s'abandonnât, vibrant en elle, inondant son ventre doux et tiède de sa propre sève.

Une demi-heure plus tard, il était à nouveau en bas, seul, appuyé contre un pilier de la salle de bal dans son costume impeccable, un verre de brandy à la main, son regard noir errant sur les membres richement vêtus de la société distinguée de Boston.

L'une de ces personnes était cependant absente, retenue à l'étage, sa coiffure complètement ruinée. Il était persuadé que la femme de chambre empressée qui s'occupait de sa maîtresse allait tout arranger et que Mme Théodore Ravencour réapparaîtrait bientôt dans toute son élégance.

La tenue exotique de Jon Black brillait de toute sa splendeur, et seul un œil extrêmement averti aurait pu remarquer que le lien de cuir qui retenait l'épaisse natte sombre tout à l'heure avait été remplacé par un ruban bleu pâle, dérobé en hâte aux broderies élaborées de la robe de Lillebet.

Il était redescendu depuis à peine cinq minutes lorsque la maîtresse de maison, Cornelia Jennings, traversa la salle bondée, apparemment sans but précis, souriant et saluant les invités d'un air aimable. Cependant, Jon savait à quoi s'en tenir. Elle venait vers lui, il en était sûr, aussi suivit-il sa lente progression d'un regard perplexe. Dès qu'elle fut suffisamment proche pour lui parler sans être entendue, elle s'adressa à lui avec véhémence :

– Comment as-tu osé faire une chose pareille ! Jon, pour l'amour du Ciel, c'est ma belle-sœur ! N'as-tu donc aucun sentiment pour moi ? siffla-t-elle, les yeux brillants de fureur.

Jon contempla son beau visage troublé.

– Mais si, Cornelia. Je t'adore, répliqua-t-il très gentiment. (Elle se détendit un peu.) Et tu es la plus charmante, la plus adorable... hôtesse... de Boston, ajouta-t-il dans un murmure.

L'élégante jeune femme, flattée par le compliment, plongea ses yeux gris pâle dans les siens. Toute trace de colère avait disparu de son regard pour laisser place à une chaleureuse lueur que le jeune homme connaissait bien.

– Oh, Jon... soupira-t-elle. (Sa main, dissimulée dans les replis volumineux de sa jupe, s'empara de la sienne.) Il y a au moins quatre jours... Tu m'as beaucoup manqué.

Jon hocha la tête d'un air compréhensif.

– Je sais. J'avais des examens à passer...

Elle resserra ses doigts délicats autour de sa main et, dans un tourbillon de soie, l'attira vers elle.

– J'ai ta liqueur préférée, là-haut ! dit-elle d'un ton enjoué.

Elle lui lança un regard interrogateur, vit son air amusé et fit mine de se diriger vers l'escalier.

Jon lui jeta un regard en biais et hésita un instant avant de lui sourire. « Quand il faut y aller, il faut y aller », songea-t-il. Il avait appris ce courageux précepte dans sa jeunesse. Et auprès des dames de Boston, toutes éprises de lui, il avait découvert une toute nouvelle façon de l'appliquer. Respirant à fond, il posa son verre et se laissa une fois encore entraîner à l'étage.

Et pour la seconde fois en quelques heures, il se retrouva entre des draps de soie, faisant tout son possible pour assimiler les bonnes manières de la fine fleur de Boston.

2

Au cours de ses années d'études à Boston, Jon avait mené une double vie. Il était recherché pour son charme dévastateur et était loin de s'en plaindre. Exercé au flirt et au badinage comme tout bon guerrier absarokee, il acceptait sans peine les innombrables avances que lui faisaient les femmes. Mais en dehors de ces aventures amoureuses, il consacrait la plus grande partie de ses journées à un régime savant. Respectueux des vœux de son père, il utilisait son temps avec compétence, sans perdre de vue sa mission pour le futur : acquérir une solide éducatior afin d'aider son clan à préparer l'avenir. Il n'oubliait jamais pourquoi il avait été envoyé ici.

Encouragé par son oncle Ramsay Kent, un baronnet du Yorkshire émigré, géologue, et Absarokee d'adoption depuis son mariage avec sa tante, Jor étudiait la géologie avec le naturaliste suisse Agassiz qui, invité à venir faire une série de conférences à Harvard en 1847, s'était vu ensuite offrir une chaire et était resté.

Le musée Agassiz de Harvard, fondé deux ans avant l'inscription de Jon à l'université, devint sor second foyer. S'étant porté volontaire pour aider à établir le catalogue de la nouvelle collection, Jor trouva rapidement en Louis Agassiz un ami sincère et chaleureux. Déjà âgé d'une cinquantaine d'années, Agassiz était un homme volubile fort plaisant, inconditionnellement dévoué à la science et passionné par l'actualité politique. Les longs moments passés dans les salles de travail poussiéreuses du musée à parler avec le professeur comptaient parmi les plus fabuleux que Jon eût jamais connus. Il apprenait beaucoup auprès d'Agassiz, l'écoutait et, avec l'idéalisme fougueux qui caractérise la jeunesse, il lui arrivait de discuter politique avec lui.

Grâce à Agassiz, Jon rencontra Holmes, Emerson, Lowell et Longfellow, entendit pour la première fois parler du mouvement en faveur des « droits des femmes » et participa aux débats des antiesclavagistes et des sécessionnistes. Il y avait de la réforme sociale dans l'air.

Lorsqu'il avait besoin de faire une pause dans ses études, Jon se laissait parfois entraîner par les moins studieux de ses camarades.

– Allez, Jon, il est temps de s'amuser, décréta un soir son ami Parker.

– J'ai trop de travail.

– Au diable le travail... Ça peut attendre demain.

Le jeune homme en habit de soirée fit un pas dans la chambre impeccablement rangée de Jon, se laissa tomber dans un fauteuil bien rembourré et continua à l'importuner.

– Allez, viens, insista-t-il avec un typique accent bostonien. On commence par la soirée du jeudi chez Mama. Elle m'a fait promettre d'amener « le charmant jeune homme de Yellowstone ». La dernière fois, tu l'as séduite jusqu'au bout des ongles en lui parlant pendant des heures de Longfellow et de Hiawatha.

– Peut-être une prochaine fois, Parker. Vraiment, j'ai beaucoup de travail, répondit poliment Jon.

– Ma sœur Amy sera là.

– Elle est bien trop jeune.

Jon se rappelait une jeune fille tout habillée de blanc, à peine en âge de se marier : pas du tout son style...

– Tu confonds avec Beth. Amy est ma sœur mariée à Witherspoon. Elle m'a expressément demandé de tes nouvelles. Elle a même mentionné tes beaux yeux noirs rêveurs, plaisanta Parker.

Jon se rappelait à présent cette sœur, bien qu'il eût oublié son nom. C'était une brune à la peau très pâle, avec un décolleté à se damner et un regard particulièrement aguicheur. Il avait passé tout un dîner assis face à elle, mais lui et Parker n'étaient pas restés assez longtemps pour qu'il ait eu le temps de se rendre compte si Amy se contentait ou non de lancer des œillades assassines.

– Je ne sais pas... hésita-t-il en revoyant la voluptueuse poitrine d'Amy.

Parker se tourna vers le jeune homme blond et mince qui apparut sur le seuil, lui aussi resplendissant dans son habit blanc.

– Dis-lui qu'il faut absolument qu'il vienne, Felton.

– Il le faut, Jon, déclara le nouvel arrivé sur le ton brusque qui le caractérisait. La soirée chez Mama, c'est juste pour commencer. On a loué une salle à Shawdlings. Aujourd'hui, c'est l'anniversaire de Monroe et nous avons promis de lui amener Sarah et ses amies en cadeau.

– Vous n'avez pas besoin de moi pour cela.

– Qui d'autre que toi empêchera Monroe de tout casser ? Tu dois venir. Il n'écoute personne d'autre que toi.

– En outre, Amy m'a dit que son mari était à Erie

20

pour une semaine. J'ignore pourquoi elle a tenu à me le faire savoir, ajouta Parker d'un air moqueur.

– Erie... répéta lentement Jon, assimilant les possibilités fort intéressantes que cela représentait.

– C'est à trois cents kilomètres d'ici et il n'y a pas de train de nuit ! lui fit remarquer Parker.

Felton et Parker échangèrent un coup d'œil amusé. Jon les regarda tour à tour, puis sourit lui aussi.

– Laissez-moi dix minutes pour m'habiller, dit-il avec douceur.

Par conséquent, entre ses camarades, ses maîtresses et ses études, le printemps de la dernière année que Jon passa à Harvard fut extraordinairement bien rempli. Son travail lui demandait une grande quantité d'énergie, tout comme ses liaisons simultanées avec les belles-sœurs de Beacon Street et une Amy Witherspoon aux petits soins pour lui. Il arrivait cependant à toutes les satisfaire la plupart du temps.

Des forces extérieures intervinrent dans cette vie compliquée lorsque les tensions qui opposaient le Nord et le Sud éclatèrent à Fort Sumter au mois d'avril. La guerre n'allait pas tarder à être déclarée et tout le monde le savait. L'Etat du Massachusetts était d'ailleurs préparé au conflit. Sa milice avait passé tout l'hiver et le printemps à recruter des soldats, à s'entraîner et à s'organiser.

Le 15 avril 1861, le gouverneur Andrew reçut un télégramme de Washington lui ordonnant d'envoyer une armée de mille cinq cents hommes.

Parker déboula dans la chambre de Jon trois jours plus tard, Felton et Monroe sur ses talons.

– Nous nous sommes engagés. Tu dois t'enrôler dans la compagnie de Jennings !

– La compagnie de Jennings ? Le mari de Cornelia ? Sûrement pas ! Merci bien, rétorqua-t-il. D'ailleurs, cette guerre ne me concerne pas.

– Tu ne t'intéresses donc pas au sort des esclaves ? s'exclamèrent-ils tous les trois, presque à l'unisson.

Jon s'y intéressait, bien au contraire, et ils le savaient. Depuis quelque temps, leur ami avait assisté à toutes les réunions antiesclavagistes, farouchement opposé à ce système inhumain.

– Jennings a les plus beaux uniformes au nord de Richmond, déclara Felton avec enthousiasme.

– Ce n'est pas une raison pour aller se faire tuer.

– Ce sera fini à l'automne, tout le monde le dit.

– Belle occasion de te couvrir de gloire, Jon. Ce sera une vraie rigolade !

Jon avait trop vu de massacres et de morts pour considérer cela comme une « rigolade », mais il ne voulut pas en discuter avec ses amis.

– Alors, amusez-vous bien. Je repartirai dans l'Ouest dès que les cours seront terminés. Si jamais vous passez par le Montana, faites-moi signe.

– Jon, nous aurons absolument besoin de toi. Personne ne peut pister, tirer au fusil ou monter à cheval aussi bien que toi – on dirait que tu as ces dons de naissance ! argua Monroe tout excité.

– Jamais je n'ai vu un homme monter ou descendre d'un cheval lancé au galop comme toi, Jon, ajouta plus calmement Felton. Pas même au cirque.

– Viens avec nous, implora Parker. Le régiment de cavalerie de Jennings est parfait pour toi.

– Désolé, mais je ne peux pas.

Mais lorsque le jour suivant, le major Jennings vint le voir en personne pour lui demander de rejoindre son régiment et qu'il lui offrit des galons de capitaine, Jon eut beaucoup plus de mal à refuser.

– Prenons un verre et parlons-en, monsieur Black, insista Jennings.

– Appelez-moi Jon, répondit l'Indien.

Aucun d'eux ne mentionna Cornelia, le code masculin concernant les « affaires intimes » fonctionnant parfaitement. La guerre qui s'annonçait était strictement en dehors de cet univers et son issue dépendait de considérations rationnelles, pas émotionnelles.

Un bon verre de cognac à la main, ils en vinrent aux choses sérieuses.

– J'ai besoin de vous, répéta Jennings. Absolument. Je rassemble un régiment de cavalerie et, avec vous comme éclaireur, je crois que nous pourrions être très efficaces. Vous avez une réputation formidable.

– Je vous remercie, major, mais j'ai déjà dit à Parker et à Felton ce que j'en pensais. Cette guerre n'est pas la mienne.

– Les esclaves sont le souci de tout un chacun. Et vous devez être plutôt bien placé pour le comprendre... (Le regard glacial de Jon le força à s'interrompre.) Si je vous ai offensé, j'en suis navré, reprit calmement l'officier. (Jennings était satisfait de voir qu'il avait touché un point sensible et fermement déterminé à en profiter au maximum.) Mais ce pourrait être instructif pour vous à un autre titre. Comprendre le fonctionnement d'une armée vous serait sûrement utile.

– J'imagine que je pourrais apprendre cela dans les livres et m'épargner ainsi d'être tué, répliqua Jon tout aussi posément, bien que son regard noir brillât d'un éclat très particulier.

– L'argent ferait-il une différence ? Je suis prêt à vous offrir ce que vous voudrez.

– Je n'ai pas besoin d'argent.

– Pardonnez-moi. Comme vous voyez, je suis vraiment prêt à tout.

– Je suis persuadé que vous trouverez quelqu'un d'autre.

– Pas avec vos qualifications. Je vais donc être direct. Vous et moi savons que, étant donné les circonstances (et ce fut la seule manière dont Jennings évoqua la liaison de Jon avec sa femme), si j'avais ne serait-ce qu'un seul moyen de faire autrement, je n'hésiterais pas. Mais, mes hommes ont besoin de vous et c'est pourquoi je suis ici en train de vous parler. De jeunes chiens fous comme Parker, Felton et Monroe se feront tuer dès la première semaine si des hommes d'expérience comme vous ne leur enseignent pas quelques rudiments. Notre tâche consistera avant tout à attaquer et à jouer les éclaireurs de façon peu orthodoxe. Ce n'est pas ce qu'on apprend dans les salons mondains de Boston.

– Et vous, où avez-vous appris ?

Pour la première fois, Jon éprouva de la curiosité envers l'homme qui partageait la vie de Cornelia. Jennings était aussi suave et poli que possible, mais ses allures de gentleman cachaient une vraie force – et une franchise naturelle que Jon ne pouvait s'empêcher d'admirer.

– J'ai combattu avec Scott au Mexique en 1847. J'étais moi-même un bleu à l'époque. J'ai eu une sacrée veine, voilà tout. J'ai vécu assez longtemps pour connaître toutes les ficelles. Et ce que je vous demande de faire, c'est de m'aider à les apprendre à vos petits camarades.

Jon ne répondit pas. Regardant par la fenêtre le cerisier en fleur de l'autre côté de la rue, il pensa aux pruniers sauvages qui devaient fleurir chez lui au fond des vallées.

– Il faudra que je rentre chez moi de temps en temps.

Le visage de Jennings s'éclaira d'un large sourire et sa main saisit vigoureusement celle de Jon.

– Quand vous voudrez ! Absolument quand vous voudrez ! Je ne peux vous dire à quel point j'apprécie votre choix. A quel point la compagnie apprécie. Nous sommes officieusement rattachés au premier régiment, mais nous partirons avant eux. Quand pouvez-vous être prêt ? demanda-t-il à toute vitesse.

Jon dégagea sa main, toujours un peu mal à l'aise avec cette coutume américaine.

– Dans deux semaines. J'ai un dernier devoir à terminer.

– Puis-je vous fournir de l'aide ?

– Je préfère le faire moi-même.

– Bien entendu, rétorqua aussitôt le major. Alors, dans deux semaines. Vos amis vont être contents.

– Vous êtes très persuasif, major, remarqua Jon avec un sourire aimable.

Mais Tyler Jennings n'avait pas triplé la fortune de son père sans faire preuve d'une remarquable intelligence, et il savait pertinemment que ce n'étaient pas ses arguments qui avaient fait la différence. Il avait la curieuse impression que Jon avait déjà pris sa décision avant leur discussion.

– J'ai vraiment de la chance de vous avoir avec moi, Jon. Merci.

– Vous croyez que nous libérerons les esclaves, major ? Ou bien n'est-ce encore une fois qu'une guerre pour l'argent ?

C'était donc pour cette raison qu'il avait accepté. Par pur idéalisme.

– Nous les libérerons, vous verrez. Ce serait bien le diable si nous n'y arrivions pas ! A dans deux semaines.

Jon sourit devant une aussi belle assurance.

– Bonne nuit, major.

Jennings fit quelques pas vers la porte avant de se retourner.

— Faites porter vos mesures à mon tailleur, Walton.

— Il les connaît.

— Ah !... il me semblait bien avoir reconnu la coupe de cette veste. Bien. Je lui dirai de commencer votre uniforme demain matin. Une requête quelconque ?

Jon fit non de la tête, puis changea d'avis.

— Un écusson sur l'épaule gauche. Un couguar noir.

Jennings leva légèrement un sourcil.

— Votre nom ?

— Oui.

— Ce sera fait.

Après avoir envoyé un mot à ses parents par l'intermédiaire de Ramsay Kent, Jon partit pour ce que les politiciens et les journaux du Nord considéraient comme la « courte guerre d'un été ». Jon fit très vite la connaissance de Custer, lorsque ce dernier arriva à Abbottstown pour prendre son premier commandement en tant que général en chef. Le plus jeune général de l'armée des États-Unis portait un uniforme de velours noir, agrémenté de galons dorés, et la masse de ses cheveux blonds et bouclés tout comme sa moustache attiraient immédiatement l'attention. Jon fut l'un des nombreux officiers à lui être présentés.

Sa tenue extravagante ne le troubla point. Celle des Absarokees était beaucoup plus resplendissante. Et, contrairement à de nombreux soldats que la promotion et le style romantique de Custer agaçaient, il savait bien qu'au bout du compte c'étaient les victoires qui faisaient les généraux, et non leurs habits. Il avait vu maintes fois des élégants se faire renvoyer pour avoir été de piètres combattants, or la réputation de gagneur de Custer ne cessait de croître.

Aussi, lorsqu'ils se rencontrèrent, ils se remarquèrent aussitôt. L'uniforme hybride de Jon – son pantalon en peau d'élan frangé et la tunique coupée par Walton – éveilla l'intérêt de George Armstrong Custer. D'autant plus qu'ils avaient tous deux les cheveux longs et étaient aussi jeunes l'un que l'autre.

– Vous êtes avec les Couguars de Jennings, commença Custer.

La curiosité était perceptible dans son regard et dans le ton de sa voix.

– Oui, monsieur, répondit Jon.

– Vous n'êtes pas né à Boston, je suppose.

– Non, monsieur.

Cette réponse laconique fit sourire Custer. Il avait entendu parler des talents de Jon, de l'éclaireur indien de Jennings qui maniait les explosifs comme un vrai magicien. On disait encore qu'il était toujours le premier arrivé et le dernier parti lors des incursions lorsqu'il s'agissait de faire sauter les ponts de chemin de fer. Et à plusieurs reprises, quand la fuite avait semblé impossible, Jon avait toujours trouvé une solution. Tous ces exploits avaient valu à Jennings d'être promu lieutenant-colonel, tandis que Jon s'était vu récompenser des galons de major.

Nous sommes heureux de vous avoir à nos côtés, major Black, déclara Custer en souriant.

– Merci, monsieur.

– Pourrions-nous recruter d'autres hommes de l'endroit d'où vous venez ? Vous êtes inestimable.

– Je suis le seul dont ils peuvent se passer, monsieur.

– Dommage.

– Oui, monsieur, reconnut aimablement Jon.

Au cours des mois qui suivirent, ils se croisèrent

fréquemment et chacun finit par reconnaître chez l'autre un total mépris du danger et une confiance sans limites.

Finalement, la guerre approcha de son terme. Les troupes du général Lee tentèrent de fuir vers le Sud dans des trains. Mais Custer et son régiment de cavalerie, aidés des Couguars de Jennings, forcèrent trois cents wagons à s'immobiliser. Trois jours plus tard, épuisés, désespérés et affamés, les courageux soldats de Lee se rendaient.

A Appomattox, le lendemain de la reddition, Jon reçut une lettre lui annonçant la mort de ses parents. La missive, rédigée par Ramsay Kent alors qu'il était malade, avait mis deux mois à lui parvenir. Elle avait été confiée à un trappeur qui descendait le Missouri. Quand Jon en prit possession, un message succinct avait été ajouté sur l'enveloppe par le trappeur : *Kent mort le 10 février*. Les terribles nouvelles contenues dans la lettre bouleversèrent Jon au plus profond de son âme.

Un groupe de guerriers s'étant aventuré trop près d'un wagon contaminé par la variole avait ramené la maladie à Yellowstone. Avant que les Indiens aient rejoint leur camp, la maladie avait tué plus de la moitié d'entre eux sur le chemin du retour. L'épidémie s'était propagée à la vitesse d'un incendie chez les Absarokees peu immunisés. Le camp s'était divisé en petits groupes, chacun prenant des directions différentes et se dispersant dans les montagnes dans l'espoir d'échapper au fléau. Tout l'hiver, la maladie avait continué ses ravages, jusqu'à ce qu'elle disparût d'elle-même. Des messagers avaient été envoyés de camp en camp à travers tout le pays et les survivants s'étaient rassemblés près de Big Horn River.

Jon n'avait pas seulement perdu ses parents, mais pratiquement la moitié de son peuple.

En recevant la nouvelle, il pleura à chaudes larmes. Puis il se coupa les cheveux en signe de deuil... et aussitôt après, prépara son paquetage. La cérémonie d'autoflagellation devrait attendre jusqu'à ce qu'il fût rentré chez lui. Il aurait besoin de toutes ses forces pour le long voyage du retour. La guerre était finie et, d'une certaine manière, étant donné les tristes jours qui l'attendaient, c'était comme si sa vie l'était aussi.

Son père avait été son idéal. Courageux, honnête, tendre : tout ce qu'un fils pouvait espérer. En tant que chef, il ne s'était jamais montré plein d'orgueil. Il écoutait chacun avec gentillesse et, en grandissant, Jon avait essayé de lui ressembler. Sa mère, une grande et belle femme, avait été la seule épouse que son père ait jamais eue. Elle illuminait leur vie par son sourire et Jon s'était toujours senti nourri et porté par son amour indéfectible.

Lorsqu'il arriva dans son village trois semaines plus tard, ce fut pour découvrir des centaines de tombes et des hommes en deuil. Après s'être rendu à l'endroit où étaient enterrés ses parents, il se lacéra les bras, la poitrine et les jambes. Et en voyant le sang couler doucement de ses plaies, il éprouva un profond sentiment de perte irréversible.

La jeune fille qui soupirait autrefois à la fenêtre de sa chambre en se lamentant sur les nuits pluvieuses de Boston était devenue une jeune femme élancée et sensuelle d'une étonnante beauté. Il y avait dans ses grands yeux bleu azur, brillant d'une curiosité radieuse, une sorte de maturité. Elle avait acquis la plupart des manières de la bonne société au cours de ces années. La masse de ses cheveux flamboyants n'avait pas changé, sa bouche à la moue boudeuse était plus attirante encore, tandis que son tempérament indomptable et explosif choquait certaines sensibilités. Beaucoup estimaient qu'elle se comportait dans la vie avec un peu plus d'indépendance qu'il n'était convenable de le faire. Ces regrettables défauts s'accompagnaient d'une dot considérable et de la fortune immense de son père.

En dépit des commérages, Venetia « Blaze » Braddock, beauté précoce et spirituelle, était loin de manquer de prétendants enflammés. Alors qu'elle flirtait, s'amusait, intimidait ou repoussait à sa façon scandaleuse un défilé permanent d'amoureux transis, elle n'avait pas trouvé un seul homme qu'elle eût envie d'épouser. Blaze avait dix-neuf ans, et les dames aigries et peu charitables de la bonne société faisaient remarquer avec une satisfaction pleine de mépris qu'elle serait bientôt sur la touche. Elle avait fait marcher tous les beaux partis de Baltimore à Bar Harbor. Si elle se retrouvait vieille fille, ce serait bien fait pour elle ! Blaze aurait éclaté de rire si elle avait su ce qu'on disait d'elle. Car miss Braddock n'avait nullement l'intention de se chercher un mari.

Et son père, indulgent, était d'accord.

– Quand tu auras déniché l'âme sœur, tu le sauras immédiatement, lui disait-il.

Il n'avouait pas qu'il avait découvert la vérité de cet adage en dehors de son propre mariage, lequel ne tenait plus que par un fil. Il souhaitait meilleure chance à sa fille adorée.

– Jusqu'à ce jour, amuse-toi. Tu as ma bénédiction, l'exhortait-il avec générosité.

– J'essaie, papa. Mais la plupart des hommes sont incroyablement ennuyeux.

– Ils sont bien élevés, voilà tout, ma chérie.

– Je ne parle pas de leurs manières. Mais leurs

centres d'intérêt sont si... si... méprisables, expliqua-
t-elle avec pétulance. Tu sais à quel point leurs cer-
veaux sont minces ? Un coup d'ongle en égratignerait
le fond. Et quand je lance un sujet de conversation
qui pourrait être un tout petit peu intéressant, ils me
regardent d'un air idiot et s'empressent de me dire à
quel point je suis belle.

— Mais tu l'es, ma chère petite ! Tu leur tournes la
tête.

Le regard de Billy Braddock était empli de fierté.

— Je sais que je suis belle, répliqua Blaze calmement avant de s'enflammer à nouveau. Mais à quoi
diable cela peut-il bien me servir si je meurs d'ennui
au milieu de tous ces types sinistres ?

— Attention que ta mère ne t'entende pas parler
ainsi, chérie. Tu sais ce qu'elle en pense.

Blaze haussa vaguement les épaules, tellement habituée à cette remarque qu'elle ne jugea pas utile de
répondre. Tout à coup, elle se mit à pouffer et leva
vers son père un regard pétillant de malice.

— Ce serait drôle de dire rien qu'une fois un gros
mot devant elle et de voir la fumée lui sortir par les
oreilles !

Billy Braddock s'efforça de ne pas rire. Il avait
toujours soigneusement évité toute franche discussion sur ce qui les opposait, sa femme et lui.

— Il lui sortirait sûrement des flammes d'un mètre
par les narines ! reprit Blaze en riant.

— Allons, chérie... commença le colonel. (Mais il
eut soudain la vision du visage de Millicent venant
d'entendre un juron et ne put s'empêcher de sourire.)
Quel spectacle ce serait, reconnut-il. Mais maintenant, promets-moi de...

— Je sais, papa. Jamais je ne le ferai. Mais la tentation est grande pendant les stupides goûters qu'elle

organise ! Tu m'aimes, papa ? demanda-t-elle brusquement.

La pensée de sa mère lui donnait toujours une sensation de malaise et de vide. Elle écarquilla les yeux comme une petite fille.

Le colonel ouvrit largement les bras et Blaze vint se blottir contre lui.

– Je t'aime, ma chérie, plus que tout au monde.

La belle élégante du Sud qu'était la mère de Blaze n'avait jamais éprouvé le moindre intérêt pour sa famille et ignorait tout de la vie émancipée de sa fille. Les rares fois où elle parlait à son mari de leur unique enfant, Millicent Braddock concluait toujours froidement :

– Elle tient beaucoup de toi, William.

Ce qui était loin d'être un compliment !

– Merci, répondait-il toujours, comme si la malice contenue dans cette remarque lui avait échappé. A ton avis, Blaze a-t-elle besoin de nouvelles bottes d'équitation ou bien d'un nouveau manteau de fourrure ?

Il lui posait des questions de ce genre, s'efforçant d'avoir une conversation banale. Millicent avait un goût parfait, il ne pouvait pas lui reprocher cela, et il s'était remis à son jugement pour choisir la garderobe de sa fille, du moins lorsqu'elle était plus jeune. Par la suite, il avait lui-même accompagné Blaze pour faire d'extravagants achats, car elle affichait désormais un goût personnel très arrêté.

S'il avait cru au divorce, ce mariage aurait été terminé depuis des années, mais c'était un choix assez rare dans leur milieu social. Lorsqu'on était riche, vivre séparément constituait la solution la plus acceptable.

Au printemps 1865, la famille de William Braddock, en compagnie d'autres riches investisseurs de Boston et de New York, s'embarqua vers l'Ouest à bord d'un train privé composé d'élégantes voitures aménagées. Ce voyage représentait une occasion de prendre des vacances et d'aller jeter un coup d'œil sur les terres et les mines récemment acquises. Le temps était d'une splendeur printanière et, pendant que les hommes parlaient affaires et que les femmes bavardaient, Blaze rêvait à la région sauvage et rude du Montana. Pour une jeune femme qui trouvait la vie en société parfaitement ennuyeuse et n'avait aucun goût pour les traditionnelles occupations proposées aux femmes – à savoir le lèche-vitrines et l'adultère –, cet été dans le Montana s'annonçait comme une chance. Une étrange excitation l'anima tout au long du voyage. Elle se sentait transportée par un souffle de liberté aussi inconnu qu'inexplicable.

Les investisseurs de l'Est arrivèrent par le chemin de fer d'Omaha, après vingt jours passés à bord des wagons spécialement équipés, et s'installèrent dans le meilleur hôtel de Virginia City. Les dames restaient dans les élégants salons, s'aventurant rarement en ville – huit hôtels, sept restaurants, deux églises, deux théâtres, huit salles de billard, cinq maisons de jeu, plusieurs maisons de prostitution et soixante-treize saloons, le long de Main Street, où des torrents de boue dus aux pluies printanières rendaient toute promenade d'agrément impossible. Les dames avaient d'ailleurs été mises en garde contre la violence occasionnelle, les meurtres et l'ivresse fort répandue au sein de cette communauté plutôt rustre.

Les hommes partirent à cheval au nord du pays pour voir les nouvelles mines. Blaze accompagna son père.

Les camps de mineurs s'espaçaient le long des rivières de montagne où ils lavaient et tamisaient l'or. Des villes sommaires poussaient en une nuit, dès que circulait la nouvelle d'un nouveau filon. Bien que Blaze ne se fût attendue à aucun privilège particulier en tant que seule femme du groupe, son père veilla à ce qu'elle eût sa chambre personnelle chaque fois que ce fut possible. Quand les conditions étaient plus rudimentaires, une simple couverture tendue faisait office de cloison. Lors des nuits passées à la belle étoile, elle et son père dormaient côte à côte enroulés dans leurs sacs de couchage, discutant souvent jusqu'à des heures indues. Ce fut la première fois que son père lui parla de son enfance. Le ciel étoilé lui rappelait les nuits d'été passées dehors lorsqu'il était jeune. Répit fort appréciable, selon lui, étant donné la misérable cabane qui abritait sa famille.

– Comment as-tu décidé de quitter l'Irlande ? demanda Blaze, vivement intéressée.

– Tout le monde mourait ou était mort de faim, répondit-il simplement.

– As-tu eu peur de partir seul ?

Son père garda les yeux fixés sur les étoiles. Et d'une voix aussi douce que celle de sa mère mourante, il répéta les mots qu'elle lui avait dits tant d'années auparavant : « Là-bas, les rues sont pavées d'or. »

Après un bref silence, il se tourna vers Blaze.

– C'est ce que tout le monde croyait dans notre village, reprit-il de sa voix habituelle. (Un léger sourire éclaira son visage ridé.) Ça pourrait bien être vrai de ce côté-ci de la montagne. Nous avons décroché quelques titres prometteurs aujourd'hui.

– Combien ton groupe en a-t-il maintenant ? l'interrogea Blaze.

– Fred en a compté mille huit cents jusqu'à présent, et ce n'est pas fini.

Après avoir voyagé pendant deux semaines, le groupe d'investisseurs arriva à Diamond City, où on évoquait la possibilité d'un gigantesque gisement. Plusieurs revendeurs avaient eu entre les mains des pépites de bonne couleur, indiquant un très riche filon, aussi le groupe d'investisseurs achetait-il des titres à tour de bras.

Blaze avait décidé de rester en ville pour l'après-midi, mais la chaleur de sa petite chambre d'hôtel devint rapidement oppressante. Après une semaine de pluies intenses, l'humidité collait à la peau. Il faisait vraiment trop étouffant à l'intérieur, décida-t-elle après avoir ouvert les fenêtres sans en ressentir beaucoup de soulagement. Dehors, il y aurait peut-être au moins un souffle d'air.

Bien que les femmes soient peu nombreuses dans les camps de mineurs, et que celles qu'on y voyait exercent une profession un peu particulière, Blaze n'avait pas peur. Avec les deux petits colts suspendus à ses hanches, elle n'avait aucun doute sur sa capacité à assurer sa propre sécurité. Le pantalon marron qu'elle portait rentré dans de grandes bottes et le chemisier en soie de même couleur lui avaient valu une moue de désapprobation évidente de la part de sa mère. Mais son père avait jugé ces vêtements éminemment pratiques.

— Mon Dieu, Millie, ne me dis pas que tu voudrais la voir aller par monts et par vaux dans les broussailles en robe de velours et de dentelles !

Mme William Braddock détestait qu'on l'appelât Millie et son visage si bien préservé avait esquissé une expression de mécontentement.

— Je ne veux pas qu'elle aille par monts et par vaux, comme tu le dis si bien, ni où que ce soit dans cet affreux pays. William, j'aimerais qu'au moins une fois tu te souviennes que Venetia est une jeune fille qui a été bien élevée. Du moins ai-je essayé, avait-elle ajouté d'un ton cinglant.

— Dieu tout-puissant ! Les femmes me rendront fou ! avait-il explosé.

Elle détestait ce genre d'éclat plus encore, et si William Braddock n'avait pas été déjà multi-milliardaire lorsqu'il avait pour la première fois ouvert la bouche devant elle à Richmond vingt ans plus tôt, elle lui aurait suggéré de retourner à ses champs de patates en Irlande, là où était sa vraie place.

— Blaze est une personne, pas un morceau de sucre qui risque de fondre sous la pluie ! Cette région est magnifique et le voyage lui plaira.

— Très bien, William. Fais comme il te plaira. Je t'ai donné mon opinion et tu choisis de ne pas en tenir compte, comme d'habitude. J'espère que toi et Venetia vivrez de passionnantes aventures dans les broussailles.

Ce dernier mot avait été accompagné d'un haussement d'épaules très féminin.

Et donc, habillée d'une façon que sa mère jugeait scandaleuse, dans un pays qu'elle qualifiait de barbare, Blaze grimpa sur la colline, d'une démarche souple et ondulante, fuyant la ville dans l'espoir de trouver un peu d'air sur les hauteurs. Les pluies diluviennes des derniers jours avaient détrempé le sol, transformant certains endroits en véritables marécages. Au bout d'une centaine de mètres parcourus sous une écrasante chaleur, Blaze sentit son chemisier en soie lui coller à la peau de manière désagréable. Remontant ses manches, elle déboutonna le col aussi bas que le permettait la bienséance, mais choisir ce corsage marron avait été une erreur, car il absorbait chaque rayon de ce soleil de plomb. Une légère brise, un brin de fraîcheur, n'importe quoi aurait été appréciable sous cette étouffante chaleur.

Arrivée à mi-pente, près de « l'arbre des pendus » dont on lui avait parlé, et où la milice locale avait pendu cent deux hors-la-loi en à peine quelques mois, le chemin était barré par un immense lac de boue. Blaze jura entre ses dents. L'idée de retourner dans sa chambre d'hôtel ne lui disait rien qui vaille, mais si elle restait là, elle serait brûlée vive d'ici le coucher du soleil. Elle chercha un passage pour contourner la longue coulée de boue. Dix mètres plus loin, le terrain devenait du schiste friable, et le simple fait d'y poser le pied se révélait dangereux. Alors qu'elle considérait la difficulté du relief, elle aperçut soudain la silhouette à moitié dissimulée d'un Indien dormant à l'ombre d'un genévrier sauvage.

Elle s'approcha de lui et le toucha légèrement de la pointe de sa botte. Au cours des dernières semaines, Blaze avait rencontré plusieurs pisteurs indiens et aucun ne lui avait semblé particulièrement terrifiant. En outre, elle était venue au monde avec une bonne dose de témérité.

– Levez-vous. J'ai besoin d'aide.

L'homme ne bougea pas. Inconsciemment, les yeux bleu saphir de la jeune femme notèrent l'impression de puissance qui se dégageait de ce colosse, vêtu seulement d'un pantalon de peau et de mocassins brodés. Il était magnifique. Le torse mince et musclé était parfaitement dessiné, le visage au nez très droit finement ciselé, et ses cheveux d'un noir profond attachés par un lien de cuir brillaient comme du satin. Pendant un court instant, dans un silence total sous le ciel brûlant, elle se sentit comme hypnotisée par ce superbe spécimen. Elle remarqua de fines cicatrices sur son corps splendide et se demanda quelle en était l'origine. Une des marques se profilait en diagonale sous le pantalon moulant et elle imagina la suite probable de son tracé, jusqu'à ce qu'une timidité inhabituelle lui rappelât que ce genre de jeu n'était pas sans danger.

Reprenant ses esprits, elle lui donna un nouveau coup de pied, cette fois un peu plus fort.

L'homme roula sur le côté et ouvrit doucement ses yeux bordés de longs cils. D'un regard critique, Jon Black dévisagea la femme fine et élancée qui se trouvait devant lui : une parfaite beauté classique... Ses cheveux, une masse indisciplinée couleur d'ambre, flamboyaient sur ses épaules, ses yeux étaient immenses et des lèvres pleines dessinaient sa bouche.

– Vous ne m'avez pas entendue ?

Habituée à avoir des domestiques et à vivre dans un monde où rien ne lui était jamais refusé, Blaze lui parla sur un ton agacé et autoritaire. Décidément, ce n'était pas son jour ! Il faisait une chaleur insupportable, sa promenade sur la colline était compromise et elle regrettait de ne pas avoir accompagné son père comme les autres fois.

– Portez-moi de l'autre côté, ordonna-t-elle, un doigt pointé vers la boue.

Puis, sortant une pièce de vingt dollars de sa poche, elle s'adressa à lui en détachant chaque mot, comme on le fait lorsqu'on parle à un très jeune enfant :

– Dollars... pour vous... D'accord ?

Seuls les yeux bougèrent chez l'homme immobile. Jon, élevé dans la pure tradition absarokee, fils de chef et chef lui-même, réagissait assez mal aux ordres donnés par des femmes. Du moins, lorsqu'il était de bonne humeur. Car le reste du temps, il n'y réagissait pas du tout. Et aujourd'hui, il n'était pas dans un bon jour. Il venait de se disputer violemment avec l'agent d'un groupe minier qui voulait lui acheter sa concession. Quand il lui avait répondu qu'elle n'était pas à vendre, l'homme avait refusé de le croire. Il avait fini par comprendre, évidemment, au bout d'un canon de fusil, mais Jon n'avait pas apprécié ses manières. Et il était en train de rattraper un sommeil bien mérité quand la femme avait surgi. Dans les camps de mineurs, tout comme dans les montagnes, la survie dépendait souvent de la légèreté du sommeil.

– Quarante dollars, lança Blaze brusquement.

En augmentant la somme, elle pensait le forcer à répondre. Elle lui tendit une autre pièce d'or.

L'Indien resta impassible, sans la plus petite réaction.

– Vous ne comprenez donc pas ? explosa Blaze. Portez-moi... de l'autre côté... de la boue !

N'obtenant toujours pas de réponse, Blaze se figea, exaspérée, puis se mit à taper du pied et commit l'erreur de dégainer son colt. C'était une réaction stupide, et si elle n'avait pas été aussi énervée, jamais elle n'aurait agi ainsi.

Tout à coup, souple et rapide comme une panthère, Jon bondit sur ses pieds et fit tomber l'arme du tranchant de la main. Blaze se retrouva projetée à terre avec une brusquerie qui lui fit grincer des dents. Clouée au sol sous le corps raidi de l'homme, elle sentit son cœur cogner follement dans sa poitrine. Seigneur ! pensa-t-elle, il était furieux, à moitié nu, et en plus indien ! Qu'avait-elle fait ?

– Petite peste ! marmonna-t-il, ses yeux noirs étincelants de colère.

Dieu merci, au moins, il parlait anglais.

– Je suis désolée, murmura-t-elle, humiliée et sincèrement effrayée. Je vous en prie, pardonnez-moi...

Sa respiration se bloqua dans sa gorge. Allait-il la tuer, la violer, la scalper ? Quelle imbécile elle était !

Le regard de Jon glissa sur le chemisier profondément décolleté, et il se demanda si en dessous la peau était aussi douce et dorée que celle du cou. Sa colère s'apaisa et il se détendit. Comme il lui emprisonnait les poignets de ses deux mains, ses seins étaient pressés contre son torse nu – seule la soie fine du corsage les séparait. Elle pouvait compter les battements de son cœur qu'elle sentit s'accélérer soudain.

Lui lâchant un bras, il écarta doucement le bord du chemisier, révélant une camisole en dentelle et un sein blanc magnifiquement galbé.

De plus en plus affolée, Blaze sentit le désir de l'homme contre sa hanche et comprit pourquoi son cœur battait plus vite. Devait-elle crier, au risque de provoquer sa colère ?

– Je vous en supplie... gémit-elle, l'implorant de ses yeux bleus, les plus beaux qu'il eût jamais vus.

Il effleura la courbe de sa mâchoire du bout des doigts, puis les enfouit dans l'épaisse chevelure bouclée et, pendant quelques secondes, il imagina diverses manières de lui donner du plaisir. Il n'avait pas connu de femme depuis longtemps, refusant de se rendre chez les prostituées du camp. Il hésita un instant, mais la raison finit par l'emporter. Poussant un grand soupir, il retira sa main, puis aida Blaze à se relever. Ils restèrent quelques instants ainsi, face à face. Il était beaucoup plus grand qu'elle. Soudain il ramassa l'arme et la replaça soigneusement dans son étui. Elle remarqua qu'il avait de belles mains, musclées, avec de longs doigts fins. Sans un mot, il la souleva dans ses bras, rejoignit le chemin et entra en pataugeant dans la boue.

D'abord stupéfaite par la rapidité avec laquelle il progressait, Blaze se sentit peu à peu soulagée. Mais avant que la longue marche fût terminée, une nouvelle émotion l'envahit. Une curieuse sensation de chaleur intense, qui ne devait rien au soleil... Serrée contre le torse dénudé de Jon, elle sentait son cœur qui battait la chamade, sa peau brûlante contre la sienne et ses épaules si solides et rassurantes sous ses doigts. Elle leva les yeux vers son profil ciselé distant de quelques centimètres à peine et un frisson la parcourut.

Jon s'en aperçut et, contemplant ce visage enchanteur encadré de boucles rousses, il regretta d'avoir eu des scrupules. Il avait très envie d'elle et, s'il n'avait pas vu tant de peur dans ses grands yeux bleus, il aurait sans nul doute cédé à son désir.

Une fois le marécage franchi, Jon posa Blaze à terre. Elle lui tendit les deux pièces d'or en souriant timidement et s'excusa à nouveau. Il secoua la tête et remit les pièces dans la poche de la jeune femme. Un geste banal dont les conséquences furent cependant loin de l'être. Lorsqu'il glissa ses doigts dans la poche du pantalon moulant de Blaze, cette intimité inattendue les déstabilisa tous les deux. Jon retira brusquement sa main, fit volte-face et s'en alla. Blaze Braddock, pour la première fois de sa vie, resta figée sur place, fortement ébranlée.

Elle dut faire un effort pour sortir de sa torpeur. Levant la tête vers le sommet de la colline, elle se remit en route. En marchant, elle s'empêcha de penser à sa rencontre avec l'Indien et se hâta d'aller rejoindre son père afin de passer le reste de la journée avec lui. Elle le retrouva près d'une mine située au bout de la vallée et s'appliqua à comprendre toutes les finesses indispensables pour signer un accord de vente ou un contrat d'association et faire valoir ses droits sur une concession.

Tard dans la soirée, après que le soleil fut couché et que la fraîcheur fut enfin descendue de la montagne, Blaze refit le même trajet, cette fois à cheval.

Quand les cavaliers traversèrent le marécage qui lui avait causé tant d'ennuis quelques heures plus tôt, elle ne put s'empêcher de jeter un coup d'œil vers l'arbre sous lequel elle avait aperçu l'Indien endormi. L'endroit était désert, ainsi qu'elle s'y attendait, mais ses yeux continuèrent néanmoins à scruter les environs. Espérait-elle le revoir ? Voulait-elle contempler à nouveau ce visage et ce corps superbes qui occupaient ses pensées malgré tous ses efforts de les en chasser ? C'était parfaitement ridicule. Après tout, il n'était qu'un Indien. Un « indigène primitif », aurait dit sa mère. Mais lorsque son regard se posa sur une lumière scintillante à flanc de montagne, et qu'elle réalisa qu'il s'agissait de la fenêtre éclairée d'une cabane, son cœur se mit à battre follement dans sa poitrine et une soudaine sensation de chaleur l'envahit.

— Blaze ! répéta son père, tu ne m'écoutes pas ? Nous serons de retour à Virginia City pour le bal du Territoire qui aura lieu à la fin de la semaine. Je pensais que ça te ferait plaisir de le savoir.

— Merci, papa, répondit-elle rapidement, se détournant de la petite lumière vacillante. Tu as bien dit cette semaine ?

— Samedi soir, ma chérie. Je donnerais cher pour pouvoir lire dans tes pensées. Diras-tu à ton vieux père ce qui te préoccupe depuis tout à l'heure ? Tu as l'air d'être complètement ailleurs.

— Oh, ce n'est rien, papa. Je somnolais. La journée a été longue.

— Ce sera notre dernière sortie avant longtemps. Nous regagnerons Virginia City demain matin. Tu pourras te reposer confortablement à l'hôtel d'ici peu. Bon sang, un bon bain chaud dans une vraie baignoire ne serait pas pour me déplaire.

— A moi non plus ! répliqua Blaze avec enthousiasme.

Il lui semblait que chaque grain de poussière du Montana était collé à sa peau moite.

Grâce à l'aide d'une amie, Jon s'était remis de la flagellation rituelle pratiquée en hommage à sa tribu et se consacrait de nouveau à réaliser le rêve de son père. A l'avenir, son peuple aurait besoin d'or. Il n'y avait guère d'alternative. Aussi Jon exploitait-il deux concessions, travaillant avec acharnement sur ce qui promettait d'être un filon hautement profitable si son mentor Louis Agassiz ne s'était pas trompé.

Mais depuis son étrange rencontre avec la jeune femme rousse, quand enfin le soir venu il s'accordait un peu de répit, Jon se surprenait à rêver d'elle. L'auréole flamboyante de ses cheveux, sa peau gorgée de soleil, son regard bleu vif et son corps lascif lui revenaient sans cesse à l'esprit. Qu'elle s'imposât à lui ainsi l'ennuyait au plus haut point. Elle l'avait agacé avec son air péremptoire. Elle faisait sûrement partie de cette bande de riches investisseurs venus acheter toutes les mines d'or de la vallée. Offrir quarante dollars pour un service de deux minutes illustrait parfaitement la négligence insouciante des gens fortunés qu'avait connus Jon à Boston. Ce genre de femme, belle et gâtée, l'insupportait. Ce jour-là, il aurait sans doute mieux fait de la prendre sur place, estimait-il égoïstement. Il aurait ainsi mis fin à sa contrariété et satisfait son désir...

Il lui fallait une femme, un point c'est tout. Il se dit froidement qu'il aurait très bien pu se protéger, même si elle l'avait accusé de viol. Sa concession était pratiquement imprenable, inattaquable. C'était d'ailleurs une des raisons pour lesquelles il avait choisi cet emplacement. Sa position au sommet de la montagne permettait à un homme seul de résister à toute une armée pendant un mois ou plus. Et même si elle possédait un mari ou un protecteur, aucun homme n'aurait déployé autant d'énergie pour venger l'honneur d'une femme.

Ne pouvant détourner ses pensées de cette divine créature, Jon décida tout à coup d'accepter l'invitation de Lucy Attenborough au bal de Virginia City. Il connaissait dans cette ville une dizaine de femmes qui seraient enchantées de le revoir, y compris bien entendu cette chère Lucy. Ce serait une excellente occasion de mettre fin à un trop long célibat.

Pas une seconde il n'envisagea que la femme qu'il avait tenue dans ses bras serait présente au bal...

3

Le soir du bal, il faisait une douce chaleur d'été comme en décrivent les poètes. L'air sentait bon l'herbe et la terre, et les jeunes feuilles de peupliers exhalaient une odeur délicieusement subtile. Le soleil avait sombré derrière les collines environnantes dans un majestueux flamboiement d'or rouge qui avait embrasé le ciel. Ce spectacle donnait un peu d'éclat à la ville minière si ingrate.

Blaze admirait le coucher de soleil depuis la fenêtre de son salon privé. Son père était au rez-de-chaussée en train de parler affaires, tandis que sa mère, comme toujours, prenait une heure de plus que le commun des mortels pour s'habiller. Un domestique lui avait apporté une coupe de champagne de la part de son père et, affalée dans un profond fauteuil rouge face à la fenêtre, Blaze sirotait son verre en regardant la nuit succéder lentement au jour.

Des flots de dentelles crémeuses et de soie couleur ivoire brodée de milliers de perles retombaient sur sa crinoline et cascadaient jusqu'au sol en plis mousseux. La pâleur de l'étoffe mettait somptueusement en valeur son teint de pêche et ses cheveux mordorés. De longs pendants d'oreilles incrustés de perles et de diamants rehaussaient l'éclat incomparable de sa peau. Pourtant, au désespoir de son coiffeur, les boucles de Blaze avaient tendance à ne pas se laisser discipliner, quels que soient les efforts déployés, et la nature rebelle de ses cheveux reprenait toujours le dessus.

Un pendentif assorti aux boucles, suspendu à une chaîne d'une extrême finesse, descendait de façon provocante entre ses seins. Comme la mode était à un style très déshabillé soigneusement étudié, Blaze ne se rendait pas compte à quel point sa tenue était provocante et sa poitrine outrageusement révélée par le profond décolleté de la robe. Cette année, les épaules s'affichaient très dénudées. Si, en dessous de la taille, les formes féminines disparaissaient sous de multiples épaisseurs de tissu, au-dessus, elles apparaissaient au contraire dans toute leur splendeur.

Mince et élancée, parée de soie pâle comme une jeune mariée de la Renaissance, Blaze était assurée de faire tourner les têtes pendant le bal.

Un homme, dont les intentions n'étaient pas tout à fait du même genre, se reposait dans une grande baignoire en porcelaine, dans la chambre qu'il occupait au premier étage du *Planter's House*, dernier hôtel construit à Virginia City. Débarrassé de la poussière et de la fatigue résultant de plusieurs semaines de travail solitaire dans les mines, Jon se prélassait dans son bain en dégustant un grand verre de cognac. La vie était désormais plus agréable. Ces derniers jours, les visions dérangeantes de la petite peste à la crinière rousse avaient laissé place à des réalités nettement plus palpables, et la chambre 202 avait vu défiler nombre de femmes de Virginia City, invitées à rester plus ou moins longtemps. L'idée que se faisait Jon de sa fonction sociale consistait principalement à distraire les dames au lit. D'ailleurs, il en attendait une dans moins de dix minutes. Ils auraient du temps avant le bal, avait insisté Lucy, et après les longues semaines solitaires passées à Diamond City, Jon n'était pas près de dire non.

Lorsqu'on frappa discrètement à la porte, il vida son verre d'un trait et cria d'entrer. Une jeune femme brune apparut, très élégante dans une robe en mousseline de soie rose, ornée de fins rubans délicatement brodés, de laquelle sa poitrine semblait prête à jaillir à tout instant. Soudain très attentif, Jon observa Lucy Attenborough refermer la porte avant de s'y adosser.

– Dois-je sortir ? demanda-t-il doucement en plantant ses yeux dans les siens. Ou bien préfères-tu venir me rejoindre ?

– Jon, je ne peux pas... ma robe... mes cheveux...

– Tu n'as qu'à te déshabiller, ma belle. Et je veillerai à ne pas te décoiffer. (Il la fixait d'un air de prédateur.) Retire lentement ta robe, dit-il tout bas, la voix râpeuse et sensuelle. Ça me plairait beaucoup.

Elle n'avait pas bougé d'un millimètre, mais son regard brillait d'excitation en contemplant son amant. Jon était le plus bel homme qu'elle eût jamais rencontré, ses yeux de lynx exerçaient sur elle un dangereux attrait, lui ôtant soudain toute volonté. Assis dans la baignoire – nu, bronzé, des gouttes d'eau scintillant sur ses larges épaules il était plus viril que dix hommes réunis. Elle cambra les reins, soutint fièrement son regard et sentit monter en elle une douce langueur, comme si une flamme caressante léchait tout son corps.

– Comment t'y prends-tu pour me faire cet effet-là ? demanda-t-elle, le souffle court, tendue et rougissante de plaisir.

– Un mélange de charme naturel, répliqua-t-il avec un grand sourire, avec le souvenir précis d'un mois passé sans une seule femme. Viens, Lucy, tu es trop loin...

Toutes les femmes de la ville étaient folles de lui et il le savait. Combien avaient déjà succombé, Lucy n'osait y penser. Elle fit un pas vers lui, frémissante.

– Je ne sais jamais si j'ai envie que tu me prennes avec violence ou que tu me traites comme une jeune vierge, dit-elle avec un sourire ingénu.

Les yeux noirs de l'Indien la dévisagèrent, brillants d'impatience.

– Pourquoi choisir ? Décide par quoi tu veux commencer.

Quelques secondes plus tard, deux mains brunes accueillirent le corps nu, mince et impatient de la femme du juge qui, trempant d'abord un pied, puis l'autre, rejoignit Jon dans la baignoire. Et effectivement, il fit très attention. C'est pourquoi les femmes l'adoraient, parce qu'il était doux, gentil et... très attentionné.

Beaucoup plus tard, quand Lucy sentit que chaque millimètre de sa peau irradiait de désir, elle s'ouvrit à lui dans l'eau tiède.

– Patience, ma belle, murmura Jon. Ce n'est qu'un début...

Si le sol ne tarda pas à être bientôt inondé, la coiffure de la dame, comme promis, resta absolument intacte.

Une heure plus tard, ils s'aidèrent mutuellement à s'habiller et, juste avant de partir, Lucy l'embrassa avec passion, l'implorant d'une manière plutôt inattendue :

– Jon, je t'en prie, si tu repars demain pour la montagne... une petite fois encore maintenant, tu veux bien ?

Il hésita.

– Tu n'as pas envie de moi ?

– Je pense seulement à préserver tes vêtements de... (Il sourit.) ... cette brute de sauvage.

– Tu parles de toi ? chuchota la jeune femme, les yeux brillants.

– De moi, oui, acquiesça-t-il doucement.

C'était ce qu'elle préférait chez lui : ce mélange peu banal de sauvagerie et de délicatesse. Lui résister était absolument impossible.

– Tant pis pour ma robe !

– Madame, je suis à votre service, dit-il avec un sourire triomphal.

Et Jon lui fit une nouvelle fois l'amour, malgré ses superpositions de dentelles, de mousseline de soie et de broderies. Ainsi qu'il le remarqua plus tard, ses pieds chaussés de satin ne laissèrent que quelques légères marques sur la veste de son habit du soir.

Quand Lucy le quitta pour aller rejoindre son mari au bal, Jon réajusta sa tenue, l'esprit embrumé et heureux, et se versa un autre cognac. Il allait laisser le temps à la jeune femme de présenter ses excuses avant de faire lui-même son entrée. Une demi-heure plus tard, il referma doucement la porte de la chambre au tapis détrempé, descendit dans Main Street et se rendit au bal que donnait le juge.

Les Braddock prirent une carriole découverte pour parcourir la courte distance qui les séparait du grand bâtiment en pierres servant temporairement de quartier général à la justice. C'était le seul endroit de Virginia City où un bal pût avoir lieu.

Le colonel Braddock, sa femme et sa fille furent gracieusement accueillis par le juge et sa jeune épouse. Lucy Attenborough était ce soir-là terriblement séduisante, ce que tout le monde s'accorda à dire. Les joues roses, l'œil vif, elle souriait chaleureusement à tous les invités, tout comme à l'homme relativement âgé qui se trouvait à ses côtés, et qui n'était autre que son mari. Sans doute était-ce à cause de la douceur de cette soirée d'été, pensaient la plupart des gens. Une nuit comme celle-ci aurait donné bonne mine à n'importe qui.

– Vous verrez que bientôt, lança une matrone à sa voisine, on annoncera une heureuse nouvelle dans la famille Attenborough. Cette jeune femme jette à son mari des regards éperdus d'admiration. Moi, quand j'avais dix-huit ans, jamais je n'aurais accepté d'épouser un homme de soixante ans. Aussi cousu d'or soit-il !

Les petites villes étant ce qu'elles sont, et tout le monde se mêlant des affaires de tout le monde, son amie ne put s'empêcher de faire à son tour une remarque d'un air suffisant :

– Si elle a un enfant, prions pour que sa peau ne soit pas trop foncée.

Ayant éveillé l'attention de la femme derrière elle qui la fixait d'un regard ahuri, la commère poursuivit en minaudant :

– Mais l'enfant serait superbe, sans aucun doute ! Lucy fréquente de bien curieux endroits dans la journée.

Malgré l'absence de preuve, le parfum du péché étant irrésistible, en une heure à peine la rumeur insidieuse s'était répandue dans l'assistance.

Laissant Millicent dans un petit salon boire du porto et bavarder avec les autres femmes qui avaient accompagné leur mari dans l'Ouest, le colonel Braddock escorta Blaze vers la salle de bal pour qu'elle lui accordât la première danse. L'orchestre jouait une mazurka joyeuse et enlevée et les danseurs se précipitèrent sur la piste avec enthousiasme. Même au milieu de la foule, Blaze ne passait pas inaperçue, resplendissante dans cette robe qui mettait sa beauté en valeur. Elle fut aussitôt assiégée par une horde de prétendants et de cavaliers, fascinés par son charme éclatant. Le colonel céda volontiers sa place, et elle se retrouva dans les bras d'un grand jeune homme blond venu du Texas. Excellent danseur, il lui susurra qu'elle était plus belle encore que les filles de son pays et proposa qu'ils se marient dès le lendemain, ce qui déconcerta Blaze un instant. Elle déclina son offre avec un sourire poli et échappa à toute explication supplémentaire, un autre jeune homme venant demander son tour.

Elle s'amusait beaucoup – danser avait toujours été pour elle un plaisir –, les gens étaient gais et sympathiques, et les conversations, dès qu'elle arrivait à détourner les compliments, portaient souvent sur les mines, ce qui la passionnait. Normalement, il lui aurait fallu un certain temps avant de remarquer le grand jeune homme aux cheveux noirs, en habit de soirée très élégant, parmi les centaines d'invités. Ce soir-là cependant, à l'instant même où il entra dans la salle, les conversations cessèrent brusquement, les têtes se détournèrent et un lourd silence tomba sur l'assistance.

Ignorant tout de la rumeur de la soirée, Blaze ne comprenait pas pour quelle raison tout le monde dévisageait cet homme, en dehors du fait qu'il était extrêmement séduisant. Visiblement, c'était un homme qui aimait vivre au grand air et, en le regardant avec plus d'attention, elle s'aperçut qu'il était indien. Stupéfaite, Blaze reconnut *son* Indien. Les battements de son cœur s'accélérèrent. Mais pourquoi diable les gens continuaient-ils à le fixer ainsi ? De la piste de danse, où son cavalier s'était lui aussi figé sur place, elle vit l'homme s'immobiliser lorsqu'il prit conscience de la curiosité et des commentaires à voix basse dont il était manifestement l'objet.

Son regard d'un noir intense balaya tranquillement la pièce, se posa sur Lucy, puis revint sans le moindre trouble vers le groupe d'officiels qui formait une sorte de cordon d'accueil à l'entrée. Ses boutons de manchettes en diamants jetèrent un éclat aveuglant quand il s'avança calmement et s'adressa à l'un d'eux :

– Bonsoir. Quel temps délicieux ! Il fait vraiment exceptionnellement chaud pour un mois de juin, dit-il avec une remarquable aisance.

Les dignitaires, par contre, semblaient extrêmement nerveux. La très jolie et très brune Lucy Attenborough lui offrit son ravissant sourire et l'homme âgé qui se tenait à ses côtés, le crâne chauve luisant de sueur, suivit son regard d'un air meurtrier.

Sans en tenir compte, Jon répondit à son sourire et tendit la main à l'épouse du juge à qui, étrangement, le rose monta soudain aux joues. Il lui fit les compliments d'usage avant de se tourner vers son digne mari.

– Bonsoir, dit-il aimablement. La session parlementaire est enfin terminée, n'est-ce pas ? Ce doit être un soulagement pour vous, j'imagine.

– Oui, je vais pouvoir passer plus de temps chez moi désormais, répliqua le juge sur un ton plein de ressentiment.

– Je suis certain que votre femme vous en sera très reconnaissante.

L'espace d'une seconde, le vieil homme faillit exploser. Mais l'Indien qui se trouvait devant lui – tout le monde le savait, y compris le juge Attenborough – était celui-là même qui avait tué trois hommes le mois dernier. On ne s'attaque pas impunément à un homme réputé capable de tirer cinq coups en trois secondes. Le juge décida donc de faire taire sa colère.

– Bonne soirée, monsieur Black. Amusez-vous bien.

– Je n'y manquerai pas, répondit Jon d'un ton neutre.

L'orchestre attaqua un nouveau morceau, les invités recommencèrent à danser et les conversations reprirent de plus belle sur le scandale qui venait d'être évité de justesse.

Le grand Absarokee aux cheveux brillants échangea encore quelques mots avec le juge qui le traitait – à juste titre – avec une certaine méfiance. Sa jeune femme jeta à Jon des regards appuyés qu'il prit grand soin d'ignorer tout en souhaitant au juge et à son épouse une bonne soirée.

Ensuite, il se rendit directement dans la salle de jeu. Jon Black ne retourna dans la salle de bal que peu de temps avant minuit, l'air fort préoccupé. Le message qui avait interrompu sa partie de cartes en était la cause. Comme si la rumeur qui circulait ce soir-là n'était pas suffisamment inquiétante – ses partenaires de jeu avaient fait des allusions insistantes à plusieurs reprises, aussi savait-il à quoi s'en tenir sur l'état d'esprit des invités –, Lucy, ayant apparemment perdu tout sens de la discrétion, lui avait fait porter un mot par un domestique. C'était une des femmes les plus insatiables qu'il eût jamais connues ! Sans doute le fait d'être mariée à un homme de soixante ans expliquait-il cette particularité. Mais Jon Black ne cherchait jamais sciemment les ennuis, et s'il la rejoignit sur la véranda ainsi qu'elle le lui demandait, ce fut uniquement pour éviter de la voir se précipiter à sa recherche dans la salle de jeu.

Au-delà des portes de la salle de bal, la véranda qui courait autour du bâtiment était heureusement très mal éclairée. L'endroit était discret, favorable à une entrevue « indispensable », comme le prétendait le message de Lucy. Jon se dirigea vers la petite alcôve légèrement en retrait où se trouvait une balançoire.

Jon et Lucy s'y étaient donné rendez-vous le premier soir de leur rencontre.

Il la trouva derrière la porte, le front appuyé contre le chambranle, en train de tamponner ses joues mouillées de larmes avec un mouchoir en dentelle. Tout en s'approchant d'elle, la colère qu'avait déclenchée en lui son message s'apaisa. Elle avait l'air si triste, si malheureuse, et il savait que sa vie avec Attenborough était loin de la combler. Il la prit doucement par les épaules, enfouit son visage au creux de sa nuque, lui murmurant des mots doux tout en respirant avec délices sa peau parfumée, et sentit qu'elle commençait à se détendre.

– Jon, je ne supporte pas de te voir sans pouvoir te toucher, s'écria-t-elle en se retournant pour se jeter à son cou.

– Je suis désolé d'avoir dû t'éviter toute la soirée. Mais tu as entendu les ragots, non ? Si Attenborough est poussé à bout, il va se croire obligé de me provoquer en duel.

Le juge Attenborough appartenait à une vieille famille de Georgie et estimait que l'honneur devait être défendu à coups de pistolet.

– Je ne le veux pas, reprit-il, et toi non plus. Je risquerais de le blesser, peut-être même de le tuer. Lucy, je t'en prie, sois raisonnable.

Que Jon se battît au nom de sa maîtresse ou simplement de son droit à vivre comme il l'entendait, le résultat serait le même. Le juge serait probablement tué et sa femme tenue pour responsable. Et le scandale rendrait sa vie insupportable.

D'autant plus que si elle éprouvait pour Jon un désir qui frisait l'obsession, Lucy n'était pas prête à abandonner sa place auprès de son mari ni ses trois millions de dollars. Après tout, George ne vivrait pas éternellement, et si Jon était un merveilleux amant, il n'avait, en revanche, pratiquement pas un sou. Elle soupira lourdement et le regarda à travers ses cils brouillés de larmes.

– Je sais bien, Jon, tu as raison. Mais j'ai tellement envie de toi... et tu t'en vas demain. Ne pourrais-tu pas rester un jour de plus ?

Jon considéra les obligations qui l'attendaient d'une part, et d'autre part les larmes de Lucy et son manque de discrétion agaçant. Il capitula dans un sourire.

– Je ne peux pas rester un jour de plus, mais je peux remettre mon départ à demain après-midi. Qu'en dis-tu ?

– Oh, Jon ! s'écria-t-elle, le visage soudain illuminé de bonheur. Tu veux bien ?

Il acquiesça avec douceur.

– Je t'attendrai demain matin. Viens dès que tu le pourras.

Elle arbora un air triomphant, éprouvant un réel sentiment de délivrance.

– Je serai là à l'aube. Comme ça, je t'aurai à moi plus longtemps.

Son enthousiasme le fit sourire.

– Une chose, Lucy : fais très attention. La prudence ne sera pas superflue. Si je suis obligé de garder constamment un œil sur la porte, je ne pourrai pas m'occuper aussi bien de toi.

– Promis, chéri. Je serai la prudence même. Personne ne saura que je suis à ton hôtel.

– Il vaudrait mieux, car aujourd'hui tout le monde était au courant.

Il se pencha pour poser un baiser sur ses lèvres puis ouvrit la porte en la poussant doucement.

– Va rejoindre tes invités. A demain.

Elle se retourna, lui envoya un baiser et regagna sagement la salle de bal.

Jon s'appuya contre la porte avec un profond soupir. Il venait de frôler le désastre. Etant donné que la situation était délicate à la frontière et que les préjudices commis envers les Indiens augmentaient au fur et à mesure que la convoitise des Blancs pour la terre et l'or se développait, il était préférable qu'il ne fût pas contraint de tuer le juge. Il sortit un cigare de sa poche, craqua une allumette et aspira voluptueusement la fumée. Cette nuit d'été était magnifique, et il avait besoin de quelques instants pour retrouver son calme. Il était reconnaissant à Lucy de s'être laissé consoler si facilement. Le ton hystérique de son message l'avait d'abord alarmé et il avait craint qu'elle lui fît une scène en public ou qu'elle exigeât de lui quelque chose d'impossible. Car si Lucy était une compagne idéale au lit, elle ne représentait cependant pour lui rien d'autre.

Apercevant la balançoire, il décida d'aller s'y asseoir pour fumer son cigare, afin de laisser Lucy se montrer un peu dans la salle avant de réapparaître à son tour. Il avança vers l'extrémité de la véranda qui se trouvait dans la pénombre. Soudain il s'arrêta net, le visage éclairé par le clair de lune.

– Bon sang ! (Il retira brusquement le cigare de sa bouche.) Non seulement vous êtes une petite peste mais, apparemment, en plus vous écoutez aux portes. J'espère que vous vous êtes bien amusée, lança-t-il d'un air ironique.

Assise sur la balançoire, rayonnant d'une pâle lueur blanche dans sa robe de soie, Blaze se raidit, et des milliers de perles scintillèrent sous les reflets de la lune.

– Je n'avais aucune intention d'écouter aux portes, répliqua-t-elle sèchement. Si vous aviez retiré vos mains baladeuses de la femme du juge ne serait-ce qu'une seconde, j'aurais pu signaler ma présence, m'excuser et m'en aller. Nom d'un chien, c'est bel et bien de votre faute, imbécile !

Il y eut un silence pesant. L'entendre jurer ainsi le déstabilisa une seconde. Elle aurait pu s'exprimer autrement, mais au moins, cela révélait ce qu'elle était vraiment. Il avait oublié que cette silhouette superbe cachait une nature impérieuse. Jamais il n'avait reçu de coup de pied, ni n'avait été maltraité par une femme auparavant. Et jusqu'à ce jour, aucune n'avait encore osé l'injurier. A elle seule, cette femme parvenait à piquer son orgueil.

— Votre façon de parler est vulgaire, se contenta-t-il de dire.

Cependant, il avait l'air absolument furieux.

— Vous, c'est votre esprit qui est vulgaire, répliqua Blaze d'un air détaché.

Les yeux étincelants de rage, Jon arbora un sourire dédaigneux.

— Vous trouvez le sexe vulgaire ? Et je suppose que vous considérez que c'est un péché, bien entendu. Je plains votre mari. Les nuits doivent être glaciales avec vous.

Son anglais était parfait, le ton dérisoire parfaitement voulu et il avait un léger accent de l'Ouest.

Elle releva le menton, l'air querelleur, et un rayon de lune vint éclairer un instant son décolleté et la naissance de ses seins. Jamais un homme ne lui avait parlé de manière aussi désagréable et ce fut avec une froideur absolue qu'elle lui répondit :

— Le sexe, comme vous le dites si courtoisement, n'est encore pour moi qu'une vague idée. Quant au péché, j'ai remarqué que c'était souvent l'obsession de petits esprits tordus qui n'ont rien de mieux à faire. Inutile de plaindre mon mari. Je n'en ai pas. Et quand j'en aurai un, je suis persuadée que je saurai le réchauffer comme toute bonne épouse.

– Votre langue est aussi acérée que celle d'une mégère. Malheureusement, c'est un autre genre de chaleur que les hommes préfèrent.

Blaze bondit sur ses pieds dans un scintillement de perles, les yeux écarquillés de colère.

– Monsieur...

– Black, compléta Jon en saluant poliment.

– Monsieur Black, je vous trouve méprisable ! reprit-elle, blanche de rage.

Il y eut un silence. Jon contempla le bout étincelant de son cigare, puis son regard noir et enveloppant revint se poser sur Blaze.

– Et moi, je vous trouve... dangereuse, dit-il en prononçant plus doucement ce dernier mot.

– Dangereuse ?

– Extrêmement, rétorqua-t-il d'un ton sec.

Au bout de quelques secondes, l'expression de son visage changea complètement et elle vit qu'il avait l'habitude d'user de son charme avec une parfaite habileté.

– Pouvez-vous me donner votre parole, mademoiselle, que vous ne répéterez rien de ce que vous avez entendu ce soir ?

Sa demande fut tout aussi froidement reçue que mal interprétée. Blaze la ressentit comme un véritable affront, ce qui gonfla ses seins pâles mis en valeur par son ravissant décolleté. Malgré lui, une lueur d'admiration brilla dans le regard sombre de Jon, et il oublia sa colère un court instant.

– Voulez-vous que je vous signe un papier ? demanda-t-elle avec malice. Mais peut-être ne savez-vous pas lire. Autant que je me souvienne, à Diamond City, sans votre habit de soirée et vos boutons de manchettes, vous n'étiez pas tout à fait le même genre d'homme. Vous savez lire ? insista-t-elle d'un air insolent. (C'était là pure provocation de sa part, car ni la façon de parler, ni l'allure de Jon ne laissaient place au doute.) Ou bien préférez-vous vous attaquer aux femmes et les clouer au sol ?

Jon osait à peine en croire ses oreilles. Il ouvrit la bouche, puis la referma en pinçant les lèvres. Quelques secondes lui suffirent pour retrouver son contrôle et lui répondre avec autant d'insolence :

– Je sais à peu près lire, murmura-t-il d'une voix contenue. (Face à une femme qui se permettait une telle conduite, il devait faire de réels efforts pour garder son calme.) Et je sais faire toutes sortes de choses aux femmes, en dehors de les attaquer, ajouta-t-il le souffle rauque.

Elle avait réussi à le pousser à bout. Sa fierté d'Indien ne souffrait aucune ironie sur l'absence de l'écrit chez son peuple, qui n'utilisait que la transmission orale.

Une lueur terriblement moqueuse apparut soudain dans ses yeux noirs.

– Voulez-vous que je vous montre ce que je fais aux femmes ? Et ce qui pousse des dames comme Lucy à me courir après ? (Il la toisa des pieds à la tête, s'attardant longuement sur son splendide décolleté.) Pourquoi ne pas commencer par vous donner un exemple de l'instinct bestial du Peau-Rouge analphabète ?

Sa voix pleine de dérision n'était plus qu'un murmure rauque. Il plissa les yeux, tel un prédateur s'apprêtant à fondre sur sa proie. Jetant son cigare, il avança lentement vers elle.

Dans un bruissement de soie, Blaze recula vers la balançoire.

– Si vous avancez, je crie, parvint-elle à articuler.

Pour la première fois de sa vie, elle était consciente d'être face à un homme qu'elle ne pouvait manipuler.

– Ne vous gênez pas. Je vous réduirai au silence avant que vous ayez proféré un son. (Il parlait sans hâte, son visage bronzé affichant un calme inébranlable.) Dans les écoles des Blancs, on enseigne la lecture, mais chez les Indiens, on apprend à se déplacer avec rapidité et sans bruit. En cas de danger, essayez donc de vous défendre avec un livre.

Il s'approcha, et elle reconnut une indubitable odeur de cognac.

– Vous êtes ivre ! s'écria-t-elle. Vous n'êtes qu'un sale ivr...

– Ne dites pas cela ! coupa Jon, le regard brûlant. (Si c'était un homme qui l'avait accusé ainsi, il l'aurait déjà abattu.) Je ne bois jamais, ajouta-t-il à haute et intelligible voix. Contrairement aux autres tribus, les Absarokees ne se sont jamais laissé soumettre par l'alcool. Question de fierté.

Il continua à avancer vers elle, souple et gracieux, lisant avec satisfaction la peur dans ses yeux. Découvrir que sous cette façade autoritaire se cachait en fait une femme affolée n'était certes pas très charitable, mais fort bienvenu, et il s'en réjouit. Cette révélation – ou bien étaient-ce son étonnante beauté et ses formes voluptueuses ? – fit monter en lui les signes familiers du désir.

Il avança la main avec une extrême délicatesse et, lorsque ses longs doigts fins emprisonnèrent doucement son menton, les diamants qui pendaient aux oreilles de Blaze jetèrent des milliers d'éclairs.

– D'abord, je les embrasse, dit-il de sa voix douce.

Et il se pencha sur elle, s'attendant à ce qu'elle se dérobât aussitôt. Comme elle n'en fit rien, il glissa son autre main derrière son dos et la serra contre lui.

Blaze frissonna au contact de ces mains sur sa peau nue. Ses doigts – des doigts de travailleur, pas de gentleman – la tenaient par le menton, sans rudesse, mais bien déterminés à ne pas la lâcher. Une sensation étrange l'envahit, le même mélange de curiosité, de désir et de peur qu'elle avait ressenti lorsqu'il l'avait portée dans ses bras à Diamond City. Mais elle n'eut guère le temps de s'y attarder, car déjà sa bouche se posait sur la sienne, forçant délicatement ses lèvres à s'entrouvrir dans un silence troublant. Son odeur, sa présence physique l'attiraient irrésistiblement.

Elle l'entendit gémir puis, avec une extrême douceur, il enfouit sa langue dans sa bouche qu'il explora avec une sensualité sauvage. Et tout en dévorant ses lèvres au goût de miel, il pressa son corps contre le sien et la souleva légèrement pour mieux lui faire sentir l'intensité de son désir.

— Ensuite, murmura-t-il tout près de sa bouche, après les avoir embrassées ici, je les embrasse...

Jon lui lâcha le menton, et sa main descendit le long de sa gorge parfumée de lilas, caressa le galbe de sa poitrine. Ses doigts écartèrent le tissu soyeux brodé de perles, la libérant de l'emprise de son décolleté. En sentant l'air tiède de la nuit effleurer ses seins, Blaze frémit de plaisir.

— ... là.

Aussitôt, sa tête brune plongea et sa bouche se referma sur une pointe de sein rose déjà durcie par un ardent désir. Les mains de Blaze se faufilèrent dans ses cheveux noirs, l'encourageant à l'embrasser plus fort encore. Un feu dévastateur se mit à couler dans ses veines. Le cœur battant à tout rompre, elle sentit monter au fond d'elle de délicieuses bouffées d'un plaisir inconnu.

Expert à interpréter le moindre signe de ses partenaires, Jon souleva Blaze dans ses bras. Après un rapide coup d'œil alentour, il contempla le corps à demi nu qu'il serrait contre lui et sut qu'il ne pourrait guère attendre plus longtemps. Aussitôt, sa décision fut prise. Il descendit l'escalier et traversa la pelouse au bout de laquelle se trouvait une ancienne cuisine d'été. Elle était fermée, mais il n'eut aucun mal à faire céder la porte d'un coup d'épaule. Après l'avoir repoussée du pied, Jon resta un instant immobile, cherchant à distinguer les formes dans l'obscurité. Ce faisant, il continua à l'embrasser, jouant avec sa bouche, possessif et sûr de lui. Blaze geignit imperceptiblement, consentante. Finalement, incapable d'attendre davantage, il s'approcha de la table qu'il venait de repérer.

Au passage, il renversa une chaise qu'il envoya promener d'un coup de pied. Ses longs cheveux noirs balayèrent la joue de Blaze lorsqu'il la coucha sur la table en bois. Il se pencha, l'embrassa, mais quand il voulut s'écarter, elle s'accrocha à lui, avide de ses baisers. A nouveau ses lèvres effleurèrent son cou avant de descendre vers les pointes de ses seins, dures et tendues comme des boutons de roses sauvages.

Elle étouffa un petit cri, gémit de plaisir sous les caresses de sa langue tout en l'agrippant sauvagement. Chaque fois qu'il relevait la tête, elle l'en empêchait.

— Encore, je vous en prie... encore, chuchota-t-elle en frémissant.

Blaze avait l'impression que son cœur battait dans tout son corps, cognait à l'intérieur de sa poitrine et menaçait d'exploser entre ses cuisses.

Mais Jon ne pouvait se retenir éternellement. Il voulait plus que des caresses. Sa main disparut sous les jupons soyeux, se faufila le long de l'entrejambe tiède et velouté, et...

Une voix d'homme résonna distinctement tout près d'eux :

— Blaze ! Blaze ! Où es-tu ?

Elle se figea.

En un clin d'œil, elle parut retrouver ses esprits. Elle se releva brusquement et couvrit sa poitrine d'une main tremblante.

– Non, murmura-t-elle d'une petite voix désespérée.

– Si.

A cet instant, Jon n'avait plus qu'une seule idée en tête. Il emprisonna ses épaules douces comme de la soie, convaincu que personne n'entrerait dans la cuisine abandonnée, et voulut l'embrasser.

– Les choses qui procurent du plaisir ne peuvent faire du mal.

– Non, implora-t-elle doucement en le repoussant.

Elle se débattit avec une force étonnante. Et tandis que Jon se demandait si elle était sérieuse ou pas, elle descendit de la table. Surpris, frustré, il la regarda courir vers la porte. En quelques secondes, elle réajusta le corsage de sa robe, replaça l'écharpe de dentelle sur ses épaules, ouvrit la porte et disparut dans la nuit.

Jon Black jura dans la pénombre. Rester ainsi sur sa faim ne lui était pas arrivé depuis l'adolescence. Furieux, il sortit en trombe, pestant contre l'inconséquence des femmes en général et de l'une d'elles en particulier. Il resta un bref instant à écouter la musique enjouée provenant de la salle de bal tout illuminée, mais estimant avoir rempli plus que largement son devoir de politesse pour aujourd'hui, il retourna à son hôtel et se mit au lit.

Le lendemain, Lucy Attenborough fut l'objet d'une attention toute particulière. Jon avait promis de lui consacrer la matinée, mais il demeura avec elle beaucoup plus longtemps. Enfin, plus tard, quand la chaleur de l'après-midi eut considérablement diminué, une douce léthargie s'empara des occupants de la chambre 202 après une journée bien remplie. Alors, l'Indien absarokee, chercheur d'or à Diamond City, quitta la ville et se mit en marche vers le nord, afin de rejoindre sa cabane au sommet de la montagne.

4

Les semaines suivantes furent consacrées à un travail acharné. Debout dès l'aube, Jon construisait des écluses, creusait des rigoles et donnait des coups de pioche dans la mine qu'il avait creusée à flanc de colline. A midi, il déjeunait rapidement et recommençait à travailler jusqu'au coucher du soleil. Son corps, déjà musclé et sculpté par des années d'entraînement, acquit une puissance nouvelle. Il s'imposa ce régime épuisant, jour après jour, sans jamais faillir. A la fin de ces longues et éreintantes journées, il n'avait même plus la force de penser, et il sombrait aussitôt dans un sommeil sans rêves. Mais les rares fois où il lui fallut plus de trente secondes pour s'endormir, ce fut toujours la même image – une crinière de feu, un teint de pêche et une robe en soie ivoire – qui s'imposa malgré lui à son esprit.

Blaze, en revanche, avait le temps de rêvasser à loisir, et ses pensées étaient de plus en plus souvent hantées par le souvenir vivace de cet homme sensuel et audacieux. Aucun homme n'avait réussi jusqu'à présent à l'envahir ainsi. Elle ne pouvait oublier l'inexplicable effet qu'il avait eu sur elle et s'en agaçait. Ses joues s'empourpraient chaque fois qu'elle repensait avec quelle effronterie elle avait failli s'abandonner à lui. Fort heureusement, la voix de son père avait interrompu leur étreinte passionnée. Sans cela, elle aurait succombé, comme Lucy Attenborough – et combien d'autres – au charme de cet amant très persuasif.

C'était un séducteur de la pire espèce, décida-t-elle en entendant les multiples rumeurs à son sujet. Chacun y allait de sa petite histoire sur lui. Cet homme utilisait les femmes comme des jouets, avec un mépris typiquement masculin, et pas seulement lié à sa culture indienne. Après tout, traiter ainsi les femmes était courant dans l'univers des Blancs. C'était même – elle était bien obligée de le reconnaître – très répandu dans le monde privilégié de gens riches dans lequel elle vivait.

Au bout d'une semaine à Virginia City, contrainte de subir jour après jour les bavardages inconséquents de sa mère et de ses amies, Blaze supplia son père de l'emmener à nouveau visiter les mines avec lui. Si elle devait passer une seule journée de plus dans les salons oppressants de cet hôtel luxueux à prendre le thé et à écouter des potins, elle allait exploser.

Le samedi suivant, de très bonne heure, Blaze quitta la ville avec son père, un groupe de douze hommes d'affaires et leurs trois guides. Ils passèrent la semaine sur la route de la ruée vers l'or à parler avec des prospecteurs, achetant des concessions, discutant les prix et interrogeant les propriétaires sur leurs résultats.

Blaze écoutait avec intérêt son père et ses associés débattre de filon et de puits, de minerai et d'extraction, s'initiant peu à peu aux problèmes de ventilation ou de treuillage. L'extraction de l'or était difficile et complexe ainsi qu'elle commençait à le comprendre.

Lorsque c'était possible, ils dormaient à l'hôtel –

charmant euphémisme pour évoquer quatre murs surmontés d'un toit – sinon ils campaient à la belle étoile. C'était une région de montagnes couvertes de forêts de pins et de vallées verdoyantes qu'arrosaient des rivières limpides. L'air embaumait et sur le tapis d'aiguilles de pins qui recouvrait le sol poussaient des fleurs sauvages de toutes les couleurs. Pour une jeune femme ayant passé la majeure partie de sa vie dans l'ennuyeuse société bostonienne, c'était le paradis. Mais Blaze avait beau trouver la vie au grand air saine et rustique, elle n'en était pas moins un pur produit de la bourgeoisie. Pas une seule fois il ne lui arriva de se demander comment étaient préparés les repas, les campements si confortablement installés, ou bien encore par quel enchantement elle retrouvait son cheval sellé et bouchonné tous les matins. Réaction bien compréhensible lorsqu'on a été élevée dans une maison entretenue par quarante domestiques.

Deux semaines plus tard, le groupe fit halte à Diamond City, dernière étape avant Virginia City. Un matin, Yancy Strahan, le contremaître du colonel Braddock, déboula littéralement dans le salon de la petite maison qu'ils avaient louée et, l'air dégoûté, laissa exploser sa colère envers ces « maudits Indiens » en général, et contre l'un d'eux en particulier.

– Quel culot ! Il a menacé de me tirer dessus si je ne quittais pas sa concession sur-le-champ ! Il n'y a donc pas de réserves pour ces gens-là ? Quel sauvage insolent ! A qui s'imagine-t-il donc que ce pays appartient ?

– De quelle concession s'agit-il ? demanda l'un des hommes assis autour de la grande table en chêne.

– La 1014 et la 1015. Ce camp de mineurs autorise deux concessions par personne, et elles se trouvent en plein milieu des nôtres, répondit Yancy l'air furieux.

– Comment s'appelle l'homme en question ?

– Jon je ne sais trop quoi...

Blaze tourna brusquement la tête et écouta désormais Yancy avec beaucoup plus d'attention.

– Un de ces stupides noms indiens ! Par ici, tout le monde l'appelle Jon et prend garde à ne pas croiser son chemin.

– Il est dangereux ?

– Il a tué trois hommes le mois dernier. Le premier trichait aux cartes et a voulu tirer sur l'Indien quand il le lui a fait remarquer. A ce qu'on raconte, il n'en a même pas eu le temps : il l'a abattu avant qu'il ait pu dégainer son arme. Selon la rumeur, il n'y a pas meilleur tireur sur tout le territoire.

– Ne pourrait-on pas lui parler ? interrogea quelqu'un.

– Ça dépend comment on s'y prend, répondit sèchement Yancy. Les deux autres types qu'il a tués essayaient de lui piquer sa concession. Ils sont arrivés un soir chacun d'un côté de la colline. Il les a descendus tous les deux.

Quelques raclements de gorge résonnèrent dans la pièce.

Yancy se laissa tomber lourdement dans un fauteuil.

– Il paraît qu'il ne dort jamais. Mais tout de même, tout homme a un prix.

– As-tu essayé de...

– Ce maudit sauvage ne m'a même pas laissé approcher pour lui faire une offre ! Si vous avez des suggestions à faire, n'oubliez surtout pas ce détail.

Assise près de son père, Blaze sentait son pouls s'accélérer chaque fois que le nom de Jon était mentionné. Il était donc encore là. La population dans les camps ne faisait souvent que passer, les mineurs préférant s'en aller si leur filon ne s'avérait pas rapidement productif. De plus, elle n'était pas certaine qu'il cherchât de l'or. Après l'avoir vu dans son habit de soirée à Virginia City, sa première impression de lui avait laissé place à la plus grande confusion. Evidemment, si l'histoire de Yancy était vraie, cet homme avait de multiples facettes : séducteur, prospecteur d'or, mais aussi tueur à l'occasion. Pourtant, il lui semblait difficile de l'imaginer en brute sanguinaire après avoir senti sur elle la douceur de ses mains. Mais Blaze n'ignorait pas que dans cette région, l'autodéfense et la justice immédiate avaient force de loi.

— N'était-il pas au bal de Virginia City, il y a quelques semaines de cela ? demanda Turledge Taylor, homme d'affaires avisé. Il ne peut pas être cent pour cent indien et avoir été invité.

Il ignorait que Lucy Attenborough s'était chargée personnellement d'envoyer les invitations.

— J'ai cru comprendre qu'il était le fils d'un grand chef, intervint une autre voix. Ses parents sont morts l'hiver dernier quand la variole a décimé une partie de sa tribu. Il s'est mutilé en signe de deuil, comme le veut la coutume. Ils font cela pour exprimer leur chagrin. Il paraît que ses blessures étaient profondes. Ces gens sont vraiment bizarres...

Blaze repensa aussitôt à leur première rencontre, dans la boue, quand elle avait vu les cicatrices qui s'entrecroisaient sur le torse de Jon.

Toutes les personnes présentes écoutaient avec grand intérêt.

— Où as-tu entendu parler de ça ? demandèrent deux voix à l'unisson.

L'homme eut l'air embarrassé pendant quelques secondes et jeta un regard d'excuse à Blaze avant de répondre :

— C'est une des filles de Rose qui me l'a raconté.

A part Blaze, tout le monde savait de quelle fille de Rose il voulait parler. Une des jeunes prostituées du lupanar local qui s'était entichée de lui.

– Elle dit que ses bras et sa poitrine sont couverts de cicatrices. Rose l'a soigné pendant quelque temps.

– Apparemment, nous n'avons pas affaire à un mineur ordinaire, déclara l'homme assis à la gauche de Blaze. Peut-être pourrions-nous lui proposer une autre concession ? Ou bien lui offrir un petit pourcentage ? C'est sans doute un métis et il doit être légèrement plus civilisé que les autres. Ou en tout cas, plus malin.

– Il paraît qu'il a étudié à Harvard, dit Frank Goodwin. Du moins, s'il s'agit bien de l'homme qui a joué aux cartes avec nous le soir du bal. Il a bien failli me ratisser.

– Il a failli nous ratisser tous, tu veux dire ! grogna son associé, Henry Deville.

– Dur à croire, reprit Frank.

– Et plus dur encore à avaler, marmonna un autre homme.

– Non, je voulais parler du fait qu'il soit allé à Harvard. Je sais bien qu'ils acceptent des princes siamois et chinois ou un Français de temps en temps – ils ont même pris un comte russe une fois – mais pas un métis ! Non, ça vraiment, je n'y crois pas !

– Bon sang ! Peu importe qu'il soit civilisé ou pas, s'écria brusquement Yancy. Nous avons besoin de sa parcelle, un point c'est tout. Alors, comment va-t-on s'y prendre ?

– Pourquoi n'irais-je pas lui parler ? proposa Blaze le plus calmement du monde.

– C'est hors de question, rétorqua son père d'un ton cassant. Tu as entendu, il a déjà tué trois hommes.

70

– Papa, je t'assure que cet homme avait l'air...
(Elle s'arrêta une seconde, cherchant un mot plus
approprié, car celui qui lui était venu à l'esprit – expert – aurait pu donner lieu à quelques commentaires
malveillants.) ... très aimable avec les femmes, reprit-elle d'un ton neutre. Je l'ai entendu discuter
avec l'épouse du juge et j'ai moi-même bavardé un
peu avec lui. S'il s'agit bien du même homme, je ne
crois pas qu'il ferait de mal à une femme. Laisse-moi
essayer, papa.

Aussitôt, différentes opinions jaillirent dans le plus
complet brouhaha. Blaze attendit patiemment. Ils savaient, tout comme elle, que sa suggestion était la
seule raisonnable en dehors de lever une armée.
Yancy n'avait pas réussi à lui parler, même de loin, et
à chaque fois il s'était fait renvoyer à la pointe du
fusil. Si elle n'essayait pas, ils retourneraient à Virginia City sans avoir pu acquérir la seule et unique
parcelle manquant à une propriété minière extrêmement profitable.

– Je propose qu'on tente le coup, dit Frank.

– Moi, je dis non ! tonna le colonel Braddock.

Blaze posa sur son père ce regard calme et rassu-
rant qui parvenait toujours à le convaincre que ce
qu'elle voulait n'était pas aussi inconsidéré qu'il y
paraissait.

– Papa, je peux me défendre. Tu sais, je me dé-
brouille plutôt bien avec mes colts. C'est toi qui m'as
appris à tirer. (Elle ne précisa pas que mieux valait
espérer trouver Jon de bonne humeur plutôt que de
compter sur sa rapidité à dégainer ses pistolets.)
Papa, je t'en prie, supplia-t-elle avec un ravissant sourire.

Le colonel Braddock hésita, cherchant à juger de
l'assurance qu'affichait sa fille tout en sentant ses
collègues le presser d'accepter.

– Allons, Billy, en plein jour. Que peut-il arriver ?

– Nous nous posterons juste en bas de la colline, proposa un autre.

– Il ne fera pas de mal à une femme. A en croire la rumeur, il les aime même... énormément.

Billy Braddock s'assombrit plus encore en entendant cette remarque.

– Attenborough l'a invité au bal, souviens-toi. Or il m'a fait l'effet d'être un gentleman au même titre que chacun d'entre nous.

– Turledge a raison, papa. Il n'aurait pas été invité à ce bal s'il n'était pas correct.

Bien entendu, Blaze savait parfaitement qui l'avait invité ce soir-là. Inutile cependant de le révéler à son père. Elle se tourna vers lui d'un air implorant. Elle était sa fille unique. Il l'adorait et n'avait jamais pu lui refuser quoi que ce fût.

Blaze comptait là-dessus : un dernier petit « S'il te plaît » eut tôt fait de vaincre ses dernières réticences. Incapable de lui dire non, il accepta.

5

Jon était posté au sommet de la colline, le visage dur et tendu sous le soleil ardent. Il observa le petit groupe d'hommes en manteaux sombres arrêtés au pied de la montagne et suivit avec curiosité la femme aux longues jambes et à la crinière rousse qui montait lentement vers lui. Le terrain était difficile, inégal et jonché de cailloux, rendant toute approche délicate, ce dont il se félicitait.

Elle portait un pantalon en serge noire, rentré dans des bottes d'équitation anglaises impeccablement cirées. Jon se dit qu'un domestique devait faire partie du voyage rien que dans ce but. Le corsage en lin blanc, finement brodé, rehaussait l'éclat doré de sa peau, beaucoup plus bronzée que lors de leur dernière rencontre. Elle avait probablement oublié son ombrelle à Virginia City, se moqua-t-il.

Il savait pourquoi elle escaladait la colline. Il avait reconnu le groupe d'hommes richement habillés qui attendaient en bas.

Lorsqu'elle fut à une dizaine de mètres de lui, Jon changea imperceptiblement de position et son doigt se détendit sur la gâchette de son arme. Leurs regards se croisèrent. Elle rougit, puis pâlit, laissant son adorable visage tout auréolé de rose. Une lueur d'admiration éclaira une seconde les yeux noirs de l'Indien.

– Vous avez interrompu mon repas. Laissez vos armes dehors, ordonna-t-il avec dureté.

Sans attendre sa réponse, il fit volte-face et rentra dans la cabane.

Blaze déposa ses colts, avança jusqu'au petit porche et s'arrêta sur le seuil. Jon était déjà assis en train de manger. Son torse couvert de fines et pâles cicatrices la troubla. Il ne portait qu'un pantalon en peau d'antilope et des mocassins. Ses cheveux, coupés depuis peu, étaient tout bouclés, mouillés de transpiration en raison de la chaleur intense. Et une fine couche de sueur accentuait la grâce particulière de son corps.

– Je peux entrer ?

Il leva les yeux et examina la femme élancée qui se trouvait devant lui. Le souvenir qu'il avait gardé d'elle était exact, bien qu'à la lumière du jour elle lui parût plus jeune – et plus belle encore.

– Bien sûr.

Quand Blaze pénétra dans la petite pièce, il se leva pour aller refermer la porte. En revenant, il s'arrêta près d'elle, et ses yeux noirs l'observèrent avec attention. Le regard irrésistiblement attiré par sa bouche, elle repensa à ses baisers ardents.

– Voulez-vous déjeuner avec moi ? demanda-t-il poliment, comme s'ils étaient de parfaits inconnus. Rien à voir avec ce que l'on vous sert d'ordinaire, j'en suis sûr, mais il y a de quoi se rassasier.

– Non, merci, répliqua-t-elle.

Des scrupules inattendus et des sentiments inhabituels la rendaient trop nerveuse pour manger. Sa nourriture était simple : du pain, un énorme steak – sans doute d'élan ou de chevreuil, pensa-t-elle – du café et un grand bol de framboises.

– Prenez au moins des framboises. Le fils de McTaggert a passé la matinée à les ramasser.

Il s'assit et se remit à manger.

– Non, merci, répéta-t-elle, déterminée à en venir droit au but. Je suis venue vous proposer une affaire.

Relevant la tête, il croisa son regard et Blaze vit dans ses yeux une lueur indulgente et amusée.

– Me proposer une affaire ? Je vois...

Blaze se détendit. Elle savait bien qu'il pouvait se montrer raisonnable. D'ailleurs, les méthodes de Yancy Strahan ne lui avaient jamais beaucoup plu. Maintenant, il n'y avait plus qu'à s'entendre sur un prix.

Jon se demandait auquel des hommes d'affaires elle appartenait. Elle n'était pas mariée – elle le lui avait dit le soir du bal – et pourtant elle voyageait avec ce groupe d'hommes venus de l'Est. Et elle était plus raffinée que les femmes qu'on trouvait par ici. Il comprit soudain en quoi l'affaire devait consister.

Il imagina son protecteur en train de lui expliquer comment faire, comment l'approcher, et quoi lui raconter pour tenter de le corrompre. Méthode vieille comme le monde... Et elle était là, trop nerveuse pour s'asseoir en face de lui, ne sachant pas trop à quoi s'attendre de la part d'un sauvage qui avait menacé de tirer sur leur agent le matin même.

– Vous savez que votre concession est contiguë à d'autres propriétés fort prometteuses, commença Blaze.

– Asseyez-vous. Vous avez un nom ?

Elle hésita quelques secondes, déconcertée par l'intensité de sa présence, comme s'il la touchait avec chacun de ses mots et de ses regards.

Il cessa de couper sa viande, releva la tête et attendit sa réponse.

– Miss Braddock, dit-elle en s'asseyant.

Prétention de femme entretenue, sans doute. Pas Mary Braddock, ou Amy, ou Cora. Non, miss Braddock. Etait-elle aussi raffinée dans un lit ? se demanda-t-il en souriant. Il continua à manger tandis que Blaze, d'une petite voix très digne, s'excusait du comportement de Yancy et lui communiquait la liste des concessions qu'ils avaient achetées autour de la sienne.

– Aussi, voyez-vous, monsieur Black, en tant qu'agent de la Buhl Mining, je suis prête à vous offrir un prix très avantageux pour votre concession.

Elle était plutôt douée. Elle avait dû sérieusement répéter son rôle. Jon posa ses couverts et poussa son assiette.

– Bien. Vous êtes donc un agent de la Buhl Mining, dit-il d'un air sceptique. Disons que je vous crois. (Il repoussa doucement sa chaise, contourna la table et l'obligea à se lever.) Maintenant, dites-moi, qu'avez-vous à m'offrir en échange de mes concessions ?

Son regard se posa sur le visage étonné de Blaze, ses pommettes hautes, son nez fin et sa bouche charnue. De près, elle lui paraissait petite, et ses lèvres entrouvertes de surprise semblaient le supplier. Il posa une main sur son corsage et défit le premier bouton.

– Je suis prête à... enfin, Buhl est prêt à vous offrir... ce que vous voudrez, articula-t-elle doucement.

Elle était fascinée par ses yeux noirs, et par les sensations qu'elle sentait naître en elle à son contact.

– Ce que je veux ? (Ses doigts cuivrés glissèrent sous le lin et caressèrent le doux galbe d'un sein.) Hum, l'idée me plaît...

Sa peau était douce comme des pétales de rose, fine et veloutée. Elle ouvrit la bouche, prête à lui répondre, mais il pinça le bout de son sein sous la chemise en dentelle, et les mots s'évanouirent dans sa gorge. Lentement, tendrement, il excita les pointes de ses seins jusqu'à ce qu'elles deviennent dures à lui faire mal. Il ne l'avait pas encore embrassée, ravi de contempler le désir visible sur son visage.

Elle se montrait docile sous ses caresses. Il est vrai qu'elle était habituée à cela. C'était son métier de jouer les femmes soumises. Mais peu importait. On lui offrait un agréable moment de détente et il aurait été idiot de refuser. Il pouvait prendre tout son temps avec elle – c'était pour cela qu'on l'avait envoyée. Alors autant en profiter.

Les yeux mi-clos, elle se mit à respirer plus vite lorsqu'il fit glisser le corsage en lin sur ses épaules, puis sur ses bras et ses mains, avant de le lui retirer complètement. Comme elle semblait fragile sous ses mains calleuses. La chemise blanche qu'elle portait en dessous, tout en dentelle, dissimulait à peine ses seins généreux dont les pointes se pressaient contre le tissu fin.

Instinctivement, elle croisa les bras pour se couvrir.

– Très beau geste, classique et charmant, dit Jon en lui écartant les bras. Mais je veux vous admirer un peu avant de vous prendre.

Elle rougit et parut troublée, mais dans ses yeux bleu ciel se lisait la plus parfaite innocence.

Il se pencha tout doucement pour l'embrasser, excité malgré lui. Artificielle ou non, cette naïveté était d'un érotisme provocant et il sentit naître son désir sous son pantalon en peau. Elle gémit doucement lorsque leurs bouches se touchèrent, et cette fois ce fut de plein gré qu'elle entrouvrit les lèvres. Elle joua avec sa langue, la titillant avant de retirer la sienne d'une manière sensuelle. Il nota la différence immédiatement. Elle réagissait comme une jeune fille qui a bien appris sa leçon. Décidément, la candeur qu'elle affichait était remarquable. C'était une excellente comédienne. Et il allait passer un merveilleux après-midi.

– Mmmm... murmura-t-il, conquis par la douceur de son baiser. Si c'est vous que l'on m'offre... j'achète.

Ses mains descendirent sur ses reins et il la serra plus fort, la pressant contre lui jusqu'à ce qu'elle sentît sa virilité de plus en plus flagrante.

– Vous ne comprenez pas... parvint-elle à articuler.

Les raisons pour lesquelles elle était venue ici étaient tout à coup réduites à néant et elle se sentait emportée par un brûlant désir.

– Si, je comprends parfaitement, répliqua Jon en mordillant son épaule satinée.

– Nous devrions parler argent... reprit-elle, luttant contre la torpeur qui l'envahissait. Votre concession...

– *Mes* concessions, corrigea-t-il aussitôt. Nous en parlerons plus tard.

Tout doucement, il prit son sein dans sa bouche, léchant la pointe tandis que Blaze paraissait défaillir de plaisir.

Dans un coin de sa tête, elle se disait qu'elle aurait dû s'en aller, cesser de se soumettre à cet homme qui l'excitait et l'effrayait en même temps. C'était de la folie... mais une folie contre laquelle elle se sentait impuissante à résister.

Jon réfléchit un instant au fait que cette femme alléchante qui lui avait été envoyée en cadeau abolissait tous ses principes, mais il chassa très vite cette idée de son esprit. Il releva la tête et commença à défaire la ceinture de cuir qui entourait sa taille fine.

Blaze était appuyée contre le mur, incapable de contenir l'appel de ses sens. Ses hanches étroites bougeaient en rythme, exécutant une danse gracieuse et persuasive tandis qu'il défaisait la boucle dorée de sa ceinture. Lorsqu'il la laissa tomber sur le sol, ce fut comme s'il venait de réveiller en elle une passion depuis longtemps endormie.

Tels des aimants, ses mains remontèrent sur le torse bronzé de Jon, caressèrent ses épaules et s'agrippèrent à son cou.

— Je ne devrais pas faire ça, murmura-t-elle avec un charmant soupir.

Phrase typique de sainte nitouche ! Quant au soupir, il semblait si soigneusement étudié qu'il fit brusquement à Jon l'effet d'une douche glacée. Retrouvant ses esprits, il regarda froidement le parfait visage de la jeune femme. Bon sang, fallait-il qu'il fût fou pour se laisser avoir ainsi par une prostituée ! Non pas qu'il eût quelque intention de vendre sa concession, mais accepter ce corps effrontément offert avait quelque chose d'indigne et d'avilissant.

Tout à coup, il refusa de se laisser corrompre. Réunissant toute sa volonté et son énergie pour lutter contre l'envie folle qu'il avait de cette femme, il se dégagea de son étreinte et s'écarta brusquement.

Il fit quelques pas avant d'aller s'asseoir, faisant de gigantesques efforts pour se concentrer sur quelque chose – n'importe quoi, pourvu qu'il parvînt à oublier son désir.

Aussitôt qu'il s'éloigna d'elle, Blaze frissonna. Tous ses sens étaient en éveil, son corps avide de lui. Sans savoir de quel enchantement il s'agissait, ni pourquoi elle se sentait ainsi dès que Jon la touchait, elle n'était sûre que d'une chose : elle désirait ce qu'il voulait lui donner plus que tout au monde.

— Revenez, implora-t-elle doucement.

Jon ne répondit pas. L'air mécontent, il se trémoussa sur sa chaise mais resta où il était, les bras croisés.

Bien qu'innocente de ces choses, Blaze devinait cependant qu'il n'avait pas vraiment eu envie de s'arrêter. Il s'était forcé à s'éloigner d'elle. Et son instinct féminin lui soufflait qu'elle pouvait vaincre cette résistance.

Ce fut alors que l'impétueuse enfant gâtée qu'était miss Braddock, à qui personne n'avait jamais rien refusé, commença à reprendre le dessus.

– Venez ici, dit-elle, avec cette fois une nuance d'autorité dans la voix. J'ai envie de vous sentir contre moi.

Jon serra les poings.

– Vous feriez mieux de partir, grogna-t-il. Allez-vous-en !

Il entendit les talons de ses bottes claquer sur le sol et se raidit. Il la revoyait appuyée contre le mur, nue jusqu'à la taille, les seins durcis sous ses caresses, les yeux écarquillés et humides de désir – et cette image ne faisait que renforcer l'envie qu'il avait d'elle.

– Je ne souhaite pas m'en aller tout de suite, murmura-t-elle doucement, comme une enfant capricieuse.

Au ton de sa voix, il se demanda un instant si, à défaut d'être une catin, elle n'était pas une jeune fille fortunée tombée en disgrâce.

Mais il n'eut guère le loisir d'y réfléchir plus longtemps, car Blaze lui caressa la tête.

L'effet de surprise passé, elle sentit qu'il se reprenait et enfonça ses doigts fins dans la masse noire de ses cheveux. Jon demeura assis sans bouger, retenant son souffle. La petite main glissa jusqu'à son épaule, et sa réaction ne se fit guère attendre. Peu lui importait désormais qu'on eût cherché à le corrompre. La seule chose à laquelle il était capable de penser, c'était aux longues jambes de Blaze s'enroulant autour de lui.

Jon s'était toujours targué de choisir ses maîtresses. Il savait dire non lorsqu'il ne voulait pas d'une femme. Et il n'aurait pas dû toucher celle-ci, encore moins qu'une autre. Il allait tomber dans le piège grossier de ses ennemis sans même se défendre. Il aurait dû refuser ses avances et la renvoyer.

Pendant quelques secondes, il trouva toutes sortes de raisons de ne pas répondre à ses caresses, mais elle lui effleura le dos et il se sentit prisonnier de cette main délicate. Se tournant brusquement, il la dévisagea un instant, puis il avança et l'obligea à reculer contre le mur. Il posa une main sur son épaule gauche. Paresseusement, son autre main vint se poser sur son cou. Il se pencha sur elle et elle sentit la chaleur qui se dégageait de son corps puissant.

— Si vous restez, vous savez ce qui va se passer, dit-il avec assurance.

Elle avait des yeux immenses et brillants de désir. La voix de Jon, malgré sa sévérité, avait sur elle un effet envoûtant – comme si elle s'était approchée trop près d'une flamme. En dépit de ce que lui dictait son bon sens, elle ne bougea pas, littéralement fascinée.

Très bien. Vous ne voulez pas vous en aller. Et je n'y tiens pas non plus, ajouta-t-il sur le ton d'un instituteur annonçant à regret une punition. Je suppose que tout le monde au camp sait que vous êtes chez moi. Et vous êtes déjà à moitié nue. Alors autant nous mettre au travail.

Cette fois, ses mains se refermèrent sur les épaules de Blaze plus fermement et il l'embrassa de manière brutale, possessive.

Puis il alla s'étendre sur le lit, sans quitter des

yeux la femme sublime qui se tenait debout devant lui.

– Allez, déshabillez-vous, dit-il d'un air détaché. Puisque je n'ai pas encore eu de dessert, ce sera vous.

Les yeux baissés, Blaze rougit, luttant intérieurement contre le désir irrésistible qu'elle éprouvait pour lui.

Les yeux noirs de Jon l'observaient, impassibles, savourant son trouble et son hésitation avec cynisme.

– Inutile de jouer les timides, déclara-t-il avec nonchalance. Mais prenez votre temps. Nous avons tout l'après-midi.

Elle devait bien savoir ce qu'il attendait d'elle et pourquoi elle avait été envoyée ici. Mais après tout, si elle choisissait de faire durer le plaisir, il n'y voyait aucun inconvénient.

– Au fait, reprit-il avec des accents langoureux, je n'ai jamais vu des seins aussi excitants que les vôtres. (Il remarqua qu'elle rougissait.) Ne me faites pas attendre trop longtemps. J'ai envie de vous toucher... partout.

– Je ne sais pas... quoi faire, murmura-t-elle en agrippant nerveusement le tissu de son pantalon.

Jon fronça les sourcils, mi-étonné, mi-moqueur.

– Ah !... juste ce qu'il faut de modestie, je vois. Cela me plaît.

– Aidez-moi, chuchota-t-elle.

– Je vous aiderai plus tard. Je suis très doué pour « aider » les femmes. Mais pour l'instant, divertissez-moi. Finissez de vous déshabiller.

Le cœur battant, Blaze leva les bras et entreprit de retirer sa chemise de dentelle par la tête, mais le fin tissu s'enroula autour de sa poitrine.

– Venez ici, ordonna Jon.

Elle avança jusqu'à lui et, avant qu'elle ait pu réagir, Jon déchira le tissu d'un coup de poignard.

– Je parie que celui qui vous a acheté ça a les moyens de vous en offrir une autre. Maintenant, les bottes, dit-il en se laissant retomber sur le dos, les mains croisées derrière la nuque.

En proie à un désir si puissant que le monde semblait s'être dématérialisé, Blaze obéit, comme en transe. Jon contempla ses gestes gracieux, la ligne sensuelle de ses reins, ses longues jambes, sa fabuleuse poitrine qui trembla légèrement lorsqu'elle se pencha pour retirer ses bottes. Elle se redressa, secouée de frissons bien que l'après-midi fût exceptionnellement chaud.

En la voyant hésiter, Jon se renfrogna.

– Vous vous moquez de moi, ma belle ? Si c'est le cas, je me vengerai tout à l'heure. Enlevez votre pantalon !

Le ton et l'expression avaient changé. Dans son innocence, ne sachant réellement que faire, Blaze resta figée.

– Tentatrice... Vous êtes très forte, mais j'ai trop attendu...

Il referma les doigts sur le bouton de son pantalon et le lui arracha d'un coup. Le sang se mit à battre à ses oreilles quand il découvrit ses jambes magnifiques. Les doigts tremblants, il dénoua le ruban de sa culotte de dentelle qui glissa à terre, et enfin, elle lui apparut dans son entière nudité.

Il l'attira contre lui, palpa ses hanches et ses doigts remontèrent lentement entre ses cuisses. Elle gémit, s'abandonnant à ses caresses. Découvrant la douceur veloutée de son intimité, il l'explora longuement, en fin connaisseur, et les pointes de ses seins se dressèrent comme deux joyaux. Jon savait ce que cela signifiait. La sentir chaude et humide dans sa main l'excita terriblement. Il l'agrippa par les hanches, l'attira vers lui et se pencha sur la toison bouclée pour l'embrasser.

– Non, cria-t-elle en s'écartant, affolée par l'extraordinaire passion qui l'animait.

– Non ?

L'empoignant fermement, Jon releva la tête et ses cheveux noirs balayèrent les cuisses si blanches de la jeune femme.

– Ne dites pas non. Ce n'est pas dans le contrat. Souvenez-vous, vous devez dire oui, et seulement oui, à tout ce que je vous demanderai.

Il vint facilement à bout de sa faible résistance et, tout doucement, enfouit sa langue entre ses cuisses. Elle se débattit, en vain, ses mouvements frénétiques ne faisant qu'accroître l'intensité de la caresse. En quelques secondes, Jon lui arracha des gémissements de plaisir.

– C'est mieux... dit-il avec douceur.

Mais elle ne parut pas l'entendre. Jamais un homme n'avait touché Blaze à cet endroit, jamais elle n'avait éprouvé cette étrange excitation que Jon semblait si habile à lui procurer. Elle sombra dans un monde d'extase enchanteur.

Jon releva la tête.

– Regardez l'effet que vous me faites, chuchota-t-il à son oreille.

D'une main, il caressa ses seins durcis. Lentement, Blaze ouvrit les yeux et son regard se porta sur le renflement de son pantalon. Elle frissonna.

– J'ai envie de vous, miss Braddock. Je veux sentir votre peau brûlante contre la mienne.

Elle ne réagit pas. Peut-être lui était-il finalement impossible d'aller plus loin ? Malgré les ordres qu'elle avait reçus, coucher avec un Indien était peut-être trop lui demander. Avait-elle des préjugés que même son bienfaiteur ignorait ?

Mon Dieu, cette prostituée avait plus de scrupules qu'aucune femme blanche qu'il eût connue ! Qu'elle eût peur de lui l'irritait. Il aurait pu la violer, bien sûr. Personne ne l'en aurait empêché. Et dans sa profession, ce ne serait sans doute pas une première. Mais il n'avait jamais violé une femme et, bien qu'il fût en colère, l'idée ne le séduisait guère.

Bon sang, il n'avait quand même pas besoin d'une femme à ce point ! Mieux valait la laisser partir. Il respira profondément, essayant d'apaiser l'envie qui le consumait.

— Finissons-en avec cette mascarade, dit-il avec mauvaise humeur. Rhabillez-vous et allez-vous-en. Vous leur direz que vous avez fait ce que vous pouviez. J'ai du travail.

Se laissant retomber en travers du lit, il l'entendit dire « non » d'une toute petite voix. Surpris, il contempla la masse de ses cheveux roux qui cascadait sur ses épaules très blanches, nota en connaisseur ses seins toujours tendus et vit qu'elle serrait les poings.

Avait-elle reçu l'ordre de ne revenir qu'après avoir fait l'amour avec lui ? Craignait-elle autant son protecteur ? Tout à coup, elle lui apparut craintive, vulnérable.

Il lui prit doucement la main, leurs doigts s'entrecroisèrent, et il la serra contre lui.

— Oh, bon sang ! marmonna-t-il. Je suis désolé qu'ils vous aient forcé à faire ça. Ce n'était vraiment pas la peine, je vous assure.

Blaze Braddock, qui prétendait avoir une maîtrise d'elle-même incomparable, qui se targuait au sein de la société de Boston de ne présenter aucun des travers ordinairement considérés comme typiquement féminins, sentit les larmes lui monter aux yeux.

Jon remarqua l'éclat soudain de son regard et vit

que ses lèvres tremblaient. S'asseyant sur le lit, il la prit dans ses bras.

— C'est fini. Ne pleurez pas, dit-il pour la consoler. Ils ne vous feront pas de mal, ne vous inquiétez pas. Ils n'auraient jamais dû s'imaginer que ça allait marcher.

Il la caressa avec douceur, comme on réconforte un enfant.

— Ce n'est pas ça, répliqua Blaze faiblement, tandis que de grosses larmes coulaient sur ses joues.

Comment expliquer ce tumulte d'émotions, ou cette indicible impression de perdre la raison ? Ce n'étaient pas les représentants de la compagnie minière qui lui faisaient peur. Ce qui l'affolait, c'était le précipice mystérieux au bord duquel elle se trouvait, ces gestes d'amour qui tendaient son corps de plaisir et le désir qu'elle avait de cet homme. Jamais encore une telle chose ne lui était arrivée...

— Alors, qu'est-ce que c'est ? Dites-le-moi, s'inquiéta-t-il tout en continuant à la caresser.

— C'est trop compliqué, répondit Blaze.

Elle capitula dans un soupir, posa la tête sur son épaule et sa chevelure flamboyante retomba sur son bras. Avec ce soupir s'évanouirent ses derniers scrupules. Jamais elle ne s'était sentie aussi bien, jamais elle n'avait connu un aussi doux plaisir et jamais elle n'avait eu ainsi conscience de la moindre parcelle de son corps.

Blaze releva la tête, et une bouffée de parfum se dégagea de ses cheveux. Du bout des doigts, elle effleura son large torse puis posa une main hésitante sur son pantalon.

Pendant quelques secondes, le monde cessa de tourner...

Jusqu'à ce que sa main se faufilât sous la ceinture, descendît sur son sexe. Jon se retint de crier.

– Embrassez-moi, souffla-t-elle en tendant son adorable visage.

A cet instant, l'or, la corruption, les problèmes ou leurs conséquences, tout s'effaça d'un coup, et il sut exactement ce qu'il allait faire. Il étendit Blaze sur le lit, retira son pantalon et ses mocassins, puis déposa l'étui dans lequel était rangé son poignard qu'il garda à portée de main.

Les ressorts du lit étroit, fabriqué pour une personne, grincèrent lorsqu'il se coucha sur elle en écartant ses cuisses. Sa bouche se posa sur la sienne, avidement, goulûment, et tandis qu'il en savourait toute la douceur, il se frotta contre elle avec délices. Passé le stade des préliminaires, il glissa une main dans sa toison soyeuse, la pénétra délicatement, mais fut bientôt étonné de ne pouvoir aller plus loin. Aussi incroyable que cela parût, la jeune fille qu'il tenait dans ses bras était vierge ! Il resta une seconde sans bouger avant de se laisser retomber mollement à côté d'elle. Qu'avait-il donc fait pour mériter une frustration aussi atroce, se demanda-t-il, maudissant tous les dieux et les esprits de l'univers.

– Pourquoi arrêtez-vous ? chuchota Blaze, apparemment désolée.

Elle avait l'impression de ne plus pouvoir respirer et ne savait plus qu'une chose : elle voulait être à lui.

Il tourna la tête et la regarda d'un air incrédule.

– Mais vous êtes vierge !

– C'est un péché chez les Indiens ?

Ses grands yeux bleus s'écarquillèrent avec innocence, mais sous ses longs cils, ils brillaient d'un ardent désir.

– Non, répondit-il d'un ton irrité.

Elle ondula des hanches dans un mouvement délicieux et sublime, remontant à la nuit des temps.

– Alors ?

– Dieu tout-puissant ! Où diable ont-ils bien pu vous dénicher ?

Vu le nombre de célibataires dans la région, il doutait qu'il restât encore une seule jeune fille vierge dans tout le Montana.

– Je suis de Boston. Ça vous va ?

Elle tendit la main vers lui, mais il recula brusquement, l'air soupçonneux.

– Quel âge avez-vous ?

Jon s'efforça en vain de ne pas la regarder, tant elle était désirable avec ses cheveux cuivrés étalés sur l'oreiller. Pourtant, son corps était bel et bien celui d'une femme...

– Dix-neuf ans.

Blaze se souleva et lui mordilla la lèvre, chassant tous les doutes qui l'assaillaient. Elle l'embrassa langoureusement. Il gémit et l'agrippa par les épaules avec la sensation d'être emporté dans un tourbillon, inexorablement.

– Vous êtes sûre ? murmura-t-il avec douceur.

Elle hocha la tête, le visage tout près du sien, ses grands yeux étincelants de désir.

– J'espère que je n'aurai pas à le regretter, dit-il en roulant sur elle.

Dès lors, refusant d'endosser toute responsabilité, et estimant que les choses de la vie devaient suivre naturellement leur cours, Jon Black fit ce qu'il savait faire si merveilleusement.

Il la prit, sans brutalité ni tendresse particulières, mais de manière déterminée. Elle poussa un grand cri, haletante et effrayée. Jon la consola et couvrit ses lèvres de tendres baisers en lui murmurant des mots d'amour dans sa langue. Puis il commença à aller et venir en elle, s'enfonçant chaque fois un peu plus avant de se retirer délicatement. Bientôt, elle éprouva du plaisir à le sentir en elle et ne voulut plus le laisser partir, l'encourageant avec une intuition étonnante et s'agrippant à lui.

— Vous n'avez plus mal ? chuchota-t-il au creux de son oreille.

— Est-ce toujours aussi bon ? répliqua-t-elle dans un souffle, en l'embrassant langoureusement.

Soudain il se retira, juste assez pour accroître formidablement son désir, et recommença, encore et encore, jusqu'à ce que son envie de lui devînt d'une insoutenable volupté. Elle n'était plus timide désormais, elle s'accrochait à lui et ondulait des hanches, cherchant à l'exciter plus encore. Son désir pour lui était puissant, sauvage, sans aucune retenue. Leurs corps s'accordaient parfaitement, instinctivement, dans une totale harmonie, sans aucune comparaison avec ce qu'il avait connu auparavant. C'était comme si le monde autour de lui disparaissait, laissant la place à un univers de pure extase. Et quand enfin il la sentit s'abandonner, quand il vit son corps se tendre de plaisir, il se laissa aller à son tour et ils connurent ensemble une merveilleuse jouissance...

Quelques secondes plus tard, appuyé sur les coudes, le corps trempé de sueur, il reprit son souffle et lui murmura des mots d'amour.

— *Bia, bia*, répétait-il tendrement en effleurant ses joues rosies du bout des lèvres.

Sans un mot, le regard rêveur, elle lui caressa la joue et soupira de satisfaction. Puis ses mains remontèrent le long de son dos musclé et elle se tourna vers lui avec un demi-sourire.

— Encore, demanda-t-elle, délicieusement impudique.

— Ne savez-vous donc pas que les hommes sont moins résistants que les femmes ? répliqua-t-il dans un sourire.

— Mais je vous sens encore en moi. Vous n'êtes pas

comme les autres hommes, n'est-ce pas ? J'ai envie de vous, tout de suite.

— Je ne peux réagir sur commande, miss Braddock. Vous avez décidément beaucoup à apprendre.

Les yeux clairs de la jeune femme plongèrent dans les siens.

— Alors, apprenez-moi, souffla-t-elle en lui offrant ses lèvres.

Leur baiser fut vorace, voluptueux et, dans l'heure qui suivit, ils firent l'amour tantôt avec fureur, tantôt avec tendresse, toujours guidés par Jon, amant aussi attentionné qu'expérimenté. La femme resplendissante qu'il tenait dans ses bras se cambrait avec une sauvagerie incroyable et un total abandon, jusqu'à ce qu'enfin elle atteignît l'extase.

Allongé sur le flanc sur le lit étroit, Jon serrait Blaze contre lui. Sa bouche effleura la masse de boucles rousses.

— Vous êtes une sacrée bonne négociatrice, dit-il en plaisantant. Si Buhl Mining utilise souvent cette méthode, pas étonnant que tout le monde accepte de vendre.

— J'étais venue seulement pour vous parler, murmura-t-elle rêveusement au creux de son épaule.

— Votre conversation est très agréable, miss Braddock.

— Blaze, rectifia-t-elle, absolument enchantée d'être lovée contre lui. Et c'est de votre faute, monsieur Black ! Vous a-t-on déjà dit que vous vous y entendiez merveilleusement à séduire ?

Modestement, il ne répondit pas.

Elle releva la tête et le dévisagea.

— Alors, on vous l'a déjà dit ?

— Oui, admit-il avec un sourire indulgent malgré la gaucherie de sa question.

– Oh !

Elle croisa le regard amusé de Jon et réalisa combien elle avait été naïve. Chagrinée d'avoir fait preuve d'autant de maladresse, elle préféra changer de sujet :

– Vous avez un autre nom, ou bien dois-je continuer à vous appeler monsieur Black ?

– J'ai plusieurs autres noms, mais la plupart des gens m'appellent Jon. C'est simple.

– Vous avez tué trois hommes, il y a peu de temps.

C'était courageux de sa part d'être venue chez lui en connaissant ces histoires.

– Ce sont eux qui m'ont provoqué, dit-il d'un ton plaisant.

– Auriez-vous tiré sur Yancy ce matin s'il vous avait menacé ?

– Pas avant qu'il me mette en joue au bout de son fusil.

– Certains hommes avaient peur que vous ne cherchiez à me tuer.

Il éclata de rire. D'un rire sonore et chaleureux.

– Diable, je ne fais pas cela quand une possibilité plus intéressante se présente. D'ailleurs, vous ne constituez en rien une menace – mais plutôt un plaisir manifeste.

– Mais vous voulez bien envisager de vendre, n'est-ce pas, Jon ? Ils vous offriront un bon prix. Ce que vous demanderez, j'en suis sûre. Avec cet argent, vous vivrez très bien et longtemps.

Jon avait l'air d'un homme raisonnable. Généreux, même. Blaze était certaine qu'il accepterait. Pour l'instant, baignant dans un paradis de satisfaction et de bien-être, elle ne réfléchissait pas plus loin.

– Ma concession n'est pas à vendre, rétorqua Jon d'une voix atone, le visage dépourvu de toute expression.

Passé un premier instant de surprise, Blaze prit appui sur un coude, les yeux écarquillés.

– Pourquoi pas ?

Il y eut un silence et Jon la contempla froidement, ses yeux noirs allant et venant sur sa gorge très blanche jusqu'à ses petits pieds nus.

– Pourquoi devrais-je vendre ? dit-il d'une voix faussement douce.

– Mais pour l'argent, bien entendu !

– Je n'ai pas l'intention de vendre ma concession, mais je voudrais vous acheter. Dois-je négocier avec Buhl ? demanda-t-il avec une pointe d'irritation. Ou bien êtes-vous libre de décider de vos mouvements ?

– Je suis parfaitement libre, répliqua Blaze. Je suis la fille du colonel Billy.

Elle avait prononcé ces mots avec une arrogance délibérée, s'attendant à une réaction admirative ainsi que cela s'était produit toute sa vie.

Et ce fut le cas. Jon fut profondément étonné. Dans les camps de mineurs, tout le monde avait entendu parler du colonel Billy B. Il dirigeait le groupe qui achetait toutes les mines d'or du Montana. S'appliquant à dissimuler sa surprise, Jon s'adressa à elle avec une extrême sécheresse :

– Dans ce cas, je crois que vous êtes au-dessus de mes moyens.

– Acheter des femmes est-il chez vous une habitude ? s'enquit-elle sur un ton méprisant.

– Non, vous êtes la première. Dommage que votre corps si excitant soit trop cher pour moi.

Blaze voulut le gifler, mais il lui attrapa la main au vol et la saisit fermement par le poignet. Tandis qu'ils se dévisageaient en silence, chacun furieux à l'égard de l'autre, un coup de feu retentit au-dehors.

– Restez là. Ne bougez pas, dit-il aussitôt.

Il avait été fou de faire confiance à ces ordures !

En une seconde, il bondit hors du lit et s'approcha de la fenêtre, entièrement nu, son arme sur l'épaule. Personne.

– Est-ce un signal ?

– Je n'en sais rien, répliqua Blaze en secouant la tête.

– Ne bougez pas, répéta-t-il en enfilant son pantalon. Si vous sortez de cette cabane, je vous tue. Je le jure. Restez au lit et gardez la tête baissée.

Jamais il n'avait parlé à une femme d'une manière aussi brutale. Les yeux brillants de colère, il souleva le loquet de la porte, puis disparut à l'extérieur en un éclair.

Il ne fallut pas longtemps à Jon Black pour faire connaître ses intentions aux hommes regroupés au pied de la colline – ces hommes armés de fusils, qui avaient soif de sa terre et de son sang. Il leur parla sans équivoque, d'un ton rempli de fureur, et personne ne se risqua à mettre en doute ses menaces :

– Ma concession n'est pas à vendre. Je garde miss Braddock en otage, au cas où l'un de vous envisagerait de me rouler. Au moindre signe de trahison, je la tue. Messieurs, je vous salue.

Blaze ne perdit pas un mot de ces paroles prononcées d'une voix de stentor. Elle était horrifiée. Non, ce n'était pas possible. Il n'allait pas la garder ici ! Pourtant, elle savait qu'il en était capable. Elle était déjà au milieu de la pièce lorsqu'il revint.

– Vous ne pouvez pas faire ça ! hurla-t-elle comme une folle. Vous ne pouvez pas me garder ici, vous n'en avez pas le droit !

Il prit l'une de ses chemises en coton accrochées au portemanteau et la lui lança.

– Je n'ai pas besoin de votre permission, dit-il calmement. Et si vous n'aviez pas une fâcheuse tendance à vous mêler de ce qui ne vous regarde pas, vous ne seriez pas ici, nue et prisonnière. Aussi, ne vous en prenez qu'à vous-même. (Il détourna les yeux de sa nudité qui le troublait tant.) Enfilez cette chemise, ordonna-t-il.

Seigneur, qu'elle était belle ! Fière, méprisante, hautaine et... si attirante.

Il remit le fusil en place au-dessus de la porte.

— Sale type ! Vous ne pouvez pas me retenir prisonnière ! Vous ne pouvez pas !

— Mais si, je peux ! C'est même exactement ce que je viens de faire, miss Braddock ! Ici, nous ne sommes pas dans l'Est, avec votre papa, ses amis et toutes leurs relations. Ici, il n'y a que moi qui décide ce qui est possible ou pas. Et cela durera tant que je serai du bon côté de mon fusil.

— Je m'enfuirai, lança Blaze en le regardant droit dans les yeux.

— Au cas où vous ne l'auriez pas remarqué, il y a une serrure. Si vous cherchez les ennuis, je vous enfermerai à clé.

— Vous n'êtes qu'un tyran, voilà tout ! lâcha-t-elle d'un air glacial.

— Non, seulement un homme qui essaie de s'occuper de ses affaires. Le qualificatif de tyran conviendrait mieux à Buhl Mining. Mais nous en reparlerons une autre fois. J'ai toutes mes soirées libres. Désormais, j'attends de vous que vous prépariez les repas, laviez les vêtements et gardiez cette cabane à peu près en ordre.

— Vous êtes fou ? Je ne suis pas votre domestique !

Rien qu'à la manière de prononcer ce mot, on devinait une vie entière de richesse et de privilèges.

— Si vous ne le faites pas, reprit-il d'un ton plus ferme, vous le regretterez amèrement. Puisque vous allez vivre à mes crochets, il va falloir vous rendre utile – de toutes les façons possibles.

Blaze se raidit, sans relever l'allusion.

— Je ne sais faire ni la cuisine, ni la lessive, ni le ménage. Tout ce que je sais faire, c'est servir le sherry ou le cognac et alimenter une conversation.

— Ah, eh bien ! au moins, nous pourrons nous soûler jusqu'à ce que vous ayez acquis quelques talents domestiques, dit Jon d'un air affable. Je suis persuadé que vous y arriverez. En attendant, il serait sage de nous faire monter une caisse de cognac.

Elle dévisagea cet homme à l'arrogance décidément insupportable.

— Vous avez vraiment l'intention de me garder ici ? Jon Black hocha la tête.

— Combien de temps ?

— Autant de temps qu'il en faudra à cette fichue compagnie minière pour comprendre que ma concession n'est pas à vendre, rétorqua-t-il sèchement.

— Je vous déteste, espèce d'affreux sauvage ! Tout ce qu'on raconte sur les Indiens est donc vrai. Vous n'avez ni honneur, ni dignité. Vous êtes cruels et barbares. J'espère qu'ils vous tueront, vous et vos...

Il se jeta sur elle en l'agrippant par les épaules.

— Détestez-moi autant que vous voudrez, mais je ne vous laisserai pas insulter mon peuple, petite peste ! Il y a plus d'honneur et de dignité dans ma tribu que dans l'ensemble des Etats-Unis. Et ils défendent chaque jour leurs valeurs et leurs croyances au péril de leur vie. Vous, les Blancs, vous ne savez que souiller et anéantir tout ce que vous touchez. Alors écoutez-moi, espèce de sale enfant gâtée, et écoutez-moi bien. Vous ferez ce que je vous dirai, quand je vous le dirai. Et si j'entends encore un mot méprisant sur mon peuple, je fouetterai votre joli derrière jusqu'à ce que vous ne puissiez plus vous asseoir dessus.

Pendant quelques instants, Blaze demeura immobile, ses grands yeux clairs rivés sur Jon. Furieuse au plus haut point, elle préféra cependant ne pas le provoquer. Il ne plaisantait pas, elle en était persuadée. Le petit air de défi disparut de son regard.

– Parfait, ma belle, dit-il doucement. Vous apprenez vite.

– Je n'ai pas vraiment le choix.

Jon non plus n'avait pas vraiment le choix. Sa tribu avait besoin d'or pour acheter des armes et des munitions et pour émigrer si nécessaire en territoire plus sûr, loin de la cupidité de l'homme blanc. Il expédiait l'or au fur et à mesure et, s'il avait vu juste, il avait toutes les chances d'assurer l'avenir de son peuple grâce à ses deux concessions. Il respectait les pouvoirs des esprits et croyait en l'efficacité des sorciers et des prières, mais quand il s'agissait de résister contre les Blancs, mieux valait compter sur la force de persuasion des dollars ou de l'or.

Par conséquent, il était décidé à garder ses concessions coûte que coûte, et son bon sens lui soufflait que miss Braddock constituait sa meilleure garantie. Sans oublier le tempérament fougueux de la dame au lit.

6

Quand la première étoile apparut dans le ciel, après une longue discussion passionnée, Jon s'attacha à Blaze par la taille et le poignet avant de s'allonger sur le lit étroit et, rompu de fatigue, dormit une nuit entière pour la première fois depuis cinq jours.

Etendue contre lui sans bouger, Blaze écouta sa respiration lente et régulière. La chaleur de cet homme puissant lui procurait un plaisir incomparable, c'était indéniable. Avec d'infinies précautions, elle tourna la tête et, voyant qu'il continuait à respirer régulièrement, elle pivota complètement pour le contempler tout à loisir.

Dans le sommeil, la beauté de son visage lui apparut plus splendide encore. Tandis que les dernières lueurs du jour laissaient place à la nuit, elle admira son noble profil, son nez parfaitement dessiné et sa bouche aux lèvres sensuelles. Elle dut s'empêcher de ne pas les effleurer du bout des doigts. Même ses sourcils formaient un arc soyeux et délicat. Soudain, il battit des cils et elle retint son souffle, craignant que son regard noir ne la surprît en train de l'observer. Mais il se contenta d'un soupir.

A force de le contempler, un Jon Black très différent finit par lui apparaître. Ce n'était plus le vil séducteur qu'elle avait rencontré la première fois, ni la brute meurtrière que les autres voyaient en lui, ni même quelqu'un appartenant à une autre culture. C'était un homme, tout simplement, aussi vulnérable qu'un enfant dans son sommeil. Un homme aussi beau physiquement que spirituellement, au courage indomptable et à qui le combat ne faisait pas peur. Ce combat, la plupart des hommes l'auraient refusé. Jon Black tenait tête au cartel d'exploitation minière le plus puissant du monde. Et il n'avait aucune intention de céder.

Mais plus tard, plongée dans le chaos d'un demi-sommeil entrecoupé de cauchemars, tiraillée entre la raison et l'émotion, Blaze retrouva sa fureur initiale à l'idée qu'il eût osé la prendre en otage.

– Vous ne pouvez pas me garder ici ! murmura-t-elle aux toutes premières lueurs de l'aube.

Elle répéta sa phrase plusieurs fois et il finit par ouvrir un œil. Son regard frôla l'épaule nue de la jeune femme avant de rencontrer ses grands yeux bleus.

– Désolé, dit-il tout bas.

Et il était sincère. Car il savait que sa vie allait être infiniment plus compliquée à cause d'une certaine miss Venetia Braddock.

– Désolé ? Vous êtes désolé ? marmonna-t-elle d'un air incrédule.

Et elle déversa à nouveau sa rage jusqu'à ce qu'il lui ordonnât de se taire d'un ton bourru.

Mais elle ne s'arrêta pas pour autant et continua à vociférer comme une folle. Il dut l'embrasser pour mettre fin à ce torrent furieux. Lui mettre une main sur la bouche aurait été tout aussi efficace, certes, mais curieusement Jon avait envie de la calmer d'une tout autre manière.

Elle était si douce, si chaude... Il se pressa contre son corps, enfouit la main dans ses cheveux bouclés, la serra tel un objet précieux et sa bouche s'empara de la sienne.

Il ne pouvait ni ne voulait s'empêcher de la toucher. Elle était là, tout contre lui, offerte. Et soudain il réalisa à quel point la présence d'une femme lui avait manqué. Elle était si captivante, si réconfortante... Mais dès qu'il cessa de l'embrasser, le charme fut rompu.

– Espèce... de brute, bredouilla-t-elle, ses yeux jetant des éclairs. Vous n'êtes qu'un abominable...

– ... sauvage, dit-il doucement avant de recommencer à l'embrasser.

Cette fois, son baiser fut plus agressif, plus profond. Et lorsqu'au bout de plusieurs longues minutes il releva la tête, elle frissonna de tout son corps.

– Jamais... cela... ne...

– ... nous aidera à trouver de l'or ! compléta Jon, un sourire au coin des lèvres. C'est vrai, tu as raison. Et je vais bientôt te laisser aller à la cuisine préparer mon petit déjeuner. Es-tu prête à gagner ton gîte et ton couvert ?

D'abord, Blaze ne répondit pas. Mais il glissa sa main entre ses cuisses et remonta très lentement, attendant qu'elle le suppliât de la caresser plus avant. Et lorsque ses hanches vinrent à sa rencontre, ses longs doigts fins la pénétrèrent avec une infinie douceur. Elle gémit, avide de ses caresses, et enroula les bras autour de son cou.

Il contempla son beau visage, les joues toutes roses d'excitation.

– Es-tu prête à me faire la cuisine ? Dis-le-moi, petite enfant gâtée.

Il interrompit un instant ses caresses.

– Oui, chuchota-t-elle aussitôt.

– Et à faire le ménage ?

– Oui.

– Et tout ce que je voudrai ?

– Oh, je t'en prie... oui.

Il retira sa main et s'écarta délicatement.

– Viens, dit-elle dans un souffle.

Et elle cria de plaisir lorsque son sexe long et dur s'enfonça en elle. Comment pouvait-elle être si attirante ? pensa-t-il avec délices.

Comment pouvait-il deviner qu'elle le désirait si fort ? se dit-elle en frissonnant de honte.

Une heure plus tard, la corde étant depuis longtemps détachée, et Jon Black ayant honoré sa prisonnière autant de fois qu'elle le lui avait demandé, il posa sur ses lèvres un dernier baiser.

– Je vais me baigner dans le torrent derrière la cabane. Tu veux venir avec moi ?

– L'eau est froide ?

– Fraîche.

– Je connais les torrents de montagne. Non, merci.

Il sourit.

– Comme tu voudras. Petit déjeuner dans dix minutes, d'accord ? lança-t-il joyeusement.

– C'est une invitation ?

– Pas exactement. Disons plutôt... une requête diplomatique.

Remarquant sa moue et son air entêté, il lui effleura tendrement la joue.

– Relax, Boston, je ne suis pas un monstre. Je t'aiderai.

– Alors, laisse-moi partir ! exigea-t-elle aussitôt, craignant de rester avec lui pour des raisons sans aucun rapport avec les concessions minières.

Le regard de Jon s'assombrit soudain.

– J'aimerais pouvoir le faire. Mais j'ai peur qu'il ne soit trop tard. La guerre est déclarée.

Il jeta une serviette sur son épaule et continua d'un ton égal, l'air grave :

– Ils sont prêts à me tuer. C'est pour cette raison que tu es ici. Et que tu vas y rester.

Tout à coup, il sourit, découvrant des dents d'un blanc étincelant.

– Au fait, le matin, je mange mes œufs mollets.

Et, en un éclair, il était sorti, la laissant figée sur place, complètement abasourdie. Les gens ne s'entre-tuaient tout de même pas pour un bout de terrain rocailleux ! En tout cas, sûrement pas son père, ni ses amis. A moins que... Pour la première fois, le doute l'envahit.

Blaze s'enroula dans le drap et s'approcha de la fenêtre. Elle aperçut Jon, à moitié dissimulé par un massif de sapins. Il nageait dans une sorte de lac, en contrebas du barrage en pierre qui retenait le torrent impétueux. Ses épais cheveux noirs brillaient sous le soleil. Il plongea sous l'eau, réapparut presque aussitôt quelques mètres plus loin et secoua la tête, les gouttes d'eau jaillissant de sa chevelure en une pluie de cristal.

Lorsqu'il revint vers la cabane, d'une démarche souple et gracieuse, Blaze décida d'aller à sa rencontre. Après tout, si elle était prisonnière, autant se montrer aimable. Elle souleva le loquet mais la porte ne bougea pas. Elle tira dessus de toutes ses forces. Rien. Maudite soit la méfiance de cet homme ! pensa-t-elle. Il l'avait enfermée à clé.

En pénétrant dans la cabane, Jon jeta un coup d'œil sur la table vide, puis enfila tranquillement un pantalon en daim et des mocassins.

– Tu peux préparer le petit déjeuner ?

Blaze, immobile devant la fenêtre, ne répondit pas.

– Inutile de faire des choses compliquées, ajouta-t-il de la même voix paisible.

– Tu m'as enfermée ! s'écria-t-elle en faisant soudain volte-face, rouge de colère, le drap serré sur sa poitrine.

– Je ne peux courir aucun risque.

Un jour, peut-être lui expliquerait-il ce que cette concession représentait pour lui. Cela dépendrait de la manière dont évoluerait leur... amitié.

– N'y vois rien de personnel. Ce sont les règles de la guerre, voilà tout. Maintenant, puis-je compter sur toi pour le petit déjeuner ?

Il s'était exprimé poliment, mais fermement.

– Et si je refuse ?

– J'aimerais mieux pas.

– Et moi, j'aimerais mieux ne pas être prisonnière !

– Un partout. Madame, c'est à vous de jouer.

– Je ne sais pas cuisiner, je te l'ai déjà dit !

– Et je t'ai dit que je t'aiderais, répliqua-t-il patiemment, l'air aimable et détendu.

– Je ne sais pas quoi faire, concéda-t-elle.

– Que prends-tu normalement au petit déjeuner ? Je prendrai la même chose.

– Du chocolat chaud et des fraises, répondit-elle comme si c'était l'évidence même.

– Tous les jours ?

– Tous les jours !

– Même en hiver ? s'exclama-t-il, redoutant déjà la réponse.

– Papa en importe de l'étranger. Tu y vois un inconvénient ? rétorqua-t-elle avec mauvaise humeur.

Comment était-il possible qu'elle, Blaze Braddock, eût cette incroyable conversation à une heure aussi matinale avec un parfait étranger qui passait sa vie dans une cabane ! Cet Indien, aussi courtois fût-il, la harcelait pour qu'elle lui fît la cuisine ! Elle qui ne savait même pas se servir d'un four !

– Non, aucun, dit-il calmement. J'aime beaucoup le chocolat chaud. Pour les fraises, je verrai si Jimmy peut aller en ramasser cet après-midi. Pour l'instant, contente-toi de framboises, si ton palais délicat les supporte. Tu veux bien essayer ? demanda-t-il, pas vraiment étonné qu'une femme de son milieu ne fût pas une maîtresse de maison accomplie.

Elle hocha la tête, percevant une réelle gentillesse dans sa voix.

– Bon. Va chercher les œufs. Moi, je m'occupe du lait et on se met au travail, dit-il avec un grand sourire.

Elle ne put s'empêcher de lui sourire en retour.

– Et où est la poule ?

Il éclata de rire.

– Ça, c'est McTaggert que ça regarde. Les œufs sont dans le seau en fer-blanc, près de l'évier.

Il dut lui apprendre à faire du feu, lui montrer le réservoir d'eau, lui expliquer les principaux points de son système de stockage de nourriture et, finalement, trop distrait par le drap dans lequel elle s'était enroulée qui ne cessait de tomber, il se tourna vers elle d'un air autoritaire.

– Habille-toi, Boston. Je vais finir de préparer.

Ils durent se contenter de pain et de beurre, les œufs ayant brûlé et s'avérant absolument immangeables.

– Ô mon Dieu ! murmura Blaze d'un ton d'excuse.

– Ce n'est pas grave, déclara galamment Jon en reprenant une tranche de pain.

– Ce ne sera certainement pas pour très longtemps.

Ne comprenant pas ce qu'elle voulait dire, Jon fronça les sourcils.

– Je veux parler de ma cuisine. Papa va réussir à convaincre les autres, j'en suis sûre.

– Tant mieux.

Cependant, il était loin d'y croire. Il s'agissait là de la possibilité d'un gain important. Or, pour des types dans le genre de Yancy, l'intérêt passait toujours avant les sentiments lorsqu'une fortune était en jeu.

Jon se leva de table.

– Merci pour le petit déjeuner. Je serai de retour à midi. Si tu continues à obéir comme ça, nous nous entendrons très bien.

Le regard de Blaze s'assombrit.

– Tu es obligé d'être toujours aussi provocant ? demanda-t-elle sur un ton acide.

– Pour une femme, tu es beaucoup trop habituée à faire ce que bon te semble.

– Pour une femme, pour une femme ! bredouilla-t-elle, ses yeux lançant des étincelles. Mais qu'est-ce que ça veut dire ?

– Ça veut seulement dire que, tout comme toi, j'ai pas mal voyagé à travers le continent et, comme tu l'as sûrement remarqué, ce monde est un monde d'hommes.

Jon prit sa chemise en daim accrochée à un clou près de la porte et sortit.

La tasse en fer-blanc rebondit sur la porte en bois. Elle visait remarquablement bien, se dit-il en se retournant. La tasse avait atterri à deux centimètres à peine de l'endroit où se trouvait sa tête une seconde auparavant.

– On déjeune à midi ! cria-t-il en fermant à clé.

Aussitôt, il entendit le reste de la vaisselle s'écraser avec fracas contre la porte.

Debout au milieu de ce qui avait été autrefois la charmante cabane de Jon Black, Blaze le traita de tous les noms possibles et imaginables. En fait, il ne méritait pas une seule de ses insultes. Mais il était la première personne à avoir eu l'audace de lui donner un ordre.

— On verra qui commande, marmonna-t-elle dans le silence de la cabane, entièrement jonchée de morceaux de vaisselle brisée. On verra bien !

7

Le déjeuner, en fin de compte, se révéla frugal et silencieux, et remarquable uniquement en raison de l'état de la cabane. Après s'être habilement frayé un passage au milieu des débris de vaisselle, Jon dénicha un croûton dans un placard, retira quelques morceaux de verre du beurrier et, pour la seconde fois de la journée, dut se contenter de pain et de beurre. Il mangea sous le regard lourdement accusateur de Blaze et, dès qu'il eut fini, il se tourna vers elle en soupirant.

– Tu sais, Boston, il va falloir que tu nettoies tout ça.

– Maintenant, écoute-moi...

Jon lui coupa la parole immédiatement :

– Non, écoute-moi d'abord, ensuite tu pourras parler.

Blaze serra les lèvres mais ne répondit pas.

– Assieds-toi.

Pendant une seconde, il crut qu'elle allait refuser. D'une main, il indiqua une chaise et lui offrit son irrésistible sourire.

– S'il te plaît, insista-t-il en s'inclinant légèrement.

Finalement, elle obtempéra, sur la défensive cependant.

– Etant donné que nous sommes dans une situation que ni l'un ni l'autre n'avait prévue, je propose de nous montrer aussi aimables que possible. En tenant compte des imperfections de cette cabane, bien entendu. (Ni nerveux, ni condescendant, il s'exprimait avec calme et pragmatisme, assis au bord de la table et balançant une jambe.) Je ne peux pas supporter les crises de nerfs dans un si petit endroit, aussi devras-tu ranger. Mais assez parlé de cela. Plus important : je réalise que tout ceci aura probablement des répercussions sur ton avenir et je m'en excuse, mais ce n'est pas moi qui l'ai voulu, ni cherché. (Il haussa les épaules.) Malheureusement, c'est arrivé, et puisque tu es désormais ma garantie contre les machinations de Buhl Mining, je pense qu'il vaudrait mieux que nous évitions le genre de... d'intimité que nous avons eue hier. Et puisqu'il s'agit d'une transaction commerciale, je préférerais de beaucoup...

– Inutile de poursuivre, l'interrompit Blaze, prenant un ton aussi détaché que celui de Jon.

Bien qu'à la fois humiliante et réconfortante, elle reconnaissait que sa proposition était la seule alternative raisonnable dans une situation aussi inconfortable.

Jon ressentit son acquiescement avec des émotions contradictoires. Il avait fait preuve d'esprit pratique en souhaitant qu'ils gardent leurs distances. Mais il aurait de loin préféré que la sensuelle miss Braddock fût pour lui un charmant répit en rentrant chaque soir de son dur travail à la mine.

– Puisque nous sommes d'accord...

Jon s'arrêta là. Blaze hocha la tête.

– Je peux contrôler mes impulsions sans aucun problème, monsieur Black, ne vous en faites pas.

Cependant, je vais prier pour que papa trouve un arrangement avec vous au plus vite.

Elle se leva en rejetant fièrement sa crinière cuivrée en arrière, un petit sourire au coin des lèvres.

– Dieu vous entende, miss Braddock, répliqua Jon, non sans remarquer la moue boudeuse de son adorable compagne. Je joins mes prières aux vôtres.

8

Au même moment, le colonel Braddock suivait un Indien bannack sur un chemin escarpé de montagne. Il le guidait vers la tribu de Jon où il espérait trouver un messager qui l'aiderait à sauver sa fille. Puisque Jon ne laissait personne approcher, il fallait impérativement que le colonel dépêchât un négociateur acceptable.

L'épouvantable ultimatum lancé par Jon avait jeté la terreur dans l'âme de Billy Braddock. Pour récupérer sa fille qui représentait le centre de sa vie, qui était tout son univers, il aurait volontiers cédé tout ce qu'il possédait. Son amour pour elle avait été inconditionnel dès la seconde où il avait posé les yeux sur elle le jour de sa naissance, fragile, rose et innocente. Et il s'était alors juré de lui donner tout l'amour et le luxe dont lui-même, orphelin, avait été privé. Jamais elle ne connaîtrait la pauvreté qui avait assombri ses années d'enfance. Et il n'avait ménagé ni son temps ni son argent pour respecter cet engagement.

Le père et la fille étaient devenus inséparables avant même qu'elle apprît à marcher. Une chambre d'enfant avait été installée au dernier étage de la résidence des Braddock à Boston et, au grand soulagement de Millicent Braddock qui voyait la maternité comme une interruption déplaisante de sa vie sociale mouvementée, Venetia avait été élevée par son père. Elle était devenue « Blaze » peu après son quatrième anniversaire, alors que ses cheveux possédaient déjà leur magnifique couleur. Et Blaze – « flamboiement » – elle était restée, malgré le mécontentement de sa mère qui jugeait ce sobriquet fort peu féminin. Mais bien avant ses quatre ans, sa mère avait déjà perdu tout intérêt pour sa fille, fidèle au principe cher à la haute bourgeoisie qui veut qu'on ignore les enfants jusqu'à dix-huit ans, âge où on les juge suffisamment civilisés pour entrer dans le monde des adultes. Entre-temps, il s'était bien sûr écoulé trop d'années de froide indifférence pour qu'il existât désormais un lien quelconque entre la mère et la fille. Blaze était la fille chérie de son papa, ce qui était évidemment loin d'arranger les choses entre les deux femmes.

Millicent Braddock avait bradé sa délicate beauté et le nom de sa vieille famille de Virginie en échange de la plus grande fortune alors disponible sur le marché. Pour respecter les termes du contrat, aimer William Braddock ne lui avait pas semblé nécessaire – l'épouser lui avait suffi. Une fois mariée, son devoir était accompli. Avant la fin de leur lune de miel, Billy Braddock réalisa avoir fait une terrible erreur, mais sa jeune épouse était déjà perturbée par des nausées matinales. Ils rentrèrent à Boston aussitôt et, évitant poliment toute discussion sur leurs nombreuses divergences, commencèrent à mener des vies séparées. Ils se croisaient de temps à autre pour dîner, quand tous deux passaient par hasard une soirée à la maison, et se rendaient rarement ensemble dans des soirées officielles. Leur mariage était dépourvu de tout sentiment. Aussi Billy Braddock avait-il reporté son affection sur son unique enfant.

Hier, en milliardaire magistral et autoritaire, il avait ordonné à ses collègues de ne rien tenter, sous aucun prétexte, avant son retour. Par expérience, il devinait quand quelqu'un bluffait. Et l'Indien chercheur d'or ne plaisantait pas. Anxieux, troublé, Billy Braddock avait fermement refusé la suggestion du guide de camper pour la nuit. Il y avait déjà seize heures qu'ils chevauchaient sans s'arrêter, et pour un homme de son âge, c'était un effort épuisant.

Le guide avait fini par lui dire qu'ils allaient tuer leurs chevaux s'ils ne se reposaient pas. Ce soir-là, la lune était dissimulée par une épaisse couche nuageuse, et leurs montures avaient trébuché à deux reprises. A contrecœur, le colonel Braddock accepta de faire une halte, mangea du bout des lèvres et passa une nuit blanche, attendant le jour avec impatience pour pouvoir repartir au plus vite.

Au bout du troisième jour, ils arrivèrent dans un camp absarokee, mais ce n'était pas la tribu de Jon. On leur indiqua où ils trouveraient les Many Lodges, de l'autre côté de la montagne où ils étaient partis à la recherche de nouveaux pâturages.

Prenant juste le temps de changer de montures, le colonel Braddock et son guide se remirent en route. En parvenant aux abords de la Horses River deux jours plus tard, ils apprirent que la tribu était repartie plus loin. Les migrations d'été avaient commencé, et chaque tribu conduisait les chevaux de pâturage en pâturage sur les hauteurs afin d'échapper à la chaleur étouffante des plaines et aux insectes.

Le guide ne tarda pas à remarquer les difficultés de l'homme blanc à respirer au fur et à mesure qu'ils grimpaient. Mais chaque fois qu'il recommandait une pause, il se faisait rabrouer. Les Visages Pâles n'étaient pas habitués à l'altitude. La plupart d'entre eux, comme celui-ci, passaient trop de temps enfermés et pas assez au grand air. Les lèvres bleues, le visage blême et couvert de sueur, le colonel semblait près de s'évanouir. Le guide prétexta devoir retirer un caillou du sabot de son cheval et fut soulagé de voir l'homme blanc reprendre quelques couleurs...

9

Cette nuit-là, Jon dormit par terre, allongé sur des peaux de bison. Blaze, ravie qu'il fût assez correct pour respecter leur accord, rêva néanmoins de bras puissants qui l'entouraient, de longs cheveux noirs qui lui caressaient le visage et de lèvres douces qui se posaient sur les siennes. Sous l'influence de ces pensées sensuelles, elle envoya inconsciemment promener ses couvertures. Jon se détourna et s'appliqua à fixer le mur pour ne plus contempler son excitante nudité. Incapable de dormir, il aurait bien voulu se lever afin de remettre les couvertures en place, mais il connaissait ses limites et n'osa pas bouger.

Il finit par s'assoupir, longtemps après minuit, mais se réveilla dès que les premières lueurs de l'aube apparurent. Aussitôt, il entendit des pas lents et silencieux s'approcher.

En quelques secondes, il bondit à l'autre bout de la cabane et s'empara du fusil. La porte s'ouvrit doucement, un chant de fauvette annonça l'intrus et Jon se détendit, puis posa son arme en souriant. Un grand Absarokee entra et s'adressa à Jon, sans pouvoir détacher le regard du corps magnifique de Blaze, encore endormie :

– Salut, frère. Elle est bien trop belle pour toi.

Laisse-moi t'en débarrasser et je te donnerai... disons, quatre-vingts chevaux ? Elle va te prendre tout ton temps et t'empêcher de travailler.

– C'est bon d'avoir un ami qui fasse preuve d'autant de sollicitude, mais garde tes chevaux. Elle n'est pas à vendre, Rising Wolf. Elle est ma prisonnière.

A moitié tourné vers Jon, la lumière jouant entre les franges de son costume, Rising Wolf arbora un air ravi.

– C'est encore mieux ! Si elle ne t'a rien coûté, les quatre-vingts chevaux seront pur profit. (Il connaissait la réputation de Jon avec les femmes.) Mais je peux attendre un peu, reprit-il en souriant. L'idylle ne devrait pas durer plus de quelques semaines, si je me souviens bien.

– Si je ne tenais pas à la vie, je prendrais les chevaux, dit Jon en lui rendant son sourire. Aussi attirante qu'elle soit, la présence de cette femme n'est pour moi que l'assurance de garder ma mine et de rester vivant.

– Ainsi, elle est vraiment ta prisonnière ? s'étonna Rising Wolf, comprenant que Jon était sérieux.

– Ils ont essayé de m'acheter, puis de me chasser et ensuite de me soudoyer, fit-il en tournant la tête vers Blaze.

– Qui ?

Rising Wolf se demandait si une petite expédition nocturne ne réglerait pas le problème définitivement. Jon savait comment son esprit fonctionnait.

– Ils sont trop nombreux et ont trop d'influence, Rising Wolf.

– Et avec la prisonnière, ça marchera ?

Jon haussa les épaules.

– Les Visages Pâles envahissent ce pays comme une colonie de fourmis. Il en arrive des wagons entiers chaque semaine. Je n'ai pas le choix.

– Tu refuses vraiment de vendre ?

– Pourquoi le ferais-je ? Parce qu'ils ont plus d'argent que moi ? Mon filon est très rentable. Je ne vois pas pourquoi je céderais. Ils ont bien assez d'investissements dans ce pays – ils peuvent vivre sans ma mine.

– Tu as besoin d'aide ?

– Pour quoi faire ? plaisanta Jon. Tu n'as pas vu mon nouveau jouet ?

– Parce que tu en as un autre, en plus d'elle ?

Jon éclata de rire, reconnaissant bien là ce coquin de Rising Wolf. Blaze se réveilla. Elle vit l'étrange Indien et poussa un cri de terreur.

– C'est un ami, la rassura Jon. N'ayez pas peur.

Il remonta la couverture sur l'épaule nue de Blaze d'un geste possessif. Aussitôt, Rising Wolf repensa à Raven Wing. Autrefois, Jon avait veillé sur elle avec la même attention. Et il ne l'avait jamais vu se comporter ainsi depuis.

– Rendormez-vous. Nous allons sortir.

Prenant Rising Wolf par le bras, il l'entraîna dehors et referma soigneusement la porte à clé.

– Suis-moi, dit Jon, indiquant un sentier étroit entre les sapins.

A une centaine de mètres à l'est de la cabane, ils arrivèrent devant une petite corniche taillée à même le rocher, sur laquelle se trouvait une pièce d'artillerie.

– Le dernier modèle, déclara-t-il fièrement. Avec ça, je peux tirer avec précision à cinq cents mètres et... empêcher quiconque d'approcher de mes concessions.

– Comment ça s'appelle ? demanda Rising Wolf, admiratif.

– Une mitrailleuse.

– Où l'as-tu trouvée ?

– Un de mes caramades d'école connaît un officier d'ordonnance à l'arsenal de Washington.

– Et ils te l'ont donnée comme ça ?

– Mon ami a fait recopier un ordre d'expédition par l'ordonnance. Ce n'était pas compliqué. Et ils me l'ont expédiée par chemin de fer.

– Tu aurais dû en demander plusieurs, dit Rising Wolf, envisageant aussitôt avec son esprit tactique les effets que pouvait avoir une telle arme. Contre les Lakotas, ce serait parfait.

– Quand il n'y aura plus d'or dans la mine, je l'apporterai au camp.

– Comment l'as-tu montée ici ?

– Grâce à un treuil, en disant que c'était du matériel pour exploiter la mine. Il en arrive sans arrêt des tonnes, en provenance du Nord ou du Missouri. Personne n'a fait attention.

– Tu as l'air très bien organisé.

– Il le fallait bien. Peut-être que d'ici un an, l'or sera en sécurité dans notre cachette en pleine montagne, et l'avenir de notre peuple sera alors assuré.

– Et la femme ?

– Elle ne restera pas si longtemps.

– Ce qui veut dire ? insista Rising Wolf à voix basse.

– Oh, rien d'extraordinaire... Mais je suis sûr que son père aura trouvé un accord avec moi avant. Elle prétend être fille unique. C'est une chance.

– Tu as surtout de la chance d'avoir une femme comme ça dans ton lit.

– Elle dort de son côté, tu sais.

– Raconte ça à qui tu voudras, mais pas à moi ! Nous avons grandi ensemble, n'oublie pas.

Le goût de Jon pour les jolies femmes était aussi célèbre dans les grandes plaines qu'à Boston.

– Je t'assure. Je ne veux pas avoir de problèmes.

– Et depuis quand faire l'amour est-il un problème ? s'exclama Rising Wolf avec un grand sourire.

– En temps normal, je serais d'accord avec toi, mais... les circonstances sont un peu différentes.

– Tu veux dire que tu ne l'as vraiment pas fait ?

– Pas ces temps-ci.

– Donc, tu l'as fait ! Je me doutais bien que tu ne pouvais pas te contenter de regarder cette beauté sans la toucher.

– Mais maintenant, je le regrette.

– Comment ? Voilà qui est plutôt surprenant de ta part !

Il observa attentivement le visage de Jon. Le geste qu'il avait eu envers elle quelques minutes auparavant était révélateur : on ne regarde pas une femme ainsi quand on ne la désire pas.

– C'est compliqué...

– Les femmes le sont toujours.

– Cette fois, ça l'est plus que d'habitude. J'ai une mission à remplir. Je n'ai pas le temps de m'amuser.

Rising Wolf comprenait. Chacun devait suivre son chemin.

– Bonne chance, lui dit-il.

Jon le remercia d'un discret hochement de tête.

– Occupons-nous de l'or à présent. Nous ferions bien de le charger. Le soleil va bientôt se lever.

Rising Wolf s'arrangeait toujours pour arriver très tôt, avant le départ de son ami à la mine. Il ne leur fallut pas très longtemps pour remplir les sacoches, car Jon avait installé un système de poulies afin de transporter les lourds sacs de cuir jusqu'à la falaise au-dessus de l'entrée de la mine.

– Rentreras-tu chez nous pour la chasse ? demanda Rising Wolf en examinant la poussière d'or brut.

– J'en avais l'intention, mais... je ne pourrai sans doute pas... avec la femme...

– Amène-la avec toi.

– J'aimerais mieux pas.

Rising Wolf regarda attentivement Jon. Depuis Raven Wing, toutes les femmes que Jon avait connues dans sa vie n'avaient été que pour le plaisir. Pourquoi ne voulait-il pas amener celle-ci ?

– Nous avons l'habitude de voir des Visages Pâles au camp. Ça n'offusquera personne. A part les petites amies qui t'attendent, bien entendu, remarqua-t-il avec un certain sourire.

– Tout le monde croirait qu'elle est ma maîtresse, protesta Jon.

– Et elle ne l'est pas. Ou du moins, pas tout le temps, ajouta Rising Wolf, taquin.

– Elle ne l'est plus du tout, insista Jon en adressant un regard réprobateur à son ami.

– Te connaissant, il te sera difficile de t'en tenir à une ligne de conduite aussi vertueuse.

– Je n'ai pas besoin de conseils pour ma vie amoureuse, conclut Jon. Occupe-toi plutôt de l'or.

Dix minutes plus tard, l'or était dans les sacs qu'ils chargèrent sur les chevaux. Puis Rising Wolf repartit vers la montagne, par le sentier isolé connu seulement des Absarokees. En plus de l'or, il emportait avec lui l'image fascinante de la ravissante prisonnière de Jon, allongée nue sur le lit...

10

– Qui était-ce ? interrogea Blaze lorsque Jon revint dans la cabane.

– Mon frère.

– Vous avez une grande famille ?

– Je suis enfant unique. Aucun de mes frères et sœurs n'a survécu.

– Mais si c'est votre frère...

– Dans notre tribu, tous les hommes de la belle-famille sont des « frères », et on les traite comme tels, c'est la coutume.

– Vous êtes marié ? demanda Blaze sans parvenir à dissimuler sa surprise.

– Plus maintenant.

Jon avait prononcé ces deux mots très doucement, comme s'il n'était pas très sûr d'en avoir le droit.

– Qu'est-ce que ça veut dire ?

Voyant qu'il ne répondait pas, et qu'il ne la regardait même pas, Blaze revint à la charge d'une voix mielleuse :

– Plus maintenant ! C'est pratique ! Peut-être hier, ou bien demain, mais pas maintenant. (Son regard bleu se fit plus dur.) J'aurais dû m'en douter. Encore un libertin ! Je suppose que tous les ragots immondes qui circulent à Virginia City sur vous sont exacts –

les Lucy Attenborough, Allison Marsh, Elizabeth Krueger et compagnie ignorent sans doute que vous êtes marié... Apparemment, mener une double vie ne se fait pas que dans l'Est. Je ne sais pas pourquoi, mais je pensais qu'ici, dans cette nature intacte et majestueuse, ce genre de tromperies n'existait pas. C'était vraiment stupide de ma part ! s'exclama-t-elle avec un petit rire forcé.

– Ma femme est morte, déclara enfin Jon à contre-cœur, la tradition absarokee interdisant formellement de parler des défunts.

Mais il savait que Blaze aurait continué sa diatribe inlassablement jusqu'à ce qu'il lui répondît, aussi avait-il jugé plus sage de prononcer les mots interdits.

Immédiatement, Blaze eut honte de ses accusations.

– Je suis désolée, murmura-t-elle, soudain pleine de sympathie. Comment est-ce arrivé ?

– Je préférerais ne pas en parler, répondit-il avec retenue.

– Bien sûr. Pardonnez-moi.

Un silence gêné s'installa entre eux.

Chassant de son esprit les circonstances de la mort de Raven Wing – dont le souvenir, même après tant d'années, continuait à le hanter –, Jon essaya de se reprendre et adopta un ton dégagé de conversation mondaine :

– Rising Wolf est reparti et je suis venu vous demander si vous souhaitiez vous baigner aujourd'hui. Je sais que vous n'aimez pas les torrents de montagne, mais à l'endroit où je vais, l'eau n'est pas si froide. Le soleil la réchauffe.

– Vous vous baignez tous les jours ? s'étonna Blaze.

– Chez nous, c'est une tradition.

– Même en hiver ?

– Même en hiver.

– Mais c'est ridicule, dit-elle en haussant les épaules. Vous vous rendez compte, quand il gèle !

– Ce n'est pas plus ridicule que certaines de vos traditions. Les crinolines, par exemple. Aussi séduisant que ce soit, quand il y a du vent ou quand on monte un escalier derrière une dame, ce n'est quand même pas la tenue la plus pratique que je connaisse.

– Touché ! concéda Blaze avec quelque regret. Mais ne nous disputons pas inutilement.

– Excellente idée ! Vous désirez vous baigner la première ? proposa-t-il, toujours galant.

– Je ne tiens nullement à me baigner, répondit-elle d'un ton aimable mais ferme.

– Il le faudra bien.

– Je ne vois pas pourquoi.

– Voyons, Boston, vous n'êtes quand même pas si bornée que cela.

– Vous avez dit bornée ? rétorqua-t-elle, l'air visiblement furieux.

– Oui, c'est ce que je viens de dire. Parce que, en plus, vous êtes dure d'oreille ?

– Je n'ai pas envie de me faire rudoyer.

S'efforçant de rester calme, il la regarda droit dans les yeux.

– Et moi je n'ai pas envie de discuter avec une enfant gâtée. Pour dire les choses franchement, si vous ne vous lavez pas, miss Braddock, vous allez finir par sentir mauvais. Et il n'est pas question que cette cabane empeste...

– C'est une menace ? coupa-t-elle, prenant son air le plus hautain.

C'était là une grossière erreur qu'il valait mieux ne pas commettre devant Jon. Prenant encore une fois sur lui, il se contenta de froncer les sourcils, faisant preuve d'une patience extraordinaire.

– Vous comptez me tuer si je ne me baigne pas ? reprit-elle pour le provoquer.

– Ne soyez pas stupide.

– Ou bien me battre, peut-être ?

– Ce serait tentant, dit-il avec un air de petit saint.

– Combien de personnes avez-vous tuées ? Pas mal, j'imagine... Alors ? Combien ?

Il demeura impassible, ignorant ce qui de sa folie à elle ou de son calme à lui allait l'emporter.

– Combien ? Dites-moi... beaucoup ?

– Suffisamment.

– Je veux savoir combien. Je veux savoir si je dois avoir peur ou non. Car vous devez être vraiment très courageux pour menacer une femme deux fois plus petite que vous.

Mais il ne réagissait toujours pas.

– Je n'irai pas me baigner, espèce de sale brute ! lança-t-elle en serrant la couverture contre elle.

Elle avait l'air d'un chaton téméraire en train de se battre avec quelque chose de beaucoup plus gros et intimidant que lui.

– Inutile de mourir pour ça, Boston, dit-il avec un vrai sourire.

Et de ses bras puissants, il la souleva de terre et la serra fermement contre lui.

– Posez-moi tout de suite ! hurla-t-elle, folle de rage.

Mais il était déjà sur le sentier qui menait à la rivière. Jon Black était le seul homme qui refusât d'obéir à ses ordres. Et plus elle insistait, plus il semblait prendre un malin plaisir à ne pas l'écouter. Quel odieux et méprisant personnage ! Comment avait-elle pu se mettre dans une situation pareille ?

– Dites-vous qu'à cette heure-ci, normalement, vous devriez être encore en train de dormir dans de beaux draps en satin, les rideaux tirés, tandis que les domestiques à peine réveillés n'auraient même pas commencé à préparer votre petit déjeuner, observat-il comme s'il venait de lire dans ses pensées.

– Et au lieu de cela, je suis en train de crever de froid au sommet d'une montagne !

– Il fait bon.

– Parlez pour vous !

– Désirez-vous que je vous réchauffe ? demanda-t-il d'une voix traînante.

Ils étaient arrivés devant le petit lac dont la surface scintillait de reflets argentés. L'eau était d'une transparence extraordinaire.

– Je croyais que vous vous étiez découvert des scrupules, railla-t-elle.

– Le Grand Esprit m'a appris à accepter les faiblesses des êtres humains, déclara Jon d'un ton doucereux.

– Ce genre de souplesse de pensée doit être très commode pour la conscience !

– Disons que c'est réaliste. Ce que vous devriez être davantage. Votre cher papa n'est pas là. Et pour l'instant, son argent ne compte pas. Désormais, plus rien ne vous protège du monde réel. Et plus vite vous l'accepterez, plus vous nous faciliterez les choses. Mais pour mettre fin à cette charmante conversation, étant donné que j'ai du travail – je suppose que c'est un mot que l'on prononce parfois à Boston – préférez-vous vous baigner avec ou sans la couverture ?

– Je ne veux pas me baigner du tout, persista-t-elle.

– Cela ne fait malheureusement pas partie des options.

– J'espère, Jon Black, que vous irez brûler en enfer !

– Quant à vous, miss Braddock, j'espère que vous savez nager !

Et il la jeta au beau milieu du lac paisible.

Le cri que poussa Blaze en tombant dans l'eau s'entendit sans doute au-delà de Diamond City. Mais en moins d'une seconde, elle disparut sous l'eau et Jon plongea en vitesse, se traitant de tous les noms. Il gagna très vite le milieu du lac, là où l'eau était suffisamment profonde pour s'y noyer. L'eau était claire comme du cristal, et il l'aperçut aussitôt. Il l'agrippa par un bras et la ramena à la surface.

– Je suis désolé. Je n'ai pas pensé une seule minute que vous ne saviez pas nager.

Le visage et les cheveux ruisselants, les lèvres tremblantes, Blaze le dévisagea d'un œil glacial.

– Espèce d'abruti... je sais nager... mais cette foutue couverture... m'emprisonnait les jambes et les bras, bredouilla-t-elle.

Si son regard avait pu tuer, il aurait cessé d'exister sur-le-champ. Mais Blaze sentit la cuisse de Jon frôler la sienne et une lueur très différente éclaira ses yeux. Aussitôt, il eut envie d'elle. Sentant une vague de plaisir la parcourir, Blaze ferma les yeux en frissonnant.

– Vous avez froid, murmura-t-il, laissez-moi vous réchauffer.

En proie à un violent désir, Jon n'arrivait plus à penser. Ses bras se refermèrent sur le corps mince et souple de Blaze qu'il serra contre lui.

Sa chaleur lui fit du bien. Malgré tout ce qu'ils s'étaient dit le matin, elle avait une folle envie de lui. Lui aussi la désirait, elle le sentait bien. Jon Black n'était finalement pas si inaccessible. Elle retrouva soudain une nouvelle assurance, consciente de disposer d'une arme contre son geôlier. Et, testant son nouveau pouvoir, telle une enfant découvrant un tout nouveau jouet, elle commença à osciller des hanches en se frottant contre lui.

Blaze sentit le frémissement de ses épaules sous ses mains. Pour la première fois, elle eut le sentiment de le posséder. Elle tourna imperceptiblement la tête, mais il ne bougea pas et attendit, retenant son souffle, tandis que Blaze avançait lentement sa bouche près de la sienne.

– J'ai envie de toi... en moi, chuchota-t-elle doucement.

Elle lui mordilla la lèvre inférieure, et Jon eut l'impression qu'il allait exploser. Il répondit à son baiser avec tant de fougue qu'elle en oublia lequel des deux avait le plus de pouvoir sur l'autre.

Ses yeux bleus surprirent le regard noir de Jon, brillant de désir pour elle. Elle laissa tomber la couverture dans l'eau.

– Promets-moi, murmura-t-elle en caressant son torse puissant, promets-moi de me faire l'amour... encore et toujours.

Il l'avait à peine touchée et elle avait terriblement envie de lui. Elle voulait connaître encore l'enchantement de leurs corps enlacés, jouer dans ce jardin des délices qu'elle venait de découvrir, et s'enivrer de mille et un plaisirs...

– Promis, souffla Jon en s'éloignant de la rive. Embrasse-moi. Là, maintenant.

Blaze passa les bras autour de son cou et releva la tête en lui offrant sa bouche. Jon se hâta de la déposer sur un tapis de mousse, au pied d'un vieil aulne.

Quelques instants plus tard, ils étaient étendus l'un contre l'autre sous le vert des feuillages, trempés, les lèvres gonflées à force de s'embrasser. Blaze se tourna vers lui d'un air espiègle en pointant une langue toute rose.

– Tu me trouves épouvantable, n'est-ce pas ?

– Mmmm, marmonna-t-il en lui mordillant les lèvres, je te trouve épouvantablement gourmande...

épouvantablement impudique... et épouvantablement désirable.

Blaze sourit, d'un sourire aussi irrésistible que son regard candide.

– Fais-moi l'amour. Ici, ordonna-t-elle, rayonnante.

– Volontiers, madame, murmura Jon en s'écartant pour retirer son pantalon.

C'est alors qu'il aperçut son balluchon sacré, suspendu à un arbre au bord de l'eau. Cette petite amulette de sorcier, qui contenait divers objets sacrés, l'investissait de pouvoirs surnaturels dont il tirait son énergie. Ce ballot représentait un talisman protecteur, l'esprit même de la force de vie : une peau de couguar enroulée autour d'une poignée de terre. Et ce mélange de pierres, de plumes et d'os était ce qui le gardait sain et sauf, ce à quoi il adressait ses prières, ce qui le guidait et ce qui, tout à coup, à cet instant même, lui rappela son devoir.

Il se releva doucement, éprouvant un mal fou à faire taire ses sens. Il s'éloigna de quelques pas et s'immobilisa. Il ne lui fallait surtout plus la toucher. Finalement, elle ouvrit les yeux, l'air perplexe.

– Pardonne-moi, dit-il. Tu veux bien retourner à la cabane tout de suite ?

Blaze aurait reçu une douche froide sur la tête, elle n'en aurait pas été moins étonnée. Etendue sur la mousse telle une nymphe des bois, ses yeux bleus immenses et limpides se plantèrent dans le regard noir de Jon.

– Mais pourquoi ?

– Il faut bien que l'un de nous deux soit raisonnable.

– Mais pourquoi ? répéta-t-elle innocemment.

Il ne savait que dire. Car même si elle parvenait à comprendre ce qu'il ressentait par rapport à son devoir et à l'importance de sa mission pour son peuple, ce ne serait qu'une partie de la vérité. Et il ne pouvait lui expliquer qu'il la trouvait si désirable qu'il aurait volontiers passé plusieurs semaines d'affilée au lit avec elle. Il ne voulait pas qu'elle sût qu'il s'était entiché d'elle comme un adolescent étourdi. Qu'il avait tout le temps envie de la toucher et que sa présence le troublait. Mais il avait une tâche à accomplir. Peut-être que quand tout serait fini, quand sa tribu serait hors de danger, il prendrait des vacances et retournerait dans l'Est. Peu importait l'endroit. Il était certain qu'il la retrouverait et qu'elle répondrait à son appel, car il existait entre eux une affinité étrange et, compte tenu de sa grande expérience, il savait combien cela était rare, unique même.

– Alors, tu me réponds ? insista-t-elle en s'appuyant sur un coude dans une pose d'un érotisme torride.

– Non, répliqua Jon avec brusquerie.

Le galbe magnifique de ses seins et de ses hanches avait un effet désastreux sur sa résolution.

– J'ai envie de toi. Je croyais que tu avais envie de moi. Je ne vois pas quel est le problème...

– Malheureusement, il y a bien d'autres problèmes au monde.

– Ils ne peuvent pas attendre ?

– Ou même disparaître ? suggéra-t-il doucement.

– Ce serait bien.

Ce serait encore mieux que tu te lèves et que tu retournes à la cabane.

Elle contempla sa beauté virile d'un air lascif.

– Pourquoi ne reviens-tu pas près de moi ?

– Pour des dizaines de raisons... mais tu n'en comprendrais probablement aucune, dit-il d'un air las.

– Essaie quand même !

Il ne put s'empêcher de rire.

– Eh bien, pour commencer, je travaille très dur.

– Avant, ça n'avait pas l'air de te déranger !

On aurait dit une petite fille décidée à faire un caprice.

– Sans compter que nous sommes des adversaires, reprit-il d'un ton amusé.

– Ah, bon ? demanda-t-elle, vaguement incrédule.

– Tu changes très vite d'avis... quand ça t'arrange, murmura Jon en repensant à tout ce qu'elle lui avait dit la veille.

– Etre rigide ne paie pas. Il faut savoir s'adapter, telle est ma devise.

– Nous pourrions poursuivre cette discussion habillés.

– Me voir nue te dérange ? susurra Blaze d'un air aguicheur que Dalila elle-même n'aurait pas dénié.

– Ce qui me dérange, c'est que ton père et ses amis veuillent me prendre mes concessions. Comparé à cela, tout le reste me paraît bien dérisoire.

– Mais je ne veux pas de tes concessions, moi !

– Et moi, je ne veux pas de ton joli derrière, déclara Jon d'un ton déterminé. Inutile d'avoir l'air choqué.

– Tu exagères, dit-elle, le regard soudain étincelant de colère.

– Vous êtes trop dangereuse pour moi, miss Braddock. Et puis, autant vous faire tout de suite à l'idée que tout le monde ne succombera pas toujours à vos charmes. Alors, gardons nos distances. Ce que je veux avec vous, c'est une relation parfaitement platonique. Comme des frères et sœurs, ou des amis. Ça nous évitera bien des ennuis à tous les deux.

– Platonique... répéta Blaze, comme si elle parlait d'une marchandise de piètre qualité.

– Platonique. Exactement...

Un éclair de fureur apparut dans les grands yeux bleus de la jeune femme.

– Très bien.

Elle fit brusquement volte-face et s'en alla.

Jon la regarda s'éloigner – la démarche gracieuse, le corps tout en courbes, le port de tête altier – et s'en voulut d'avoir autant de scrupules. Pourrait-il un jour lui parler de ce qu'il espérait pour son peuple et donner libre cours à son désir ?

Repoussée et se sentant défiée pour la première fois de sa vie, Blaze plongea dans une douce rêverie, un sourire aux lèvres. Son père viendrait la sauver, elle en était sûre. En attendant, Jon Black et ses satanés scrupules seraient mis à rude épreuve par une adversaire fermement déterminée à triompher.

Jon ne prit pas de petit déjeuner lorsqu'il la rejoignit dans la cabane quelques minutes plus tard. Il se prépara deux sandwichs et partit pour la mine. Pas une fois il n'adressa la parole à Blaze, tenant à éviter toute autre discussion sur le sujet par trop déconcertant et confus de l'amour.

11

Résignée à devoir supporter de longues heures de solitude, Blaze s'était installée dans un fauteuil avec un journal de Virginia City vieux d'un mois lorsque la porte s'ouvrit. Elle releva la tête et aperçut un jeune garçon dont la silhouette se découpait dans le soleil. Il avait des cheveux blonds en broussaille, de grands yeux au regard grave et tenait deux colis attachés par des ficelles dans ses bras robustes.

– J'apporte du lait et de la viande, expliqua-t-il d'un air sérieux. Ferguson a abattu un bœuf hier.

Blaze, qui avait laissé tomber le journal sur ses genoux en le voyant entrer, rassembla les pages en les tapotant du bout des doigts.

– Tu es le garçon qui ramasse les fraises ?

– Oui, m'dame, répondit-il poliment.

– Entre, dit Blaze en se levant. Attends, je vais te débarrasser de ces paquets. (Elle les déposa près de l'évier.) Veux-tu quelque chose à manger ? proposa-t-elle, sans penser aux limites de ses talents culinaires.

– Non, merci, m'dame.

Lorsqu'il s'était arrêté à la mine prendre ses ordres pour la journée, Jon l'avait prévenu qu'elle ne savait pas cuisiner. Il commença à rassembler les assiettes sales du dîner de la veille.

– Tu n'as pas à faire ça, euh !...

– Jimmy, m'dame, Jimmy Pernell, dit-il en posant le sel et le poivre bien au milieu de la table en pin.

– Ce n'est pas nécessaire, reprit Blaze en observant les gestes rapides et précis du garçon.

Il avait déjà empilé les assiettes et les plats à un bout de la table.

– Il m'a dit de le faire, expliqua-t-il en attrapant la poêle pendue à un clou au-dessus de la cuisinière. Et il m'a aussi demandé de vous aider à préparer le déjeuner.

– Il te paie ?

Blaze était abasourdie par l'efficacité du garçon. Il venait de rallumer le four après s'être assuré qu'il y avait encore de l'eau dans la chaudière.

– Oh ! oui, m'dame. Jon paie toujours très bien. Maman lave et repasse ses chemises et il lui donne cinq dollars la pièce. Et ma sœur Aby recopie les nouvelles lois pour lui. Le bébé ne peut pas encore gagner d'argent, mais Jon trouve qu'il est tellement mignon qu'il mérite une pièce rien que pour les beaux sourires qu'il lui fait. Chaque semaine, il donne de l'argent à Joey et maman peut acheter de la nourriture en plus. Ne vous en faites pas, m'dame. Jon est le meilleur.

Eh bien, pensa Blaze en réprimant un sourire, voilà une parfaite illustration du culte du héros – et des frais non négligeables pour Jon chaque mois.

– Il vous paie combien, vous, pour s'occuper de ses affaires ?

– Euh !... nous n'en avons pas encore discuté. (Jimmy jeta un coup d'œil dans la pièce en désordre.) Quand vous saurez vous débrouiller mieux, il vous paiera sûrement bien, comme il le fait avec tout le monde. Maman dit qu'il est aussi généreux qu'un prince. C'est vrai. Et qu'il est plus propre que tous les hommes qu'elle connaisse.

– Je sais. Se baigner est une coutume dans sa tribu.

Le garçon remontait les manches de sa chemise.

– Ça, j'en sais rien, m'dame, mais maman dit qu'après avoir fait Jon, Dieu a dû casser le moule. Il y en a pas deux comme lui.

Tout à coup, Blaze se demanda avec une pointe de jalousie si la mère de Jimmy n'était pas elle aussi en adoration devant Jon.

– Quel âge a ta mère ? demanda-t-elle aussi naturellement que possible.

– Elle est vieille, décréta Jimmy, qui comme tous les enfants trouvait vieux quiconque avait dépassé douze ans. Elle doit avoir un an ou deux de plus que vous. Vous voulez que je vous montre comment faire la vaisselle ? Jon dit que vous ne savez rien faire. Je peux vous apprendre.

Son offre était d'une absolue sincérité, sans la moindre trace de mépris.

– Merci, répondit Blaze avec un sourire. Ce serait très gentil à toi.

Jimmy jeta un bref coup d'œil sur la cabane sens dessus dessous.

– Excusez-moi, m'dame, mais qu'est-ce que vous savez faire exactement ?

– Je crains qu'on ait omis de m'apprendre un certain nombre de choses...

– Bah, ne vous tracassez pas, je vous aiderai, la rassura-t-il encore.

– Merci, Jimmy. J'aimerais beaucoup. (Sa spontanéité d'enfant lui plaisait.) Alors, dis-moi, par quoi dois-je commencer ?

Il lui montra comment faire chauffer l'eau, puis

132

lava les assiettes qu'elle essuya – avec de ravissants torchons brodés par la mère et la sœur de Jimmy. Blaze admira un instant les jolis motifs fleuris en pensant qu'elle aurait bien aimé savoir broder elle aussi.

Quand la vaisselle fut terminée, Jimmy balaya les derniers morceaux de porcelaine brisée, sans poser de questions. Peu de temps après la mort de son père, un an plus tôt, il avait vu sa mère jeter une assiette contre un mur avant d'éclater en sanglots. Depuis, il savait que quand les adultes cassaient autant d'assiettes, c'était signe que quelque chose n'allait pas.

Une fois cette tâche terminée, il se tourna vers Blaze et l'encouragea d'un sourire en remarquant les efforts qu'elle déployait pour faire le lit.

– Maintenant, je crois qu'on devrait préparer le déjeuner, Jon a dit qu'il serait là à midi pile.

Le jeune garçon était bien meilleur cuisinier que Jon.

– C'est ma mère qui m'a appris, dit-il à Blaze lorsqu'elle lui fit des compliments.

Il prépara une fournée de biscuits, apparemment sans le moindre effort.

– Mettez de la farine sur la table et je vais vous montrer comment les rouler. Le feu est à point ?

Et en un clin d'œil, le déjeuner fut prêt. Il sortit les biscuits du four, tandis que des steaks rissolaient dans une grande poêle avec du beurre et des oignons, et que de petites patates cuisaient dans du lait avec de la ciboulette.

– Tu es un vrai trésor ! s'exclama Blaze, impressionnée. Comment as-tu réussi à tout faire en même temps ?

– Il suffit de savoir compter, m'dame. C'est pas dur. Le truc qui prend le plus de temps, c'est par là qu'il faut commencer.

– Ça semble tellement facile quand c'est toi qui le fais.

– Vous m'avez aidé, m'dame, concéda gentiment Jimmy, sans mentionner les mille petits désastres que les diverses tentatives de Blaze à se rendre utile avaient failli occasionner.

Lorsque Jon arriva, cinq minutes plus tard, Jimmy donna ses ordres et la table fut dressée en quelques secondes. Jon se montra fort satisfait. Sa propre cuisine étant la plupart du temps rudimentaire, le repas de Jimmy lui parut très appréciable.

– Il est vraiment extraordinaire, reconnut Blaze. (Jon accueillit sa remarque d'un sourire.) Mais je crains de l'avoir plus dérangé qu'aidé. Qui aurait pu imaginer que couper un oignon soit si compliqué ?

– Ce n'est pas de votre faute s'il est tombé par terre, miss, répliqua Jimmy. (Jon avait corrigé son « m'dame ».) Mais vous saurez très vite rouler la pâte à biscuits.

– Vous avez roulé la pâte ? demanda Jon, feignant la plus vive admiration.

– Je l'ai plutôt massacrée, j'en ai peur ! Elle a commencé par coller à la bouteille, puis à la table et enfin à mes mains, répondit-elle en se passant distraitement une main dans les cheveux.

– Je suis persuadé que Jimmy n'y serait pas arrivé sans vous.

Elle jeta un coup d'œil à Jon, repensant soudain à l'homme raffiné et élégant qu'il était le soir du bal. Son comportement civilisé et sa voix distinguée continuaient à la déconcerter. Ici, en pleine montagne, il était irrémédiablement indien, à moitié nu dans son pantalon à franges, avec sa peau cuivrée et ses longs cheveux noirs. Mais elle vit qu'il n'y avait pas trace d'ironie sur son magnifique visage.

– Je suis sûre que si, mais merci quand même. Ça

ne fait jamais de mal de s'essayer à de nouveaux talents.

— Croyez-vous que, d'ici une semaine ou deux, nous pourrons ajouter des biscuits aux fraises et au chocolat chaud ?

Le sourire de Jon était resplendissant.

— Avec une bonne dose de prières et de dévouement, peut-être..., répliqua Blaze, souriante elle aussi.

Son naturel joyeux le ravissait. Leurs regards se croisèrent par-dessus la tête blonde de Jimmy. Une atmosphère légère régnait dans la pièce.

— Une messe célébrée dans la cuisine vous aiderait-elle ? plaisanta-t-il.

— Sûrement pas ! Les ancêtres de ma mère se retourneraient dans leurs tombes !

Ses yeux bleus pétillaient de malice.

— Je suis prêt à affronter autant de fantômes que nécessaire pour que mes repas soient tous aussi délicieux que celui-ci.

Jimmy ne comprenait rien à ce qui se passait, mais en voyant la manière dont ils se souriaient, il estima que les assiettes ne risquaient plus de voler.

— Je viendrai vous aider quand j'aurai fini ce que je dois faire pour McTaggert et pour maman, proposa-t-il.

Les deux adultes le remercièrent.

— Vous voyez, ce ne sera pas nécessaire que vous perdiez votre temps avec des rituels et des cérémonies. Jimmy veillera à mon éducation.

— Vous n'avez pas la même attitude envers moi qu'envers lui. Qu'ai-je donc fait de travers ? demanda Jon.

— A peu près tout, rétorqua Blaze. Il n'y a en fait qu'une chose que vous sachiez vraiment bien faire.

Ils échangèrent un regard brûlant dont la signification échappa totalement à Jimmy.

— Restons polis, dit doucement Jon, après avoir respiré à pleins poumons.

— Je n'ai jamais beaucoup aimé les politesses. C'est si convenu, répliqua Blaze gaiement.

— Et j'imagine que ce n'est ni le moment ni l'endroit pour vous faire changer d'avis.

— Oh, je ne sais pas, dit-elle d'un ton léger avec un sourire irrésistible. Peut-être que je changerais d'avis, si vous-même en changiez à propos de certaines choses.

Elle avait prononcé ces deux derniers mots à voix basse.

— Etant donné ce qui est en jeu, il n'y a guère de chances. Mais je peux vous assurer que ce n'est pas faute de le vouloir.

— Comme c'est réconfortant !

— Je sais... Et maintenant, au travail. Merci à vous deux.

Jon se leva et les salua avec élégance. Parvenu devant la porte, il se retourna vers Jimmy.

— Passe me voir à la mine avant de rentrer chez toi. Je te donnerai de l'or pour aller faire des courses.

— D'accord, Jon. Dès que miss et moi aurons fini la vaisselle.

— Encore la vaisselle ? s'écria Blaze avec l'impression que tout était à recommencer.

— Peut-être que votre cher papa arrivera bientôt et vous sauvera de cette corvée, lança Jon d'un air amusé.

Blaze fit la grimace.

— Sinon, vous pourriez engager du personnel supplémentaire... pendant que j'ai encore les mains douces.

Elle ne cessait de l'étonner. Elle n'avait rien d'une femme timide. Elle était sûre d'elle, n'avait peur de rien. Et puis, elle était superbe. Dans d'autres circonstances... Cependant, deux êtres aussi différents, de cultures aussi différentes et dans des circonstances différentes... non, c'était impossible à imaginer.

Blaze aurait voulu s'approcher de lui et l'embrasser sur la joue. Il la faisait rire si facilement, et son sourire la ravissait. Et puis il était si beau, grand, mince, les épaules larges... Dommage qu'il eût un tel sens du devoir. Ayant été élevée dans un monde égocentrique, elle ignorait pratiquement tout de l'idée du devoir.

— Je vais voir ce que je peux faire, dit Jon, l'interrompant dans ses pensées.

Elle le regarda d'un air ahuri.

— Pour les mains douces, expliqua-t-il.

— Elle n'aura qu'à essuyer, intervint Jimmy, comprenant enfin quelque chose à cette conversation entre grands.

— Très bien. Alors, le problème est résolu.

Jon sourit et s'en alla.

Une heure plus tard, Jimmy redescendit de la montagne avec une très longue liste de courses en tête et une consigne extrêmement simple : ne rien dire à personne sur la femme qu'il avait vue dans la cabane. Comme si toute la ville n'était pas déjà au courant ! Mais malgré son jeune âge, il savait être discret, et sa loyauté envers Jon n'avait d'égale que celle qu'il vouait à sa propre famille. Aussi fut-il très prudent en faisant les courses. Après que le magasin général eut fermé ses portes, l'un des jeunes commis se fit un plaisir de lui vendre un article, emballé dans une immense caisse, en échange d'une pièce en or de vingt dollars...

Le lendemain matin, à l'aube, le commis et Jimmy chargèrent les chevaux – chevaux que Jon laissait en pension dans le pré des Pernell à qui il versait une somme chaque mois. Et, bien avant que Diamond City fût réveillée, Jimmy était en route pour la cabane de Jon, repassant mentalement en revue sa liste de courses pour vérifier qu'il n'avait rien oublié.

12

– Je vous assure, Millicent... (Yancy avait pris l'habitude d'appeler la femme de son patron par son prénom depuis que le colonel avait disparu dans les montagnes – avec son accord tacite, avait-il remarqué.) Attendre le retour du colonel n'a aucun sens ! Ce n'est jamais qu'un sale Peau-Rouge. C'est ridicule. Nous pourrions le faire sortir de là en un tour de bras !

Millicent Braddock réfléchit un instant. Son mari lui avait laissé des consignes strictes et précises, qui ne laissaient aucun doute sur ce qu'il voulait qu'on fît en son absence – à savoir : absolument rien. Car Yancy avait tendance à se montrer plus violent qu'il n'était généralement nécessaire.

– Le colonel ne permettrait pas qu'on prenne le moindre risque pour sa fille adorée, lui rappela-t-elle.

Yancy et Millicent se comprenaient parfaitement. Tous deux avaient été obligés, étant donné le déclin de leurs respectables et riches familles de Virginie, de chercher ailleurs le moyen de se renflouer. Mais ils ne l'avaient jamais vraiment accepté. Du moins, pas de bonne grâce. Et ils continuaient à en éprouver du ressentiment. Millicent considérait le fait d'être marié à Braddock comme un véritable travail. Quant à Yancy, l'humiliation était pour lui plus forte : après la guerre civile, il avait dû trouver un emploi, ayant définitivement perdu les plantations familiales déjà lourdement hypothéquées.

— Et vous, que feriez-vous ? demanda Yancy avec un soupçon d'ironie.

— Mais, monsieur Strahan, répliqua-t-elle avec juste ce qu'il fallait de réaction offensée dans la voix, je *suis* sa mère. Dois-je vous le rappeler ?

— Je vous prie de m'excuser, madame, déclara Yancy, le regard tout aussi dépourvu d'émotion. Mais je me fais tellement de souci pour le terrain du colonel que je l'avais oublié un instant.

Le ton était aussi faussement contrit que celui de Millicent était outré. On aurait dit deux acteurs jouant à se faire des politesses alors que l'un et l'autre avaient la tête à tout autre chose. C'était chez eux comme une seconde nature. Chacun savait ce que l'autre pensait du colonel, de sa fille et de son argent, mais il y avait certaines règles du jeu à respecter.

Peut-être finiraient-ils par trouver un accord. Il suffirait de négocier. Les deux complices dînèrent en tête à tête, ce que les domestiques des Braddock considéraient comme extrêmement déplacé.

13

Après une seconde mauvaise nuit, Jon se réveilla sur les peaux de bison et dut faire un effort considérable pour se lever. Il s'étira, longuement, paresseusement. Son corps et son cerveau étaient harassés de fatigue, et la présence de Blaze l'accaparait entièrement, au détriment de toute pensée concise.

Il se glissa hors de la cabane à pas de loup, sans réveiller Blaze, et alla se baigner. La matinée était fraîche, ensoleillée, une brise légère faisait frémir les aulnes, et il songea aux nombreux matins semblables qu'il avait connus dans son enfance. Il aurait tant aimé pouvoir retrouver son innocence d'alors. Debout au bord de l'eau, il soupira, en proie à une profonde nostalgie. Mais rien n'était plus pareil. Sa tribu avait dû partir au-delà des montagnes, là où les hommes blancs n'étaient pas encore venus chercher de l'or ou cultiver les terres. Et maintenant, il travaillait comme un esclave, jour après jour, dans l'espoir de sauver son peuple. L'or était le seul recours. L'or avait réponse à tout. Enfin, presque à tout... Car l'or n'apaiserait en rien l'irrésistible désir qu'il éprouvait pour sa jolie compagne.

Brusquement, Jon plongea dans l'eau froide, dans

l'espoir de calmer l'ardeur de ses pensées charnelles, au moins momentanément.

Quand Blaze s'éveilla, une heure plus tard, la cabane était silencieuse et seul retentissait le chant des oiseaux. Rejetant les couvertures, elle s'assit et regarda autour d'elle. Il était déjà parti travailler. L'empreinte de ses pieds mouillés était encore visible sur le plancher et le couteau à beurre qu'il utilisait pour faire ses sandwichs était posé sur la table. Apercevoir des traces de sa présence lui fit plaisir – et, tout aussitôt, elle s'en voulut d'éprouver pour lui une telle tendresse. Jusqu'à présent, elle avait considéré que ses sentiments pour Jon Black se limitaient à un attrait purement physique. Comme elle aurait profité d'un nouveau jouet – ouvertement et de bon cœur, mais sans les complications qui l'assaillaient désormais. Elle préféra se rappeler qu'il se servait d'elle, tout comme elle se servait de lui. Un échange équitable, en somme : elle était son otage, et il était son professeur. Du moins jusqu'à ce que son père vînt la sauver. Elle se souviendrait des jours passés ici comme d'une aventure extraordinaire, car Jon lui avait fait découvrir le plaisir et elle était impatiente d'y goûter encore. Nullement découragée de voir que son professeur avait cessé de lui prodiguer ses faveurs, Blaze cherchait maintenant un moyen plus efficace de le faire changer d'avis, ses premières tentatives n'ayant malheureusement pas abouti. Miss Venetia Braddock de Beacon Hill était farouchement déterminée à trouver une solution pour triompher de la discipline de fer que s'imposait le bel Indien.

Jimmy était là au retour de Jon. Le déjeuner était prêt, le sol balayé, et Blaze arborait une petite branche de roses sauvages joliment glissée dans la boutonnière de son corsage. Instantanément, il pensa à ses seins magnifiques, doux comme des pétales, si bien qu'il n'entendit pas ce que lui demandait Jimmy.

– Vous avez creusé au sud, aujourd'hui ? répéta le jeune garçon.

– Hein !... dit-il d'un air vague, comme si on venait de le tirer d'une profonde sieste. Ah ! oui, j'ai avancé de trente mètres ce matin.

– Trente mètres ! s'écria Blaze, sincèrement étonnée. (Elle connaissait les mines aussi bien que son père.) Mais vous avez dû battre un record !

Il la regarda et se dit que les roses lui allaient décidément très bien.

– C'est la dynamite qui a pratiquement fait tout le travail, expliqua-t-il modestement.

– Vous vous attendez donc à ce que la mine produise beaucoup ?

– Je n'aurais pas investi autant de temps et de sueur si ce n'était pas le cas.

– Jon est allé à l'Ecole des mines de Columbia et il sait tout sur l'exploitation des mines, lança Jimmy, fier de pouvoir mettre en avant une autre des brillantes facettes de son héros.

– Merci pour le compliment, Jimmy, dit Jon avec un sourire. Mais je suis loin de tout savoir. Je n'ai suivi que quelques cours sur l'extraction de l'or, c'est tout. C'était tout à côté de Boston.

Blaze écarquilla ses grands yeux bleus d'un air accusateur.

– Vous ne m'aviez pas dit que vous aviez vécu à Boston !

– Vous ne me l'avez jamais demandé.

– Et que faisiez-vous à Boston ? demanda-t-elle sur un ton de vague suspicion.

– J'étais à Harvard.

Elle se souvint alors que les associés de son père avaient mentionné son inscription à l'université.

– Je ne vous y ai jamais vu.

– Je ne pense pas que nous ayons fréquenté les mêmes cours de récréation, dit-il avec un sourire ingénu.

– Je ne suis quand même pas si jeune !

– Suffisamment.

– Ce qui veut dire ?

– Rien de méchant, rassurez-vous, miss Braddock. Seulement que, compte tenu de l'étiquette fixée par la haute bourgeoisie, mon entrée dans la société bostonienne a précédé la vôtre, voilà tout.

Jimmy, qui regardait les adultes comme un spectateur assistant à un match de tennis, comprit tout à coup qui avait cassé la vaisselle. La dame qui vivait ici avec Jon était très soupe au lait.

– Le repas va refroidir, lança-t-il, craignant de se retrouver bientôt au milieu d'une vraie dispute.

Mais un rapide coup d'œil vers Jon lui révéla qu'il était plus amusé qu'autre chose.

– Venez, miss Braddock, allons manger. Il serait dommage que tous ces beaux efforts soient perdus.

Jon se mit à table et s'adressa à elle comme si rien ne s'était passé :

– Dites-moi, c'est vous qui avez fait ces muffins ?

Blaze devint aussi rose que les fleurs qu'elle portait au cou. Comment faisait-il pour parler d'une voix aussi chaleureuse ? On aurait dit une caresse de velours. La société bostonienne n'avait pas dû manquer d'intérêt pendant les années où Jon avait usé de son charme auprès des dames.

– Evidemment que c'est elle, répliqua Jimmy, soucieux de plaire à Jon et se rappelant qu'il était supposé apprendre à cuisiner à la jeune femme.

Esquissant soudain un sourire amusé, Blaze s'expliqua avec sincérité :

– Jimmy me permet de touiller. Et je suis très

144

douée pour jeter les raisins. Si papa n'arrive pas, je pourrai sans doute m'initier à des choses plus compliquées... du moins, en matière de cuisine.

– Nous pourrions peut-être t'embaucher à temps complet, Jimmy. J'avais oublié à quel point c'est agréable de bien manger.

– J'aimerais bien, mais je ne peux pas, rétorqua-t-il en vitesse, la bouche pleine de muffin.

– Ta mère a besoin de toi, je suppose, dit Jon en savourant le goût exquis des carottes nouvelles cuites dans un peu de sucre.

– Ouais, marmonna Jimmy.

– Mais tu peux quand même venir nous aider de temps en temps, n'est-ce pas ?

– Je crois, acquiesça le jeune garçon en écrasant ses légumes.

Remarquant la nervosité inhabituelle de l'enfant, Jon posa sa fourchette et avala le morceau de bœuf tendre qu'il avait dans la bouche.

– Quelque chose ne va pas, Jimmy ?

– Non, m'sieur.

– Je ne te donne pas assez d'argent ?

– Oh ! si, ce n'est pas ça, m'sieur.

– Alors qu'est-ce que c'est ?

– Eh ben, maman a vu... vous savez, ce que j'ai rapporté ce matin et... à moi, ça ne m'a pas paru bizarre, mais elle, elle a fait la moue et...

La perplexité laissa place à un certain amusement dans le regard noir de Jon.

– Et ?

– Maman dit que Mme Gordon avait raison.

– Raison à propos de quoi ? demanda Jon, un sourire de connivence se formant sur ses lèvres.

– Je ne sais pas exactement, m'sieur. Elle a parlé de fille de mauvaise vie.

Blaze faillit s'étouffer, mais Jimmy ne sembla pas s'en rendre compte.

– J'ai aucune idée de ce que c'est. Mais maman avait l'air indigné et elle m'a ordonné de rentrer avant le coucher du soleil. Pourquoi, m'sieur ? s'étonna innocemment Jimmy.

– Elle doit s'inquiéter de te savoir dans les montagnes la nuit, répondit Jon avec calme, sans quitter des yeux le visage cramoisi de Blaze.

– Mais je suis souvent resté dehors à la nuit tombée.

– On a peut-être repéré des ours dans les parages.

– Non, elle ne m'a pas parlé d'ours. C'est quoi, une fille de mauvaise vie ?

Ce fut au tour de Jon de manquer de s'étouffer. Le jeune garçon le dévisageait avec de grands yeux tandis que le regard bleu de Blaze semblait sur le point de le transpercer.

– En fait, tout ceci est une question de définition. Et là-dessus, les femmes ont souvent du mal à se mettre d'accord. Mais tu ferais mieux de ne plus y penser et de faire ce que t'a dit ta mère. Dis-lui que je suis très content de ton travail. Avant de partir, tu veux bien aller chercher un seau d'eau fraîche à la rivière ?

Jon sentait que Blaze était sur le point d'exploser.

– D'accord, m'sieur, déclara Jimmy en se levant d'un bond. Je vous rapporte ça dans deux minutes.

Il avait à peine passé la porte que Blaze, effectivement, explosa :

– Quel culot ! Cette femme a vraiment un sacré culot ! Mais pour qui se prend-elle donc ?

– A votre place, je n'y prêterais pas attention, répliqua Jon, conciliant.

– Mais je n'y prête aucunement attention ! Pour-

146

quoi me préoccuperais-je des racontars d'une simple lingère ?

– Votre snobisme reprend le dessus, Boston.

– *Mon* snobisme ? Ben voyons ! Vous étiez même prêt à prendre sa défense. Il est vrai que pour vous, tout ce qui porte des jupons...

– Ou un pantalon noir, ajouta-t-il en lui jetant un regard admiratif.

– Jon, je n'ai vraiment que faire de vos compliments pour l'instant ! Tout de même, quel culot d'insulter les gens ainsi !

– Ce sont des ragots. Ignorez-les.

– C'est bien mon intention. Moi, fille de mauvaise vie ? répéta-t-elle, incrédule.

– C'est un petit camp de mineurs.

– Tout petit, en effet.

– Tout le monde est au courant des affaires des autres.

– Mais pourquoi m'appeler ainsi ? Je suis prisonnière, nom d'un chien !

Indifférente à l'opinion du monde en général, Blaze n'acceptait pas la mesquinerie d'une telle insulte. Le problème n'était pas de savoir ce qu'elle faisait ou ne faisait pas avec Jon. C'était elle et elle seule que cela regardait. Elle avait d'ailleurs agi toute sa vie comme bon lui semblait. Mais elle n'en revenait pas qu'une simple lingère se permît des commentaires sur sa respectabilité dans une ville comme Diamond City, où le vice et la corruption régnaient en maîtres.

– Elle vous veut sans doute pour elle seule, commenta-t-elle d'un ton acerbe.

– Sans doute.

Blaze écarquilla les yeux.

– Est-ce le cas ?

– Je ne vois pas en quoi cela vous regarde, lâcha-t-il placidement avant de se remettre à manger.

La fourchette était à mi-chemin entre son assiette et sa bouche quand Blaze la lui arracha furieusement.

— Est-ce le cas ? insista-t-elle, ignorant pourquoi cela revêtait soudain pour elle tant d'importance, mais fermement décidée à obtenir une réponse.

Jon reposa lentement sa main sur la table et la dévisagea d'un air perplexe.

— Vous vous prenez pour ma mère ? demanda-t-il d'un ton moqueur.

— Est-ce que j'ai l'air d'être votre mère ? rétorqua-t-elle avec un sourire doucereux.

— Non.

— Non, quoi ?

— Non, vous n'en avez pas l'air. Maintenant, pourrais-je récupérer ma fourchette ?

La porte s'ouvrit juste à ce moment et Jimmy entra, tout essoufflé, un seau d'eau à la main. Blaze jeta la fourchette à Jon qui continua tranquillement à manger.

C'était décidément deux fois plus amusant d'être au service de deux personnes que d'une seule, songea Jimmy en dissimulant un sourire.

14

Plus tard dans la soirée, après que la nuit tombante eut obligé Jimmy à rentrer chez lui, Jon termina de nettoyer son fusil et le raccrocha au-dessus de la porte avant de sortir.

En entendant retomber le loquet, Blaze commença à paniquer. Allait-il à Diamond City ? Rentrerait-il cette nuit ? Reviendrait-il jamais ? Seigneur, s'il partait pour de bon, la retrouverait-on dans un mois, morte de faim ? A ce moment précis, la porte s'ouvrit et Jon entra, titubant légèrement sous le poids d'une énorme caisse en bois.

– Ah, vous êtes enfin de retour, lâcha-t-elle, visiblement soulagée.

Je ne suis parti que deux minutes à peine, répliqua-t-il avec ce sourire auquel elle commençait à s'accoutumer. (Il posa la caisse et la regarda entre ses paupières mi-closes.) Pourquoi ? Je n'aurais pas dû ?

– Vous ne m'avez pas dit où vous alliez. Vous n'êtes jamais sorti aussi tard. Et il fait si sombre quand il n'y a pas de lune... Oh, et puis zut ! conclut-elle, l'air dégoûté.

Depuis le début, son côté naturel et spontané lui

plaisait. Il y avait une sorte d'innocence chez cette femme si farouchement indépendante.

– Peut-être me pardonnerez-vous quand vous aurez vu ce que je vous ai apporté, dit-il en se redressant.

– A moi ? s'empressa de demander Blaze avec un enthousiasme de petite fille.

En dehors de ses crises de colère, elle voyait vraiment toute cette histoire comme une grande aventure, songea Jon.

– A vous, oui. J'ai pensé que cela vous ferait plaisir.

– Comment avez-vous eu cette idée ? Où l'avez-vous achetée ? s'exclama-t-elle en caressant le rebord brillant d'une superbe baignoire en cuivre.

– Comme vous sembliez réticente à utiliser ma salle de bains extérieure, je me suis dit qu'il fallait trouver une solution...

– Où Jimmy a-t-il déniché ça ?

– Après une enquête discrète – il connaît tous les jeunes vendeurs de la ville –, il l'a trouvée chez Klein. Apparemment, Jimmy a réussi à convaincre son copain de nous vendre la baignoire qu'une des... euh !... filles qui travaillent en ville avait commandée.

– C'est un modèle pour courtisane, n'est-ce pas ? dit Blaze avec un sourire.

Les petits dessins sur porcelaine situés à l'avant et à l'arrière de la baignoire avaient attiré son regard. Les scènes représentées, quoique mythologiques, étaient relativement osées.

– C'est ce qu'a aperçu la mère de Jimmy, je suppose, remarqua-t-elle.

– J'en ai peur... et ce n'est pas tout.

– Parce qu'il y a autre chose ?

Elle s'efforça de ne pas éclater de rire.

– Rien que des petites choses. Regardez sous le drap en lin.

Soulevant le tissu, Blaze jeta un coup d'œil, puis se tourna vers Jon avec un regard taquin.

– C'est vous qui les avez commandées ou elles sont livrées avec la baignoire ?

– C'est un malheureux concours de circonstances. J'avais dit à Jimmy de vous acheter deux robes, pensant que vous seriez sans doute contente de pouvoir vous changer. Mais il ne m'était pas venu à l'idée que les femmes respectables, pour le peu que nous en ayons ici à Diamond City, confectionnaient elles-mêmes leurs robes. Celles que vendent Klein ou Bailey sont destinées à... un autre genre de dames.

– La mère de Jimmy a dû croire que vous ouvriez une maison de plaisir, remarqua-t-elle gaiement. (Elle sortit de la boîte une tenue extravagante en satin violet, entièrement gansée de plumes.) Si je porte ça, je devrai quand même faire la cuisine ?

Le regard oblique qu'elle lui lança était lourd de signification.

– Vous n'êtes pas du tout obligée de le porter. Je voulais que Jimmy vous rapporte un haut avec des petites fleurs... un calicot, c'est ça ? Enfin, quelque chose de confortable.

– Je ne porte jamais de calicot, dit Blaze, enchantée qu'il eût si galamment essayé de lui procurer « quelque chose de confortable ».

– Oui, je m'en doute. Mais nous repasserons une commande et nous vous ferons faire quelque chose sur mesure. Vous n'aurez qu'à préciser quel tissu vous préférez et donner vos mesures à Jimmy la prochaine fois qu'il viendra.

– Je ne les connais pas.

Elle leva les yeux vers lui tout doucement, rayonnante d'une somptueuse beauté à la lueur du feu.

Jon fit un pas en arrière, comme si la distance pouvait le mettre à l'abri de son regard enchanteur.

– Je vous trouverai une ficelle. Comme ça, vous prendrez vos mesures.

– Ou bien une lanière de cuir ? lui rappela-t-elle, se sentant mise au défi par sa perpétuelle retenue.

– Je vous trouverai une ficelle, répéta-t-il. Dès que je vous aurai rapporté de l'eau.

Et il s'empressa de sortir aussitôt. Résister à Blaze Braddock demandait une forme de courage qu'il n'avait jamais particulièrement cultivée. Dire non à une jolie femme était pour lui la chose la plus difficile au monde.

En quinze minutes, la chaudière surmontant le poêle fut remplie et un autre quart d'heure suffit pour que l'eau fût chaude. Jon souleva prudemment le lourd récipient et versa dans la baignoire l'eau bouillante qu'il rafraîchit avec de l'eau de la rivière.

– Ajoutez autant d'eau froide qu'il vous plaira. Vous savez où est le savon.

– Tout ceci est très gentil à vous. Merci.

Aucune trace d'ironie dans sa voix ou dans son regard. Elle était sincère, ravie et reconnaissante. C'était plus dur encore de lui résister que lorsqu'elle se montrait ouvertement moqueuse.

Il prit un ton brusque et – du moins l'espéra-t-il – pragmatique :

– Si vous voulez, vous pouvez mettre une de ces robes à franfreluches en sortant du bain. Au moins, elles sont propres. Nous vous dénicherons quelque chose de plus approprié demain ou après-demain.

Inconsciemment, il avait dit « nous ». Il ne s'en rendit pas compte, mais Blaze ne manqua pas de le remarquer.

Ce soir, tout ce qu'il faisait pour elle la touchait d'une manière inhabituelle. La baignoire, l'eau chaude, sa façon de se soucier des habits qui lui plaisaient, tout lui semblait émouvant. Physiquement, c'était un très bel homme, mais il avait aussi une gentillesse, une douceur comme jamais elle n'en avait vu chez aucun représentant de la gent masculine.

– Vous ne restez pas ? demanda-t-elle doucement en le voyant repartir vers la porte.

Il se retourna à moitié et un lourd silence s'installa entre eux. Il mettait si longtemps à lui répondre qu'elle crut qu'il ne l'avait pas entendue. Elle ouvrit la bouche, s'apprêtant à lui reposer la question.

– Non, marmonna-t-il en vitesse, alors que ses yeux disaient exactement le contraire.

Puis il pivota brusquement et sortit de la cabane.

Le bain fut paradisiaque. La baignoire, fabriquée pour une courtisane, était assez spacieuse pour deux personnes. Cependant, Blaze prit son bain toute seule.

Jon resta sur la corniche à flanc de montagne et attendit patiemment, voulant être certain qu'elle serait sortie du bain et rhabillée quand il reviendrait.

Allait-il la rejoindre ? Blaze se le demandait, allongée paresseusement dans l'eau tiède, la tête appuyée sur le rebord en cuivre martelé. Elle souhaitait sa venue, comme un enfant a envie d'un jouet. Mais, contrairement à une petite fille, elle savait bien qu'il y a une différence entre ce qu'on désire et la réalité. Et bien entendu, il ne vint pas, ainsi qu'elle s'y attendait. Mais il avait quand même pensé à elle lorsqu'il avait acheté la baignoire et commandé les robes. Elle était loin de lui être indifférente, songea-t-elle, ravie.

Ils referaient l'amour, elle n'en doutait pas une seconde. C'était inévitable, tout comme le fait que l'hiver laisse place au printemps. Il passait entre eux un courant d'une étrange intensité, une fabuleuse énergie. Et la simple idée de le faire sortir de sa réserve, de le détourner de son devoir et des obligations morales qu'il s'était imposées l'excitait irrésistiblement.

Lorsque Jon réapparut enfin dans la cabane, il ne restait plus que des braises dans la cheminée. Leur faible lueur projetait des ombres mordorées sur son torse nu et donnait à son visage des reflets presque safran. Seuls ses yeux et ses cheveux paraissaient noirs.

Dès qu'il aperçut Blaze, il sentit son cœur s'arrêter. Assise près du feu, une jambe repliée sous elle, les joues toutes roses, elle avait revêtu la robe en taffetas noir. Le décolleté vertigineux découvrait largement ses seins généreux. Ses épaules et ses bras blancs resplendissaient de pureté et d'innocence, contrastant avec la noirceur coupable du taffetas. Elle bougea légèrement, ses cheveux retombèrent sur son épaule en un tourbillon cuivré, et il sentit une bouffée de désir monter en lui. La jupe, fendue très haut sur le côté, s'ouvrit, laissant apparaître ses jambes somptueuses et nues, ainsi qu'une partie de sa cuisse et de sa hanche.

On aurait dit une sorcière, tentante comme le péché originel, l'invitant de son regard velouté à venir la toucher... une enchanteresse dont les yeux bleus disaient : « Je sais que tu as envie de moi... »

Pour la centième fois de la journée, Jon s'efforça de résister à la tentation.

– Comment était ce bain ? dit-il doucement, le regard rivé sur sa cuisse finement fuselée.

Dans cette robe en soie, Blaze se sentait belle, très féminine, et le savon avait laissé sur sa peau un délicieux parfum.

– La robe vous plaît ? demanda-t-elle d'une voix rauque, sans prêter attention à sa question.

– Le contraire serait difficile.

– C'est très agréable sur la peau.

Il ne bougea pas. Son cœur battait follement, comme s'il venait de parcourir des dizaines de kilomètres.

– Je n'en doute pas.

– Vous avez remarqué comme la coupe est originale ?

Elle entrouvrit alors la jupe de quelques centimètres supplémentaires.

– Bien sûr. Mes compliments au couturier. Et au mannequin, ajouta-t-il. Ce n'est sans doute pas ce que vous avez l'habitude de porter, mais je vous garantis que dans une salle de bal vous remporteriez un certain succès.

– Dans les salons d'un lupanar également.

– Même dans ce cas, j'aimerais beaucoup profiter de l'occasion, continua-t-il le plus courtoisement du monde.

– J'aimerais que vous le fassiez.

Son impertinence candide le déconcertait toujours. Il n'y avait là ni artifice, ni hypocrisie. Généralement, les femmes blanches jouaient les timides et les effarouchées jusqu'à la dernière seconde.

– Pas autant que moi, soupira Jon.

– Alors, venez...

Elle lui tendit la main avec une délicatesse qui le surprit et l'excita en même temps.

Il n'aurait eu qu'à tendre les doigts pour la toucher, poser la main sur son bras laiteux, faire glisser le taffetas noir sur ses blanches épaules... Mais le rêve fut de très courte durée. Immédiatement, il se reprit :

– C'est impossible.

Laissant retomber sa main, elle secoua lentement la tête et ses longs cheveux, rougeoyant à la lueur des braises, retombèrent en cascade sur ses épaules nues.

– Votre père va venir vous chercher.

– Je sais.

– Et je ne veux être accusé de rien, en dehors de vouloir garder ma concession intacte.

– N'est-il pas déjà un peu tard pour cela ?

– Pas pour moi, dit-il sèchement. En tout cas, ce n'est notre intérêt ni à l'un, ni à l'autre. (Il s'interrompit un instant.) Si vous étiez une Absarokee, ce serait différent. Mais vous ne l'êtes pas. Dans ce domaine, notre culture autorise plus de liberté que la vôtre.

– J'aimerais que vous arrêtiez de faire des théories là-dessus. Seigneur ! Vous n'allez quand même pas prétendre que vous n'avez pas envie de moi ! déclara-t-elle d'un air exaspéré.

– Je ne suis pas assez bon comédien.

– Puisque c'est comme ça, dit-elle en se levant brusquement, je vais vous embrasser.

Il éclata de rire et la regarda s'approcher dans un scintillement de perles et de taffetas. Elle se planta devant lui, caressa son cou et ramena une mèche rebelle de cheveux noirs sur sa nuque.

– Je vais vous embrasser, répéta-t-elle dans un murmure.

Il la laissa poser ses lèvres sur sa joue et, quand elles ne furent plus qu'à quelques millimètres des siennes, il la saisit sauvagement par les épaules et s'empara de sa bouche avec une fougue extraordinaire.

Lorsqu'il la relâcha, elle était si bouleversée qu'il dut la tenir un instant par le bras, le temps qu'elle retrouvât son équilibre. Bien que troublé lui aussi, il s'efforça de prendre une voix tout à fait normale :

– Il ne faut pas me provoquer comme ça, Boston.

Ou bien vous vous brûlerez les ailes. Je joue à ces petits jeux depuis plus longtemps que vous. Quand je pense que je suis obligé de protéger ma vertu ! C'est un comble ! Mais vous ne pouvez avoir tout ce que vous voulez, chère petite enfant gâtée. Je ne suis pas libre, pour des raisons qui me regardent. Et maintenant, je crois que je vais passer la nuit dehors. Faites de beaux rêves.

Il ramassa une peau de bison et s'en alla.

– Allez vous faire voir, Jon Black ! s'écria Blaze, retrouvant enfin sa voix tandis qu'il refermait la porte. Allez vous faire voir en enfer !

« Surtout ne pas se retourner et bien fermer à clé », se dit-il en essayant de reprendre son souffle.

15

Cette nuit-là, les moustiques se montrèrent particulièrement féroces et ne cessèrent de tournoyer au-dessus de Jon en nuées épaisses, l'attaquant telles des hordes implacables. Il changea de place à deux reprises avant de trouver un peu de répit plus haut dans la montagne, où une brise légère gardait ces bestioles à distance.

Peut-être avait-il tort en ce qui concernait cette femme, songea-t-il, allongé, les yeux grands ouverts. Eduqué dans une conception absarokee du monde, Jon s'était toujours laissé guider par son imaginaire, subtil mélange d'interprétation cosmique et d'émotions. Si seulement la nuit pouvait lui apporter un signe... Peut-être cette femme était-elle un cadeau, et non la personnification de la trahison et de la cupidité. Peut-être lui était-elle offerte par l'univers invisible...

Il était tard quand il se réveilla, et le matin n'apporta malheureusement aucune solution au tourment qui l'agitait. Il espérait, moins par envie que par raison, que le colonel Braddock arriverait bientôt.

Blaze était déjà levée et avait enfilé une des chemises en coton de Jon.

– Vous avez bien dormi ? demanda-t-elle sur un ton joyeusement moqueur.

– Pas spécialement.

La nuit agitée qu'il avait passée sur la peau de bison se devinait sur son visage.

– Voulez-vous un petit déjeuner ?

– Dans une minute, répondit-il en allant chercher des habits propres dans l'armoire.

Tout à coup, il se retourna, réalisant ce que sous-entendaient ses paroles. Avait-elle vraiment préparé un petit déjeuner ? Il vit alors que tout était prêt sur la table. Quelque chose qui ressemblait vaguement à des biscuits était posé à côté d'une assiette de bacon brûlé. Il sourit, et son humeur maussade s'évanouit d'un coup. Elle paraissait si fière de ses efforts ! Elle avait même mis une bouteille de cognac, au cas où. Compte tenu de ce qu'il y avait à manger, ce n'était pas une si mauvaise idée...

– Vous permettez que je vide la baignoire dehors ? reprit-elle en remarquant qu'il quittait son air assombri.

– Oui, bien sûr.

Et lorsqu'il la vit se débattre avec un seau rempli de l'eau du bain, il lui proposa de l'aider. Finalement, ce fut lui qui vida toute la baignoire et Blaze le remercia gentiment.

Quelques minutes plus tard, il se mit à table et considéra les biscuits de forme étrange et le bacon noir comme du charbon en se demandant si son estomac méritait une telle punition.

– Je crois que j'ai oublié d'ajouter quelque chose dans les biscuits. Ils sont un peu durs et... je suis désolée pour le bacon. J'espère que ça n'a pas coûté trop cher.

– J'apprécie vos efforts. Quant à l'argent, ne vous en faites pas. Si je n'avais à me soucier de quelques

milliers de personnes, je serais un homme relativement riche, même selon vos critères.

– Oh !

La surprise de Blaze était sincère. La vie de Jon ne
respirait pas l'opulence et elle ne l'avait jamais envi-
sagée sous ce jour.

– Asseyez-vous, suggéra-t-il. Je voudrais m'excuser... pour hier soir. Ce n'est pas de votre faute... mais
j'ai de lourdes responsabilités.

Blaze s'assit face à lui.

– Je sais. Alors, ami-ami ?

Elle lui tendit sa petite main par-dessus la table et
il la prit dans la sienne, chaude et calleuse. Elle
éprouva une agréable sensation qu'elle connaissait
déjà. A ce souvenir, le rouge lui monta aux joues.

– Merci pour le petit déjeuner, dit-il poliment, cherchant une excuse pour lui lâcher la main. C'est très
aimable à vous.

Sa voix était calme, mais lorsqu'il retira sa main,
ses doigts tremblaient légèrement.

– Après la baignoire, les robes et tout ça, je me
suis dit que je pouvais bien essayer. Ça paraît si facile quand c'est Jimmy qui le fait, concéda-t-elle d'un
air désabusé.

– Je sais, acquiesça Jon avec douceur.

– Mais vous n'êtes pas obligé de manger.

C'était la première fois qu'il la voyait véritablement repentante.

– Et vous n'êtes pas obligée de porter les robes,
remarqua-t-il galamment.

Elle rit, lumineuse et resplendissante, et il lui
adressa un sourire dévastateur. Une extraordinaire
harmonie, mélange de générosité et de magie, les
réunit un instant.

Le petit déjeuner se résuma aux habituels œufs
durs, avec du pain, du beurre et du lait.

– Si Jimmy n'était pas là, nous serions condamnés à mourir de faim, reconnut Blaze avec un sourire éclatant.

Jon ne précisa pas que, lors des luttes entre tribus, ils s'étaient souvent nourris d'expédients pendant des semaines. Il était habitué à une alimentation rudimentaire.

– Je devrais peut-être l'augmenter afin qu'il assure notre survie, poursuivit-il après une pause.

– Dans ce cas, je partagerai les frais avec vous.

Jon leva les sourcils sans comprendre ce qu'elle voulait dire.

– Du moins, si vous acceptez d'attendre un peu. Aller à ma banque en ce moment serait un peu délicat, ajouta-t-elle.

– En effet, surtout pour moi, reconnut-il en souriant. Mais vous n'avez pas besoin de payer.

– J'ai beaucoup d'argent.

– J'en suis persuadé.

– Et si l'on pense à la corvée qu'il m'épargne...

– A propos de corvée, j'hésitais à aborder le sujet, mais...

Quel changement avec les derniers jours, nota Blaze avec plaisir. Elle ne put s'empêcher de plaisanter :

– Tiens, tiens, mon geôlier s'adoucit.

– Votre docilité et votre modestie m'ont conquis, ironisa-t-il à son tour.

Elle le regarda droit dans les yeux en arquant les sourcils.

– Si j'étais modeste et docile, vous ne m'aimeriez pas.

– C'est à voir...

– Pas l'ombre d'une chance.

– Comment pouvez-vous être aussi sûre de vous ?

– Et vous ? contra-t-elle.

– Je suppose qu'il est inutile de citer les arguments relatifs aux rôles que jouent l'homme et la femme dans la société.

Elle lui décocha un superbe sourire.

– C'est préférable, en effet.

– Je ne sais pas très bien comment présenter les choses, mais...

Il parlait d'un ton beaucoup trop détaché et, si elle l'avait mieux connu, elle aurait perçu un zeste d'ironie dans ses propos.

– Mais encore ?...

Blaze se sentait délicieusement invincible, sensation somme toute banale pour une fille de milliardaire aussi extraordinairement belle.

– Mon pantalon en daim a besoin d'être lavé.

– Est-ce la corvée dont vous parliez ?

Ce fut là tout ce qu'elle trouva à dire, le plus calmement du monde, ne réalisant pas que laver des pantalons en peau était nettement plus fatigant que de rincer quelques mouchoirs en dentelle.

Il acquiesça et se détendit.

– Vous ne pouvez pas les envoyer chez un spécialiste, ou à cette chère Mme Pernell ? reprit-elle avec un sourire mielleux.

– Ils ne savent pas comment s'y prendre.

– Alors qui s'en charge d'habitude ?

– Une des femmes de ma tribu vient de temps en temps.

Blaze l'imaginait sans peine : jeune, belle, soumise... Les femmes devaient se battre pour avoir le privilège de venir travailler chez Jon. Comme elle n'était pas complètement naïve quant aux hommes en général, quant à la réputation de Jon auprès des femmes et – c'était plus important encore – quant au talent incroyable de cet homme à faire l'amour, elle n'hésita pas à l'interroger sur ce qui la préoccupait :

162

– Combien de temps restent-elles ?

Jon était ravi d'avoir réussi à piquer sa curiosité.

– Juste une nuit, répondit-il.

– J'aurais dû le deviner, lança Blaze d'un ton sarcastique.

– Je n'ai jamais fait le vœu de vivre comme un moine.

– Sauf avec moi !

– Pour plusieurs raisons – toutes d'une évidente logique.

– Ça, c'est affaire d'opinion, ironisa-t-elle.

– Voudriez-vous apprendre à laver une peau de daim ? demanda-t-il, cherchant à ramener la conversation sur le sujet de départ.

– Ai-je vraiment le choix ?

Il sourit et la regarda par-dessus la table d'un air franc et candide.

– Très certainement.

– Mais si je refuse, cela implique qu'une femme viendra passer une nuit ici, murmura-t-elle, affectant une sérénité qu'elle était loin d'éprouver.

– C'est exact, dit Jon avec un grand sourire.

Elle redressa le buste et, poings sur les hanches, provocante et superbe, lui lança un regard meurtrier.

– Ignoble individu ! s'exclama-t-elle.

– Cela signifie-t-il que vous acceptez de le faire ? dit-il, sans tenir compte de son expression de mécontentement non déguisé.

Il préféra ne pas trop tenir compte non plus de ses seins qui pointaient joliment sous le tissu tendu de la chemise.

– Uniquement pour ne pas devoir vous entendre faire l'amour à une autre femme à trois mètres de moi, c'est bien ça ?

– Alors, c'est oui ?

– Bon sang, Jon...

Il attendit, n'osant plus prononcer un seul mot. Avait-il tort de continuer à repousser ses avances ? Qu'est-ce que cela changerait s'il prenait ce qui s'offrait à lui de manière aussi séduisante ? Il contempla cette femme magnifique, si proche de lui qu'il lui aurait suffi de tendre la main pour la toucher.

– Bon sang... oui ! Vous voilà satisfait ?

– Très, répliqua-t-il aussitôt, immensément soulagé.

– Je refuse qu'il y ait une autre femme ici ! C'est compris ?

C'était la même créature impérieuse qu'il avait déjà vue tant de fois. Qu'elle fût en pantalon, en robe de satin perlé ou en guenilles, elle était toujours aussi sûre d'elle.

– C'est compris, acquiesça-t-il.

Il est vrai que la concession lui était particulièrement facile. Car l'idée de voir une autre femme dans la petite cabane avec Blaze ne lui disait rien qui vaille. Et ce pour des raisons qu'il n'était pas encore tout à fait prêt à s'avouer.

Jon montra à Blaze comment procéder. Il lui expliqua comment tremper le pantalon dans l'eau claire de la rivière, puis comment le frotter avec la poudre de yucca qu'il achetait à la tribu des Shoshones avant de l'étendre sur l'herbe pour le faire sécher au soleil. Et elle passa la journée entière à laver, à frotter et à rincer, s'échinant pour que le pantalon fût propre, et surtout afin d'empêcher Jon Black de mettre une autre femme dans son lit.

Ce jour-là, Jimmy ne vint pas, et quand Blaze lui en fit la remarque, il répondit que cela arrivait souvent. Il avait maintes tâches à effectuer chez lui et cela n'avait rien d'extraordinaire. Blaze pensait différemment mais se sentait trop lasse pour discuter.

Trop lasse même pour prendre le bain que Jon proposa de lui préparer. Somnolente, elle se laissa tomber dans un fauteuil près du feu.

— D'ailleurs, pour laver votre fichu pantalon, j'ai pratiquement passé toute la journée dans l'eau.

— Merci encore, vous avez fait du bon travail.

— Je sais, et j'attends la récompense habituelle, répliqua-t-elle en bâillant, impertinente jusqu'au bout.

Jon voulut lui répondre, mais constata que Blaze s'était endormie. Il sourit en la voyant recroquevillée comme une petite fille au fond du grand fauteuil. Il réalisa qu'elle avait travaillé dur pour lui aujourd'hui. En revanche, il ignorait que jamais Blaze ne s'était épuisée ainsi pour quelqu'un.

16

Une demi-heure plus tard, Jon la souleva dans ses bras et la porta sur le lit. Après l'avoir soigneusement bordée, il s'autorisa un léger baiser.

– Merci, *bia*, murmura-t-il en lui effleurant la joue. Vous êtes une adorable lavandière.

Perdue dans ses rêves, Blaze entendit le charmant compliment et sourit.

Une heure plus tard, après avoir pris soin de fermer la cabane à clé, Jon arriva devant le plus élégant lupanar de la ville. Il jeta un coup d'œil alentour pour s'assurer qu'il n'y avait personne et monta sans bruit au premier étage. Il déboucha dans un couloir moquetté de rouge dont l'odeur de fumée de cigare et d'encens était reconnaissable entre mille. Sans hésiter, il tourna à gauche au bout du couloir et ouvrit la seconde porte sur la droite, comme s'il était attendu.

Bien que ce ne fût pas exactement le cas, on le reçut à bras ouverts.

– Jon chéri ! s'écria une belle brune en le voyant.

Quittant le fauteuil en velours violet où elle était assise, elle accourut dans un froufrou de dentelles, laissant derrière elle des effluves de parfum capiteux.

– Il y a des siècles que je ne t'ai vu !

Avec ses escarpins en satin, elle était presque aussi

grande que lui et, quand ils s'enlacèrent, son corps superbe s'emboîta parfaitement à celui de Jon. Elle offrit sa bouche à son baiser qui fut chaleureux et amical, mais curieusement indifférent.

– Tu es magnifique ! dit-il en l'écartant légèrement de lui.

Rose Condieu contempla l'homme qu'elle avait soigné – suite à ces satanées coutumes de deuil – et qui avait malheureusement cessé d'être son amant lorsqu'il était parti s'installer sur sa concession minière.

– Toi, tu as une mine épouvantable ! C'est à cause de cette femme ? s'empressa-t-elle de demander sans chercher à dissimuler sa curiosité.

– Non, répliqua Jon en souriant. Tu te fais des idées. Je travaille beaucoup, c'est tout.

– Mais tu dors un peu, quand même ?

Les cernes violets qui soulignaient ses yeux n'enlevaient rien à son charme mais témoignaient de son immense fatigue.

– Sans problème, assura-t-il, mentant avec aplomb.

Tout le monde en parle, tu sais.

Jon lâcha la jeune femme, s'approcha de la fenêtre aux lourdes tentures et se laissa tomber dans un grand fauteuil. Il renversa la tête en arrière puis étendit les jambes avant de répondre de sa voix grave pleine d'ironie :

Je me doutais bien que ça ne passerait pas inaperçu.

– Ils disent que tu fais d'elle une prostituée en la gardant chez toi.

– Si c'était le cas, je le ferais de façon moins discrète, répliqua-t-il avec un sourire dérisoire. Ils savaient à quoi s'attendre en me l'envoyant. Ça n'a pas marché et maintenant ils se regroupent, c'est tout.

Elle fit claquer ses doigts couverts de bagues et vint se planter devant lui d'un air autoritaire.

– Tu as affaire à des gens très puissants, tu sais.

– Mais j'ai la femme. Et je peux les bluffer plus encore.

Il appréciait l'intérêt qu'elle lui manifestait, mais ce n'était pas la peine de le mettre en garde. Il savait mieux que quiconque contre qui il se battait.

– Le colonel est parti dans la montagne, tu es au courant ?

Jon secoua la tête et ses cheveux noirs balayèrent le dossier en brocart mauve du fauteuil.

– Je l'ignorais.

– Il est allé chercher un porte-parole dans ta tribu.

– Tant mieux, il ne va plus tarder à me faire une offre, alors.

– Tu as vraiment l'air épuisé, Jon.

Jon soupira, serra les poings puis les relâcha et s'appuya sur les bras du fauteuil en bois de rose.

– Je travaille comme un chien. Plus dur que jamais. Et je n'ai pas beaucoup de temps. A ton avis, combien de *pionniers* (le mot était empreint de sarcasme) sont arrivés dans mon pays rien que ce mois-ci ?

Rose baissa les yeux, percevant son amertume.

– Tu vas y arriver ? demanda-t-elle calmement.

– Rose, ma belle, je me suis engagé corps et âme à réussir... coûte que coûte.

Tout à coup, il sourit comme un enfant, et elle vit briller dans son regard l'éclat splendide qui aurait fait chavirer le cœur de n'importe quelle femme.

– Bon sang, Rose, cessons d'être morbides ! Raconte-moi plutôt les scandales qui agitent la ville. Quel médecin, avocat ou pasteur en vue vient s'encanailler ici ? Et quelle femme de médecin, d'avocat ou de pasteur couche avec qui ? Voilà des semaines que je ne suis plus au courant des derniers potins.

Elle le regarda, se rappelant combien il était

effronté et aimait s'amuser. Puis elle lui sourit et lui parla d'une voix plus douce :

– Tu veux comme d'habitude ? Ensuite, promis, je te ferai un compte rendu détaillé.

– Parfait, dit Jon en riant.

Dès qu'elle fut sortie, il s'installa plus confortablement dans le fauteuil et ferma les yeux. Il aurait pu dormir pendant une semaine d'affilée.

Cinq minutes plus tard, elle revint avec du thé noir, du sucre et de la crème fraîche, son mélange favori. L'entendant arriver, Jon se passa la main sur les yeux en se redressant et prit la tasse en porcelaine fine qu'elle lui tendait.

– Merci, dit-il avec une lassitude qu'il avait peine à dissimuler. Tu sais depuis combien de temps je n'ai pas mangé de crème fraîche ?

Rose le savait exactement, mais elle resta silencieuse. Bien que leur liaison eût été merveilleuse, Jon avait toujours gardé ses sentiments pour lui.

– Si cette femme pouvait s'occuper d'une vache, j'en achèterais une pour là-haut. Il va me falloir de la meilleure nourriture. L'alimentation des mineurs me suffirait, mais...

Il haussa les épaules.

– Elle a su t'attendrir, n'est-ce pas ? demanda Rose en versant le liquide ambré dans la tasse.

Il demeura impassible. Comme toujours. Lentement, il ajouta du sucre à son thé et le mélangea.

– Je n'ai pas le temps de m'attendrir. Elle me sert de garantie, un point c'est tout.

Rose leva les sourcils d'un air provocant sans quitter Jon des yeux.

– Jolie garantie, murmura-t-elle.

Il fit comme s'il n'avait pas entendu.

– J'aimerais bien qu'elle apprenne à cuisiner.

Jimmy vient de temps en temps, mais j'ai l'impression que sa mère préfère le voir espacer ses visites.

– Alors comme ça, Molly Pernell est jalouse ? Elle qui a l'air d'une vraie sainte nitouche...

– Si elle est jalouse, c'est sans raison.

– Peut-être parviendras-tu à convaincre Molly de cela, si tu t'y prends correctement, mais inutile de perdre ton temps avec moi ! Je n'ai rien d'une petite sainte, moi !

Peu disposé à débattre de sa sexualité avec Rose, Jon préféra évoquer la raison de sa visite :

– Je me demandais si tu accepterais de me rendre un service.

Rose acquiesça en silence.

– Pourrais-tu acheter quelques petites choses pour moi et les envoyer à Jimmy ? Il les apportera en même temps que le matériel de Diamond City. Je voudrais des légumes et des fruits. Du bon pain. J'ai aperçu des pêches et du raisin à la devanture de Haroldson. Des choses comme ça. Et puis des fraises, si tu en trouves.

– Tu la traites sacrément bien, dis-moi !

Un sourire énigmatique éclaira son visage.

– C'est par pur souci de survie, Rose. Je ne crois pas qu'elle arrivera à brûler les pêches ou le raisin ! (Il fit une grimace en repensant au petit déjeuner brûlé de ce matin-là.) Nous verrons bien. Jusqu'à présent, elle a fait ce qu'elle a pu. Ah, autre chose...

– La meilleure marque de champagne pour la dame ? proposa Rose d'un air taquin.

– Non, c'est un problème pratique. Elle a besoin de vêtements. J'ai fait monter deux robes par Jimmy, mais ce n'est pas exactement ce qui convient dans une cabane de mineur.

– Des robes de chez Klein ?

– Hélas, oui.

170

Rose ne put s'empêcher d'éclater de rire.

— Et Molly les a vues ? dit-elle dès qu'elle parvint à reprendre son souffle.

— Il paraît.

— Cette gaffe monumentale risque de te faire rayer à tout jamais de sa liste de prétendants, plaisanta-t-elle en continuant de sourire.

Les yeux noirs de Jon s'écarquillèrent une seconde, puis retrouvèrent leur expression dure et légèrement cynique.

— Tant mieux. Etant donné que je n'ai aucunement l'intention de me marier...

— C'est ce que tous les hommes disent... jusqu'au jour où ils croisent une gentille fille. La demoiselle de Boston est vierge, à ce qu'on raconte, non ?

— Mon Dieu ! Parle-t-on aussi de la couleur de ses dessous ? rétorqua-t-il d'un air furieux.

Rose plissa ses grands yeux violets, nullement impressionnée par l'éclat de Jon.

— Tu vas l'épouser ?

Le regard amical de Jon se planta droit dans le sien, brillant d'une lueur amusée.

— Non, Rose. Je te le garantis.

Et il changea de sujet, d'un ton léger, comme si la question qu'elle venait de lui poser était tout à fait incongrue :

— Pour les robes, quelque chose de simple. Je n'y connais rien en tissu, mais il faut que ce soit pratique. Ce n'est pas un salon, là-haut.

Rose comprit qu'il était inutile de poursuivre son enquête.

— Comment la fille du colonel a-t-elle réagi en voyant les robes de Klein ? L'enfant chérie de la bonne société bostonienne a-t-elle pris cela comme un affront ?

La courtoisie empêcha Jon de lui avouer la vérité.

– Elle n'est pas raffinée pour rien, répliqua-t-il en revoyant l'image de Blaze, resplendissante de provocation dans la robe en taffetas noir qui révélait davantage son corps qu'elle ne le cachait.

– Quelle taille ? lui demanda Rose à deux reprises, s'interrogeant sur la raison de son air rêveur.

– Je ne sais pas très bien. Elle est à peu près de la même taille que Kate. A peine plus grande, peut-être. Désolé de ne pas être plus précis, mais... Je peux compter sur toi ? Tu prendras ce que tu voudras d'or pour te dédommager de ton temps, bien entendu.

Il détacha un sac de pépites de sa ceinture et le déposa sur la table.

Rose resta un instant à contempler Jon. C'était le plus bel homme qu'elle eût jamais vu. Ce soir, il était habillé à la manière des Blancs : pantalon noir, chemise et bottes. En dehors de ses longs cheveux sombres, rien ne laissait deviner son origine. D'ailleurs, il n'était pas rare de voir des hommes aux cheveux longs près de la frontière. Malgré une réputation de tueur et une jeunesse de guerrier, son regard n'était pas celui d'un homme capable de tuer. Ses yeux étaient en totale contradiction avec les colts qu'il portait sur les hanches. Ils étaient trop doux. Ses yeux noirs et chaleureux, surmontés d'épais sourcils, étaient posés sur elle, attendant une réponse.

– Evidemment, espèce d'idiot ! Tu sais bien que je ferais n'importe quoi pour toi.

– Merci. Quoi que tu décides pour les robes, ce sera bien. Choisis-en cinq ou six, quelque chose comme ça.

Comptait-il la garder prisonnière longtemps ? Ou bien la fille du colonel se changeait-elle chaque soir pour dîner ?

– Oh, et des chocolats aussi.

Rose écarquilla franchement les yeux.

– J'adore ça, expliqua-t-il en souriant avec un petit haussement d'épaules.

– Bien sûr, Jon, bien sûr... Dis-moi, tu ne veux pas rester un peu avec moi ?

– Ne m'en veux pas, mais pas ce soir. Je préfère ne pas la laisser seule trop longtemps. Dieu sait quelle bêtise elle est capable d'inventer !

Rose lui sourit tendrement.

– Comme tu voudras. Mais n'oublie pas que je suis toujours là. Et bonne chance avec ta « garantie » !

– J'en aurai besoin.

Il se dirigea vers la porte, posa la main sur la poignée en cuivre ciselé avant d'ajouter :

– Si possible, prends aussi un savon digne de ce nom. De chez Guerlain, si tu en trouves.

– Ce n'est pas pour toi, je présume ?

– Non. Elle n'a pas l'habitude de se baigner dans les criques glacées comme je le fais.

– Tu veux dire que tu lui tires de l'eau ? Ça alors, je n'aurais jamais cru ça de toi !

– Autodéfense, chère Rose ! Sinon, elle refuserait de se laver tous les jours.

– Ah, quand j'y pense, toi et les tiens, vous êtes vraiment les hommes les plus propres que je connaisse !

– Ce n'est pas difficile quand on grandit dans un pays où les rivières sont limpides. C'est ce que j'essaie d'apprendre à miss Braddock.

– Je te souhaite bien de la chance avec la fille du milliardaire !

– Merci. J'en aurai bien besoin. Elle est plus dure à dompter qu'un poney sauvage.

– Je suis certaine que tu finiras par y arriver.

Dès qu'il fut parti, Rose s'installa dans le fauteuil en velours en caressant sa cuisse gainée de soie d'un air pensif. La façon dont lui avait parlé Jon ce soir était un modèle de confusion. Avec un soupçon de jalousie, elle en conclut que Jon Black était vraisemblablement beaucoup plus épris de sa prisonnière qu'il ne le prétendait.

Jon se glissa sans bruit dans la cabane. Après avoir accroché l'étui de son revolver au clou derrière la porte, il commença sans hâte à déboutonner sa chemise.

– Alors, c'était bon ? lança Blaze avec une intonation méprisante.

Il se retourna et scruta l'obscurité pour voir où elle était. Blaze n'était pas au lit. Elle était dans le sien, assise à l'indienne sur les peaux de bison. Sa chemise largement entrouverte dévoilait un sein blanc et ses jambes nues étaient repliées sous elle. Imperturbable, Jon continua à se déshabiller, d'humeur apparemment moins hostile que la jeune femme. La compagnie de Rose l'avait apaisé, lui laissant entrevoir à nouveau une issue possible. Bien qu'il se gardât de le lui dire – elle n'aurait guère apprécié –, Rose lui faisait parfois penser à sa mère et lui donnait le sentiment d'être réconcilié avec le monde.

– Vous sentez le lupanar, mon cher ! s'exclama Blaze avec dédain.

Le capiteux parfum de Rose avait en effet envahi la petite cabane.

– A vrai dire, précisa Jon en retirant ses boutons de manchettes, le parfum de Rose est inabordable pour la plupart des prostituées ordinaires. En revanche, il est très prisé chez les dames de la société de Boston.

L'allusion était claire et délibérée.

Ce parfum éveilla soudain un souvenir dans la mémoire de Blaze. Plusieurs amies de sa mère l'appréciaient en effet. Elle-même, jugée trop jeune pour porter un parfum aussi capiteux, ne l'avait jamais utilisé.

— Ce qui répond au moins à une question. Elle ne doit pas être ordinaire, dit-elle avec une moue boudeuse.

Jon l'observa un instant.

— Jalouse ?

Il posa sa chemise sur une chaise.

— Bien sûr que non, rétorqua-t-elle.

— Alors, c'est sans importance.

Il s'assit afin de retirer ses bottes.

— Une femme à la fois ne vous suffit donc pas ?

Sa voix était féline, aguicheuse.

— Mais je n'en ai pas, répliqua-t-il, tout juste aimable.

— Bon sang, avez-vous, oui ou non, couché avec une autre femme ?

En cet instant, Blaze n'avait aucune envie de procéder à des déductions logiques. L'odeur de rose était si entêtante, elle était certaine qu'il s'était approché de cette maudite rivale.

— Je ne vous répondrai pas, déclara Jon en défaisant la ceinture de son pantalon.

— Je veux savoir !

— Ah, oui ?

— Jon Black !

Il passa une main impatiente dans ses cheveux en soupirant.

— Oh ! Et puis, si vous tenez tant à le savoir, eh bien, non ! Et inutile de me demander pourquoi : je l'ignore moi-même !

C'était en fait ce soir la première fois qu'il repoussait les avances de Rose. Il fit glisser son pantalon sur ses hanches étroites et le jeta sur le dossier de la chaise. Elevé dans une culture où la nudité était parfaitement naturelle, Jon vint se planter devant Blaze, superbement nu et tout à fait à l'aise.

– Vous occupez mon lit, dit-il tranquillement, priant pour que son corps ne le trahît pas.

– Et si je reste ? chuchota Blaze.

Il la fixa de ses yeux noirs, impassible.

– Il n'en est pas question.

– Je le veux.

– Je suis trop fatigué pour me lancer une nouvelle fois dans ce genre de discussion, répliqua-t-il d'une voix guindée. Sortez de là ou c'est moi qui m'en charge.

Blaze ne bougea pas d'un pouce.

Quand il la souleva, elle enroula les bras autour de son cou et posa la tête au creux de son épaule. Elle le sentit se raidir. Quelques secondes plus tard, il la laissait retomber sur le lit.

– Dormez bien, dit-il.

Et elle sut que ce serait le cas. Car en dépit de sa longue absence et des effluves écœurants du lourd parfum, Jon n'avait pas fait l'amour à une autre femme.

17

Le lendemain, Jimmy ne vint pas non plus. Blaze le fit remarquer plusieurs fois à Jon qui n'y prêta cependant pas attention.

— Molly doit être vraiment fâchée contre vous, observa-t-elle d'une petite voix doucereuse et satisfaite. Vous croyez que je vais devoir apprendre à repasser et à amidonner les chemises ?

Il s'apprêtait à partir pour la mine et, après avoir enfilé ses bottes, il lui adressa un regard foudroyant. Mais elle était si sûre d'elle que ce fut peine perdue.

— Je dois dire qu'en rentrant à Boston, je considérerai les domestiques d'une tout autre façon. Je vais peut-être faire des muffins pour le déjeuner, poursuivit-elle sur le même ton réjoui.

Les yeux noirs de son compagnon se posèrent sur elle d'un air sceptique.

— Pitié, Molly ! Envoyez-nous Jimmy ! marmonna Jon en attachant son arme.

— Pardon ?

Il se retourna brusquement, soudain pris d'une réelle envie de mordre. Il n'avait pas eu de petit déjeuner, le déjeuner promettait d'être une nouvelle catastrophe et, en plus, il pleuvait. Il allait être trempé toute la journée et en la voyant, uniquement vêtue d'une chemise trop grande pour elle, il faillit la renverser sur place. Sans préliminaires, ni mots doux. La prendre, purement et simplement. Il n'avait jamais mené une vie de célibataire et s'en voulait d'avoir repoussé Rose. Ce soir, peut-être redescendrait-il en ville. Ce n'était pas si loin. Quelques heures au lit avec Rose atténueraient l'envie dévorante qu'il avait de cette femme d'une gaieté insupportable. Dieu, qu'elle était attirante ! Rien qu'à la regarder, avec sa crinière flamboyante et ses longues jambes dénudées, tous ses ennuis se dissipaient.

— Très bien. Attention à ne pas vous brûler, déclara-t-il sans rien laisser deviner de ses pensées.

— Alors, à midi.

— D'accord.

Jon ouvrit la porte.

— Seigneur, vous allez vous mouiller ! s'écria-t-elle avec le même éternel entrain.

Il lui jeta un dernier regard furibond et sortit.

Blaze fit de son mieux, mais fut incapable de se rappeler s'il fallait deux cuillerées de farine et deux de sel, ou bien une de sel et trois de sucre... Quant aux œufs, elle n'avait pas la moindre idée du nombre nécessaire. Jimmy en avait-il seulement utilisé pour cette recette ? Entre aider quelqu'un à faire la cuisine et la faire soi-même, il y avait une sacrée différence. Enfer et damnation ! Si seulement elle avait eu un livre de recettes sous la main...

Tout à coup, elle se sentit si troublée qu'elle dut s'asseoir. Elle réalisa avec un enthousiasme grisant qu'elle avait vraiment envie d'apprendre à cuisiner pour Jon.

Elle souhaitait lui plaire, lui donner quelque chose et recevoir son approbation. Une préoccupation tout à fait nouvelle dans une vie qui se résumait à prendre. Ces derniers jours, elle avait beaucoup réfléchi sur ce qu'elle éprouvait pour lui. Ses sentiments demeuraient uniquement sensuels, charnels. Sa réaction était celle de n'importe quelle femme devant Jon Black. Rien d'extraordinaire. Après tout, il avait la réputation méritée de plaire à la gent féminine...

Cependant, elle lui avait découvert bien d'autres qualités au-delà de ses prouesses légendaires. C'était un homme vif, absolument imprévisible, mais chaleureux et très généreux, plein d'humour et d'une grande intelligence, d'une fidélité et d'un courage qu'elle n'aurait jamais imaginé trouver réunis chez un seul homme.

Et le désir d'avoir un livre de cuisine à sa disposition fut l'instrument étonnant de cette révélation. Ce qu'il pensait d'elle ne lui était pas indifférent. Elle voulait faire la cuisine et le ménage comme le font toutes les femmes pour l'homme qu'elles aiment. Assise en silence dans la petite cabane, il lui fallut un long moment pour vraiment réaliser à quel point sa vie avait changé.

Elle ne le voulait pas seulement physiquement, elle le voulait tout court. Elle l'aimait. Lui, le chef d'une tribu d'Indiens vivant dans la montagne. Etait-ce possible ? Elle le connaissait à peine. Et, étant donné les réticences bizarres qu'il avait à son égard, le connaîtrait-elle jamais ? Une étrange émotion s'empara d'elle. « Je l'aime », songea-t-elle, obligée d'admettre l'évidence.

– Je l'aime, répéta-t-elle à haute voix.

Et aussitôt elle prit conscience du revers terrible d'une aussi merveilleuse découverte. A supposer – et les événements de ces derniers jours le permettaient – à supposer qu'il ne voulût pas d'elle...

Instinctivement, assise sur une chaise en bois dur, Blaze se redressa. Chaque cellule de son cerveau, chaque nerf et chaque veine de son corps étaient en alerte. Elle n'avait pas acquis cet esprit indomptable en acceptant l'échec. Après tout, elle était la digne fille de son père.

— Quand cela t'arrivera, Blaze chérie, tu le sauras, lui avait-il dit.

Et maintenant que c'était arrivé, incroyablement, miraculeusement, elle comptait se faire aimer en retour avec la même détermination et la même ténacité qu'elle mettait en toute chose.

Alors elle commença à élaborer un plan subtil et plein d'imagination, sûre – étant donné la confiance qu'elle avait en elle-même et l'appétit charnel de Jon – d'obtenir des résultats.

Un sourire aux lèvres, Blaze reprit la cuillère en bois pour finir de battre la pâte à muffins, devenue aussi dure que de la terre. Ce n'était pas grave. De toute façon, les muffins n'étaient pas ce qu'il préférait. Ce qu'il aimait par-dessus tout, c'étaient ces biscuits au babeurre. Alors, était-ce une cuillerée de vinaigre dans un verre de lait ou bien une cuillerée de lait dans un verre de vinaigre ? La prochaine fois que Jimmy viendrait, si toutefois la jalousie de Molly Pernell l'y autorisait, elle ne manquerait pas de consigner la recette par écrit.

Jon réapparut à midi, trempé jusqu'aux os. Il salua Blaze poliment, comme il l'aurait fait avec une sœur ou une tante, et se mit à table. Heureusement qu'il aimait la viande crue – enfin, presque crue, car l'extérieur par contre était complètement brûlé. Les pommes de terre ressemblaient vaguement à des pommes de terre et il la félicita pour ses efforts. Malheureusement, si l'extérieur était aussi noir que du charbon, l'intérieur n'était pas cuit du tout. Et manger des pommes de terre crues, ça, il ne le pouvait pas.

– Le four cuit les choses à une telle vitesse... expliqua Blaze.

– Ça peut arriver, admit Jon, préférant ne pas faire remarquer que le four n'était pas le cuisinier.

– Je suis vraiment désolée, dit-elle avec sincérité.

– C'est sans importance. Vraiment.

– Vous êtes sûr ?

– Oui.

– Vous avez pris la pluie. Vous ne croyez pas que vous devriez vous changer ?

– Ce n'est pas la peine. Je vais être à nouveau trempé dans cinq minutes.

– Vous êtes obligé de travailler par ce temps ?

Il la regarda un instant, l'air pensif. Contrairement à certains mineurs, ce n'était pas la foi en dame Fortune qui le motivait, mais d'autres circonstances qui ne lui permettaient pas de chômer dès qu'il faisait mauvais. Mais comment expliquer cela à une demoiselle de la bonne société de la côte Est ?

– Une fois qu'on est mouillé, ça ne change rien, répondit-il enfin, renonçant à donner les raisons qui le poussaient à travailler sept jours par semaine.

– Alors, si cela vous est égal... je veux dire, puisque vous êtes déjà mouillé, pourriez-vous rapporter de l'eau pour mon bain quand vous rentrerez dîner ?

C'était une requête simple, directe et candide, comme l'était l'expression de son regard.

– Bien sûr, répliqua-t-il sans se douter une seule seconde des motifs que cachait une demande aussi innocente en apparence.

18

Ce soir-là, Jon travailla fort tard et rentra trempé, plus maussade que d'ordinaire, deux seaux pleins d'eau à la main. Il remplit la chaudière, versa ce qui restait dans la baignoire et aida silencieusement à la préparation du dîner, désireux d'avaler quelque chose de mangeable au moins une fois dans la journée. Bien que simple, le repas fut nourrissant et après le souper il alla s'étendre confortablement sur le petit lit pour se reposer.

Blaze refusa son aide pour la vaisselle et, après les longues heures de travail acharné qu'il avait effectuées ce jour-là, il ne protesta pas. Tout en lavant et en essuyant les assiettes, elle chantonna doucement, et le feu qui brûlait dans la cheminée projetait sur elle une lueur dorée.

Lorsqu'elle eut fini de tout ranger, Blaze tira la baignoire en cuivre devant le feu et commença à la remplir.

– Vous avez dû travailler dur aujourd'hui, remarqua-t-elle sur le ton léger de la conversation. Vos vêtements sont plus sales que d'ordinaire.

– J'ai ouvert un troisième puits, dit-il sans quitter des yeux les longues jambes fuselées qui allaient et venaient devant lui.

– Rising Wolf va revenir bientôt ? Ou bien est-ce encore trop tôt ?

– Je n'en sais rien, répliqua Jon d'un ton plus brusque.

Elle s'était retournée pour lui parler, et sa silhouette aux courbes voluptueuses se découpait dans la lueur dansante du feu de bois.

– Pardon. Je ne voulais pas être indiscrète.

– Ça ne fait rien.

Le ton avait été plus cassant qu'il ne l'aurait voulu, mais il venait d'apercevoir ses seins généreux trembler légèrement lorsqu'elle lui avait fait face.

– Je vous ai blessé ? Je sais que votre mine d'or ne me regarde pas, mais...

Elle s'excusait avec une telle naïveté qu'il se rappela tout à coup qu'elle était encore vierge quelques jours plus tôt. A ce souvenir, une vague de plaisir le traversa et, une fois encore, il eut envie d'elle. Bon sang, il lui fallait sortir pendant qu'elle prendrait son bain ou dormir dehors. Mais la pluie qui continuait à marteler inlassablement le toit n'était guère encourageante. Après avoir été mouillé toute la journée, il n'allait quand même pas endurer les intempéries toute la nuit aussi !

– Inutile de vous excuser. Rising Wolf ne vient pas à date fixe. Je ne sais jamais quand il va arriver.

Jon avait répondu de façon automatique, mais la conversation ne retenait pas son attention. Il avait les yeux rivés sur l'ourlet de la chemise qui frôlait les cuisses de Blaze, à quelques centimètres d'un coussin de douceur dont le seul souvenir accéléra les battements de son cœur.

– Oh, je vois, dit-elle doucement.

Elle rejeta alors la tête en arrière pour remettre en place une mèche rebelle qui était tombée sur son front.

Aussitôt, ce gracieux mouvement de tête éveilla en lui un soupçon. Se faisait-il manipuler par cette jeune femme initiée depuis peu aux choses de l'amour ? Son innocence était-elle aussi ingénue qu'il le supposait ? N'était-elle pas – par folle arrogance ou candide ignorance – en train de chercher à le séduire ?

Têtu à sa manière, tout autant que l'impudique miss Braddock, Jon attendit de voir si elle comptait jouer les insolentes ou bien si elle avait simplement l'intention de prendre un bain.

Blaze prit tout son temps pour remplir la baignoire en cuivre, allant et venant tranquillement dans la lumière dorée, apparemment insensible aux yeux noirs attentifs qui la suivaient avec intérêt.

Lorsqu'elle se déplaçait, ses seins frémissaient sous la chemise, tels des fruits sous une brise d'été, et l'éclat nacré de ses longues jambes était rehaussé par la lumière chatoyante des flammes.

Elle sentit son regard sur elle, froid et insistant. Mais il ne s'était pas encore levé et demeurait là, immobile. C'était sans doute la pluie qui l'empêchait de sortir. A moins que ce ne fût son désir pour elle ? Plus il restait, plus il l'observait, et aussi pénétrant que fût son regard sombre, plus elle se sentait sûre d'elle.

Et plus Jon réalisait qu'il n'y avait aucune ingénuité là-dedans. Plutôt le contraire. Jusqu'où comptait-elle aller ?

Jusqu'où aller pour que cet homme impassible se levât de son lit ? se demandait Blaze. Que fallait-il faire pour le pousser à réviser ses principes – et les restrictions arbitraires sous le signe desquelles il avait placé leur relation ?

– Je suis désolée de vous empêcher de dormir, dit-elle en versant le dernier seau d'eau froide dans la baignoire.

Mais lorsqu'elle releva ses yeux bleu azur, elle n'avait pas l'air désolé du tout.

– Vous ne m'empêchez pas de dormir, répliqua-t-il sur le même ton calme.

– Alors, ce n'est peut-être pas la peine que je me dépêche, suggéra Blaze avec un sourire aguicheur.

– En tout cas, pas à cause de moi.

– C'est très aimable à vous, observa-t-elle comme si elle répondait à un compliment aimable dans une soirée mondaine.

Prenant une épingle à cheveux sur la table, elle releva sa crinière rousse qu'elle fixa au sommet de sa tête. Sa poitrine se tendit sous le tissu lorsqu'elle leva les bras, sa nuque très blanche exposée de profil, et la chemise remonta un peu plus haut sur ses jambes, laissant deviner les gracieuses rondeurs de ses fesses.

Elle était terriblement séduisante, et Jon, incapable de détacher son regard, sentit très vite son désir s'éveiller sous son pantalon en peau.

Une vraie petite Jézabel, murmura-t-il. C'est charmant, mais d'une transparence évidente.

– Je ne sais pas de quoi vous voulez parler.

– Vous le savez très bien, au contraire.

– Je n'ai pas eu le temps de prendre un bain plus tôt, expliqua-t-elle doucement en déboutonnant sa chemise, ses yeux bleu clair et innocents comme un ciel de printemps. Avec toutes les tâches domestiques que vous me demandez d'accomplir...

Elle lui adressa un sourire vertueux et laissa tomber la chemise en coton par terre. Elle ne portait rien en dessous et la lueur des flammes vint danser sur son corps nu. Un sourire mystérieux, fier et soumis à la fois flottait sur ses lèvres. Un sourire plein de défi et en même temps d'une infinie douceur.

Jon reprit sa respiration.

– Très drôle, dit-il le plus naturellement possible. Drôle, mais inutile.

– Quel homme soupçonneux vous êtes ! lança Blaze en se penchant sensuellement au-dessus de la baignoire pour vérifier la température de l'eau.

En deux enjambées, il fut sur elle, la retourna et la plaqua d'un geste brutal contre la cloison en bois rugueux. Il se pressa sauvagement contre son corps voluptueux et Blaze, le cœur battant, sentit la force de son désir.

– La belle chienne de Boston est en rut et sa trace est irrésistible, comme vous le savez. J'espère que votre petit corps excitant sait ce qu'il fait.

Sans un mot, elle agrippa ses épaules musclées, le regard intense. Il se maudit une dernière fois avant de capituler et sa bouche se colla à la sienne avec voracité. Son baiser fut brutal, empreint d'une note de frustration. Son sens de l'honneur était bafoué. Il se jeta sur elle avec la violence du désir refoulé, la soif des choses interdites. Elle avait gagné... Il s'en voulait de la désirer ainsi, mais le peu qui lui restait de raison semblait l'abandonner : il ne pouvait plus attendre.

Jon retira son pantalon tout en la dévorant de baisers et il eut l'impression d'être emporté par un courant déchaîné. Il la pénétra aussitôt, debout, sans prendre le temps de la transporter sur le lit ou même de la renverser sur le sol. Et elle l'accueillit avec fougue et tendresse, l'enlaçant furieusement de ses bras comme si elle souhaitait l'attacher à elle.

Il lui sembla que sa tête allait exploser et il jouit immédiatement, bouleversé de voir Blaze l'accompagner dans sa jouissance avec la même passion. Il couvrit tendrement ses joues et ses yeux de baisers.

– *De awa-gee-shick, de awa-gee-shick*, chuchota-t-il dans un souffle, flottant dans un monde paradisiaque, un univers enchanté.

Au bout de quelques minutes, enfin apaisé, Jon posa la tête au creux de son cou, leurs deux cœurs battant à l'unisson. Il lui murmura de brèves excuses, puis la porta sur la couche en peaux de bison où il passa l'heure suivante à la caresser savamment, comme il savait si bien le faire.

Il l'excita longuement, l'amenant au bord du plaisir et s'arrêtant soudain. A un moment, elle jouit sans lui, et se mit à rire, ivre de bonheur.

— Je n'ai pas besoin de toi, dit-elle avec un grand sourire.

— C'est là tout le plaisir... se découvrir. C'est nouveau à chaque fois.

« Et avec chaque femme », ajouta-t-il en son for intérieur. Il lui rendit son sourire, rayonnant lui aussi.

— J'en veux encore.

— C'est ce que tu dis toujours, gronda-t-il en lui plantant un baiser sur les lèvres.

— Encore et encore.

— Alors, petite gloutonne... reprit-il en l'embrassant à nouveau, on savoure les plaisirs de la vie...

— Umm, soupira-t-elle en l'attirant contre lui.

Ses jambes avaient une force extraordinaire, Jon s'en étonnait toujours.

— Ça veut dire oui ? demanda-t-il, amusé.

Elle commença à couvrir son visage de petits baisers légers, puis le força à s'allonger sur le dos. Ses lèvres descendirent sur son torse et lorsqu'elle arriva au niveau de la taille, il lui caressa les cheveux.

— Tu n'es pas obligée, murmura-t-il, sans savoir exactement ce qu'elle voulait faire.

Elle tourna la tête et il vit ses yeux briller avec passion. Sa bouche glissa sur son ventre plat et s'arrêta.

— Mais j'en ai envie, répliqua-t-elle avant de continuer à l'embrasser de plus en plus bas.

Jon s'apprêtait à la faire remonter vers son visage,

mais au même instant il sentit sa langue douce et chaude le caresser. En quelques secondes, son sexe devint dur au point de lui faire mal.

– Tu aimes ça ? demanda-t-elle quelques minutes plus tard en lui donnant un petit coup de langue affectueux.

Au son de sa voix, il ouvrit les yeux et s'efforça de sortir de l'état d'extase dans lequel elle l'avait plongé. Ses longs cils noirs se soulevèrent avec une infinie langueur et son regard se posa sur la jeune femme tapie entre ses jambes.

– Umm...

– Ça veut dire oui ? fit-elle avec un large sourire.

Jon poussa un profond soupir et hocha la tête.

Blaze savourait le pouvoir que ses caresses avaient sur lui, heureuse du plaisir qu'elle venait de lui procurer.

Soudain, elle se sentit soulevée et se retrouva allongée sur le dos. Jon s'était rendu compte qu'il avait autant envie de donner que de recevoir des caresses et, la serrant contre lui avec fougue, il glissa en elle. Un sentiment de possession l'envahit, primitif et complexe. Jamais il n'avait éprouvé cela auparavant.

Elle répondit à sa fougue avec la même passion fulgurante qui le surprenait chaque fois, s'arc-boutant pour l'enfoncer en elle plus encore, plantant ses ongles dans ses reins et cherchant à prolonger chacun de ses soubresauts. Leurs corps paraissaient soudés dans un délire joyeux, le monde était à eux.

Ni vins fins, ni roses, ni cadeaux ou bijoux précieux, ni aphrodisiaques, ni poèmes enflammés ne leur étaient nécessaires. Seul le sentiment comptait. Une pure étincelle entre deux personnes diamétralement opposées éprouvant un désir d'une bouleversante intensité. Cela leur était tombé dessus comme la foudre, dans cette cabane à flanc de montagne au milieu des sapins. Comme un torrent impétueux qui emportait tout sur son passage.

Les amants approchaient de l'orgasme.

– *De awa-gee-shick*, murmura-t-il une fois encore au creux de son oreille.

– Maintenant, Jon, maintenant !...

Ils étaient étendus côte à côte sur les peaux de bison, nimbés de la lumière dorée que projetaient les flammes. Allongé sur le dos, Jon enlaçait Blaze qui se lovait tendrement contre lui.

– *De awa... de awa-gee*, bredouilla-t-elle, qu'est-ce que ça veut dire ?

Il écarquilla les yeux de surprise. Bien que la prononciation ne fût pas tout à fait correcte, il reconnut les mots « Je t'aime ». Il ne se souvenait pas les avoir prononcés. Il se contenta de hausser les épaules.

– Des mots d'amour, c'est tout. Des mots tendres.

Blaze ne voyait pas son regard, mais elle avait senti le haussement d'épaules.

– Je m'en doute, mais quel genre de mots d'amour ?

– Ceux que les femmes aiment entendre, répondit-il de manière évasive.

– Traduis-les-moi.

Et cette fois, elle posa le menton sur sa poitrine, le regardant droit dans les yeux à la manière d'une petite fille curieuse.

Il caressa son nez parfait du bout du doigt.

– C'est une de ces expressions familières qui perdent tout leur sens une fois traduites. Tu comprends, *bia-cara* ?

– Et *bia-cara* perd aussi son sens une fois traduit ? demanda-t-elle, une étincelle coquine dans ses grands yeux bleus.

– Non, répliqua-t-il, se sentant cette fois en terrain

plus sûr. Ça, ça veut dire « chérie ». Et tu es *chad-gada-hish-ash*, mon petit renard roux, la plus douce des chéries. (Il releva la tête et posa un baiser sur son front à la naissance des cheveux.) Nous pourrions nous servir de cette baignoire, qu'en penses-tu ?

Ce serait un bon moyen d'éviter les questions auxquelles il ne souhaitait pas répondre.

— Oh, je n'ai pas le courage, marmonna Blaze, la tête toujours posée sur sa poitrine. De toute façon, l'eau doit être froide maintenant.

Il la souleva aussi facilement que si elle avait été un chaton et la déposa sur les fourrures entortillées.

— Je vais rajouter de l'eau chaude, *bia-cara*, puis je te porterai dans la baignoire.

Jon l'embrassa avant de se lever et elle contempla son corps nu d'une parfaite beauté. Elle aperçut sur son dos les marques qu'elle venait de lui faire avec ses ongles.

— Tu me rends très heureux, *bia-cara*, bien que tu sois la femme la plus paresseuse que je connaisse, dit-il avec un sourire chaleureux.

Blaze, tout sourire elle aussi, lui lança un oreiller qu'il évita habilement.

— Ce n'est pas vrai ! J'ai passé une heure à te distraire et avant ça j'avais préparé le dîner...

— Inutile de me le rappeler, je n'y pensais plus. Je suppose que tu n'as pas envie que je fasse venir une femme de ma tribu pour faire la cuisine ?

— Tu supposes très bien, répliqua-t-elle en plissant les yeux.

Il éclata de rire, ravi de la voir aussi jalouse.

— Il n'y a pourtant pas trente-six solutions, *bia-cara* : soit nous mourons de faim, soit tu apprends à cuisiner.

— Jon Black ! s'écria-t-elle, quelque peu indignée — car elle avait quand même essayé de préparer quelque chose. Je peux apprendre. Donne-moi un livre de cuisine et tu verras.

– Pari tenu, ma belle.

Il remplit la bouilloire, la posa sur le poêle et attisa le feu. Quiconque de sa tribu l'aurait vu agir ainsi se serait moqué de lui de manière impitoyable. Les guerriers absarokees ne faisaient rien pour les femmes. Sauf en amour, où ils étaient bien entendu comme tous les hommes. Jon Black, bien que très accommodant avec les femmes, n'en avait jamais servi aucune. C'était une première. Ce dont il ne se rendait pourtant absolument pas compte.

– Je t'aime, tu sais.

En l'entendant prononcer ces simples mots, Jon se figea sur place. Il se tourna vers elle et remarqua que son regard était parfaitement serein. Non, ce n'était pas possible, pensa-t-il aussitôt. Quelque chose n'allait pas.

– Tu ne sais pas ce que tu dis. Les jeunes filles croient toujours être amoureuses du premier homme qui...

– Leur prend leur virginité ?

– J'allais dire... qui leur fait l'amour.

– Ah, bon ? fit-elle, visiblement sceptique.

– C'est en tout cas ce qu'on prétend, s'empressa-t-il d'admettre.

Toute trace de doute disparut soudain des grands yeux bleus, laissant place à un sourire rayonnant.

– Je me fiche de ce qu'on prétend. Je t'aime. Mais ne t'inquiète pas : je ne m'attends pas à ce que tu m'aimes en retour...

Bien que novice en amour, Blaze savait parfaitement comment s'y prendre avec les hommes. Et elle avait conscience qu'il ne servirait à rien d'exiger aujourd'hui quoi que ce fût de lui.

– Quand ton père viendra te chercher, nous ne

nous reverrons plus. Tu épouseras un riche héritier de la même classe que toi et vous élèverez des enfants dans la prospérité.

– Je pourrais rester ici, riposta-t-elle.

– Pourquoi ? demanda-t-il sur un ton brusque, à peine aimable.

– Pour surveiller les mines de papa, expliqua-t-elle sans se soucier de la dureté de sa voix.

Au moins, il montrait ses sentiments, ce qui lui paraissait éminemment plus satisfaisant qu'une indifférence glaciale.

– Et t'emparer de mon pays ?

– Juste des mines.

– C'est la même chose. Il suffit que quelqu'un prononce le mot « or » pour que les Blancs deviennent fous.

– Je pourrais t'aider.

Son visage s'éclaira d'un magnifique sourire, un sourire enfantin, éclatant de gaieté.

– Je sais, *bia*, et c'est d'ailleurs ce que tu fais.

Jon la prit dans ses bras et l'embrassa sur la bouche. Il ne voulait pas parler des mines, des hommes blancs et de ce qu'ils feraient dans un an, dans un mois ou dans une semaine... Il y avait tant d'obstacles qui l'attendaient encore... Il préférait ne pas y penser pour l'instant. Il souhaitait tout oublier, ne serait-ce qu'une seule nuit.

Tendrement, il la serra contre lui et la dévora de baisers.

– Je t'aime, murmura-t-elle tandis qu'il lui mordillait la lèvre inférieure.

– Je sais. Et j'ai envie de toi, *bia-cara*...

Il la déposa dans le grand fauteuil et baisa ses lèvres chaudes et douces en plongeant les doigts dans ses cheveux bouclés. Puis, lui écartant délicatement les jambes – si délicatement qu'elle en frissonna de

192

plaisir – il se mit à genoux et se pencha pour embrasser sa poitrine. Sa langue s'attarda sur la pointe rose et tendue d'un sein, puis l'abandonna pour passer à l'autre.

Alanguie, Blaze essaya de se redresser pour le caresser elle aussi. Elle vit alors qu'il brûlait également d'un irrépressible désir.

– Non, dit-il en repoussant ses mains.

– Je ne veux plus attendre.

Malgré son souffle court, le ton était autoritaire. Elle tendit les mains à nouveau, mais il l'agrippa fermement par les poignets.

– Il le faudra bien.

– Je ne veux pas... insista-t-elle, se débattant en vain.

– Tu seras une sacrée plaie pour ton mari, Boston, remarqua-t-il en plaisantant. J'espère qu'il aura assez de résistance pour supporter ce besoin que tu as de toujours commander. Que se passera-t-il si tu n'obtiens pas tout ce que tu désires ?

– Mais ça n'arrive jamais.

– Ça *n'arrivait* jamais, corrigea-t-il, plantant son regard noir dans le sien.

– Tu es assommant, dit-elle avec une moue aguicheuse. Pourquoi faut-il que tout devienne un défi avec toi ?

– Tu n'as pas appris à être malléable, ma chérie. C'est pour ça. Tu veux tout commander, mais je n'obéis jamais aux ordres – surtout lorsqu'ils viennent d'une femme.

– Ce n'est pas ce que je voulais dire... Préférerais-tu que j'attende que ce soit toi qui me le demandes ?

Les yeux innocents qu'elle leva vers lui auraient pu faire fondre un bloc de pierre.

Jon lui sourit, le regard brillant et amusé.

– Oh, et puis qu'importe ! capitula-t-il. Ça n'a pas d'importance.

Et lorsqu'il eut placé délicatement les jambes de Blaze autour de sa taille afin de la pénétrer, ils eurent tous deux l'impression que la terre se mettait à trembler...

Longtemps après, Blaze caressait tendrement sa tête brune nichée contre ses cuisses.

– L'eau est chaude, dit-elle.

– Maintenant, c'est moi qui suis trop fatigué, s'excusa Jon.

Il s'était écroulé par terre, au pied de la chaise, et avait posé la tête sur son ventre, ses longs cheveux noirs retombant comme des rubans de satin sur ses jambes.

– Je croyais que les Absarokees étaient les hommes les plus propres du monde.

– Pourquoi les femmes cherchent-elles toujours à nous culpabiliser ? grogna-t-il sans bouger pour autant.

– Ne t'endors pas, murmura Blaze en le secouant par l'épaule.

Alors il se leva, bien qu'il se sentît totalement éreinté.

– Ce n'est pas d'un bain dont j'ai besoin, mais de dormir, dit-il en lui jetant un regard affectueux.

– Rien qu'un petit bain rapide, supplia-t-elle.

– Si j'entre dans cette baignoire avec toi, ça risque de durer un moment.

– C'est charmant !

– Tu es épuisante, tu sais.

– Mais adorable, non ?

Il sourit, l'amour qu'il avait pour elle se lisait dans ses yeux.

– Mais adorable, concéda-t-il volontiers.

– Je vais la remplir...

– Non, je vais le faire. Mais à condition que tu me promettes une chose.

– Tout ce que tu voudras ! lança-t-elle joyeusement.

– Ne dis pas « encore »... au moins, jusqu'à minuit.

– Promis, dit-elle dans un sourire.

Il lui sourit en retour et s'approcha du poêle.

Le bain lui parut merveilleusement réconfortant. Jon s'allongea de tout son long, la tête appuyée sur le rebord en cuivre, et poussa un soupir de bien-être tout en serrant Blaze dans ses bras. Elle était assise entre ses jambes, le dos contre sa poitrine.

– Tu as déjà pris un bain avec une femme ?

– Non, répondit-il, bien que ce ne fût pas la vérité.

– Pourquoi pas ? C'est très agréable. Et je trouve que la baignoire pour deux est une invention géniale.

– Qui remonte au moins à quatre mille ans, ma chérie. Le sexe n'est pas une idée neuve.

– Ah, bon ? fit-elle en plaisantant. Tu veux dire que nous ne sommes pas les premiers ?

– Nous sommes peut-être les premiers de ce côté-ci du mont Big Belt sur le territoire du Montana, dans la cabane de la concession 1014. Mais je ne me risquerais pas plus loin.

– Quel froid réaliste tu fais !

– C'est la vie qui veut ça, *bia*. Les illusions s'envolent. A la force du canon, bien souvent. Je ne sais pas ce qu'il en est pour les demoiselles de la haute société de Boston, évidemment. Leur plus grosse désillusion est peut-être de se voir offrir une émeraude moins grosse qu'un œuf de pigeon.

– Inutile d'être aussi sardonique.

– Pardon, tu as raison. Cette nuit, il y a de l'illusion dans l'air, ainsi que quelques sensations extrêmement... enchanteresses.

Jon effleura la hanche de Blaze du bout des doigts.

– Et les jeunes filles de la haute société ne se contentent pas de compter leurs bijoux. Nous savons faire toutes sortes de choses, déclara-t-elle avec une pointe de condescendance.

– Mais sont-elles utiles, *bia-cara*, là est toute la question... Dis-moi, à propos, mon estomac commence vraiment à réclamer ses droits. Crois-tu pouvoir faire une de ces « toutes sortes de choses » et me préparer un gâteau au chocolat si je te rapporte un livre de recettes ? J'ai une folle envie de gâteau au chocolat.

– Plus folle que ton envie de moi ?

– Ça, c'est impossible, *bia*, répondit Jon en parfait gentleman. Tu es le gâteau au chocolat de ma vie et je préfère te manger plutôt que n'importe quoi au monde.

– Tu n'es qu'un libertin ! s'exclama-t-elle en riant et en se retournant pour l'éclabousser.

– C'est entièrement ta faute, se défendit-il, l'attirant contre lui. Je n'y peux absolument rien.

– Mais qui te le reproche ? demanda-t-elle tendrement.

Jon l'embrassa sur le bout du nez.

– Tu es la femme la plus effrontée que j'aie jamais vue !

Elle était même plus effrontée qu'il ne l'avait jamais permis à aucune femme.

– Plus que Lucy Attenborough ?

Il fit mine de réfléchir un instant.

– Oui.

– Eh bien, tant mieux ! lança Blaze avec un petit air satisfait. Je me demandais justement si... Comment formuler cela correctement...

Un sourire se dessina sur le beau visage de Jon.

– Sans risquer d'avoir l'air de te lancer un défi inconvenant... C'est-à-dire que... puisque tu as l'air de t'être bien reposé...

Blaze le regarda, les yeux brûlants de désir, et elle sentit son sexe durcir contre sa hanche. D'une petite voix contrite, elle murmura :

– Rien qu'une fois encore...

– A Dieu ne plaise ! dit-il en lui caressant la joue.

Et Jon, l'empoignant de ses grandes mains sans le moindre effort, lui obéit et la pénétra. Blaze poussa un petit cri de plaisir. Etait-il possible de mourir de joie ? se demandait-elle, émerveillée.

Beaucoup plus tard, Jon transporta une jeune femme ivre de sommeil et comblée sur la couche de peaux de bison. Elle s'endormit avant même qu'il eût fini de la border. Il la contempla en souriant. On aurait dit une fleur de coton au printemps. Elle était si douce. Et elle avait tant besoin de lui. C'était ce qu'elle lui avait répété, encore et encore, tout au long de la nuit. Lui aussi avait besoin d'elle et, jusqu'à présent, il n'avait pas réalisé à quel point avoir une femme à ses côtés lui était nécessaire.

Se retournant vers la baignoire avec une vague expression de lassitude – comme s'il valait mieux ne pas prendre ce genre de pensées en considération –, il contempla les flaques d'eau sur le plancher inégal. Il pouvait tout laisser ainsi jusqu'au lendemain. Blaze s'en occuperait. Mais le ferait-elle ? Il ne put s'empêcher de sourire. L'éducation qu'avait reçue Jon réservait toutes les tâches domestiques aux femmes, ce en quoi il ne différait pas vraiment des autres hommes du XIXᵉ siècle, quelle que fût leur race.

– Oh, et puis qu'importe ! marmonna-t-il en attrapant une serviette.

En dix minutes, le parquet fut essuyé, la baignoire vidée et toutes les serviettes humides étendues sur la balustrade du perron. Ensuite, il alla s'étendre auprès de Blaze et sombra dans un sommeil comme il n'en avait pas connu depuis bien des jours.

19

Jon se réveilla à l'aube, fidèle à la maxime absaro-kee : « Ne suis pas le sommeil jusqu'au bout, mais réveille-toi de par ta propre volonté. » Laissant Blaze endormie, il prit ses habits et sortit dans la lumière du soleil levant. Sans fermer la porte à clé.

Lorsque Blaze s'éveilla un peu plus tard, sa première réaction fut la déception. Jon était parti. Elle aurait aimé qu'il fût encore à ses côtés pour lui dire bonjour et le voir sourire. Aucun homme ne souriait comme lui.

Cet homme était réputé pour sa sensualité, tout comme l'était sa tribu. Jon trouvait cela parfaitement naturel. Mais parmi les Blancs, certains moralistes qualifiaient sa conduite de scandaleuse. Les Absaro-kees offraient la liberté aux hommes et aux femmes, lui avait-il expliqué. C'était une société fondée sur l'égalité, dans laquelle les femmes pouvaient avoir des biens et où la descendance était de type matriar-cal – du moins, en théorie, avait-il ajouté dans un sourire. Les femmes comme les hommes avaient le droit de choisir leurs amants, de divorcer et de se re-marier. Ceci à une époque où partout dans le monde les femmes étaient considérées comme de simples objets. Même son discours avait le charme de la persuasion...

« Et pourtant, je le veux. Il est trop charmant, trop parfait, trop expérimenté et trop séduisant, et pas seulement à mes yeux, mais à ceux de toutes les femmes », se rappela Blaze. Mais cela n'avait pas la moindre importance. Elle était décidée à avoir Jon Black pour elle seule.

Rejetant la couverture de fourrure, elle s'assit et contempla la pièce vide. Allait-il revenir pour le petit déjeuner ou bien l'avait-il déjà pris ? Elle n'en savait rien, mais elle remarqua que la baignoire et les serviettes avaient disparu, ainsi que les flaques d'eau. Il était incroyablement tendre, cet homme qui quelques jours plus tôt avait insisté pour qu'elle apprît à tout faire.

Tenait-il à elle autant qu'elle tenait à lui ? Ou bien était-il tout simplement galant, charmant et chevaleresque dans le véritable sens du mot ? Dans l'Est, aucun homme ne se serait occupé du ménage à la place d'une femme. Outre le fait de trouver cela dégradant, ils en auraient été absolument incapables. Ce qui n'était pas le cas de Jon. C'était l'homme le plus adorable qu'elle eût jamais connu, songea-t-elle en esquissant un sourire.

A la recherche d'une chemise à se mettre sur le dos, Blaze jeta un coup d'œil vers la cuisine, se demandant si elle devait ou non préparer le petit déjeuner, lorsqu'elle aperçut la porte entrouverte. Un mince rayon de soleil se découpait sur le plancher et elle s'en approcha d'un pas hésitant, tel un prisonnier débarrassé de ses fers. Elle poussa la porte de quelques centimètres et attendit. Un instant plus tard, soudain pleine de courage, elle l'ouvrit en grand et sortit sur le perron.

Ce nouvel univers enchanteur qui était devenu le

sien était décidément magnifique – les montagnes au loin, les sapins verts et les peupliers plus clairs, la fraîcheur saine de l'air matinal. Sans aucune certitude sur son avenir, vivement consciente des devoirs de Jon qui supplantaient ses désirs, Blaze éprouvait cependant un certain bonheur. En ce moment même, elle était exactement là où elle désirait être. Et il y avait au moins une chose dont elle était sûre : elle l'aimait...

Blaze fit le tour de la cabane avec une sensation enivrante de liberté. Pieds nus, elle marcha sur les gravillons, s'arrêta un instant sur l'herbe douce et humide, juste en dessous du cerisier sauvage situé près de la rivière, puis s'engagea sur le sentier.

– A ta place, je n'irais pas plus loin.

La voix était calme, familière, et suffisamment forte pour qu'elle pût l'entendre.

Elle se retourna, agacée par le cynisme sous-entendu. Elle ne s'était pas rendu compte qu'elle était surveillée depuis déjà plusieurs minutes. Elle scruta la montagne dans la direction d'où venait la voix. Il lui fallut peut-être trente secondes avant de repérer Jon, à environ trois cents mètres au-dessus de l'entrée de la mine. Elle s'avança vers lui.

Sans bouger, il la regarda approcher, admirant sa jolie silhouette à peine dissimulée par la chemise, son visage à la fois charmant et plein de caractère, ainsi que sa chevelure de feu qui lui donnait envie de s'y plonger. Il se demandait si sa prisonnière, aussi indépendante que têtue, aurait été beaucoup plus loin s'il ne l'avait rappelée à l'ordre.

– Qu'est-ce que c'est ? interrogea Blaze dès qu'elle fut assez proche en pointant le doigt sur la pièce d'artillerie.

– Une mitraillette.

– Ça a l'air dangereux.

– Et ça l'est.

Blaze le dévisagea.

– T'en serais-tu servi contre moi ?

– Je dois être prudent, répliqua-t-il après un long moment, ignorant la question à laquelle il n'était pas sûr de pouvoir répondre. Jusqu'à ce que j'apprenne à mieux te connaître. (Jon sourit en la voyant froncer les sourcils.) Et je me prépare à cette découverte avec beaucoup de...

Il se tut, et la regarda comme s'il la voyait pour la première fois.

Blaze lui sourit, désormais rassurée.

– Plaisir ? suggéra-t-elle, finissant la phrase à sa place.

– *Ko-dak*.

– Qu'est-ce que ça veut dire ?

– Amen.

Jon commença à travailler très tard ce matin-là. Il n'avait encore jamais fait l'amour à l'ombre d'une mitraillette. Le soleil levant et l'air frais du matin décuplèrent leur passion. Emerveillés et curieux l'un de l'autre, ils eurent l'impression que le monde disparaissait – ou plutôt, qu'il se limitait à eux.

– Combien de temps sommes-nous supposés attendre le retour du colonel ? grommela Yancy.

Il en était à son deuxième bourbon depuis la fin du dîner et ne pouvait penser à rien d'autre qu'à la seule et unique question qui le préoccupait.

Millicent était assise en face de lui, calme et détendue. Ils avaient convaincu les autres membres du groupe minier de repartir sans eux à Boston et elle venait juste de dire au revoir à sa plus vieille amie, Elizabeth Talmadge. Il avait fallu user de persuasion, mais au fur et à mesure que les jours étaient passés, les arguments de Millicent avaient fini par prévaloir.

Après tout, William avait donné pour instruction « de ne pas bouger et de ne rien faire », leur avait-elle rappelé. Par conséquent, leur présence n'était pas indispensable. D'autre part, tous savaient que Billy Braddock était un homme capable de prendre ses propres affaires en main, et qui n'appréciait guère qu'on s'en mêlât. A l'instant même, Millicent était suprêmement contente et de plus en plus confiante.

– Maintenant que les amis de William sont partis, nous ne sommes plus obligés d'attendre, répondit-elle calmement.

Le regard de Yancy fut soudain en alerte, comme celui d'un prédateur.

– Vous voulez dire qu'un Peau-Rouge mort ne serait plus un problème ?

Millicent se resservit un doigt de sherry, but une gorgée et reposa délicatement son verre.

– J'estime que si William était victime d'un malencontreux accident et qu'ensuite l'Indien était tué, ce serait mieux encore. Vous me suivez ?

– Parfaitement, acquiesça-t-il avec un large sourire.

– Les hommes qui construisent la route feraient parfaitement l'affaire. Vu le nombre de meurtres qui ont lieu dans la région, un de plus ou de moins passera inaperçu, j'en suis sûre. Le vol semble être la première distraction, par ici.

– Cela prendra peut-être du temps de retrouver la trace de Billy dans les montagnes.

– Pourquoi ne pas attendre son retour ? Avez-vous toute confiance en vos hommes ?

Yancy opina du chef.

– Nous pourrions installer un petit campement sur la piste nord qui mène vers sa tribu. Je peux aussi envoyer des pisteurs en reconnaissance.

– Combien de temps cela prendra-t-il ?

Millicent aurait pu se renseigner sur les horaires du chemin de fer, sa voix n'aurait pas révélé davantage d'émotion.

Yancy, pour sa part, s'impatientait : il désirait au plus vite épouser les millions du colonel. Il répondit cependant à Millicent, haussant les épaules et fronçant les sourcils :

— Il va sans doute falloir plusieurs jours avant qu'il revienne, avec ou sans le porte-parole qu'il est allé chercher. Je dirais... une semaine tout au plus.

— Merveilleux, répliqua-t-elle avec un sourire complaisant. Maintenant, je crois que nous devrions décider du nombre exact d'hommes en armes dont vous aurez besoin pour faire exploser cette mine. Si vous me donnez un chiffre, j'irai trouver notre charmant banquier dès demain. Vous faut-il autre chose ?

— L'argent est tout ce dont on a besoin, Millicent. Vous et moi savons cela. Lorsqu'on en a, tous les problèmes s'évanouissent.

— Mon père disait quelque chose de ce genre. Vous me faites souvent penser à lui, Yancy. Cela me plaît. Venez vous asseoir près de moi, vous ne m'avez pas touchée depuis ce matin.

20

Une semaine plus tard, dans la lueur grise juste avant l'aube, Rising Wolf s'approcha de la fenêtre et poussa un soupir. Finalement, son intuition concernant Jon et la femme s'avérait juste.

Reconnaissant le bruit discret des mocassins, Jon reposa l'arme qu'il gardait toujours à portée de main et s'assura que Blaze était bien couverte. Il était en train d'enfiler son pantalon quand Rising Wolf entra. Les propos qu'ils échangèrent à voix basse réveillèrent Blaze, mais elle resta couchée, somnolente, bercée par le rythme musical de la langue absarokee.

– Dis-moi depuis quand, que je sache qui a gagné le pari, dit Rising Wolf.

Son sourire était si peu discret que Jon ne pouvait feindre d'en ignorer la signification.

– J'avais oublié à quel point vous aimiez les commérages, toi et tes amis. Mais je suppose qu'il ne servirait à rien de nier.

– Tu devais te douter que ce serait l'occasion d'organiser une loterie que personne ne laisserait passer. Te connaissant comme nous te connaissons tous...

Sachant qu'il ne s'en tirerait pas sans lui donner de réponse, Jon céda volontiers :

– Depuis huit jours.

Il jeta un bref coup d'œil vers Blaze et constata qu'elle était réveillée. Il lui sourit et s'adressa à Rising Wolf en baissant la voix :

— Laissons tomber le sujet devant la demoiselle. Elle ne comprend pas notre langue, mais la lubricité qui se lit dans ton regard est universelle.

Nullement vexé, Rising Wolf continua à sourire.

— Red Bear a gagné. Personnellement, je ne pensais pas que tu tiendrais si longtemps. J'avais parié pour le lendemain, pas un jour de plus.

— Merci pour ta confiance.

— Allons, Jon, faire l'amour ne fait que nous rapprocher du paradis.

Jon se mit à rire. Rising Wolf n'avait jamais pris la vie au sérieux.

— Au fait, reprit son ami, ton paradis me plaît énormément. Quand tu seras lassé d'elle...

— Inutile d'y compter. Ce n'est pas le genre dont on se lasse.

— Inventive ?

— Spontanée, répliqua Jon, un plaisir manifeste dans le regard.

— Cette spontanéité pourrait bien disparaître d'un moment à l'autre. Que feras-tu alors ?

Ces derniers jours, Jon avait évité d'y penser. Il lui arrivait même d'oublier que Blaze avait une famille et une autre vie en dehors de lui.

Rising Wolf vit son sourire s'évanouir, laissant place aussitôt à une profonde inquiétude.

— Quelqu'un a-t-il aperçu son père ? demanda Jon d'un ton abrupt, toutes sortes de possibilités lui venant à l'esprit.

— Non.

— Rose m'a dit qu'il était en route pour le campement d'été.

— Selon une rumeur, il serait mort.

« C'est fini, songea Jon. Si le colonel Braddock est mort, toutes les règles du jeu vont changer... »

– D'où vient cette rumeur ?

– De la tribu des Lumpwoods. One Heart l'a su par le frère de sa femme. Il a vu le cadavre.

– Pouvait-il s'agir d'un autre Blanc ?

Rising Wolf haussa les épaules.

– C'est possible. Ils se ressemblent tous.

– Quelle poisse !

– Ça te pose un problème ?

– Oui. Le colonel était plus à même d'entendre raison que n'importe qui d'autre.

– Pourquoi ne pas faire venir vingt ou trente guerriers pour monter la garde ?

– Pas question. Le premier politicien venu n'attend qu'une bonne occasion pour appeler l'armée. Et depuis la fin de la guerre, tout officier ambitieux en quête de promotion galope à travers les plaines du Nord dans l'espoir de se frotter aux Indiens. Je préférerais ne pas aider un soldat avide de gloire à obtenir ses galons de colonel.

– Nous pourrions en tuer pas mal avec ton artillerie.

Comme tacticien, Rising Wolf était extraordinaire. Et ses yeux brillaient à l'idée des nombreuses possibilités qu'offrait l'emplacement choisi par Jon au sommet de la montagne.

– Et perdre la mine !

– Tu es sûr que c'est si important ? Notre tribu a toujours été prospère. Pourquoi aurions-nous besoin de plus que ce que nous avons déjà ?

– Les Visages Pâles ne vont pas s'arrêter là. Pas avec tout cet or. Et les bisons ne nous nourriront pas éternellement, expliqua Jon.

Ce n'était pas la première fois que les deux hommes abordaient le sujet.

– Il y en a parmi nous qui sont en désaccord avec toi à ce propos, remarqua Rising Wolf aimablement.

– Tant pis. En attendant, j'entasse de l'or, répondit Jon tout aussi plaisamment.

– Jon, coupa Blaze d'une voix très douce, veux-tu que j'essaie de préparer un petit déjeuner ?

– Alors, elle a appris à cuisiner ? demanda Rising Wolf en absarokee.

Il comprenait l'anglais aussi bien que Jon. Ils avaient été élevés comme des frères et avaient eu le même Ramsay Kent pour oncle. Ce dernier, baronnet et dernier fils d'une grande famille anglaise, envoyé à l'étranger pour raison de santé, leur avait enseigné un anglais parfait. Arrivé sur le territoire du Montana en compagnie d'un prince allemand qui faisait le relevé de la faune et de la flore du Nouveau Monde, Ramsay Kent avait failli être emporté par une mauvaise fièvre en approchant de Yellowstone. La tribu de Jon campait à proximité, sa tante s'était occupée de lui et l'avait soigné. Ils étaient tombés amoureux et Ramsay Kent n'était jamais retourné en Angleterre.

– Merci, miss Braddock, dit poliment Rising Wolf. Un petit déjeuner me ferait grand plaisir.

– Vous parlez anglais ! s'exclama Blaze. C'est merveilleux. Jon, tu ne me l'avais pas dit.

– Vous n'avez sans doute pas eu beaucoup de temps pour parler, murmura Rising Wolf en absarokee d'un air malicieux.

– Très drôle, rétorqua sèchement Jon avant de se tourner vers Blaze. Un homme blanc a épousé notre tante. Aussi avons-nous tous les deux appris l'anglais étant enfants.

Étendue mollement sur la couche, Blaze était très désirable et il fut agacé de voir Rising Wolf observer sa semi-nudité avec curiosité, sans même s'en cacher.

– Je vais aller me baigner pendant que tu cuisines, lança-t-il soudain. Après toi, dit-il en indiquant la porte à son ami.

Dès que Rising Wolf fut sorti, Jon pivota vers Blaze.

– Enfile ton pantalon ce matin, ordonna-t-il à voix basse.

– Il a rétréci quand je l'ai lavé.

– Prends-en un des miens.

– Ils sont trop grands pour moi. Je pourrais mettre une des robes que tu m'as...

– Non, mets un pantalon, dit-il en insistant sur chaque mot.

– Bien, monsieur, murmura-t-elle, devinant sa jalousie.

– Et tu auras des vêtements bientôt. Mais surtout, pas de blagues. Je veux te trouver en pantalon en rentrant.

– Bien, maître, ronronna-t-elle langoureusement.

Cette soudaine soumission éveilla quelques soupçons dans l'esprit de Jon. Blaze était rarement soumise. Elle ne l'était même jamais, se corrigea-t-il aussitôt.

– Et une chemise, ajouta-t-il avec prudence.

Lorsqu'ils revinrent un peu plus tard, elle était occupée à faire frire du bacon dans la poêle et le regard qu'elle adressa à Jon lui fit comprendre que, pour une fois, tout n'était pas irrémédiablement brûlé. Il fut également satisfait de constater qu'elle avait suivi ses conseils : elle portait une chemise à lui, ainsi qu'un pantalon roulé au bas et ceinturé à la taille. Elle ressemblait à une pauvre jeune fille sortant d'un orphelinat.

– Il reste des œufs ? demanda-t-il, habitué qu'il était à aider Blaze.

– Tu les as faits hier, je crois, répondit-elle.

– Toi aussi, tu apprends à cuisiner ? lança Rising Wolf avec un sourire moqueur.

– Jon est un aide extraordinaire. Sans lui, nous serions morts de faim ! s'exclama-t-elle avant que Jon ait pu répondre.

– Il faudra me montrer tes talents de cuisinier la prochaine fois que tu rentreras chez nous, déclara Rising Wolf, très amusé.

– C'est peu probable, marmonna Jon, sachant qu'il serait l'objet d'interminables plaisanteries lorsqu'il retournerait dans sa tribu.

– Et il fait la vaisselle, le ménage et tout le reste ! L'autre soir...

Blaze s'interrompit en entendant Jon se racler ostensiblement la gorge. Se retournant, elle remarqua qu'il avait l'air un peu embarrassé.

– Pardon, s'excusa-t-elle aussitôt en s'essuyant les mains sur le pantalon trop grand. J'avais oublié tes préjugés masculins.

– Ça ne fait rien...

– Oui, il va surprendre tout le monde pendant la chasse d'été, insista Rising Wolf, une lueur rieuse dans les yeux.

– Qu'est-ce que c'est ? demanda Blaze en voyant Jon jeter un regard furieux vers son ami.

– Explique lui, dit Rising Wolf, ravi de taquiner Jon.

A contrecœur, celui-ci s'exécuta :

– La tribu se réunit pour la chasse et tout le monde se retrouve, dit-il abruptement.

– Mais c'est charmant ! Comme un grand pique-nique ! Beaucoup de personnes de ta famille seront là ? s'enquit-elle avec un enthousiasme tout enfantin.

– Je ne serai pas là pour le voir.

– Si tu viens, tu pourras te renseigner sur le père,

suggéra Rising Wolf en repassant à la langue absarokee.

– S'il est vivant, il me trouvera, répondit Jon dans la même langue mélodieuse.

– Tu vas manquer à tout le monde cet été, reprit Rising Wolf en anglais.

– Je n'y peux rien.

Blaze les observa l'un et l'autre tour à tour, se rendant compte qu'elle pouvait difficilement s'immiscer davantage dans la vie de Jon. Cependant, elle n'hésita que quelques secondes avant que son impétuosité naturelle reprît le dessus :

– Et si on y allait ? Oh, Jon, s'il te plaît, ce serait tellement bien !

– Non.

– Pourquoi ? Je n'ai jamais vu de village indien, ni de chasse d'été, ni même d'autres Indiens en dehors de toi, de Rising Wolf et de nos éclaireurs.

Jon se raidit soudain.

– Ce n'est pas un spectacle organisé pour ton bon plaisir.

– Ne sois pas si susceptible, bon sang ! Ce n'est pas ce que je voulais dire et tu le sais parfaitement.

Rising Wolf faillit intervenir mais se ravisa. Jamais il n'avait entendu quelqu'un s'adresser ainsi à Jon – encore moins une femme. Mais il est vrai qu'il ne l'avait jamais vu non plus faire la cuisine ou le ménage.

– Excuse-moi, dit Jon.

« Combien de fois dans sa vie s'est-il ainsi excusé devant une femme ? » se demanda son ami, stupéfait.

– Mais nous ne pouvons pas y aller, reprit-il doucement. C'est impossible.

– A cause de la mine ? demanda Blaze d'un ton plus compréhensif.

– Oui, s'empressa de répondre Jon, soulagé qu'elle lui fournît une excellente excuse.

Il n'avait en fait aucune envie de laisser voir à sa tribu combien il avait besoin d'elle.

Ils seraient tous deux sous constante surveillance et tout le monde constaterait combien il tenait à elle. Désirer une femme blanche à ce point risquait de diminuer son pouvoir en tant que chef. De plus, les nombreux flirts qui étaient de règle lors de ce rassemblement poseraient de sérieux problèmes. Il connaissait la réaction de sa compagne chaque fois qu'il parlait des femmes qu'il avait connues au cours de sa vie, et il ne supporterait pas qu'elle fût courtisée par d'autres guerriers.

En outre, il serait obligé de passer la plupart de son temps dans des réunions. Il lui faudrait chasser et jouer avec ses amis, participer à toutes les activités traditionnelles de la tribu. Des activités essentiellement masculines. Non, ça n'irait pas.

– Alors, peut-être une autre fois...

– Peut-être, répliqua Jon avec une prudente réserve.

Rising Wolf repartit immédiatement après le petit déjeuner, en tête d'une longue file de poneys lourdement chargés.

Pendant le dîner, Blaze fit encore une fois allusion à la chasse.

La réponse de Jon fut nette, ferme et définitive.

Elle n'en reparlerait plus.

21

Dès la fin du dîner, Jon passa son arme à sa ceinture.

– Tu retournes en ville ? demanda Blaze doucement, répugnant à le voir s'en aller.

Descendre en ville la nuit signifiait qu'il allait rendre visite à Rose, et elle ne pouvait s'empêcher d'être jalouse, bien qu'il ne se fût rien passé la dernière fois. Et puis il serait en danger permanent si Yancy demeurait aussi excité que le jour où elle avait gravi la montagne.

Jon acquiesça.

– Tu vas voir Rose ?

– Seulement pour prendre tes vêtements, assurat-il en la regardant dans les yeux. Jimmy aurait déjà dû les apporter. Je veux que tu aies de quoi t'habiller.

– A cause de Rising Wolf ?

– Oui.

– Ça ne vaut pas la peine de tenter une opération suicide pour cela.

– J'y tiens, dit-il en souriant. Et ça n'a rien de suicidaire. La dernière fois, personne ne m'a vu et ce sera pareil ce soir.

Il était entièrement vêtu de noir, à part ses mocassins, davantage appropriés à une course éventuelle que des bottes. Malgré ce qu'il venait de dire à Blaze, il n'était pas impossible qu'il se retrouvât face à un comité d'accueil.

— Attends que Jimmy les apporte. Rising Wolf ne sera pas de retour avant quelques jours.

— C'est justement le problème. Jimmy n'est pas revenu. Ce qui n'est pas bon signe. Rose est au courant de tout ce qui se passe. Elle me dira pourquoi.

— Je suppose qu'il est inutile que je te supplie de rester, répliqua Blaze avec un petit air aguicheur.

— Ce ne sera pas long. Deux ou trois heures au plus, promit-il en mettant son fusil en bandoulière. Veux-tu que je te rapporte des livres ? Je sais que les journées sont parfois longues et ennuyeuses...

— Bon sang, Jon ! Est-ce que j'ai l'air de vouloir que tu risques ta vie pour ça ? Est-ce que j'ai l'air de vouloir ta mort ? dit-elle d'une voix tremblante.

Jon reposa son fusil. Il contempla son visage tendu pendant quelques secondes puis la serra dans ses bras.

— Ne pleure pas, *bia-cara*, murmura-t-il en léchant ses larmes. Ne pleure pas. Je serais bien bête de prendre des risques alors que je sais que tu m'attends. (Il lui mordilla la lèvre tendrement.) Tu sais bien que j'ai besoin de toi.

Blaze le regarda de ses grands yeux brillants.

— Vraiment ?

— Parole d'honneur, déclara-t-il avec son irrésistible sourire.

Blaze lui sourit en retour, se sentant transportée de joie.

— Reviens vite.

— Je vais courir tout le long du chemin.

Et effectivement, il s'éloigna à grands bonds, comme s'il cherchait à rattraper le soleil.

Lorsqu'il parvint à proximité de Confederate Gulch, où les pins rabougris et les aulnes délimitaient l'entrée dans la civilisation, Jon resta immobile quelques minutes, scrutant les bâtiments en contrebas. Satisfait de voir que personne ne l'attendait dans les environs, il s'avança prudemment dans la pénombre et se rendit directement chez Rose.

– Tu n'aurais pas dû venir ! s'écria la jeune femme dès qu'elle l'aperçut.

– Merci pour ton chaleureux accueil, dit Jon en s'installant dans le fauteuil en velours.

– Il a engagé toutes les canailles de la ville pour te tuer. Sans parler des gardes du corps qu'il a amenés de Boston ! Et hier, ils ont collé des affiches sur tous les murs. Il a mis ta tête à prix !

– Qui, il ? Le colonel ?

– Non. Yancy Strahan. Tu ferais bien de filer tout de suite, insista-t-elle d'un ton ferme, ses grands yeux violets emplis d'inquiétude.

– Pourquoi ce Yancy Strahan prend-il les choses en main tout à coup ?

– D'après la rumeur, il est très intime avec la femme du colonel.

Jon leva les sourcils d'un air étonné. Le peu de fois où il l'avait croisée, Millicent Braddock lui était apparue comme une femme nullement désirable. Trop maigre, trop guindée et collet monté.

– Tiens, tiens...

Cette information bouleversait tout. Car si le colonel semblait beaucoup tenir à sa fille, Yancy Strahan, en revanche, lui était apparu insensible à tout sentiment humain, lorsqu'il l'avait rencontré.

– Ils couchent ensemble. Je le sais de source sûre, expliqua Rose.

– Crois-tu qu'ils soient au courant de la mort du colonel ?

– Seigneur ! Il est mort ?

– C'est possible.

– Mais, Jon, s'il est...

– Ce n'est pas certain. C'est ce que Rising Wolf a entendu dire.

Rose se précipita vers lui dans un bruissement de soie.

– Dépêche-toi de sortir ta charmante carcasse d'ici. S'il est mort, ta vie ne vaut plus grand-chose. Strahan est dangereux. Alors, fais-moi plaisir, va-t'en !

– Inutile de paniquer, Rose. Yancy Strahan ne me fait pas peur.

– Peut-être, mais ce type ne se bat pas à la loyale. C'est une brute, un point c'est tout. Et il a toute une armée de truands sous ses ordres.

A cet instant même, on frappa à la porte. Rose étouffa un cri de stupeur. Sans un mot, Jon lui fit signe d'aller ouvrir. Il ramassa son fusil et son sac et alla tranquillement se cacher dans l'armoire de Rose.

– Que voulez-vous, Edward ? dit Rose, les joues en feu, mais la voix volontairement posée.

Le croupier qu'elle venait d'engager récemment était sur le seuil de la porte, l'air timide.

– Keene aimerait qu'on lui fasse crédit, miss Condieu. Il a déjà dépassé la limite de cinq mille dollars que vous lui aviez autorisée.

Harvey Keene avait des chances d'être le prochain juge de la ville, aussi préférait-elle ne pas se le mettre à dos.

– Accorde-lui encore cinq mille. Mais après, il faudra qu'il vienne me voir. Il ne peut s'endetter de la sorte.

– Bien, miss Condieu.

Avant de partir, le croupier scruta attentivement l'appartement de sa patronne. Au fond, dans le miroir de la chambre, il aperçut un bout de chevelure noire, brillante comme de la soie.

Il allait empocher la récompense promise par Yancy ! Ce satané Indien était bel et bien là. Il redescendit, passa tranquillement devant la table où jouait Harvey Keene et gagna le *California Hotel* où Strahan pouvait être contacté jour et nuit. Edward Doyle ne pensait plus désormais qu'aux cinq mille dollars de récompense qui l'attendaient.

— Tout de suite ! insista Rose. Va-t'en tout de suite.

— Je n'ai même pas droit à une tasse de thé ? plaisanta Jon.

— Pas question, répliqua-t-elle, très énervée depuis le départ du croupier.

Edward Doyle ne lui avait jamais inspiré confiance, et elle l'avait engagé uniquement parce qu'il excellait dans le maniement des cartes. Mais son sixième sens lui soufflait qu'elle avait commis une erreur.

— Je n'ai aucune confiance en lui. Je t'en prie, ne reste pas ici, le supplia-t-elle.

— Tu as vraiment l'air inquiet, dit-il en la voyant trembler.

— Ce Strahan et la mère de ta... (Elle hésita une seconde, cherchant le mot juste.) ... prisonnière forment l'équipe la plus abjecte que j'aie jamais vue. Ce sont deux vrais scorpions. Alors, oui, je suis inquiète.

— Pardonne-moi, Rose. Je suis désolé de te créer des problèmes. Je suis venu prendre les robes, et le reste si tu l'as. Ensuite, je m'en irai.

— Tu es venu pour... *les robes* ? s'écria-t-elle, n'en croyant pas ses oreilles.

— Les robes, oui. Tu n'aurais pas quelques livres à me prêter ? Et aussi, un livre de cuisine. Je te promets de te le rapporter, conclut-il avec un petit sourire.

Exaspérée, Rose était prête à exploser.

— Parce que tu t'imagines que j'ai des livres de cuisine ? Est-ce que j'ai une tête à ça ? Mais tu es devenu complètement fou !

— Dans ce cas, pourrais-tu m'en commander un ? Je lui ai promis de...

— Des robes, du parfum, des chocolats, des livres de recettes... Que lui as-tu promis d'autre, Jon ?

Il la regarda avec un sourire légèrement ironique.

— C'est qu'elle est très convaincante...

— Je vois. Du moment qu'elle ne te persuade pas d'acheter une alliance en plus du reste !

— Ses cheveux et sa peau ne sont pas de la bonne couleur, répondit-il sans se troubler. Je veux seulement des livres, si tu acceptes de m'en prêter quelques-uns.

— Te les prêter ? Mais tu n'y penses pas ! Il y a dehors des hommes impatients de te tuer ! Garde-les, et surtout, ne me les rends pas ! dit-elle en s'emparant d'une pile de livres sur une petite table. Pas tant que Yancy Strahan rôdera dans les parages.

— Merci pour les livres, répliqua Jon en les glissant dans son sac. Et merci de tes conseils. Je serai prudent.

Il resta immobile, le regard calme et impassible, et Rose eut envie de hurler.

— Qu'est-ce que tu attends ?

— Les robes, fit-il avec un sourire. Si elles sont prêtes.

— Tu veux vraiment mourir ?

— Bien au contraire, dit-il en souriant plus encore, pensant à celle qui l'attendait dans la cabane.

— J'espère que tu vivras assez longtemps pour qu'elle puisse voir encore une fois ton beau sourire, soupira-t-elle en lui lançant les robes une par une. Personnellement, je ne crois pas qu'elle en vaille la peine.

— Tu es adorable, déclara Jon d'un ton narquois, habitué au tempérament volcanique de Rose. Je suppose que tu n'as pas trouvé de savon Guerlain ?

— Doux Jésus, comment aurais-je pu l'oublier ? (Elle ouvrit l'armoire, attrapa un paquet sur la plus haute étagère et le jeta à Jon.) Nous ne voudrions quand même pas que miss Braddock se lave avec du savon ordinaire, pas vrai ?

Jon attrapa le paquet au vol et le posa sur les six robes déjà rangées dans son sac.

— Je te suis redevable, Rose, se contenta-t-il de dire.

— Alors, fais-moi le plaisir de ficher le camp le plus vite possible !

— Je vais m'en aller, mais...

— Mais quoi ?

— ... Et les chocolats ?

— Mon Dieu... j'espère que tu auras le temps d'y goûter, répliqua-t-elle avec un soupir exaspéré.

— Je ferai de mon mieux.

Et les chocolats rejoignirent les livres, les robes et le savon dans le sac.

— Autre chose ? Un éventail en plumes d'autruche, peut-être, ou bien des boucles d'oreilles en émeraude que la dame pourrait porter le soir ?

— Au fait, je pense à une chose. Jimmy n'est pas revenu. Sais-tu pourquoi ? C'est à cause de Molly ?

— Non, il s'est cassé le bras.

— Comment ?

— Apparemment, un tonneau est tombé d'un chariot qu'il aidait à décharger. Ron Davis, qui est vendeur chez Klein, connaît Jimmy, aussi l'ai-je envoyé prendre de ses nouvelles.

218

– Qui est Ron Davis ? Un client ?

– Un ami, répondit Rose dans un sourire. Qui aimerait beaucoup devenir client. Mais comme tu le sais, je n'ai jamais fait ça.

– Digne de confiance ?

– Il ferait n'importe quoi pour moi.

– Alors, pourrais-tu lui faire transmettre un message à Jimmy de ma part ?

Il mit son sac en bandoulière.

– Si tu te dépêches de filer d'ici, je suis prête à tout ce que tu voudras, y compris assassiner quelqu'un. Ici, tu es en danger, je t'assure.

Jon lui prit la main et la caressa tendrement.

– Dis-lui juste que je vais peut-être rentrer pour la chasse d'été. Yancy aura le temps de se calmer un peu.

– Et elle ? demanda Rose, ses yeux violets dévisageant Jon avec intensité.

– Elle viendra avec moi. Elle est ma garantie.

Rose perçut le flou de sa réponse. Personne n'aurait risqué sa vie pour apporter des robes et des chocolats à une femme qui ne représentait rien d'autre qu'une « garantie ».

– Peut-il s'emparer de tes concessions pendant ton absence ?

Pas légalement. Les papiers sont en ordre. Et puis, il ne saura pas que nous sommes partis.

– Quand seras-tu de retour ?

– Dans deux ou trois semaines, un mois au plus. Dès que Jimmy ira mieux, demande-lui de monter de temps en temps. Ça évitera d'éveiller les soupçons. Et encore une fois, merci pour tout.

Il garda la main de Rose encore quelques secondes dans la sienne et s'apprêta à prendre son fusil quand la porte vola en éclats.

L'homme qui se tenait dans l'embrasure pointait un fusil à double canon scié sur Jon.

– Pas un geste, espèce de sale vermine de Peau-Rouge ! grogna Yancy Strahan.

Jon se croyait blindé par rapport aux insultes proférées envers son peuple. Il avait vécu parmi les Blancs assez longtemps pour les avoir toutes entendues. Entendues et considérées comme purement mensongères, car venant d'une race que les Indiens considéraient comme malsaine, bruyante, impatiente, capricieuse et dépourvue de bonnes manières. Cependant, la voix de Yancy déclencha en lui une violente haine, comme si un serpent venimeux venait de le mordre. Et pour la première fois de sa vie, il se sentit capable de tuer un homme de sang-froid.

Rose poussa un cri.

– Tais-toi, espèce de garce, ou je te descends aussi ! tonna Yancy en refermant la porte d'un coup de pied. Je suis impatient de t'abattre, sale Peau-Rouge, et c'est ce que je vais faire dès que tu auras signé un papier pour me donner tes concessions.

Jon se redressa lentement et retrouva un rythme de respiration normal. Il avait le temps de réfléchir. Yancy avait besoin de lui vivant pour la signature.

– Ce ne sera pas légal à moins d'aller le faire enregistrer, répliqua-t-il avec assurance.

– Alors on ira.

– Rien que vous et moi ? demanda Jon en remarquant les joues écarlates de Yancy.

Celui qui était allé prévenir Yancy avait dû le trouver en train de boire.

– Toi et moi. Et les cinq types qui attendent derrière la porte. Plus les dix qui sont postés dans la rue et la douzaine d'autres qui quadrillent la ville, grommela Strahan.

Comme la plupart des lâches, Yancy se sentait particulièrement fort quand il avait ses gens derrière lui.

– Et que pense le colonel de tout cela ? demanda calmement Jon. Miss Braddock risque gros si je ne rentre pas.

– Je me fous pas mal du colonel, déclara Yancy d'un ton fanfaron.

Il avait l'air relativement sûr de lui. Avaient-ils reçu des informations précises sur la mort du colonel ou bien Yancy, abruti par l'alcool, était-il assez stupide pour passer outre les ordres de Billy Braddock ?

– Et je viendrai pleurer à l'enterrement de la rouquine, ajouta-t-il en éclatant d'un rire gras et sonore.

– Vous changerez peut-être d'avis quand le colonel reviendra et vous tordra le cou, répliqua Jon, toujours aussi tranquille.

Yancy devint cramoisi.

– Ferme-la ! Je me charge du colonel ! (Il avait la voix imbibée d'alcool.) Et de la femme du colonel, hé ! hé !

Après tout, si Billy était encore vivant, ce ne serait pas difficile de le liquider, et une fois débarrassé du colonel et de l'Indien, il pourrait aisément manipuler les femmes. Quand il aurait épousé Millicent Braddock, que cela plût ou non à sa fille, la fortune serait à lui.

– Apporte un stylo et du papier, ordonna-t-il à Rose.

Celle-ci jeta un coup d'œil à Jon, remarquablement maîtresse d'elle-même. Il hocha la tête.

– Vous ne vous en tirerez pas comme ça, déclara-t-elle d'un ton glacial. Certains mineurs n'apprécient pas vos méthodes expéditives.

– Tais-toi, salope, ou je te tranche la gorge !

– Reste calme, chérie. Va chercher de quoi écrire, intervint Jon, conciliant.

Jamais personne n'avait parlé à Rose ainsi depuis qu'elle avait quitté sa ville natale de Natchez. Elle regarda longuement Jon, qui lui fit un clin d'œil en souriant. Il sentit la lame froide de son poignard contre sa jambe. Inconsciemment, ses doigts se contractèrent légèrement.

Rose hocha la tête, puis alla prendre du papier à lettres parfumé à la lavande dans le tiroir du secrétaire.

Quand Jon s'assit devant la table au milieu de la pièce, il prit soin de choisir une chaise faisant face à la porte et à Yancy. Le stylo à la main, il attendit.

– Ecris la date, ordonna Strahan.

Jon obéit et attendit.

– Je soussigné... vends mes concessions... (Yancy hésita.) Mets les bons numéros, hein ? Pas d'entourloupe.

Une voix leur parvint de derrière la porte :

– Ça va, patron ?

Sa réponse risquait d'être déterminante. Contre plusieurs hommes, Jon n'avait aucune chance.

– Tout va très bien ! cria Yancy, l'air très fier de lui.

Jon se sentit soulagé et recommença à respirer.

– ... A Yancy Strahan. S-t-r-a-h-a-n, épela-t-il. Et tu signes en dessous.

Quel filou ! songea Jon, sachant que les autres concessions avaient été achetées au nom de la Buhl Mining. Manifestement, Yancy agissait contre les intérêts de ses employeurs.

Il laissa soudain tomber le stylo d'un geste apparemment maladroit.

– Imbécile ! marmonna Yancy sans trop s'énerver.

Tout se passait exactement comme prévu et il était ravi. Ce Jon dont tout le monde avait peur n'était finalement qu'un idiot d'Indien, comme tous les autres.

Il se redressa, content de lui, et attendit qu'il ramassât le stylo.

Jon se baissa lentement et chercha le stylo sous la table. Où le frapper ? Dans le ventre, à l'entrejambe, à la poitrine ? Il considéra chacune des possibilités avant de les repousser. S'il ne tuait pas Yancy sur le coup – ce qui ne serait pas tâche facile avec un poignard –, il fallait au moins le réduire au silence. Au cou, décida-t-il. Si la veine jugulaire était touchée, il tomberait raide ; sinon, il aurait au moins du mal à crier. Sa décision prise, il se sentit soulagé et respira à fond.

Il tendit ostensiblement la main vers le stylo et effleura le manche de son poignard. Puis il se releva brusquement et pointa la lame aiguisée vers la gorge de Yancy. Le métal étincelant scintilla une seconde à la lumière avant de s'enfoncer dans le cou gras de la brute. Le visage congestionné, les yeux convulsés de terreur, il ouvrit la bouche d'où sortit un affreux gargouillis et porta les mains à sa gorge.

Au bout d'une seconde, Yancy Strahan s'écroula sur le tapis.

Rose et Jon contemplèrent le corps un instant. Rose fut la première à parler :

– Va-t'en, vite ! dit-elle à voix basse.

Jon ne bougea pas.

– Ça va aller ? Tu n'auras pas d'ennuis ?

– Tu plaisantes ! Nous avons des bagarres tous les soirs. Et puis, le juge Faraday est un fidèle allié depuis que j'ai donné vingt-cinq mille dollars pour son élection l'année dernière.

– Il est peut-être mort, répliqua Jon en montrant le corps de Yancy.

– Je l'espère bien ! Maintenant, file ! insista Rose en le poussant.

– Si tu es sûre que ça va.

– Jon !

– Alors, bonne chance ! conclut-il en souriant.

Il prit son arme, son sac et se faufila entre les rideaux richement brodés. Il demeura un instant sur le balcon, dissimulé dans la pénombre et jeta un coup d'œil dans la rue. Plusieurs hommes étaient rassemblés devant l'entrée principale, mais il n'y avait personne sous le balcon. Le vent gonfla les rideaux et Rose entendit la fenêtre claquer discrètement.

Elle regarda la pendule en or posée sur le bureau, puis se tourna vers le corps sanguinolent de Yancy. Si ses gardes du corps n'arrivaient pas, dans cinq minutes elle crierait. Jon serait déjà loin, à condition d'avoir échappé aux fusils qui le guettaient dans toute la ville.

Appuyé contre la vitre, Jon étudia le terrain, le temps que ses yeux s'habituent à l'obscurité. Il examina le toit de l'immeuble voisin. Personne. D'un bond, il s'élança dans le vide et réussit à agripper le bord de la toiture. Le sac qu'il portait sur le dos ne l'aidait pas. Avec une incroyable énergie, il banda ses muscles, réussit à se hisser et s'aplatit aussitôt contre les ardoises. Il resta immobile et écouta attentivement... au cas où on l'aurait repéré. Rien. Se mettant à genoux, il regarda au nord et au sud, là où les patrouilles avaient toutes les chances de se trouver. Il aperçut plusieurs hommes armés, agglutinés en petits groupes, en train de parler et de fumer, mais aucun d'eux ne leva la tête. Parfait. Il sauta sur un toit en contrebas, remit son fusil et son sac en place et s'apprêta à bondir dans la rue.

Il venait de sauter dans le vide quand le cri de Rose retentit. Des ordres jaillirent soudain de tous côtés. Jon se reçut tant bien que mal et, aussitôt, s'enfonça dans la nuit.

Il savait où il allait. Eux l'ignoraient. Il devait

pouvoir les semer sans difficulté. Les courses folles de son enfance lui revinrent tout à coup en mémoire – des images de jeunes gens traversant les prairies les cheveux au vent, le corps trempé de sueur, donnant l'impression de voler sur l'herbe verdoyante, gracieux comme des antilopes. Jon sourit en repensant à cette époque bénie, quand la région appartenait encore aux Absarokees. Mais aujourd'hui, les Visages Pâles s'appropriaient leur terre – et avaient soif de leur sang.

Pas ce soir, songea-t-il en accélérant l'allure. Ce soir, les Blancs ne boiraient pas son sang.

22

Jon s'arrêta afin de prendre deux de ses poneys dans le pâturage des Pernell. Les animaux hennirent doucement en reconnaissant son odeur. Une légère tape sur le nez suffit à les faire taire et, après avoir fabriqué une bride de fortune avec son lasso, il les guida hors de l'enclos. Dès qu'il fut suffisamment éloigné de la ferme, il monta sur Peta et commença à gravir la montagne, tenant l'autre poney au bout d'une courte bride. En chemin, il leur parla doucement, expliquant qu'ils retrouveraient bientôt les pâturages de haute montagne pour la chasse d'été. Apparemment sensibles à la joie perceptible dans sa voix, ils dressaient les oreilles, frémissaient des naseaux et lui donnaient sans cesse d'affectueux coups de tête.

— Tout le monde a l'air content de retourner à la maison, dit-il gaiement.

La dernière partie de la piste lui parut aussi facile qu'une route goudronnée. L'idée de rentrer chez lui l'apaisait. Il y avait plus de trois mois qu'il n'avait pas revu les siens et, à part les quelques jours passés à Virginia City, il avait travaillé à la mine sans le moindre repos. Rentrer chez lui... Cela lui procurait un sentiment de satisfaction, de consolation, et évoquait de fantastiques parties de chasse et de merveilleuses amitiés.

Blaze jeta un coup d'œil sur la pendule pour la millième fois. Il avait dit deux ou trois heures. Cinq étaient déjà presque passées.

Sans doute prenait-il du bon temps avec Rose. « J'aurais dû m'en douter, songea-t-elle. Et je suis là, à me ronger les sangs alors qu'il doit être en train de siroter son quatrième cognac. Ou pire... »

A 21 h 30, elle était sortie sur le perron, croyant avoir entendu un bruit. Une lune pâle scintillait faiblement entre les nuages. Personne...

Il se fichait pas mal de son inquiétude. Peu lui importait qu'elle tremblât de peur, et tout ça pour quelques robes ! Ah, la possessivité masculine ! Comme si le fait qu'on aperçût un bout de sa cuisse valait la peine de risquer sa vie ! Elle se promit de déchirer ces fichues robes dès qu'il serait là. Ça lui apprendrait à lui causer autant de peine.

Elle regarda encore une fois la pendule. 22 h 20. Seigneur ! Où était-il donc ?

– Jon Black, gronda-t-elle, je te jure que si tu es allé te faire tuer pour des robes, jamais je ne te le pardonnerai !

Elle se força à passer l'heure suivante dans le fauteuil, tendue et morte d'inquiétude...

« 23 h 30... Je ferais mieux d'aller me coucher. Tout ce souci alors qu'il doit être en train de s'envoyer en l'air avec Rose ! Ne sois pas idiote, Blaze Braddock. Tu es là, presque en larmes, alors qu'il chuchote des mots doux à l'oreille d'une catin, tranquillement installé dans un bon lit douillet.

» Je ferais mieux d'aller dormir.

» Si j'y arrive...

» Tant pis, je ferai semblant. »

Soudain, un bruit rompit le silence de la nuit. Des gravillons dégringolaient à flanc de colline. On aurait dit des chevaux. Ça ne pouvait être Jon, il était parti à pied...

Elle se précipita à la fenêtre.

Jon !

Oh, mon Dieu, enfin, c'était lui !

Un grand sourire éclairait son visage lorsqu'il entra dans la cabane et il n'avait pas fait plus de deux pas que Blaze courut se blottir dans ses bras. Elle le couvrit de baisers, follement heureuse de le retrouver sain et sauf, et il l'embrassa en retour, content de cet accueil. Quelques instants plus tard, il s'écarta légèrement, curieux de voir sa réaction.

– Ça te plairait d'aller à Arrow Creek pour la chasse ?

Son sourire était irrésistible et ses yeux noirs plus doux que jamais.

– Oui, répondit Blaze aussitôt. Oui, oui, oui ! Quand partons-nous ?

Maintenant que Jon était de retour, la vie lui semblait parfaite à nouveau.

Jon prit tendrement son visage entre ses mains et se pencha pour l'embrasser.

– Tout de suite.

Elle étouffa un petit cri de joie et recula en sautillant. C'est alors qu'elle remarqua le sang sur ses mains.

– Mais tu es blessé, s'écria-t-elle.

– Ce n'est rien, juste des égratignures. Nous devrions filer.

– Si nous ne partons pas très vite, notre vie sera-t-elle en danger ? Je t'en supplie, Jon Black, ne me mens pas !

Elle le dévisagea intensément.

– C'est possible.

– Qui te cherche ?

– Yancy Strahan. Je l'ai peut-être tué.

– Où ?

– Chez Rose.

– Peut-être ?

– J'ai dû m'enfuir en vitesse.

– Peuvent-ils monter jusqu'ici pendant la nuit ?

– Non, et d'ailleurs, je ne crois pas qu'ils prendraient le risque de mettre ta vie en danger. Mais...

– Quoi ?

– Brusquement, j'ai envie de rentrer chez moi. Ça n'a rien de très rationnel, je sais. Peut-être suis-je fatigué de me faire tirer dessus. J'ai besoin de repos. Et puis, tu désirais y aller, de toute façon. Tu veux toujours venir avec moi ?

« Si je veux ? pensa-t-elle. Mais avec toi, j'irais au bout du monde. Si je veux connaître les parents, les amis et la façon de vivre de l'homme magnifique que tu es ? » Tout ce qu'elle souhaitait désormais, c'était ne plus jamais être séparée de lui.

– Oui, répondit-elle calmement. Je le veux toujours.

Jon prépara deux sacs qu'il remplit de vêtements, de nourriture et de couvertures en fourrure, puis les chargea sur les poneys. En revenant, il posa à Blaze une question qu'il aurait sans doute dû poser plus tôt :

– Tu sais monter à cheval ?

Et pour la première fois, il l'imagina en cavalière. Vêtue d'une simple chemise, elle ne tiendrait pas une heure. Et les robes en coton léger qu'il venait de rapporter de chez Rose n'avaient, ironie du sort, plus aucune utilité.

– Oui, répondit Blaze. Bien sûr...

Elle avait passé la majeure partie de son enfance à cheval. C'était la seule distraction accordée aux femmes de son milieu qui présentât un tant soit peu d'intérêt.

– Voyager de nuit peut être dangereux. Il arrive aux chevaux de trébucher.

– Je me débrouillerai, assura-t-elle en souriant, touchée par son attention.

Jon considéra la chemise peu appropriée qu'elle portait, hésita un instant, puis alla prendre sur l'étagère un grand paquet plat qu'il déposa sur la table.

– Pour monter à cheval, enfile une de ces tenues, dit-il d'un ton bourru.

Et, brusquement, il lui tourna le dos et sortit de la cabane.

Blaze défit les liens de cuir qui entouraient la peau de daim très souple. A l'intérieur, minutieusement enveloppées dans de l'hermine, il y avait trois robes de femme. Une en daim jaune pâle, une en peau d'élan et une autre dans un cuir blanc qu'elle ne reconnut pas. Elles étaient toutes superbement frangées et brodées de perles. La blanche était couverte de centaines de dents d'élan, suspendues à de délicats rubans dans de ravissantes nuances pastel. Cette robe avait dû nécessiter des mois de travail.

Il était évident, vu le paquet traditionnel dans lequel elles étaient conservées, de deviner que ces robes avaient appartenu à une Indienne. Etait-ce la femme de Jon ? Depuis quand était-elle morte ? Et comment ? Quel était son nom ? Soudain, un épouvantable sentiment de jalousie l'envahit. Avait-il eu des enfants avec elle ? Elle n'avait jamais pensé au fait que Jon ait pu avoir des enfants. L'imaginer marié lui paraissait déjà inconcevable. Et pourtant, se dit-elle avec tristesse, il avait dû beaucoup aimer sa femme pour conserver ses robes avec tant de soin.

« Pas question que je les porte, songea Blaze d'un air morose. Chaque fois qu'il me regardera, c'est elle qu'il verra. »

C'était d'ailleurs très indélicat de sa part. Quel culot, tout de même ! Lui demander de mettre les vêtements de son épouse défunte. Elle sortit de la cabane comme une tornade et appela Jon qui était en train d'ajuster le mors d'un des poneys.

– Je ne les mettrai pas !

Etonné, Jon releva la tête.

– Qu'est-ce qui t'arrive ?

– Ce qui *m*'arrive ? Il ne m'arrive rien. Seulement, je refuse de porter les robes de ta femme ! hurla-t-elle.

– Tu ne peux pas monter à cheval avec cette chemise, répliqua Jon, sans prêter la moindre attention à ses cris. Tu en auras besoin.

– Inutile d'y compter !

Pour Jon, lui offrir ces robes n'avait pas été facile. Elles étaient le dernier souvenir qu'il eût encore de Raven Wing, et représentaient une époque synonyme de liberté que ni lui ni son clan ne retrouveraient plus jamais.

– Je ne te les aurais pas données si j'avais pu faire autrement, crois-moi. Et je n'aime pas que tu cries.

– Et moi je n'aime pas que tu m'offres des reliques de ta chère épouse !

Blaze était partagée entre la colère et la tristesse. Comment pouvait-elle espérer qu'il devînt un jour partie intégrante de sa vie ? Elle était étrangère à tout son univers.

– Que veux-tu que je te dise ? demanda Jon d'un air grave.

Il avait cru bien faire. Elle ne supporterait pas deux jours à cheval vêtue uniquement de cette chemise.

Ses sentiments étaient beaucoup trop récents pour

donner à son geste une autre signification. C'était un dernier renoncement au souvenir de Raven Wing. Aucune femme ne l'avait jamais remplacée dans les replis les plus secrets de son âme, malgré toutes les aventures qu'il avait connues depuis sa mort. Jusqu'à ce jour...

Mais la logique et le devoir gouvernaient sa vie depuis maintenant trop d'années pour se rendre compte de ce qu'impliquait vraiment l'abandon de ces robes.

— Si tu n'en veux pas, ne les mets pas. Je souhaite seulement rentrer chez moi. Tout de suite. (Tout à coup, il se sentait extrêmement las.) Ton joli derrière sera en sang au bout d'une heure, tant pis pour toi.

— Je vais enfiler un de tes pantalons.

— Très bien. Nous partirons dès que tu seras prête.

Blaze retourna dans la cabane et choisit un pantalon de Jon dont elle dut rouler plusieurs fois le bas des jambes pour pouvoir marcher. Tout en s'habillant, elle pestait contre ces hommes odieux qui continuaient à être amoureux de leurs femmes décédées.

— J'ai été assez rapide pour toi ? demanda-t-elle d'un ton acide en sortant sur le perron.

— Tu es la femme la plus rapide que j'aie jamais connue, répondit Jon sur le même ton.

— Et Dieu sait si tu en as connu !

— En tout cas, une de trop, dit-il sèchement en montant à cru sur Peta.

— Alors, pourquoi ne pas me laisser ici ? Cela éviterait pas mal d'ennuis à papa.

— Pour perdre ma concession ? Pas question. En route.

— Comment suis-je supposée grimper sur ce cheval ? dit Blaze en voyant la fine couverture qui servait de selle et les étriers très courts.

Peta piaffait d'impatience.

– Je croyais que tu savais monter. (Jon descendit de cheval et s'approcha d'elle.) J'ai oublié d'engager un groom pour t'aider. Pardon, madame, nous sommes si primitifs, nous autres les sauvages... commenta-t-il avec ironie.

Il la souleva par la taille et la déposa délicatement sur la couverture. A l'inverse des Blancs, les Absarokees montaient toujours à droite.

– Il n'y a pas de cravache, remarqua-t-elle.

– Très observatrice, dit froidement Jon.

– Et comment dois-je faire pour le diriger, monsieur Black ?

– Sers-toi de tes genoux, princesse, à moins que tu ne préfères que je te tire ?

– Non !

Après un haussement d'épaules, il sauta sur le dos de Peta et se mit en route. Il s'attendait à devoir la guider d'ici la fin de la nuit. Pas un Blanc ne savait monter comme les Absarokees, qui se promenaient à dos de poney dès leur plus jeune âge. A quatre ans, ils chevauchaient tout seuls, et à sept, ils étaient déjà des cavaliers accomplis.

Blaze eut un peu de mal au début, mais avec Peta en tête, sa pouliche ne fit pas trop de difficultés pour suivre. Au bout de quelques kilomètres, elle comprit que sa monture répondait au moindre signal. Jon aurait pu la prévenir. C'était une pouliche qu'il avait dressée.

Juste avant le lever du soleil, ils s'arrêtèrent au bord d'un ruisseau bordé de peupliers pour abreuver les chevaux. Il voulut aider Blaze à descendre, mais elle repoussa sa main et se débrouilla toute seule. Ils mangèrent de la viande de bison séchée et du pain, sans échanger un seul mot, puis se remirent en selle aussitôt.

Ils ne firent plus de halte jusqu'au milieu de

l'après-midi. Et Jon aurait continué s'il n'avait vu Blaze serrer les dents au cours du dernier kilomètre. Elle souffrait, il le voyait bien, et il admira sa courageuse obstination. Dès qu'il trouva un endroit où camper, il s'arrêta. Cette fois, lorsqu'il lui proposa de l'aider à descendre, elle ne refusa pas.

– Cette clairière semble confortable. Nous y passerons la nuit, dit-il.

Jon alluma un feu, prépara à dîner et coupa des branches, sur lesquelles il étala des aiguilles de cèdre et de la sauge pour confectionner un lit à l'indienne, aussi douillet que de la plume. Il ne lui fit aucune remarque, ni plaisanterie, évitant tout commentaire du style « Je te l'avais bien dit ». Et devant tant de gentillesse, Blaze se sentit émue aux larmes. Comment pouvait-il être si patient et si adorable ? Et pourquoi l'aimait-elle tant ? Mais pourquoi aimait-il encore sa femme ? Ce n'était pas juste !

– Pourquoi aimes-tu toujours ta femme ? demanda-t-elle par-dessus le feu à la fin du dîner.

Le regard de Jon scintilla derrière les flammes, puis il ferma les yeux.

Evidemment, il ne répondrait pas. C'était trop douloureux. Il l'aimait encore trop.

– Ça va ? Je sais que tes fesses te font souffrir. Tu n'as pas trop mal ?

– N'essaie pas de changer de sujet. Je veux savoir.

– Elle est morte.

– Ça ne répond pas à ma question.

– C'est si important ? Dans ma tribu, parler des morts est signe d'irrespect.

Ses yeux, d'un bleu profond comme l'océan sous l'orage, étaient immenses et très attentifs. Elle hocha la tête. Il laissa échapper un soupir et se décida finalement à parler :

– Quand quelqu'un est mort, on ne peut plus l'aimer. On peut chérir son souvenir, le plaisir ou la joie qu'on a eu à vivre avec cette personne. Mais une fois qu'elle a rejoint le monde des esprits, elle n'existe plus. L'herbe continue à pousser, les fleurs à embaumer et les bisons à courir à travers les prairies. Les souvenirs ne se comparent pas à la vie. Tu crois qu'il est possible d'aimer quelqu'un qui n'est plus en vie ? demanda-t-il calmement.

– Je ne sais pas, dit Blaze au bout d'un long moment. Pourquoi as-tu gardé les robes, alors ?

– Elles représentent une partie de ma vie, et de ma jeunesse.

– Quel âge avais-tu quand tu t'es marié ?

Perdu dans ses pensées, Jon ne l'entendit pas, et elle dut répéter sa question.

– Dix-sept ans, comme disent les Visages Pâles, répliqua-t-il avec un vague sourire. Nous, nous disons dix-sept neiges ou hivers.

– Tu as été heureux ?

Blaze s'arma de courage en attendant la réponse, désireuse de savoir et de ne pas savoir en même temps.

– Oui.

Cette franchise lui fit plus de mal encore qu'elle ne l'avait imaginé.

– Que s'est-il passé ?

– Elle est morte.

– Comment ?

– De sa propre main.

La voix de Jon résonna avec une étrange dureté. Rising Wolf avait fini par retirer ses doigts autour du poignet glacé de Raven Wing et l'avait emmené. Personne d'autre n'avait osé le faire.

– Et maintenant, reprit-il en chassant cette pénible image de son esprit, l'interrogatoire est terminé.

Blaze, pourtant si vive et impétueuse, n'eut pas l'audace d'insister.

— Je vais dormir là-bas, décida-t-il, comme s'il venait de ne rien divulguer d'extraordinaire, alors qu'il n'avait fait que renforcer le mystère autour de la mort de sa femme. Nous partirons à l'aube. Demain sera une longue journée.

Le mystère devrait attendre, songea Blaze en voulant se lever. La douleur l'en empêcha et elle étouffa un cri avant de retomber par terre. Depuis que Jon l'avait aidée à descendre de cheval, elle était restée parfaitement immobile et avait presque oublié sa douleur. Le tissu grossier du pantalon avait entamé la peau tendre de ses fesses.

Aussitôt, Jon se précipita pour la prendre dans ses bras. Il la déposa délicatement sur la couche moelleuse et odorante.

— Nous sommes trop têtus, toi et moi, murmura-t-il en contemplant ses yeux clairs brillants de larmes. Pardonne-moi, *bia*, j'aurais dû me rendre compte plus tôt que tu souffrais.

— C'est de ma faute, concéda Blaze, réconfortée par ses paroles. J'aurais dû le dire.

— Ce n'est pas le style de l'invincible miss Braddock, plaisanta-t-il.

— Pour l'instant, tu as devant toi la femme la moins invincible qui soit. Je ne vais pas pouvoir marcher pendant au moins huit jours.

— Je vais arranger ça. J'ai emporté l'onguent... juste au cas où, dit-il avec un grand sourire.

— Les hommes contents d'eux m'ont toujours affreusement insupportée, répliqua-t-elle d'un ton doucereux.

— Moi, ce sont les femmes obstinées. A une exception près, précisa-t-il en lui effleurant le coin des lèvres.

236

– Je suppose que j'aurais mieux fait de mettre une des robes.

– Rien ne vaut le cuir pour monter à cheval. J'ai apporté les robes, au cas où... Mais, s'empressa-t-il d'ajouter en voyant le regard étincelant de Blaze, tu en auras une à toi dès que nous arriverons au village. Je ne voulais pas te blesser, tu sais, je n'avais rien d'autre sous la main.

– C'est vrai ? Tu n'y attaches pas vraiment d'importance ? demanda-t-elle avec une voix d'une naïveté poignante.

– Non, je te le jure. Peut-être préféreras-tu un pantalon. On s'en occupera là-bas. Robe ou pantalon, à toi de décider. Mais il faut que ce soit du cuir. Du moins, pour les longues chevauchées. Sinon...

– Les femmes absarokees possèdent-elles des pantalons ? interrogea Blaze, consciente des efforts qu'il faisait pour se montrer délicat.

– Non.

– Et ça t'ennuierait que j'en porte, moi ?

Il réfléchit un moment.

– Tu as le droit de porter ce que bon te semble. (Jon était extrêmement accommodant, car en fait, il serait la cible de nombreuses plaisanteries si Blaze mettait un pantalon.) Je n'ai nullement l'intention de te...

– Aucune femme de ta tribu n'en porte ? coupat-elle.

Il fit signe que non.

– Demain, si je parviens à bouger, j'enfilerai une de ces robes afin de te sauver du ridicule, dit-elle en souriant.

Il la regarda tout à coup avec un sourire de petit garçon.

– Je peux m'en arranger, miss Braddock. Inutile de te sacrifier pour moi.

– Ça n'a rien d'un sacrifice. Ces robes sont splendides, mais...

– Mais ?

– Je veux avoir mes robes à moi dès notre arrivée au camp, d'accord ?

– Promis, déclara-t-il. Autant que tu en souhaiteras.

Les Absarokees, tribu la plus resplendissante parmi les Indiens des plaines, s'enorgueillissaient de leur apparence. Jon tenait à voir sa femme somptueusement habillée.

Ce ne fut qu'au milieu de la nuit, alors qu'il tenait Blaze endormie dans ses bras, qu'il réalisa qu'il l'avait considérée comme *sa femme*...

L'onguent s'avéra miraculeux, ainsi que Jon l'avait prédit. En s'éveillant, Blaze se sentait merveilleusement bien, et plusieurs autres facteurs contribuaient à son sentiment de bien-être. Le matin était clair, frais et ensoleillé. Et surtout, elle s'était réveillée dans les bras de Jon. Il l'avait tenue toute la nuit enlacée, craignant de la réveiller s'il bougeait et conscient de sa fatigue après ces longues heures de chevauchée. Lui-même était habitué à ne pas dormir. Il avait bien entendu somnolé un peu, mais avait passé la majeure partie de la nuit à penser à *sa femme* – l'idée avait fini par s'imposer à lui – en regardant s'éteindre le feu. Plusieurs problèmes se posaient. Les plus évidents concernaient la mine ; les plus délicats, les chances de réussite que leur réservait l'avenir. Par goût de l'aventure, Blaze Braddock ne succombait-elle qu'à un caprice ou bien était-elle capable de beaucoup plus ?

Jon avait lui-même passé trop d'années auprès de femmes « follement amoureuses » pour être certain de savoir où finissait le plaisir et où commençait l'amour. Il était cependant sûr d'une chose : il voulait qu'elle fût *sa femme*. L'abandonner, la renvoyer ou même ne plus avoir de rapports intimes avec elle par sens de la morale ou de l'honneur, ainsi qu'il avait essayé de le faire au début, n'était absolument plus envisageable. Egoïstement, il la voulait. Elle lui plaisait d'innombrables manières et apportait de la joie dans sa vie. Et du plaisir – plus intensément et plus follement qu'il n'en avait jamais connu auparavant.

– Je me sens beaucoup mieux, ronronna Blaze, le tirant de sa rêverie. Qu'y a-t-il donc dans ce truc ?

– Principalement de la graisse de bison, dit Jon en retirant son bras endolori. Avec un peu de yucca, de l'ortie blanche, de la camomille et je ne sais plus quoi. Ainsi que quelques incantations et de la fumée de tabac sacré, ajouta-t-il avec un sourire.

– Tu te moques de moi ? demanda Blaze en se lovant contre lui, ses grands yeux écarquillés par la curiosité.

– J'avais oublié... des plumes de colibri.

– Là, tu te moques vraiment !

– Pas du tout. C'est aussi vrai que le rire d'E-sahcawata.

– Qu'est-ce que c'est ? Une légende ?

– Une histoire qui nous rappelle la fragilité des êtres humains.

– Raconte-la-moi.

– Un autre jour. Demain, si tu veux, quand nous pourrons nous reposer chez moi. Et maintenant, *biacara*, il est temps de se mettre en route si nous voulons être au village avant la nuit. Allez, princesse, debout ! Il faut te préparer.

Il se pencha pour l'embrasser tendrement sur les yeux, puis l'habilla, la fit manger et la hissa sur Peta. Montant à son tour, il la prit dans ses bras. Malgré ses protestations, il s'opposa à la laisser chevaucher sur sa propre monture, prétextant qu'elle n'était pas suffisamment remise.

Ils grimpèrent plus haut dans la montagne, puis s'arrêtèrent près d'un ruisseau, juste avant le camp des éclaireurs – que Jon appelait les « loups » – et allèrent se laver. Jon passa son somptueux costume de grand chef : queues de loup au talon de ses mocassins brodés en guise d'éperons, plumes d'aigle et de faucon derrière une oreille, ainsi que son livre de sorcier. Des coquillages d'un bleu-vert nacré provenant des rivages du Pacifique, très loin au-delà des montagnes, pendaient à ses oreilles que sa mère avait percées le lendemain de sa naissance. Son pantalon était gansé d'hermine, signe qu'il rapportait un butin en tant que chef d'expédition. Sous la chemise brodée qui dévoilait à moitié son torse puissant, on apercevait un collier de dents d'ours.

Lorsqu'il eut fini de s'habiller, il ajouta un lourd collier en argent au costume de Blaze, en parfaite harmonie avec la robe en daim jaune pâle. Ensuite, il la coiffa avec le peigne en queue de porc-épic qu'utilisaient les tribus des grandes plaines du Nord-Ouest. Ses gestes étaient pleins de douceur et d'assurance, et dans la lumière déclinante du jour, la chevelure roux doré de Blaze resplendissait comme du satin. Quand enfin il fut satisfait du résultat, il la hissa sur Peta, en grande tenue elle aussi, et monta derrière elle. D'une pression des genoux, il fit avancer le cheval, tout en gardant Blaze serrée contre lui. Les plumes qui ornaient son oreille gauche frémirent sous la brise légère.

23

Lorsque les « loups » les aperçurent, ils se mirent à pousser de joyeux hurlements. Jon sourit, ce son familier lui rappelant son enfance.

Deux jeunes éclaireurs filèrent vivement vers eux au galop et arrêtèrent leurs poneys à quelques mètres à peine.

– Sois le bienvenu, Dit-chilajash ! Nous avions peur que tu ne viennes pas, s'exclamèrent-ils en chœur, de grands sourires illuminant leurs beaux visages.

– Vous, les jeunes louveteaux, vous me manquiez trop, répliqua-t-il en souriant.

Remarquant les regards qu'ils lançaient subrepticement à Blaze, il la leur présenta d'un geste gracieux.

– *Buah*, Blaze Braddock.

Encore trop jeunes pour maîtriser toutes les finesses des usages, ils restèrent bouche bée un instant jusqu'à ce que Jon leur dît quelque chose dans sa langue.

– Hel-lo, dirent-ils à l'unisson.

– C'est à peu près tout ce qu'ils connaissent en anglais, expliqua Jon en se tournant vers Blaze. Ce sont les fils de la sœur de ma mère et de sacrés coquins. Ils vont partir en avant annoncer notre arrivée. A cet âge, c'est la seule chose qu'ils sachent faire : galoper.

Quand Jon et Blaze firent leur entrée au village quelques minutes plus tard, la rumeur allait bon train, ainsi qu'il s'y était attendu. Le mot *uah* – sa femme – était sur toutes les lèvres.

– Jon le Couguar noir a pris femme chez les Visages Pâles, murmurait-on.

Les jeunes filles qui avaient attiré l'attention de Jon par le passé faisaient des remarques moins aimables :

– Il ne la gardera pas longtemps. Une Blanche ne peut convenir à un tel guerrier.

Jon le Couguar Noir était connu pour sa beauté et ses attentions, et ses anciennes maîtresses n'appréciaient guère d'avoir été supplantées.

Les tipis des Absarokees s'étendaient à travers la vallée verdoyante le long de la rivière. Ils étaient divisés en clans, chaque groupe disposé en cercle et toutes les entrées tournées vers l'est. Comme pour tous les Indiens des plaines, les chevaux étaient symbole de richesse. Et ce camp était très riche. A des kilomètres à la ronde, on apercevait des chevaux de toutes tailles et de toutes couleurs gambader sur les collines.

Jon avança doucement parmi la foule qui se pressait autour d'eux, souriant et répondant aux saluts. Tous notèrent le soin avec lequel il tenait la femme blanche contre lui. Et aucun d'eux n'avait oublié d'où venait la magnifique robe brodée de perles qu'elle portait. Ils se rappelaient même du nombre de chevaux qu'elle avait coûté. Jon l'avait achetée pour sa première femme. Une Absarokee. Quel pouvoir cette magnifique créature aux cheveux flamboyants avait-elle sur leur chef ?

Jon stoppa devant un wigwam tout blanc, plus

grand que les autres et superbement décoré. Sans lâcher Blaze, il mit pied à terre. Debout au milieu de la foule admirative, il parla, puis écouta ceux qui s'approchaient. Les enfants se bousculaient pour le toucher. C'était le grand Dit-chilajash, le chef le plus audacieux et le plus valeureux de toute leur histoire.

En se dirigeant vers l'entrée du wigwam, Jon s'adressa à deux reprises à un adolescent qui lui ressemblait étrangement, bien que plus jeune et plus petit. Le jeune homme se mit à rire. Jon sourit et lui dit encore quelques mots à voix basse avant d'entrer dans le tipi.

Délicatement, il déposa Blaze sur l'un des deux lits couverts de peaux et de fourrures disposés de chaque côté de l'entrée. L'intérieur était décoré avec autant de recherche que l'extérieur. Les parois étaient entièrement tapissées de peaux teintes suspendues à hauteur des yeux. Une lumière douce pénétrait à travers le trou destiné à laisser s'échapper la fumée.

– Tu es fatiguée ? demanda Jon à Blaze en l'installant confortablement sur le lit.

– Non. Tu n'as rien voulu me laisser faire aujourd'hui, répondit-elle avec un sourire malicieux.

– Plus tard... demain. Tu seras complètement guérie et tu pourras faire le tour du camp.

– Et de toi aussi ? Puisque tu m'as repoussée ce matin.

– Pour ton bien. Ce n'était pas par manque d'envie de toi, crois-moi. Demain, oui, je serai disponible, acquiesça-t-il en souriant.

– Avec tous ces gens qui ont l'air de vouloir t'accaparer, tu penses que ce sera possible ? interrogea-t-elle, ne plaisantant qu'à moitié.

– Ils sont tous de ma tribu, *bia*. Je suis un de leurs chefs, comme mon père l'a été avant moi. Je connais tout le monde et tout le monde me connaît, dit-il simplement.

– Combien sont-ils ?

– Dans ma tribu, nous sommes environ quatre cents. Nous appartenons aux Absarokees de la montagne. Chaque été, nous retrouvons les Absarokees de la rivière. Nous sommes tous plus ou moins liés. C'est comme une grande réunion de famille, dont toutes les branches sont présentes.

– Et tu les connais tous ?

– La plupart, oui, les nouveau-nés exceptés.

Y compris les femmes, songea Blaze, dont elle avait surpris les regards appuyés. Il aurait fallu être aveugle pour ne pas les voir.

– Tu as des enfants ? demanda-t-elle brusquement.

Un lourd silence tomba soudain. Jon se raidit. Il la connaissait si peu, et ne savait pratiquement rien de ses pensées. Pourquoi posait-elle tant de questions ? Répondre à celle-ci aurait nécessité une longue explication sur sa conception de la famille – ce qu'il n'avait pas le temps de faire pour l'instant.

– Aucun avec ma femme, répliqua-t-il brièvement.

Pour une fois, Blaze resta muette de stupeur. A deux reprises, elle voulut dire quelque chose, mais pas un son ne sortit de sa bouche.

– Chez nous, les hommes et les femmes ont des maîtresses et des amants. Ce n'est pas interdit. Comme les femmes ont autant de biens que les hommes, elles sont plus libres que chez les Blancs. Cela ne signifie pas qu'aucun mariage ne dure. C'est même le cas de la plupart, mais...

– On a le choix, conclut Blaze, retrouvant enfin sa voix.

– C'est ça, dit-il, tout en sachant que ces éclaircissements sur un phénomène culturel terriblement complexe seraient loin de la satisfaire.

244

– Le garçon à qui tu as parlé est le tien ?

– Non, pas exactement, bien que ce soit ainsi que je l'appelle à l'intérieur de la tribu. Tu dirais sans doute que c'est un cousin. Notre système de relations familiales est très différent du vôtre. Red Plume est le fils de la sœur de mon père. (Mal à l'aise, Jon tenta de mettre fin à cette conversation.) Mais abandonnons ce sujet, suggéra-t-il. C'est très compliqué et sans aucun rapport avec les traditions culturelles des Blancs.

– D'accord, mais quand tu m'auras dit ce que je veux savoir, insista Blaze.

– Pourquoi ?

– Parce que je suis jalouse de toutes les femmes que tu as connues, répondit-elle doucement.

– Tu ne devrais pas. Et si tu étais complètement guérie, je te le prouverais immédiatement.

– Je t'en veux tellement, rétorqua Blaze de manière inattendue.

– Tu as sans doute remarqué que cela m'arrive aussi de temps en temps, lança-t-il sèchement.

– Je parlais des femmes de ton passé.

– Aimerais-tu que je me plaigne des hommes de ton passé ?

– Il n'y en a pas, lui rappela-t-elle.

– Et s'il y en avait ?

– Ils ne compteraient pas.

– C'est pareil pour moi, dit-il calmement.

– Mais les enfants...

– Ils sont avec leurs mères. Quand ils seront plus grands, peut-être souhaiteront-ils vivre avec moi, comme le veut la tradition. Quand le moment viendra, il faudra prendre une décision. Ils sont encore jeunes.

– Ils sont nombreux ?

– Non. Trois. Et les circonstances sont... (Il se

passa la main dans les cheveux d'un air exaspéré.) Je t'expliquerai plus tard, quand...

A cet instant, le charmant jeune garçon qui ressemblait à Jon annonça des visiteurs.

Jon s'empressa de donner quelques ordres en absarokee, trop heureux de pouvoir mettre un terme à cette discussion.

Le garçon entra, suivi de six femmes, toutes chargées de nourriture. En quelques minutes, un repas substantiel fut disposé devant eux et l'une des femmes fit brûler de l'herbe pour qu'une odeur de fraîcheur embaumât le wigwam. Ensuite, solennellement, les visiteurs firent leur entrée. Un des vieux chefs exprima tout haut ce que tous les autres pensaient en voyant Blaze assise à la gauche de Jon, place la plus honorifique.

— Elle reste là, se contenta de répondre Jon.

Après quelques formules de politesse, les visiteurs prirent place selon leur rang. Rising Wolf s'assit à côté de Blaze afin de lui traduire ce qui se disait, du moins ce qu'il jugeait audible pour elle. Elle fut la plupart du temps le sujet de la conversation et des innombrables questions auxquelles son compagnon répondit calmement. Il leur expliqua qu'elle avait été sa prisonnière et était maintenant devenue sa femme. Très vite, il apparut que nombreux étaient ceux qui auraient souhaité la voir occuper une position moins officielle.

— Y a-t-il des objections ? demanda Jon en observant attentivement le cercle de ses invités ébahis.

Un lourd silence s'ensuivit.

— Parfait, déclara-t-il.

Depuis le début du XIXe siècle, beaucoup d'hommes blancs avaient épousé des Absarokees, et tous avaient fini par être acceptés comme membres à part entière de la tribu. Mais cette fois, c'était un de leurs chefs qui avait choisi une femme chez les Visages Pâles. Ce qui n'était encore jamais arrivé.

– Dites-moi, lança Jon en rompant le silence, les bisons sont-ils assez près pour qu'on les chasse ?

A partir de ce moment, la nouvelle femme de Jon ne fut plus l'objet d'aucune discussion. On fit le projet d'aller chasser deux jours plus tard, on raconta plusieurs anecdotes sur des parties de chasse du passé et, après s'être régalés d'un délicieux mélange de framboises, de noisettes, de prunes et de miel, les invités prirent congé.

– Tout le monde t'écoute toujours avec autant d'obligeance ? s'étonna Blaze dès que Jon eut rabattu la peau de bison qui masquait l'entrée derrière le dernier visiteur.

– Chez nous, tout est ouvert à la discussion. Ce n'est jamais une seule personne qui prend les décisions.

– Apparemment, quelques-uns des plus âgés n'étaient pas très contents de ce que tu disais.

Jon haussa les épaules et s'allongea sur le dos.

– On ne peut plaire à tout le monde, répondit-il, philosophe. Les anciens sont parfois moins ouverts au compromis.

– C'est vrai un peu partout.

Il hocha la tête distraitement, le regard fixé sur la fumée qui s'élevait en spirale vers le trou.

– Le monde change si vite, reprit-il d'une voix douce. Si nous ne nous adaptons pas, nous ne survivrons pas. Il ne reste que six mille Indiens absarokees. Ce qui représente la moitié de la population de Virginia City.

– Il ne t'arrive jamais de désespérer ? demanda Blaze.

Il lui sourit. D'un pauvre petit sourire.

– Pas plus de mille fois par jour...

Elle aurait souhaité pouvoir le réconforter, l'aider d'une manière ou d'une autre afin d'effacer la tristesse qui perçait derrière son sourire.

— Jon, j'ai de l'argent, je connais des gens, je pourrais...

Il la saisit tendrement par le poignet.

— Chut, ma princesse, dit-il en l'attirant contre lui. Assez parlé sérieusement, *bia*. Nous sommes ici pour nous amuser. Et pour jouer. Embrasse-moi, Boston chérie.

Il la tint toute la nuit enlacée et, éreintés de fatigue après ces longues semaines d'incertitude, ils dormirent comme des enfants, enfin chez eux dans le grand wigwam du chef, au centre du campement. Sous bonne garde et sous la protection du grand esprit.

24

L'animation matinale du campement les réveilla. Des chiens aboyèrent, puis ce furent les cris aigus des enfants en train de jouer et bientôt chacun vaqua à ses occupations quotidiennes – se baigner, faire du feu et préparer à manger.

– Umm, murmura Jon en s'étirant paresseusement. Il y avait des mois que je n'avais aussi bien dormi. (Il roula sur le côté pour embrasser Blaze.) Comment va la plus jolie rousse du campement ?

– La seule, devrais-tu dire.

– C'est vrai. Tu viens te baigner ? Au moins, nous aurons la rivière pour nous seuls. Tout le monde se lave au lever du soleil.

Plongée sous les couvertures de fourrure, elle émit un vague grognement et resta immobile.

– Heureusement que personne ne s'attend à te voir agir normalement, plaisanta-t-il.

– Tant mieux, marmonna-t-elle d'une voix étouffée.

– Pas normalement, mais... de manière civilisée. Viens, *bia*, on va se baigner. Tu veux me faire perdre la face ?

Sous les couvertures, rien ne bougea.

– Alors, je suppose que je vais devoir te porter jusqu'à la rivière.

Blaze se redressa aussitôt et les couvertures glissèrent à terre.

– Tu recommences à te comporter comme une brute, Jon, gronda-t-elle, irritée bien qu'elle ressemblât à un chaton ébouriffé avec de grands yeux bleus.

– Peut-être pourrions-nous négocier, *bia-cara*. Premièrement : aussi permissive que soit notre culture, certains préceptes fondamentaux demeurent incontournables, notamment la propreté. Deuxièmement : je peux trouver un endroit peu profond où l'eau sera assez chaude, même pour toi. Troisièmement : impossible d'amener de l'eau jusqu'ici ; je dois penser à ma réputation. Et quatrièmement : si tu viens te baigner avec moi à la rivière comme la bonne épouse que chacun pense que tu es, je te promets de...

– Attends une seconde, coupa Blaze en se mettant à genoux, sentant son cœur battre de façon irrégulière. Qu'est-ce que tu viens de dire ?

Les yeux noirs de Jon brillaient avec une ardeur qu'elle ne leur avait jamais vue.

– Je te promets de...

– Avant, insista-t-elle en se raclant la gorge.

– Que chacun pense que tu es...

– Encore avant.

Lui-même avait été surpris de la facilité avec laquelle les mots étaient sortis de sa bouche, et il savait pertinemment ce qu'elle voulait l'entendre redire.

– La bonne épouse ? répéta-t-il en la regardant droit dans les yeux.

– Et pourquoi le penserait-on ? demanda-t-elle très doucement.

– Parce que c'est ce que je leur ai dit, répondit-il d'un air grave.

– Nous sommes mariés ?

– Aux yeux de mon peuple, oui.

– Tu n'étais pas obligé de leur dire ça, n'est-ce pas ?

– Non.

– Je pourrais très bien être ta...

– Maîtresse, finit-il à sa place. Mais je ne le voulais pas.

– Parce que tu m'aimes, dit-elle, l'air sûre d'elle.

– Je ne voulais pas que tu puisses avoir honte d'être avec moi. Et tu dois rester avec moi jusqu'à ce que ton père arrive.

– Et ensuite ?

– Inutile d'y songer maintenant. Ne peut-on profiter du moment présent, et oublier ce que ton peuple fait au mien ? Pourquoi ne pas tout simplement nous amuser ? S'il te plaît...

– Que porte une bonne épouse pour se rendre à la baignade ? demanda Blaze avec un sourire.

Le regard noir de Jon s'éclaira instantanément.

– Une couverture, une robe, n'importe quoi. Tiens, enveloppe-toi dans cette fourrure et je te porterai.

– Et que fais-tu de ta réputation ? lança-t-elle d'un air taquin.

– Qu'elle aille au diable !

D'un mouvement leste, il la souleva dans ses bras et ils traversèrent le campement inondé de soleil, sans prêter attention aux sourires entendus, aux commentaires grivois et aux regards concupiscents, puis s'éloignèrent vers un sentier bordé de saules pleureurs.

Cette journée, chaude et ensoleillée, était un régal pour les sens. Ils s'éclaboussèrent dans l'eau couleur d'azur, s'amusèrent à courir contre le faible courant et se lavèrent mutuellement avec le doux savon de yucca. Puis ils firent l'amour sous les saules, bercés par le chant des fauvettes.

Jamais il n'avait été aussi beau, songeait Blaze.

Des gouttelettes d'eau scintillaient sur ses épaules larges et musclées, sa peau avait un éclat doré sous le soleil et son allure, mince et élancée, rappelait bel et bien le couguar des montagnes dont il portait le nom.

Ils s'aimèrent comme si c'était la première fois, s'embrassant, se déshabillant et goûtant l'un à l'autre sous le soleil ardent, très pâle cependant comparé à l'éclat de leur passion. Il était la plus belle chose qui lui fût jamais arrivée dans sa vie pourtant luxueuse. Il était ce qu'il existait de mieux.

Dans sa langue magnifique, il lui dit qu'elle était belle comme un coucher de soleil, que sa voix était douce comme la musique que fait le vent dans les branches de sapin et que ses yeux étaient du même bleu infini que le ciel de son pays. Elle l'écouta murmurer ces mots tendres en indien et, quand il eut fini, se tourna vers lui avec douceur.

— Je suis à toi. Et tu es à moi. Peu importent les Absarokees. Peu importe Boston. Où tu iras, j'irai aussi.

Jon ne répondit pas. Il se contenta de sourire et enroula les bras de Blaze autour de son cou.

— Serre-moi fort, murmura-t-il en roulant sur le dos.

Après s'être confortablement installée, elle s'allongea sur lui, somnolente et rassasiée.

— Alors, comment trouves-tu la chasse d'été jusqu'ici ? demanda-t-il en lui caressant le dos.

— T'a-t-on déjà dit que tu étais le meilleur hôte qui soit ? fit-elle sans faire un geste, comme une chatte prête à ronronner.

— Tu veux la vérité ou une réponse plus... diplomatique ? plaisanta-t-il.

Aussitôt, elle se mit à le bourrer de coups de poing et il se retrouva face à deux yeux bleus en colère.

— Dans ce cas, reprit-il après avoir retrouvé son

souffle, d'un ton moqueur et le regard amusé, la réponse est non.

Il eut ensuite toutes les peines du monde – de bien agréables peines – à calmer sa compagne, et au cours de leur jeu, Blaze se révéla aussi provocatrice que lui. Et bien entendu, le jeu se termina de manière prévisible et fort délicieuse.

Beaucoup plus tard, alors que le soleil de midi illuminait le ciel d'une lueur orangée, Jon se tourna vers Blaze, mollement étendue sur l'herbe à ses côtés.

– Tu as faim ?

– Tu es sérieux en me posant cette question ?

– Evidemment.

– Un peu, murmura-t-elle en levant ses bras au-dessus de sa tête comme une enfant folâtre.

– Je vais faire apporter à manger.

– Ici ? s'étonna Blaze en regardant autour d'elle. Mais que vont dire les gens ?

– Ils diront probablement : « Il doit l'aimer pour lui faire autant l'amour. Nous pensions qu'il aurait faim plus tôt. »

– Mais c'est très gênant, fit Blaze en rougissant.

– Quoi, d'avoir faim ?

– Tu sais très bien de quoi je veux parler, répliqua-t-elle d'un ton mécontent.

– Ne m'avais-tu pas demandé d'être disponible pour toi aujourd'hui ?

– Oui, bien sûr, mais...

– Je l'ai fait, c'est tout, sachant que nous devrions manger à un moment ou à un autre. Je n'ai pas le droit de faire la cuisine. Je dois préserver ma réputation... Et – que madame me pardonne – je sais qu'il ne vaut mieux pas compter sur la tienne, conclut-il en plaisantant.

– Tu as donc vraiment dit à quelqu'un que tu serais occupé toute la journée à faire l'amour et que tu aurais besoin de nourriture plus tard ?

Les bras croisés sous la tête, Blaze lui jetait un regard perçant.

– Pas à quelqu'un en particulier, répondit-il. Et puis, on ne dit pas « faire l'amour ». Nous appelons ce genre de plaisir *ah-x-abaw*.

– Ne joue pas avec les mots, Jon. A qui l'as-tu dit ?

– Aux femmes qui nous ont préparé à manger hier soir et aux hommes qui souhaitaient que j'aille repérer les troupeaux de bisons avec eux, déclara-t-il le plus naturellement du monde.

– Oh, mon Dieu ! s'exclama Blaze. Tout le monde est au courant.

– Ecoute, ma chérie, il n'y a rien de gênant à cela. Tu es ma femme. Et il suffit de te regarder une seconde pour comprendre que je ne t'ai sûrement pas épousée pour tes talents de cuisinière ou de couturière. Tu es la joie de ma vie, *bia*, et peu m'importe qu'on le sache.

Ces simples mots lui firent l'effet d'un baume. Blaze leva ses grands yeux bleus vers lui.

– Toi, tu es ma vie, murmura-t-elle.

Et elle savait que son cœur ne se trompait pas. Malgré les réticences de Jon quant à l'avenir, et en dépit de sa réaction étrange au mot « aimer », elle était intimement convaincue qu'ils pourraient ensemble vaincre tous les obstacles qui se présenteraient à eux.

– Quelle perspective terrifiante ! chuchota-t-il, taquin. Mais j'essaierai d'être à la hauteur de tes modestes espérances.

Ils retournèrent au tipi pour déjeuner, Blaze ne se sentant pas très à l'aise au bord de la rivière. Jon fit remarquer en riant son inhabituelle pudeur, lui rappelant que pour quelqu'un qui se considérait plus audacieuse que Lucy Attenborough, elle n'aurait pas dû se laisser troubler par ce genre de détails. Pour toute réponse, il reçut un coup de poing au menton, suivi de l'ordre de la ramener immédiatement au tipi.

Les femmes qui leur apportèrent à manger ricanèrent en sortant – à part une, une grande femme mince qui toisa Blaze froidement et adressa quelques mots à Jon. Sa réponse fut brève et abrupte.

– Une amie à toi ? interrogea Blaze lorsqu'elle eut disparu, capable de reconnaître une ancienne petite amie dès qu'elle en voyait une.

– Apparemment pas, répondit-il d'un air distrait.

Il était en train de digérer la remarque provocatrice de Little Moon. Un des jeunes guerriers se vantait de vouloir enlever Blaze. Ce genre de bravade n'avait rien d'inattendu dans un rassemblement de jeunes gens, mais la promesse de Little Moon l'inquiétait bien davantage. Elle l'avait prévenu qu'elle viendrait lui rendre visite une prochaine nuit.

Il n'était pas rare de voir les amants se glisser la nuit dans les tipis, spécialement en été, et tout particulièrement pendant la chasse où l'atmosphère décontractée encourageait plus que jamais au flirt. Il se refuserait à elle, mais ne pouvait être sûr qu'elle se pliât à sa décision. Si seulement Blaze pouvait comprendre les particularités de la culture absarokee. C'était comme une danse – complexe, subtile, formelle. De toute façon, il était impossible de lui apprendre en quelques jours une culture vieille d'un millier d'années. Aussi, rejetant toute idée de difficulté, il se concentra sur les différents plats disposés devant eux.

– Si c'est Little Moon qui a préparé ça, nous ferions mieux d'avoir recours à un goûteur, lança-t-il en riant.

– Ah !... Une petite amie jalouse.

– *Ex*-petite amie, corrigea Jon en essayant l'un des plats.

– Si tu es encore en vie dans dix minutes, j'en prendrai aussi.

– Tu as raison. L'enfer peut attendre...

– Et tu as rompu avec elle ?

– Absolument. Je prends cette affaire de mariage très au sérieux.

Il avait déjà goûté à trois plats différents. Blaze le regarda plonger sa cuillère dans une salade de fruits.

– Tu aimes vivre dangereusement. A ta place, je ne ferais aucune confiance à cette femme, dit-elle avec un sourire candide.

Jon la contempla fixement pendant un instant et bascula en arrière en éclatant de rire. Il riait aux larmes, et Blaze se demanda s'il n'était pas terrassé par un poison foudroyant. Quand enfin il réussit à se calmer, il s'essuya les yeux, croisa les mains derrière la tête et resta étendu sans bouger sur les peaux de bison.

– Qu'y a-t-il de si drôle ? interrogea-t-elle, soulagée de voir qu'il était en parfaite santé.

– L'ironie de ta remarque sur le fait de vivre dangereusement. Comme si une bouchée de nourriture avait de l'importance quand on passe sa vie sur le fil du rasoir ! Te rends-tu compte que les Absarokees sont entourés de puissants ennemis ? Les Lakotas sont dix fois plus nombreux que nous. Les Blackfeet, tout autant. Les Shoshones et les Striped Arrows réunis sont huit à dix fois plus forts que nous. Ils aimeraient tous chasser sur nos terres parce que ce sont les meilleures. Et tu voudrais que je m'inquiète de ce que je mange ? Chérie, tu es adorable, mais tu ne sais rien de la vie, ni de la survie.

– Je possède une somme d'argent dont je disposerai à vingt et un ans pour faire ce que bon me semblera. Je pourrais aider les Absarokees.

C'était le discours d'une jeune femme riche, sûre d'elle et pleine de confiance.

– Peut-être vais-je te paraître cynique, ma chérie, mais ça m'étonnerait qu'on me laisse y toucher. Et de toute manière, je n'en voudrais pas. Mes concessions rapportent – ce sont les plus rentables au nord de Virginia City. Il y a là suffisamment d'or pour satisfaire mes besoins. (Jon se redressa pour se servir un verre d'eau.) Comment se fait-il que nous ayons ce genre de discussion ? Moi, je n'ai envie que de te tenir dans mes bras, te faire l'amour et oublier tout le reste. Regarde, je ne suis pas mort. Viens manger, princesse. Tu vas avoir besoin de tes forces : j'ai donné des ordres pour qu'on ne nous dérange pas jusqu'à demain matin.

A vrai dire, il n'avait pas uniquement modifié ses projets, mais ceux de tous les autres, afin de faire plaisir à sa compagne.

– C'est un peu comme une lune de miel, alors ? remarqua Blaze en souriant.

– Si tu veux. Laisse-moi te donner à manger, dit-il en déposant délicatement une tranche de viande rôtie dans sa bouche. Et laisse-moi te coiffer, m'occuper de toi.

– Et moi, que suis-je supposée faire ? demanda Blaze doucement.

– Tu peux prendre soin de moi à ta façon, Boston.

Tendrement, il lui effleura la joue du bout des doigts.

– C'est tout ? Tu ne veux pas que je travaille ?

Elle lui saisit la main et passa la langue sur sa paume.

– Je préférerais que tu me consacres ton énergie d'une tout autre façon.

– Volontiers, puisque je suis très douée pour ça, répliqua-t-elle d'une voix langoureuse.

Elle fit descendre la main de Jon sur sa poitrine.

— Très douée, oui, en effet...

L'après-midi se déroula dans la plus parfaite et délicieuse harmonie. Elle était insatiable et jamais il n'avait éprouvé autant de plaisir.

Il était déjà tard lorsque Jon repensa soudain à quelque chose. Aussitôt, après lui avoir donné un rapide baiser, il se leva, alla ouvrir le battant à l'entrée du tipi et parla brièvement en absarokee.

— Qui est-ce ? demanda Blaze en s'asseyant.

— J'avais complètement oublié, dit-il en lui jetant un regard par-dessus son épaule.

Il prononça à nouveau quelques mots à travers l'ouverture. Plusieurs voix de femmes et des ricanements retentirent.

— C'est ton harem ?

— Avec toi, mon amour, je n'ai guère le temps d'en avoir un, répondit Jon en souriant.

— Ni l'envie ? rétorqua-t-elle, ne se sentant pas suffisamment rassurée par son sourire.

— Ni l'envie, absolument. Ces femmes, dehors, sont venues t'apporter tes vêtements. J'avais complètement oublié. Je crois qu'elles attendent depuis un bon moment, aussi me suis-je excusé en long et en large. Mieux vaudrait que tu les essaies tout de suite.

— A qui sont ces vêtements ? s'inquiéta Blaze tout à coup, doutant qu'une garde-robe ait pu être confectionnée en si peu de temps.

— Ils sont tout neufs. Les femmes font des robes, des chemises, des mocassins, des robes et elles les vendent. Je leur ai dit hier que je souhaitais acheter des habits pour toi cet après-midi. Mais ça m'était sorti de l'esprit. (Jon enfilait son pantalon.) Je vais les faire entrer.

— Non !

– Non ? Je croyais que tu voulais des robes à toi.

– Oui, mais dis-leur de tout laisser ici et je les essaierai plus tard.

– Chérie, les robes auront sans doute besoin d'être ajustées.

– Je le ferai.

– Tu sais coudre ?

– Eh bien, quand j'étais plus jeune... bredouilla-t-elle. Je veux dire... enfin je crois que...

– Tu ne sais pas coudre, décréta-t-il en la considérant d'un œil perspicace.

Blaze soupira et se mordit la lèvre.

– Non, admit-elle.

– Pour les retouches, il vaudrait mieux quelqu'un qui sache coudre, non ?

Blaze le dévisagea un long moment.

– Oui, je suppose. Mais pas quelqu'un que je connais, répliqua-t-elle enfin en repensant à la visite de Little Moon.

– Mais tu ne connais personne, chérie.

– Je veux dire quelqu'un que *toi*, tu ne connais pas.

– Je connais tout le monde.

– Ce n'est pas ce que je veux dire, insista-t-elle d'un air sombre.

– Ah, je vois ! s'exclama-t-il, comprenant enfin.

– Quelqu'un d'âgé.

Jon éclata de rire.

– Je vais voir ce que je peux faire.

Une fois dehors, il expliqua que sa femme était timide et décida d'acheter toutes les robes pour n'offenser personne. Ensuite, il les renvoya toutes très poliment, à l'exception d'une vieille femme.

Blaze avait enfilé une des chemises en daim de Jon et était debout près du lit quand ils rentrèrent dans le tipi. Elle ressemblait à une petite fille, pieds nus, dans cette chemise trop grande pour elle, mais se tenait droite et majestueuse. Seuls ses yeux reflétaient son incertitude. Il la présenta à Willow, lui expliquant qu'elle était réputée dans toutes les plaines pour le raffinement de ses motifs de plumes. Puis il apporta une énorme pile de robes brodées ou à franges tandis que les deux femmes échangeaient de petits sourires.

– On commence par celles-là ? proposa Jon.

– Tu crois qu'il y en aura assez ? répliqua Blaze d'un air moqueur.

– Si tu en veux plus, Boston, je vais faire chercher le crieur public.

– Quelle extravagance !

– C'est que j'ai une femme extravagante à satisfaire.

– Je dois les essayer devant Willow ? s'enquit-elle d'un ton hésitant.

– Tu t'habilles toute seule lorsque tu es chez toi ? rétorqua Jon d'un air enjôleur, persuadé que Blaze avait une ou deux femmes de chambre à sa disposition. Fais-moi plaisir.

– Si tu insistes... fit-elle en esquissant une grimace.

– J'insiste.

Willow, légèrement en retrait, avait assisté à la scène et, bien qu'elle ne connût pas l'anglais, avait fort bien compris que le Dit-chilajash voulait imposer quelque chose à son épouse qui lui résistait. Les yeux de la vieille femme se mirent à briller lorsqu'elle entendit Jon prononcer ses derniers mots avec fermeté. Elle s'avança pour proposer son aide.

– Le motif de l'étoile est destiné à la femme d'un chef, expliqua-t-elle. Et celle qui est brodée de perles aussi. Dis à ta femme d'enfiler ces deux-là en premier.

Jon traduisit à Blaze ces paroles, posa les robes sur le lit et prit celle indiquée par Willow, ornée devant

et derrière d'une étoile en pointe de plumes multico-
lores.

– Le dessin de l'étoile porte bonheur, dit-il en la
lui tendant. Allez, *bia*, essaie-la.

– Ça me gêne...

– Il n'y a pas de quoi être gênée. Willow a vu plus
d'un corps nu dans sa vie. Et puis, de toute façon,
c'est comme ça que je te préfère. J'ai fait comme tu
me l'avais demandé. J'ai renvoyé toutes les autres
femmes. Maintenant, à toi de tenir parole.

Blaze céda avec grâce et, après avoir enfilé la première robe – que Willow reprit aux épaules, à la
taille et aux hanches –, elle se sentit moins mal à
l'aise.

– Ta femme est très belle, observa Willow.

– Merci, répondit Jon, avant de répéter le compliment à sa compagne en anglais.

Blaze avait passé sa vie à entendre ce genre de remarques, mais curieusement, cela prenait une tout
autre signification dans la bouche de cette vieille
femme qui appartenait à la tribu de Jon.

– Comment dit-on merci en absarokee ? demanda-
t-elle.

A la suite de Jon, elle répéta lentement *Aho-aho*
avec un grand sourire et fit une petite révérence.

Willow la salua à son tour et toutes deux se mirent
à rire. « Elle est comme Hannah, pensa Blaze. Exactement comme Hannah. » Et une immense joie envahit son cœur.

Confortablement installé, Jon profita de la séance
d'essayage. Il n'avait jamais eu l'occasion de regarder
Blaze pendant aussi longtemps. Il y avait toujours
quelque chose ou quelqu'un pour l'en empêcher.
Aussi se régala-t-il tranquillement de la silhouette et
du visage parfaits de Blaze. Sa peau paraissait dorée
à la lumière translucide du tipi et ses cheveux

avaient de magnifiques reflets cuivrés. Elle se pliait gracieusement aux ordres élémentaires de Willow, levant les bras afin d'enlever la robe, baissant la tête ou oscillant doucement des hanches pour faire glisser le cuir sur son corps. Entre les mains de la vieille femme, elle paraissait timide et hésitante – une révélation pour Jon qui l'avait toujours vue beaucoup plus déterminée et autoritaire. Ici, au camp, elle était différente, moins tyrannique, plus – oserait-il le mot ? – obéissante. Cette idée absurde le fit sourire et, relevant les yeux, il capta son regard par-dessus les cheveux gris de la vieille femme.

Il lui adressa un clin d'œil.

Elle répondit par un sourire.

Et une délicieuse tendresse passa entre eux.

Quelques robes plus tard, ils se disputèrent brièvement à propos d'un décolleté trop échancré au goût de Jon. Fascinée, Willow suivait la scène, ne saisissant qu'un mot ici ou là, mais comprenant parfaitement de quoi il était question.

– Celle-ci ne va pas, gronda Jon en faisant signe à Willow de la reprendre.

– Attends, contra Blaze. Cette robe me plaît. Les perles sont presque liquides et si belles. Et puis j'adore les tons.

C'était une robe en cuir épais de couleur crème, souple comme du velours, brodée de perles vertes et bleues qui partaient en forme de vague depuis le profond décolleté.

– Non.

– Il se trouve que je la veux.

– Non.

– Ne me parle pas comme ça.

Jon s'efforça de se dominer et abandonna son ton autoritaire :

– Pardon, *bia*, garde-la si tu veux.

Mais quand les retouches de la robe furent terminées, il demanda à Willow de ne pas la rapporter.

La vieille Indienne hocha la tête. Dit-chilajash avait gagné. Elle considérait cependant la femme blanche avec respect. Elle avait su tenir tête au chef aussi courageusement qu'un homme. Il ne l'emporterait pas toujours, c'était certain. Pas avec cette superbe fille à la chevelure de feu. Willow avait connu la première épouse de Jon dès sa naissance, lui avait cousu sa robe de mariée. Elle avait vu le jeune couple grandir ensemble, avait même veillé Raven Wing sur son lit de mort. Ce qu'elle décelait entre eux aujourd'hui était différent, comme si le Couguar noir avait enfin trouvé son égale, pas seulement une compagne. Elle se demanda comment serait l'enfant qui naîtrait de tels parents. La femme blanche était enceinte, c'était évident si on la regardait bien. Dit-chilajash le savait-il ?

Plus tard ce soir-là, après s'être baignés dans la rivière, Jon et Blaze s'allongèrent sous les saules et écoutèrent les jeunes gens jouer la sérénade à leurs bien-aimées sur leurs flûtes. La musique délicate flottait dans l'air tiède et doux, en parfaite harmonie avec cette nuit d'été.

– Tu es heureux ? demanda Blaze beaucoup plus tard, quand les chants d'amour eurent laissé la place au vent qui chuchotait dans les branches.

– C'est un test ?

Dans l'obscurité du tipi, elle ne le voyait pas, mais elle entendit son rire.

– Oui, je le suis, dit-il enfin. Et toi, *bia-cara*, notre camp d'été te plaît ?

Comme à son habitude, il se surprit à éviter de sonder son âme.

– J'aime tout. C'est parfait. Tu es parfait.

Sa réponse exagérée l'amusa.

– Et si demain, nous devions retourner dans le monde, qu'en dirais-tu ? Tu trouverais toujours cela parfait ?

– Bien entendu. Du moment que tu es avec moi, répondit-elle avec cette franchise qui le déconcertait et l'enchantait à la fois.

– Ce qui signifie que tu veux m'accompagner demain à la chasse au bison ?

– Les autres femmes y vont ?

– Certaines.

– C'est une chance. Je peux avouer maintenant que j'aimerais beaucoup. Je serais venue de toute façon, mais ça aura l'air plus poli et moins désagréable.

Tout en la serrant dans ses bras, il songea à la manière dont sa vie avait changé depuis qu'il avait rencontré Blaze.

– Aurai-je le droit de t'embrasser en public, mon grand chef adoré ?

– Que je réponde par la négative servirait-il à quelque chose ?

– Non.

Jon grogna de façon théâtrale.

– Ma réputation en sortira en lambeaux.

– C'est tout aussi bien. Les réputations sont en général très surfaites, répliqua-t-elle avec malice.

– Puis-je au moins te recommander un peu de discrétion ?

– Recommande tout ce que tu veux !

– Un chef absarokee a lui aussi son propre chef, dirait-on.

– On peut dire cela comme ça, admit-elle dans un sourire.

Il lui caressa le dos et la serra plus fort contre lui. En matière d'amour, elle pouvait décider de tout, elle avait son entière bénédiction.

25

Le matin, on donna à Blaze des habits adéquats afin qu'elle se joignît aux autres épouses et fiancées – toutes vêtues avec éclat – et elles montèrent sur les magnifiques poneys que leurs compagnons réservaient pour la chasse au bison. Les hommes ne montaient jamais leurs poneys avant le début de la chasse, souhaitant les garder frais. Les femmes, plus légères, ne risquaient pas de fatiguer les montures.

Ils suivirent la rivière, à l'ombre des grands arbres sous lesquels il faisait encore frais, le soleil venant à peine de se lever. Le troupeau de bisons broutait au sud de la falaise, à une heure de chevauchée. En marchant au pas, il leur faudrait deux fois plus de temps pour y arriver. Rising Wolf et sa belle du moment précédaient Blaze et Jon dans la longue file de cavaliers qui s'étendait sur plus d'un kilomètre.

Tandis que les chasseurs et leurs compagnes suivaient lentement les méandres de la rivière, les jeunes guerriers allaient et venaient le long de la procession, s'adonnant à une étonnante démonstration de leurs talents en vue d'impressionner leurs maîtresses. C'était la parade équestre la plus fantastique à laquelle Blaze eût jamais assisté. En une seconde, ils montaient et descendaient de leurs montures lancées en plein galop. Agiles comme des acrobates, ils se tenaient debout sur les poneys ou s'accrochaient sous leurs ventres avec une facilité déconcertante, à quelques centimètres des sabots virevoltants.

Un guerrier svelte et musclé frôla Peta, évitant la collision de justesse avec son poney fougueux.

– Elle me plaît, Jon ! lança-t-il par-dessus son épaule en s'éloignant au galop.

La petite amie de Rising Wolf gloussa. Blaze était encore tout ébahie par le spectacle de cette stupéfiante performance.

– On dirait que Spirit Eagle est en pleine forme, remarqua Rising Wolf en absarokee.

– Un jour ou l'autre, il faudra que quelqu'un lui donne une leçon, répliqua Jon.

– Little Moon dit que...

– Je sais, l'interrompit Jon.

– Que se passe-t-il ? demanda Blaze, voyant passer de jeunes Indiens dans tous les sens.

– Ce sont des adolescents qui aiment faire de l'esbroufe.

Plus loin en chemin, Jon fit toute une série de recommandations à Blaze :

– Quand le troupeau se met en marche, rien ne peut l'arrêter. Cela peut sembler magnifique et spectaculaire, mais tout ce qui se trouve sur son passage est inévitablement écrasé. Reste derrière les autres femmes. Peta t'obéira. Fais très attention et ne prends aucun risque.

– Ai-je vraiment l'air de quelqu'un qui irait se jeter à la tête d'un troupeau de bisons ? interrogea Blaze, quelque peu indignée, ayant patiemment écouté les conseils de Jon depuis plusieurs kilomètres.

– Si j'en crois mon expérience, princesse, tu ne fais en général que ce dont tu as envie, dit-il gentiment.

266

– C'est vrai, mais je n'ai jamais eu un penchant particulier pour faire la course avec les bisons.

– Ravi de l'entendre.

– Et je te signale que je ne les dépèce pas non plus.

Il éclata de rire.

– Pourtant, tu pourrais avoir un certain succès à Boston. (Le regard noir qu'elle lui jeta le dissuada de continuer à plaisanter.) Ne t'inquiète pas, chérie. Dans notre tribu, ce ne sont pas les femmes qui effectuent ce travail. Les hommes tuent, dépècent et équarrissent les bisons avant de les rapporter au camp. Ensuite seulement, les épouses prennent le relais.

– Et où dénicherai-je une poêle assez grande ?

– Là encore, s'empressa-t-il de répondre, repensant à ses talents limités de cuisinière et pas tout à fait certain qu'elle plaisantait, je suis sûr que nous trouverons une autre solution.

– Eh bien, je suis vraiment soulagée, répliqua-t-elle en riant.

Et tous les deux se sentirent un peu mieux.

Une heure plus tard, une épaisse poussière recouvrait la plaine et des centaines de bisons morts jonchaient le sol. Les femmes, accompagnées des hommes âgés et des plus jeunes, rejoignirent les chasseurs. Blaze retrouva Jon en train de dépecer une énorme bête à grands gestes précis, et elle admira une nouvelle fois la force et la grâce de ses mains. Plusieurs morceaux de viande étaient déjà empilés près de la carcasse.

– Ça va prendre un moment, grommela-t-il. Tu ferais mieux de rentrer au camp.

– Combien dois-tu en dépecer ?

– J'en ai tué cinq, mais mes oncles vont en prendre trois. Il me faudra environ deux heures.

Le soleil était à son zénith, la chaleur devenait torride. Le corps presque entièrement nu de Jon était brillant de sueur.

— Ne reste pas en plein soleil, dit-il à Blaze en repoussant une mèche de cheveux qui lui barrait les yeux.

— Le soleil ne me dérange pas, répliqua-t-elle en sautant de cheval.

— La bonne société de Boston n'appréciera pas de te voir avec le teint bruni, observa-t-il en considérant sa tête, ses bras et ses jambes nues.

— Je n'y retournerai pas, alors je peux bien devenir aussi noire qu'il me plaira.

Jon ne pipa mot, mais poursuivit sa besogne, incapable de penser à autre chose qu'à son bonheur si elle décidait de rester avec lui.

— Tu m'entends ? demanda Blaze, en s'asseyant à même le sol.

Son couteau s'immobilisa en l'air et il lui jeta un regard sous ses longs cils.

— Et si ton père n'est pas d'accord, ou bien ta mère, ou Yancy Strahan ?

— Tu *veux* que je rentre à Boston ?

Elle attendit sa réponse en retenant son souffle.

Jon la regarda droit dans les yeux.

— Tu sais bien que je ne peux penser à ce que je veux moi-même. Je dois d'abord m'occuper de la mine et de mon peuple.

Ce n'était pas la réponse qu'elle escomptait, mais elle n'était pas complètement négative.

— Et s'il n'y avait pas ces problèmes ?

— Mais si nous refusons de voir ces problèmes, *bia*, nous refusons le monde, dit-il calmement en plantant son couteau dans le sol.

— Dis-moi seulement que nous pourrions...

– Vivre dans un rêve, c'est ça ? termina-t-il avec un sourire plein d'indulgence.

– Oui, et alors ? Si c'était le cas, Jon, que ferais-tu ?

– Alors, douce chérie, j'aimerais que tu restes avec moi. Impossible d'envisager une vie de rêve sans toi.

– On y arrivera, tu verras ! rétorqua-t-elle avec un bel enthousiasme.

– Comme tout arrive toujours à la très choyée miss Braddock ?

– Exactement ! s'exclama-t-elle en se levant dans un tourbillon de perles et de franges pour se jeter sur lui.

Elle le renversa sur le dos, se laissa tomber contre son torse et l'embrassa capricieusement, sans se soucier des autres, seulement consciente qu'il était désormais tout son univers.

Jon lui rendit ses baisers, et eut un mal fou à maîtriser ses réactions en sentant le corps de Blaze pressé contre lui. Dans une explosion de rires et de baisers, ils roulèrent dans l'herbe fraîchement écrasée dont le parfum emplit délicieusement leurs narines.

– Tu es très attirante, haleta Jon, mais...

– Mais quoi ? demanda Blaze, le souffle court à cause de leurs roulades.

Mais les fourmis vont dévorer les deux bisons que je suis supposé dépecer.

– Vraiment ? murmura-t-elle gaiement.

– Parole d'honneur. Je peux peut-être me libérer dans...

– Dans une heure ?

Jon jeta un coup d'œil aux deux carcasses qui l'attendaient.

– Disons deux heures, et je te montrerai un petit lac paisible et entouré de mousse pas très loin d'ici.

– D'accord ! Je vais t'aider, décida-t-elle avec un grand sourire.

– Si tu fais ça, je risque de mettre trois heures.

– Alors, je ne lèverai même pas le petit doigt, s'empressa-t-elle de dire.

Jon termina son travail en un temps record.

26

Ils se rendirent à cheval à quelques kilomètres de là, à proximité d'une gorge profonde au bord de laquelle un étrange pic semblait monter la garde. Ils mirent pied à terre et s'enfoncèrent dans l'épaisse végétation qui recouvrait les rochers. La lumière pâle et dorée du soleil jouait entre les branches des arbres immenses. Ils avancèrent un moment en silence avant de déboucher dans une clairière remplie de boutons-d'or et d'églantiers. Deux cerisiers encadraient un petit lac dont l'eau claire comme du cristal scintillait entre les rochers couverts de mousse. Dans les arbres, des fauvettes et des grives chantaient. Un véritable paradis terrestre...

— Tu veux te baigner ? demanda Jon. Moi, j'y vais. A moins, bien entendu, que la vue du sang ne t'excite.

Sa peau cuivrée était en effet couverte de sueur et de sang de bison.

— Toutes les jeunes filles de la bonne société bostonienne apprennent qu'il faut toujours demander à un homme de se débarrasser du sang des bisons avant de faire l'amour. C'est la règle numéro deux, dit-elle, le regard brillant.

— Et quelle est la règle numéro un ?

– Prendre soin d'enlever sa robe avant, au cas où le partenaire ne suivrait pas la règle numéro deux.

– Et tu adhères à ce fascinant protocole ?

– Bien entendu, rétorqua Blaze d'un air faussement modeste, en faisant passer sa robe par-dessus sa tête avant de la jeter par terre.

Une lueur éclaira soudain le regard noir de Jon. Blaze était là devant lui, entièrement nue, ses seins ravissants tendus comme une offrande, attendant ses caresses.

– Viens ici, murmura-t-il.

– Enfreindre les règles est impensable, monsieur, répliqua-t-elle avec un sourire exagéré. Je vais nager.

Elle partit en courant vers le lac. Les jeux de l'amour avec Jon l'amusaient. Il s'adonnait volontiers à ce passe-temps, soucieux de lui procurer le maximum de plaisir.

Blaze était déjà dans l'eau.

– Faisons la course jusqu'à l'autre rive. Le vainqueur gagnera...

Jon se déshabilla en vitesse en criant :

– Il gagnera quoi ?

– Toi !

– Et si c'est moi qui gagne ? rétorqua-t-il en retirant ses mocassins.

– Impossible ! s'écria-t-elle, puis elle plongea gracieusement sous l'eau.

Lorsqu'elle réapparut quelques secondes plus tard, elle était déjà au milieu du lac. A son tour, Jon s'élança. Blaze était excellente nageuse et ce ne fut que quelques mètres avant la rive qu'il put la rattraper.

– Tu vas perdre, dit-il en rejetant ses cheveux mouillés en arrière.

Elle ne répondit pas, se contentant de sourire, et disparut à nouveau sous l'eau avec de grands et dynamiques battements de pieds qui formèrent une traînée de bulles à la surface. Jon plongea derrière elle et, ralentissant galamment son allure, arriva deux secondes après sa compagne.

— Tu as perdu ! déclara-t-elle triomphalement en s'efforçant de reprendre son souffle, étendue sur le sol, le visage tourné vers lui.

Sa joue si douce sur le vert profond de la mousse lui fit penser à du velours sur de la soie.

— Tu nages sacrément bien, Boston. Du moins, pour une femme, précisa-t-il avec un sourire malicieux.

Blaze se redressa brusquement, le corps scintillant comme de l'or sous le soleil, la poitrine frémissante. Jon sentit son désir s'éveiller.

— Pour une femme ? répéta-t-elle. Ça, mon chéri, tu vas me le payer !

— Et comment ? s'enquit-il en roulant sur le sol, nu et splendide, l'air parfaitement innocent.

Il croisa les bras sous sa tête et la contempla, un sourire coquin au coin des lèvres.

— Nous avions parié que le vainqueur te gagnerait. J'ai gagné. Tu es donc à moi.

— Parce que tu en doutais ? plaisanta-t-il.

— Tu dois faire tout ce que je te demande, compris ?

— Avec plaisir, madame, murmura-t-il en admirant son corps magnifique.

— Pour commencer, viens m'embrasser, ordonna Blaze.

Il s'appuya sur un coude et s'exécuta.

— Pas mal. Encore.

Cette fois, son baiser fut un peu plus langoureux, mais encore relativement chaste.

— Y a-t-il une chance pour que cela s'améliore à l'usage ? demanda-t-elle avec nonchalance.

– Nous ne pouvons que l'espérer, madame. Avec votre coopération, cela va sans dire.

– Même si je décide de ne pas coopérer, tu devras faire tout ce que je te dirai. Absolument tout, insista-t-elle, une lueur coquine dans les yeux.

– Très bien. Je n'ai encore jamais fait cela.

– Tu es ma chose, Jon.

– Et ensuite, pourrai-je moi aussi jouer à ce jeu charmant ?

– Non, chéri. Il n'y a qu'un seul gagnant. Maintenant, lève-toi et va jusqu'à cet arbre.

Un instant plus tard, appuyé contre le tronc, il leva vers elle un regard interrogateur.

– Caresse-toi, dit-elle.

– Je dois vraiment ?

– Oui. Tu es ma chose, n'oublie pas.

Il obéit. Blaze le regarda faire avec délices et sentit un frisson lui parcourir le bas du dos. Il s'arrêta, passa une main dans ses cheveux noirs et se cambra devant elle, tel un gladiateur cherchant à s'attirer les faveurs d'une reine grâce à sa taille et à sa beauté exceptionnelles.

– Ça te plaît ? demanda-t-il en laissant retomber ses mains le long de son corps.

– Ce qui me plairait maintenant, c'est de te toucher. Approche-toi, ordonna-t-elle d'une voix rauque.

Il s'avança avec la souplesse d'un couguar noir, élancé, musclé, et s'offrit à elle. Avec son charme habituel, il jouait le jeu à fond, aussi attendit-il patiemment. Mais lorsque la bouche de Blaze se referma sur lui et que sa langue commença à le caresser, il ne put s'empêcher de trembler légèrement.

– Veux-tu que je t'embrasse encore ? Mon esclave aime-t-il ça ?

Les paupières lourdes, Jon la contempla de son regard profond.

– Autant que j'aime respirer, madame, dit-il en plongeant la main dans sa crinière pour l'attirer à nouveau contre lui.

Très vite, Blaze fut elle aussi très excitée. Un feu dévorant brûlait entre ses cuisses.

Elle s'écarta et releva ses yeux bordés de longs cils.

– Je crois que j'aimerais beaucoup te sentir en moi, murmura-t-elle, les joues brûlantes et les yeux brillants de désir.

– Je m'en doutais, répliqua Jon, le cœur battant. Madame souhaite-t-elle que je la prenne debout... ou bien là où elle est ?

– Ici, dit Blaze, les yeux mi-clos.

Il s'agenouilla devant elle et lui écarta doucement les jambes.

– Madame est très gentille avec les domestiques, observa-t-il en faufilant ses mains douces entre ses cuisses fuselées.

– J'ai changé d'avis, déclara-t-elle soudain, le souffle court. Je n'ai plus envie.

– Boston, tu vas te retrouver avec une révolte d'esclave sur le dos si tu changes d'avis.

Blaze haussa les épaules.

– Bon, alors juste un petit peu, concéda-t-elle l'air magnanime, comme si elle accordait une faveur.

Jon fronça imperceptiblement les yeux.

– Un petit peu... comme ça, madame ?

– Umm.

Il s'enfonça un peu plus en elle.

– Et comme ça ?

Blaze ferma les yeux lorsqu'il la coucha sur la mousse et s'étendit sur elle. Il l'emplissait complètement et un délicieux plaisir, comme des vapeurs d'opium, flottait dans sa tête.

– Et maintenant, madame, reprit-il en se retirant légèrement, ça suffit.

Blaze ouvrit brusquement les yeux.

– Non ! protesta-t-elle en l'attirant contre elle.

Complaisant, il la pénétra à nouveau, plus profondément, et sentit qu'elle le serrait en elle tout en gémissant.

Une nouvelle fois, il se retira.

– Encore, madame ? s'enquit-il aussitôt en observant son visage avec attention.

– Oui... oh, oui... supplia-t-elle, ondulant des hanches.

– Et maintenant, *bia-cara*, au tour de l'esclave de devenir le maître. Je crois que je n'ai plus très envie. Peut-être plus tard...

Et il se retira encore un peu.

– Jon ! Je vais te tuer, espèce de sale effronté !

– En tout cas, sûrement pas tout de suite, la taquina-t-il en revenant en elle.

– Mais juste après, je te le promets, bredouilla-t-elle, le souffle rauque.

– Et ensuite, que fera Votre Altesse, quand son petit corps commencera à brûler de désir... quand tu repenseras à ce que tu ressentais lorsque j'étais en toi... Que feras-tu alors ?

– Je trouverai quelqu'un d'autre, déclara Blaze avec mauvaise humeur.

– Mais saura-t-il te caresser ici ? Et ici ? dit-il en allant et venant en elle. Saura-t-il que tes seins vibrent de plaisir quand je les mordille comme ça... et comme ça...

Ses dents se refermèrent doucement sur un téton rose.

– Jon, je t'en prie. Je veux te sentir en moi.

– Comme ça ?

– Oui, soupira-t-elle.

– Et comme ça ?

– Oh, mon Dieu, oui...

Il lui sembla que la terre se dérobait sous elle et un frisson d'extase la parcourut.

– Dans ce cas, Boston, tu vas devoir faire ce que je te dirai, sinon tu seras privée de toutes ces belles choses.

Sa voix sensuelle et profonde la fit frémir.

– Jon, tu veux vraiment que je te supplie ?

– Seigneur, non ! Contente-toi de prendre tes seins dans tes mains pour que je les embrasse. Ils sont trop loin de ma bouche.

Elle resta immobile.

– Je crois que je vais aller nager, déclara-t-il en s'asseyant brusquement.

Aussitôt, Blaze obtempéra : elle lui présenta ses seins aux pointes roses et tendues.

– C'est mieux, princesse. Tu vois, finalement, toi aussi tu sais obéir. Lequel vais-je embrasser en premier ?

Blaze détourna les yeux.

– Regarde-moi, chérie. Celui-ci ? Ou bien celui-là ?

Et ses lèvres se refermèrent sur son sein gauche. Puis sa main glissa entre ses cuisses, tandis que, de l'autre, il excitait l'autre téton. Il joua avec elle et la caressa jusqu'à ce qu'elle gémît de plaisir, la bouche entrouverte, lui enfonçant ses ongles dans le dos.

– Tu es prête à me recevoir, mon amour ? murmura-t-il en retirant les mains de Blaze agrippées à ses épaules. (Elle le regarda, les yeux brillants comme de la braise.) Enfonce un doigt entre tes cuisses et dis-moi si tu es assez ouverte pour moi. (Blaze hésita.) Il le faut, chérie, sinon, comment le saurais-je ?

Fermant les yeux, elle toucha son sexe trempé de désir et frissonna.

Jon vit couler le liquide nacré sur les doigts de sa compagne.

– Je crois que tu es prête, dit-il en lui léchant les doigts.

Elle avait un goût de fruit, doux et piquant à la fois. Il ne pouvait plus attendre.

Il l'embrassa et elle lui rendit sauvagement ses baisers. Elle commença à jouir dès qu'il entra en elle, et il se retint jusqu'à ce qu'il la sentît exploser de plaisir. Puis il l'embrassa, tendrement, longuement, et ensemble, fous d'amour et de désir, ils accédèrent au paradis.

Ensuite, quand ils furent lassés de leurs jeux et rassasiés de plaisir, Jon roula sur lui-même pour s'asseoir dans l'herbe. Blaze resta allongée sur le dos, l'air rêveur. Ses cheveux étaient étalés en éventail, ses yeux clos. Il la contempla, fasciné, éprouvant l'impérieux besoin de la protéger, comme si son innocence lui apparaissait plus évidente que jamais.

Il tendit la main pour attraper un papillon, et songea aux heures interminables passées à s'entraîner dans sa jeunesse pour y arriver. Délicatement, il le déposa sur le ventre doux et blanc de Blaze. Surprise, elle ouvrit les yeux et aperçut la précieuse créature en équilibre près de son nombril. C'était un papillon jaune safran et noir aux grandes ailes superbes et fragiles.

– Je te donnerai tous les trésors du monde, *biacara*, ma femme, murmura Jon en caressant l'une des ailes dorées si légèrement que le papillon ne s'effraya pas.

C'étaient ces mêmes mains qui, tout à l'heure, avaient dépecé un bison avec tant d'énergie et de force, pensa Blaze. Ces mêmes mains qui pouvaient tuer, mais aussi lui procurer un incomparable plaisir...

– Je ne veux que toi, dit-elle tout doucement.

Leurs regards se croisèrent. Et le papillon s'envola vers le ciel.

– Je suis à toi, répondit-il d'une voix paisible en lui souriant avec tendresse.

27

Quand enfin Jon et Blaze regagnèrent le village, les tambours résonnaient, le coucher du soleil enflammait le ciel et l'odeur du bison en train de rôtir aurait donné faim aux plus difficiles.

Comme ils étaient en retard, ils s'habillèrent en hâte : Jon revêtit son costume en peau orné de plumes et Blaze, une de ses nouvelles robes décorée de coquillages et de perles. Ensuite, il se chargea de la coiffer avec soin et sépara ses cheveux en deux nattes brillantes.

– Tu n'es pas obligé de tout faire, protesta-t-elle lorsqu'il s'agenouilla pour lui enfiler un mocassin brodé.

Il releva la tête.

– On voit qu'un homme aime sa femme à la façon dont il s'occupe d'elle, remarqua-t-il avec sérénité. Chez nous, c'est ainsi. Regarde la coiffure d'une femme et tu sauras à quel point son mari tient à elle.

– C'est une charmante coutume, et plutôt étonnante de la part d'une nation de guerriers. Je n'imagine pas un Blanc s'intéresser à la coiffure de sa femme.

– Passer sa vie à faire la guerre n'empêche pas d'être sensible. Et je n'imagine aucun Visage Pâle autrement que sous les traits d'un barbare. Tu vois, nous avons nous aussi nos préjugés d'intolérance, dit-il avec un petit sourire.

Il lui passa le second mocassin, se redressa et la prit par la main.

— Viens, nous sommes en retard. La moitié du village est déjà là. Etant l'un des chefs, j'aurais dû arriver beaucoup plus tôt.

— Je serai obligée de danser ?

C'était sa première sortie en public et, étrangement, Blaze ne se sentait pas très sûre d'elle.

— C'est facile, répliqua Jon. D'ailleurs, tu sais comment faire. Je t'ai vue à Virginia City.

— Ce n'est pas pareil.

— Je te montrerai, dit-il en l'entraînant dehors.

Sous la lune suspendue comme une décoration dorée dans le ciel noir de l'été, Blaze Braddock posa les mains sur les larges épaules de son amant qui la prit par la taille et, un peu hésitante au début, elle se laissa guider pour exécuter les mouvements glissants de la danse du hibou.

A plusieurs reprises, Jon aperçut le regard de Spirit Eagle, le guerrier dont Little Moon avait parlé, braqué sur sa compagne. Il ne dansa pas, mais demeura légèrement à l'écart dans la pénombre, à quelques mètres des danseurs, les yeux rivés sur Blaze. Jon savait que la jeunesse était comme le feu, imprudente et dangereuse. Il savait aussi que Spirit Eagle était en compétition avec lui pour devenir chef. Il lui faudrait le surveiller de près, ainsi que Blaze, au cas où le jeune guerrier envisagerait de l'enlever.

Le rythme des tambours s'accéléra, indiquant le début d'une nouvelle danse. La foule se mit à pousser des cris excités.

— Que se passe-t-il ? demanda Blaze, remarquant

que toutes les femmes se précipitaient pour former une procession.

– C'est une autre danse, mais reste ici.

– Toutes les femmes...

– Tu ignores les pas, répliqua-t-il de façon ambiguë, en la prenant possessivement par la taille. (Il se tourna vers Rising Wolf debout à ses côtés.) Garde un œil sur Spirit Eagle. Si jamais il vient par ici, je veux que tu l'en empêches.

Rising Wolf se contenta de hocher la tête.

Les femmes avaient formé un grand cercle autour des hommes et tournaient autour d'eux dans le sens des aiguilles d'une montre.

– Jeunes guerriers, offrez des cadeaux aux femmes qui vous plaisent et embrassez-les. Si votre cœur est plus généreux, et si vous désirez les épouser, donnez-leur un cheval et aucune ne s'enfuira ! cria un héraut venu se placer au centre du cercle.

Un jeune guerrier qui avait déjà inspecté toutes les femmes fut le premier à enlacer une très belle jeune fille. Il lui donna une couverture brodée et un baiser. Tous les autres en firent autant. Certains hommes offraient un bâton peint représentant un cheval et, si elles l'acceptaient, les filles étaient mariées. Quelques-unes refusèrent les cadeaux, attendant l'homme qui leur plaisait. Plusieurs parmi les plus âgées distribuèrent des coups de fouet à ceux et à celles qui n'étaient pas encore allés danser. Bientôt, tout le monde se retrouva en train de s'embrasser, avec l'air de beaucoup s'amuser.

Jon, qui fit pourtant l'objet d'une inspection très détaillée, resta à côté de Blaze, sans la lâcher d'un pouce. Mais très vite, deux vieilles femmes l'obligèrent à rejoindre le cercle des danseurs.

– Vas-y, c'est ton devoir, lui dit Blaze, comprenant

les gestes menaçants des deux Indiennes, faute de saisir ce qu'elles racontaient.

– Ça ne te dérange pas ? s'enquit doucement Jon en la regardant d'un air grave.

– Non, pas du tout. C'est normal. Tout le monde t'attend.

Rising Wolf glissa un mot à l'oreille de Jon qui répliqua dans sa langue avant de se laisser entraîner.

– Qu'est-ce que vous disiez ? demanda Blaze à Rising Wolf.

– Je lui ai dit de... d'éviter ses anciennes amies et il m'a répondu qu'il allait insister pour embrasser une vierge, afin que tout reste parfaitement innocent. Il ne veut pas vous offenser, mais comme vous pouvez le voir, il est très demandé.

– Je ne me sens pas offensée, rétorqua-t-elle avec une grande tolérance. Tout le monde souhaite lui plaire, ce que je comprends.

– Il est le meilleur, remarqua Rising Wolf. Il l'a toujours été.

Elle ne quitta pas Jon des yeux lorsqu'il retira son magnifique collier en griffes d'ours pour le passer autour du cou délicat d'une jeune fille d'une troublante beauté. L'Indienne leva vers lui un regard empli d'adoration et de convoitise. Ce regard fut comme une première fissure qui ébranla considérablement la belle tolérance de Blaze.

Jon se pencha afin d'embrasser la jeune fille, la tenant d'une main par la taille tout en lui effleurant la tête de l'autre. Et quand la jeune fille se jeta à son cou pour se coller à lui, Blaze cessa immédiatement de faire preuve de toute charité chrétienne. Le baiser se prolongea de manière insupportable.

– Qui est cette fille ? demanda-t-elle d'un ton rageur à Rising Wolf.

– Nous ne parlons jamais des défunts, répondit-il de façon équivoque.

– Pour une fois, faites une exception ! lança-t-elle avec autorité.

L'Indien soupira.

– C'est la petite sœur de Raven Wing.

– Mais qui est Raven Wing ? Une de ses anciennes petites amies ?

– La première femme de Jon.

Les yeux de Blaze s'emplirent de larmes, des larmes brûlantes de rage et d'humiliation, et elle sentit sa gorge se nouer en retenant un sanglot. Avant de se trahir et de laisser apparaître son émotion, elle s'éloigna dans la pénombre qui régnait au-delà du parterre de danse. Rising Wolf voulut la retenir, mais elle se faufila entre deux femmes et se fondit dans l'obscurité. Impossible de crier son nom, il ne tenait pas à provoquer un scandale. Bousculant les femmes, il se précipita entre deux tipis. Les recommandations de Jon résonnaient à ses oreilles : « Garde un œil sur Spirit Eagle. » Or il venait juste de s'apercevoir que le jeune guerrier avait lui aussi disparu.

Jon réussit à s'arracher à l'étreinte de Blue Flower. Il avait eu l'intention de lui donner un baiser platonique pour contenter les vieilles femmes. Rien de plus. Malheureusement, Blue Flower avait une tout autre idée en tête. La petite fille était devenue une vraie femme, pensa-t-il en s'éloignant avec un sourire aimable. Soulagé, il soupira discrètement et chercha Blaze du regard. Lorsqu'il vit Rising Wolf se frayer un passage parmi la foule des danseurs, son cœur battit plus vite.

– Je l'ai perdue.

Le ton était brutal et plein d'une sincère émotion.

– Comment ? demanda Jon, comprenant déjà ce qui se passait.

– Elle s'est enfuie si vite que je n'ai pas pu l'arrêter. Ce long baiser...

– Cette coquine ne voulait plus me lâcher. Ton style, pas le mien. Où est Spirit Eagle ?

– Parti.

– Bon sang, j'en étais sûr !

– Il y a longtemps qu'il cherche à te défier.

– Je sais.

– Tu as été souvent absent ces dernières années.

– Umm.

Jon ne l'écoutait qu'à moitié, sachant pertinemment que Spirit Eagle convoitait sa place. La compétition ne l'avait jamais inquiété. Jusqu'à ce jour. Jon refusait que Blaze servît de gage à une lutte de pouvoir.

– Tu crois qu'elle a pu retourner dans votre tipi ? demanda Rising Wolf.

– Pas de nuit. Ils se ressemblent tous. Allons plutôt voir chez Spirit Eagle.

– Comment peux-tu être si sûr de toi ?

– Il a filé, oui ou non ?

– Peut-être s'est-il joint aux danseurs, suggéra Rising Wolf.

– Je te parie mon cheval que ce n'est pas le cas.

La voix de Jon était pleine d'assurance, alors que celle de Rising Wolf en manquait. Il était déjà parti en courant.

Blaze réalisa bientôt qu'elle s'était perdue. Elle s'était enfoncée dans la nuit, sans but précis, ne songeant qu'à fuir l'insoutenable spectacle de Jon en train d'enlacer cette femme. Après avoir dépassé d'interminables rangées de tipis, elle s'arrêta, haletante, et regarda autour d'elle. Rien ne lui parut familier.

Rien qu'une succession de tipis vides, dont tous les habitants étaient en train de danser et de faire la fête près de la rivière.

Comment retrouver le chemin du wigwam de Jon ? Non pas que cela eût tellement d'importance, se dit-elle. Dans les heures à venir, il serait probablement trop occupé par la jeune beauté qu'il avait embrassée avec fougue devant des centaines de spectateurs fort intéressés. Si elle ne rentrait pas ce soir, ce serait bien fait pour lui. Et Blaze se mit à chercher le chemin du lac. La mousse sous la charmille ferait un lit très confortable.

En colère contre elle-même, contre Jon, contre la friponne qui l'avait embrassé, elle éprouva confusément le besoin de se venger. Elle respira l'air frais de la nuit, décidée à ne pas rentrer. Passer une nuit en solitaire lui donnerait l'occasion de réfléchir au sujet de Jon Black et de son abominable attirance pour les femmes un tant soit peu persuasives.

Elle n'avait pas fait plus de trois pas lorsqu'un jeune guerrier, vêtu avec éclat, ses longs cheveux noirs brillant au clair de lune, s'approcha d'elle. Il sourit et lui tendit la main en faisant le signe de l'amitié. Blaze ne le reconnut pas mais devina le message. Elle lui rendit son sourire et Spirit Eagle se dit que Jon était fou de la laisser toute seule. Il lui parla doucement en absarokee, lui adressant des compliments sur sa beauté.

Blaze secoua la tête pour montrer qu'elle ne comprenait pas, mais quand il lui tendit une nouvelle fois la main, une idée lui vint à l'esprit. Pourquoi ne pas danser avec ce beau et jeune guerrier ? Puisque Jon, bien qu'il s'en défendît, avait le droit de danser et d'embrasser les jolies filles, pourquoi n'en ferait-elle pas autant ? Après tout, c'était la raison d'être de la fête. Tout le monde prenait du bon temps. Pourquoi laisser une rage futile et la jalousie gâcher une si charmante soirée ? Elle allait tout simplement suivre son exemple et se joindre aux amoureux s'amusant sous les étoiles.

Blaze prit sa main et lui sourit.

– Danser, dit-elle en balançant les hanches.

Spirit Eagle, aussitôt excité, l'attira contre lui.

– Non, danser... au bord de la rivière. Danser.

Et elle esquissa quelques pas en s'écartant de lui.

– *Hù kawe*, dit-il, et Blaze reconnut le mot qui signifiait « Viens ».

Il serra sa main dans la sienne et elle le suivit. Tandis qu'ils traversaient le camp, elle lui jeta de petits coups d'œil obliques. Il était plus jeune que Jon, mais son corps souple avait la belle assurance d'un guerrier accompli. Il avait les cheveux longs, plus longs que Jon, et quand il se tourna vers elle en souriant, elle songea que les Absarokees méritaient bien leur réputation de perfection physique. Il était extraordinairement séduisant.

Ils marchèrent en silence le long des allées désertes, rencontrant seulement un chien de temps à autre sur leur passage. Spirit Eagle n'arrêtait pas de lui faire des sourires que Blaze lui rendait aimablement sans un mot. Quelle chance de pouvoir se venger de Jon en flirtant avec un jeune homme aussi superbe, sympathique et charmant.

Ce ne fut qu'au bout d'un moment que Blaze s'aperçut qu'ils s'éloignaient des feux de camp de la fête au lieu de s'en rapprocher. Elle stoppa soudain et la main de Spirit Eagle la serra plus fermement.

– C'est là-bas qu'on danse, expliqua-t-elle en agitant sa main libre.

Il n'eut pas l'air de comprendre.

– *Hù kawe, bia*, répliqua-t-il calmement en l'entraînant derrière lui.

L'estomac de Blaze se serra. « Viens, chérie », lui avait-il dit. Mais pourquoi l'appelait-il ainsi ? Etait-ce une simple formule de politesse ou bien était-ce plus intime ? Soudain, elle se sentit très seule dans cet immense camp désert. Et pas très sûre d'elle. Ces sourires aimables n'étaient peut-être pas aussi innocents qu'ils en avaient l'air.

« Bon sang, je ne vais quand même pas me laisser entraîner dans la mauvaise direction », pensa-t-elle avec mauvaise humeur.

– Stop ! s'écria-t-elle, joignant le geste à la parole.

Elle aurait tout aussi bien pu essayer d'arrêter un bison. Spirit Eagle ne ralentit même pas. Par contre, il referma plus fermement la main autour de son poignet.

Plus coopérative du tout, Blaze planta ses talons dans le sol, sans grand effet, en dehors de laisser la trace de ses mocassins sur le chemin. Indifférent aux menaces et aux insultes de la jeune femme, Spirit Eagle la tira ainsi jusqu'à un tipi et se baissa légèrement pour soulever le battant.

Profitant de cette opportunité, Blaze libéra sa main et prit ses jambes à son cou. Mais le jeune Indien ne tarda pas à la rattraper. Il la souleva de terre et la maintint contre lui.

Blaze se débattit de toutes ses forces, le bourrant de coups de poing et envoyant des coups de pied dans tous les sens – ce qui sembla l'amuser beaucoup. Il resserra son étreinte tout en lui murmurant des mots qu'elle reconnut : c'étaient ceux que Jon lui chuchotait lorsqu'ils faisaient l'amour.

Il pencha la tête pour l'embrasser. Les yeux écarquillés, elle regarda avec frayeur sa bouche à quelques centimètres à peine de la sienne.

Tout à coup, Jon apparut dans son champ de vision. Il venait de tourner au bout d'une allée, courant à perdre haleine. Automatiquement, Blaze cessa d'avoir peur, mais sa jalousie lui rappela qu'il méritait d'être puni pour avoir embrassé si longuement la jeune fille. Spirit Eagle, qui tournait le dos à Jon, ne savait pas encore très bien comment il allait s'y prendre quand Blaze aperçut Rising Wolf arriver à son tour. Avec un sourire malicieux, elle tendit ses lèvres au jeune guerrier.

Une douce revanche, maintenant que tout danger était éloigné.

Jon n'avait pas vu Blaze montrer la moindre résistance.

Il n'avait rien entendu de ses insultes, ne l'avait vue ni s'enfuir ni se débattre.

Il constata seulement qu'elle était dans les bras de Spirit Eagle et qu'elle l'embrassait. Une jalousie furieuse s'empara de lui.

— Tu t'amuses bien ? lança-t-il en parcourant les derniers mètres qui les séparaient, s'efforçant de se dominer.

Spirit Eagle se retourna brusquement.

— Lâche-la, ordonna Jon en absarokee.

— Peut-être qu'elle a envie de rester, répondit le jeune guerrier avec un regard plein de défi.

— Tu veux rester ? demanda-t-il froidement à Blaze en anglais.

Malgré sa colère, elle n'osa pas répondre par l'affirmative devant la dureté du ton. Elle secoua la tête.

— Voilà. Maintenant, laisse-la partir, commanda Jon, impassible.

Spirit Eagle desserra son emprise et les pieds de Blaze retombèrent sur le sol.

— Ramène-la au tipi, dit Jon à Rising Wolf, qui venait d'arriver derrière lui.

— Une seconde, objecta Blaze. Je refuse d'être traitée comme une...

– Comme une traînée ? termina-t-il avec un mauvais sourire.

– Ce n'est pas à toi de me dicter ma conduite, gronda Blaze en s'approchant d'un air menaçant. Tu en avais assez de danser ?

– Nous parlerons de cela plus tard, répliqua-t-il, peu disposé à offrir une scène de ménage à Rising Wolf et à Spirit Eagle.

– Oh... plus tard. Je vois... Pour l'instant, je suis congédiée, c'est ça, Votre Altesse ?

– En gros, c'est ça, oui.

– Et si je me fichais d'être congédiée par l'amant dont rêvent toutes les femmes ? rétorqua-t-elle d'un ton mielleux. L'amant de la jeune fille sur la piste de danse, l'amant de Little Moon, l'amant de Lucy Attenborough, d'Elizabeth Motley, de Fanny...

– Fais-la taire et emmène-la ! coupa sèchement Jon.

Et en moins d'une seconde, alors qu'elle s'apprêtait à crier le prochain nom d'une longue liste, Blaze se sentit soulevée du sol. Rising Wolf s'excusa avant de lui plaquer une main sur la bouche, l'empêchant de proférer un son jusqu'au wigwam de Jon.

Spirit Eagle affecta un petit sourire supérieur.

– Peut-être aimerais-tu que je t'en débarrasse ?

– Peut-être pas.

– Le grand chef se laisse faire par un Visage Pâle ? s'étonna le jeune guerrier d'un ton méprisant.

Jon préféra l'ignorer.

– Je te préviens, Spirit Eagle, je ne veux plus te voir la toucher, ni lui parler, ni même l'approcher.

– Nous pourrions nous battre pour la femme blanche, lança-t-il, désireux de trouver une occasion d'humilier publiquement Jon.

– Tu sais très bien que je refuse de me battre à cause d'une femme.

Le ton était d'une indubitable clarté.

– Lâche ? Ou peureux ?

Jon haussa les épaules, pour bien montrer le peu d'importance qu'il attachait à la remarque du guerrier.

– Ne t'approche pas de ma femme, un point c'est tout. Je te préviens une fois. Il n'y aura pas d'autre avertissement.

– Montrer une telle préférence pour une femme discrédite un homme. Tu deviens comme les Blancs. Une telle faiblesse ne te fait pas honneur. Désirer une femme si ardemment n'est pas digne d'un vrai guerrier.

En tout cas, le jeune homme ne pouvait être accusé de manquer de franchise.

– Je comprends que tu veuilles me défier, Spirit Eagle. Cette fois-ci, comme les autres fois. C'est le rôle d'un guerrier de rechercher la gloire et de devenir chef. Je comprends ce qui t'anime. Je comprends même que tu aies envie d'elle. J'ai été élevé selon les mêmes principes que toi, alors inutile de me parler de déshonneur. Ni de me rappeler ce qui régit les rapports entre les hommes et les femmes. Mais je te préviens : avec elle, je ferai ce qu'il me plaira. Ne t'avise pas de me désobéir, sinon...

Jon ferma les yeux un instant, se demandant jusqu'où il pourrait aller par amour pour elle. Lorsqu'il les rouvrit, son regard était morne et glacial.

– Ne t'en avise pas, conclut-il.

– Alors, ce qu'on raconte est donc vrai. Il paraît que tu vas chercher de l'eau pour elle et que tu fais même la cuisine, comme une femme, jeta le guerrier avec dédain.

– J'agis comme il me plaît. Tu es jeune et tu as toute la vie devant toi. Je te conseille de chercher une autre femme. Mais au cas où tu aurais le sens de l'honneur ou l'orgueil mal placé, sache que si tu essaies de me la prendre, tu auras affaire à moi.

– Elle va te rendre faible.

– Tu n'auras qu'à venir vérifier. Quand tu voudras, dit Jon calmement.

N'obtenant pas de réponse, il s'en alla.

Rising Wolf, qui montait la garde devant le tipi de son chef, sentit une main se poser sur son épaule.

– Merci, je te verrai demain matin, déclara Jon de sa voix grave.

– Ce n'est pas tout à fait de sa faute, remarqua-t-il, sachant ce que son ami devait ressentir.

– Je sais.

– Ne sois pas trop dur avec elle. Elle ne connaît pas nos coutumes.

– Je n'ai jamais frappé une femme de ma vie. Pas la peine de prendre cet air inquiet.

– Alors, je te souhaite de beaux rêves, dit Rising Wolf dans un sourire.

Cependant, il n'avait jamais vu Jon courir pour aucune femme. Jamais. Et il doutait que celle-ci s'en sortît indemne après le baiser enflammé qu'elle avait donné à Spirit Eagle.

Quand Jon entra, elle l'attendait, debout, très droite, l'air hostile.

– Tu pensais à Raven Wing pendant que tu embrassais sa petite sœur ? attaqua-t-elle d'emblée, toujours prête à l'offensive.

Jon s'arrêta net, comme s'il venait de recevoir une gifle. Ce nom – si rarement prononcé depuis sa mort – était tellement chargé d'émotions... Il regarda Blaze, voulut dire quelque chose puis se ravisa. Il se dirigea vers le fond du tipi et retira sa chemise à franges, ses muscles puissants saillant dans son dos.

– Mais qu'est-ce que tu veux ? s'écria-t-elle, outragée par sa conduite et son silence. Je veux savoir ! Pourquoi moi, Jon ? Alors que n'importe quelle femme ici prendrait volontiers ma place. Je comprends que tu aies besoin d'un otage, mais pourquoi tout le reste ? Pourquoi te forcer à être tendre et à dire des mots d'amour ? Il est évident que ça ne signifie rien. La jeune fille de ce soir pourrait très bien me remplacer. Si c'est d'une servante dont tu as besoin, tu sais que je ne ferai pas l'affaire. Et si c'est une courtisane gratuite que tu souhaites, les postulantes doivent être nombreuses à faire la queue !

Il se retourna et la dévisagea, stupéfait. Il y avait deux jours à peine, il lui avait dit qu'aux yeux de sa tribu et des siens, elle était sa femme. Ce n'étaient pas des mots en l'air. Et voilà qu'il la retrouvait dans les bras d'un autre homme...

– A moins que... que tu veuilles que je te paie. Après tout, tu as la réputation fameuse d'être un expert. Combien te dois-je jusqu'à présent ? Tu comptes comment, à la semaine ou à l'heure ? continua-t-elle en marchant de long en large comme une furie.

Jon serra les poings et se laissa tomber sur les fourrures empilées qui servaient de lit. Pourquoi les Blancs devaient-ils toujours crier pour se faire entendre ? Il enleva ses mocassins et s'étendit sur le lit.

En deux secondes, Blaze fut debout devant lui.

– Qu'est-ce que tu fabriques ? hurla-t-elle, folle de rage.

– Je me couche, dit-il simplement.

Pour l'instant, c'était ce qu'il estimait le plus prudent de faire.

– Tu refuses de me répondre ?

Il y eut un long silence.

– Non, répliqua-t-il enfin, faisant visiblement de gros efforts pour ne pas se mettre en colère.

Mais Blaze n'était pas sensible à ce genre de détails.

– Je veux une réponse ! rugit-elle d'une voix stridente, habituée à ce que tout se passât comme elle le désirait.

Il la vit brandir une main rageuse, s'apprêtant à le gifler, et saisit le fin poignet de Blaze. Aussitôt, il la renversa sur le lit et, avec un sursaut de colère, de jalousie et une envie primitive de la posséder, il se jeta sur elle.

– Tu veux une réponse ? Je vais t'en donner une. (Brutalement, il s'écrasa contre son corps, collant ses hanches étroites aux siennes.) Non, je ne veux pas d'une servante. Ni d'une courtisane. Bien que Spirit Eagle ait eu l'air très intéressé. Et non, je ne veux pas que tu me paies. Tu ne serais pas assez riche.

Il lui sourit, d'un air paillard et déplaisant. Lui écartant les jambes, il s'installa familièrement entre ses cuisses.

– Tout ce que tu sais dire, espèce d'enfant gâtée, c'est « je veux ». Il serait temps, petite chérie, que tu apprennes que le monde ne tourne pas autour de tes désirs, mais des miens. Et je ne tiens pas à te partager avec le premier homme venu.

Il dénoua la ceinture de coquillages qui entourait sa taille, la jeta par terre, puis lui ôta sa robe.

– Ne me touche pas, sale hypocrite ! Et ne me fais pas de leçons sur la fidélité !

– Ce n'est pas une leçon, c'est un ordre ! Désolé, mais à l'avenir, tu devras te passer d'amants. Cela ne fait pas partie du contrat.

– Je vois... La loi du grand chef Jon ! siffla-t-elle. Toi, par contre, tu as droit aux demoiselles !

– Je n'ai pas embrassé cette femme parce que j'en avais envie, dit-il d'une voix douce malgré ses sourcils froncés. Je l'ai fait parce que c'était ce qu'on attendait de moi. Tout comme j'attends maintenant de toi, *bia*, que tu te comportes en bonne épouse.

– Sûrement pas ! Dire que tout le monde t'a vu à l'œuvre... pas question !

Elle essaya de se dérober, mais il était littéralement vissé sur elle.

– Si, tu le feras. J'en suis convaincu, murmura-t-il d'un ton glacial. Regarde-moi.

Elle détourna délibérément les yeux, ivre de colère. Il l'obligea à tourner la tête.

– Tu n'aurais pas dû partir avec Spirit Eagle.

– Les lèvres de la petite sœur étaient à ton goût ? cracha-t-elle d'un air furibond.

– Tu te trompes complètement, Boston. Et ce que tu ignores de notre culture pourrait remplir des milliers de volumes. Peut-être ai-je été négligent. Leçon numéro un : je refuse que tu files avec d'autres hommes.

– Il m'a forcée, protesta-t-elle, haletante, le sang battant à ses tempes à force de lutter en vain.

– Tu parles ! D'où j'étais, ça n'en avait pas l'air ! dit Jon en lui agrippant le poignet.

– Je croyais que nous allions danser, insista-t-elle.

– Oh, pour ça, tu aurais dansé ! La plus vieille danse du monde !

– Ce n'est pas juste. Je n'avais aucune intention de...

– Prends garde, Boston ! Je sais à quel point ton joli corps peut brûler de désir. Alors, ne me raconte pas que tu n'avais aucune intention. Pas après le baiser que j'ai surpris.

– Je ne suis pas ta chose, Jon ! s'écria-t-elle, fulminant de rage.

– Ici, tu l'es. Tu es ma chère et tendre femme. Du moins, tant que je voudrai de toi.

– Je pourrais te quitter la première. Tout le monde est à égalité, ici, n'est-ce pas ?

– Tu irais au-devant de quelques ennuis si tu me quittais. Malheureusement, la théorie et la pratique ne sont pas toujours synonymes. Tu es à moi, Boston. Mieux vaut te faire à cette idée.

Le regard brillant et incrédule, elle dévisagea l'homme étendu sur elle.

– Et si je ne m'y fais pas ?

– Eh bien, il faudra que je laisse le temps te convaincre. Nous en reparlerons, murmura-t-il.

– Tu devras me forcer. Tu n'as pas le droit de me dire ce que je dois faire ! hurla-t-elle.

Un vrai sourire se dessina sur les lèvres de Jon.

– Il faut que tu apprennes à tenir ta langue. Tu es beaucoup trop bruyante pour moi. Tu es exaspérante, et dangereuse pour ma tranquillité d'esprit. Que vais-je bien pouvoir faire de toi ? dit-il avec un profond soupir.

– Commence par me lâcher le poignet ! supplia-t-elle en ébauchant un minuscule sourire. A propos de tranquillité d'esprit, dis-moi une chose... (Elle s'interrompit tout à coup, et Jon sentit son corps se crisper sous lui.) Mais honnêtement, ajouta-t-elle, l'air grave à nouveau.

– Bien entendu.

– A-t-elle de l'importance pour toi ?

– La fille avec qui j'ai dansé ?

Blaze hocha la tête d'un air abattu et soumis qui ne lui ressemblait guère.

– Non, répondit-il doucement. C'était seulement un devoir, un rite, une cérémonie... appelle ça comme tu voudras.

– Elle n'a éveillé aucun souvenir, aucun regret ? demanda-t-elle en le dévisageant avec inquiétude.

– Je ne la connaissais même pas. Elle avait huit ans quand je suis parti à Harvard la première fois.

– Alors, dit Blaze avec une tout autre voix, ce n'était pas la peine que j'embrasse Spirit Eagle pour te rendre jaloux.

– Tu veux dire que tu l'as fait exprès ?

– Je t'ai vu arriver. Une seconde avant, j'étais en train de me débattre, confessa-t-elle avec une moue charmante.

– C'est vrai ? interrogea Jon, l'air dubitatif.

– Tu ne me crois pas ?

– Eh bien !...

Jon avait en effet du mal à avaler ça, sa propre expérience avec Blaze lui ayant révélé sa nature sensuelle. C'était plutôt lui qui avait dû protéger sa vertu, aussi était-il en droit de douter.

– Jon !

– Mais oui, je te crois, se hâta-t-il de dire.

Il se souvint tout à coup avec délices des multiples facettes du caractère de sa compagne dont la docilité était plutôt absente.

– Tu es sûr que tu te moques de cette fille ? reprit Blaze d'une voix sans colère, mais encore empreinte d'inquiétude.

– Je me fiche de Blue Flower ou de Little Moon ou de Lucy Attenborough, ou même de... (Il s'arrêta avant de prononcer le nom et sourit tendrement à Blaze.) Même le passé ne compte plus, poursuivit-il avec douceur. Tu as pris possession du moindre recoin de ma conscience. Je t'aime. Reste avec moi.

Soudain, il roula sur le côté et s'allongea sur le dos en se passant la main dans les cheveux.

– Bon sang, marmonna-t-il. Comment allons-nous faire...

Il songeait à la multitude d'hommes blancs qui

prenaient d'assaut son pays, confirmant le rêve prémonitoire qu'il avait fait longtemps auparavant.

Les Indiens n'avaient jamais tiré aucun avantage politique d'aucune négociation. Il leur manquait la ruse que les Blancs cultivaient avec tant de maîtrise. Ces derniers se disaient opportunistes, pas impitoyables. Ils parlaient de progrès, et non d'extermination. Etait-il possible de gagner ? Jon ne savait plus que penser.

Et tout à coup, tous les conflits qui déchiraient son âme furent emportés par l'incroyable flot d'amour qu'il ressentait pour Blaze.

— Dis-moi que tu m'aimes, toi aussi. Dis-le-moi, supplia-t-il, la désirant en cet instant plus que tout au monde.

Blaze se jeta dans ses bras.

— Je t'aime, répondit-elle joyeusement. Je t'aime, je t'aime, je t'aime.

Elle lui couvrit le visage de petits baisers tendres, enflammée par la magie de leur amour, se sentant en parfaite union avec le monde, comme si tout s'était remis en place avec la simplicité d'un rêve d'enfant.

Jon l'enlaça doucement.

— Comment peux-tu en être si sûre ? demanda-t-il, plongeant dans le bleu étincelant de son regard.

— Je le sais, c'est tout, affirma-t-elle sur un ton sans équivoque.

— Mais comment peux-tu le dire aussi facilement ?

— Il suffit de dire ce qu'on ressent, expliqua Blaze. Ça vient tout seul. Je vis, je sens, je suis. C'est simple. Tu n'as jamais cette impression ?

— Non, répondit-il sans hésiter.

Il aurait souhaité que ses sentiments soient si peu compliqués. L'amour qu'il éprouvait pour elle était entravé par de multiples obstacles, tous destructeurs.

— Embrasse-moi, l'exhorta-t-elle, le tirant de ses pensées morbides. Et aimé-moi.

— Petit dictateur, grommela-t-il, un léger sourire aux lèvres. Tu ne changeras pas.

Blaze l'embrassa la première, avec passion et fougue. Et en quelques secondes, Jon oublia son amertume et sa tristesse tandis que le plaisir déferlait sur lui comme un torrent.

28

Les jours suivants furent idylliques. Jon garda Blaze tout près de lui. Il aimait la toucher, comme si sa présence avait valeur de talisman contre un avenir auquel il préférait ne pas penser pendant ces quelques douces semaines d'été.

Ils firent des promenades avec d'autres couples d'amoureux et ramassèrent des mûres et de la rhubarbe sauvage, profitant pleinement de cette saison délicieuse faite pour s'amuser, rire et s'aimer. Etendus sur la mousse, ils passèrent de longues heures à faire l'amour, oubliant tout et vivant à fond l'instant présent.

La nuit, ils montaient parfois dans un pâturage à flanc de montagne, où l'herbe sentait merveilleusement bon. Et Blaze, la tête sur l'épaule de Jon, l'écoutait parler des constellations. Sous la nuit étoilée, il lui apprenait leurs noms dans sa langue ou racontait des légendes absarokees. Un jour, il évoqua la vision qu'il avait eue à cet endroit :

– Aucun pays ne ressemble à celui-ci. Et mon rêve consiste à le garder pour mon peuple.

Puis, comme souvent ces temps-ci, Jon retomba dans un silence maussade.

– Tu y arriveras, Jon, j'en suis sûre, chuchota Blaze.

– Peut-être...

– Je voudrais t'aider. Si je le peux.

Il sentit son souffle chaud sur sa poitrine.

– A chaque seconde, tu me rappelles que la vie peut être joie et bonheur, *bia*. Tu es mon aide la plus précieuse. Maintenant, embrasse-moi.

Et en l'embrassant, elle remarqua que des larmes coulaient sur ses joues.

Au cours de ces paisibles soirées d'été, Blaze commença à comprendre la fierté de Jon envers son héritage et les liens qui l'attachaient à cette terre. Cette terre qui avait nourri son esprit et son corps, et qu'il chérissait en retour d'un amour mystique.

Bien que Blaze eût toujours su que ce merveilleux été aurait une fin, elle ne put s'empêcher d'éprouver une profonde angoisse quand Jon lui annonça qu'il était temps de repartir. Une réaction purement viscérale, très éloignée de toute considération rationnelle. Elle savait qu'il ne pouvait abandonner la mine trop longtemps. Et elle savait aussi qu'il leur faudrait tôt ou tard faire face à son père, à la Buhl Mining et à un avenir incertain. Sa tête le comprenait, mais son cœur refusait d'en entendre parler :

– Ne pourrait-on pas rester encore un peu ?

– Nous sommes restés plus longtemps que prévu.

Comme elle, Jon avait laissé ses émotions lui dicter sa conduite. Ils auraient dû être repartis depuis déjà une semaine. Mais les derniers jours avaient été tellement paradisiaques qu'il avait hésité à quitter un si paisible refuge.

– Quand partons-nous ? demanda doucement Blaze.

Elle était maintenant certaine de porter l'enfant de Jon et s'était promis de lui en parler avant leur départ.

– Après-demain.

Encore un jour pour lui annoncer la nouvelle...

Il était plus de minuit et c'était leur dernière nuit au camp. Tout était calme en dehors des lucioles qui dansaient près des buissons au bord de la rivière. Jon dormait paisiblement, mais Blaze avait les yeux grands ouverts. Elle ne lui avait toujours rien dit. Elle avait essayé une dizaine de fois aujourd'hui, mais à chaque occasion le courage lui avait manqué, ne sachant comment il réagirait au fait d'être bientôt père.

Leurs vies étaient tellement perturbées par des forces extérieures : la Buhl Mining ; son devoir envers sa tribu ; les différences profondément marquées entre leurs deux vies ; les innombrables Blancs qui envahissaient chaque jour le territoire. C'était comme s'ils résidaient sur une petite île dont les rivages étaient grignotés, centimètre par centimètre, inexorablement. Et quand l'eau leur arriverait aux pieds, que feraient-ils ?

A peine l'eut-elle touché qu'il se réveilla et saisit son poignard automatiquement. Il le remit dans son fourreau en voyant qu'ils étaient seuls.

– Quelque chose ne va pas, *bia* ? Un méchant cauchemar ?

A la faible lueur de la lune, il remarqua qu'elle avait l'air inquiet et serrait les poings.

– Non, pas un cauchemar, répondit-elle doucement.

Jon s'était assis, et il scruta son visage comme s'il souhaitait lire ses pensées.

– Quoi que ce soit, dis-le-moi. Je ferai quelque chose.

Et il disait vrai. Pour elle, il aurait déplacé des montagnes.

– Est-ce... à cause de notre départ ?

Elle secoua la tête.

Il lui effleura tendrement la joue du bout des doigts.

– Tu as peur ?

– Pas de ça, non, murmura-t-elle.

– Alors de quoi, ma princesse ?

Il lui prit les mains et en caressa le dessus avec ses pouces.

Il n'y avait pas trente-six manières de le lui avouer, bien qu'elle se creusât les méninges depuis quelques jours.

– Je suis enceinte...

Jon s'immobilisa et la regarda droit dans les yeux, très calme.

– Je sais.

Blaze était stupéfaite.

– Tu sais ?

– Je pensais que toi, peut-être, tu l'ignorais encore.

– Mais comment le sais-tu ?

– Je suis tous les jours avec toi, *bia*. Si tu avais eu tes règles, je m'en serais aperçu. Mais ce n'est pas le cas.

– Tu es mécontent ? demanda-t-elle en retenant son souffle.

– Non.

– Tu es heureux ?

Et elle attendit sa réponse, le cœur empli d'appréhension.

Jon était terrifié, mais ne pouvait le lui dire. Pour la première fois de sa vie, il se sentait vulnérable. Son courage de guerrier, ce courage qui le rendait invincible, reposait sur une totale absence de peur. Il l'avait toujours dédaignée et ne se souciait pas de sa sécurité personnelle. Désormais, ce qui lui arriverait aurait de l'importance pour Blaze et leur bébé.

Contrairement à ses autres enfants, qui étaient pris en charge par sa tribu, celui-ci serait seul au monde avec sa mère si jamais il venait à être tué.

Jon savait depuis toujours que son destin était de sauver sa tribu bien-aimée ou alors de mourir en essayant de le faire. Quoi qu'il arrivât, il serait fidèle à sa vision. Et il avait toujours été convaincu du bien-fondé de sa mission. Maintenant, rester neutre face au danger se révélerait impossible. Et cela l'horrifiait.

Il attira Blaze contre lui et plongea son visage dans ses cheveux parfumés.

– Je suis heureux, *bia-cara*. Désormais, nos esprits ne font plus qu'un. Quand tu respires, je le sens, quand tu souris, la chaleur de ton sourire me caresse et le cœur de notre enfant bat aussi dans le mien.

– Sommes-nous obligés de repartir ? implora-t-elle, se sentant protégée et à l'abri, ici, dans les montagnes.

– Le devoir m'appelle, je n'ai pas le choix. Un tipi dans les montagnes, avec toi et notre enfant... un jour...

Jon, aussi triste que sa compagne de ce départ, ne termina pas sa phrase. L'avenir était trop incertain.

Les grands yeux bleus de Blaze s'emplirent de larmes.

– Le bébé pourra-t-il naître ici, dans les montagnes ?

Jon hocha la tête, animé du même désir de voir son enfant naître entouré de paix et d'affection. Blaze et lui avaient trouvé ici, sur la terre de son peuple, ce que le monde avait de meilleur à offrir, et il souhaitait ardemment que son enfant connût le même bonheur.

– Promets-le-moi, supplia-t-elle.

Elle avait besoin d'entendre des mots qui apaiseraient son appréhension.

— Je te le promets, dit Jon.

Parce qu'il aimait cette femme, c'était une promesse qu'il voulait tenir. Une promesse qu'il espérait être capable de tenir...

29

Ils partirent à l'aube, escortés par Rising Wolf et une dizaine de guerriers.

La cabane était exactement dans le même état qu'à leur départ, excepté les provisions que Jimmy avait apportées. L'entrée de la mine était intacte. Personne n'était venu là non plus. Rising Wolf et ses compagnons fouillèrent tout le périmètre avant de déclarer qu'il n'y avait pas de danger. Aucune trace d'un quelconque visiteur. Peu avant le coucher du soleil, Jon et Blaze leur firent leurs adieux.

– J'ai l'impression de rentrer chez nous, dit Blaze, debout sur le seuil, observant la petite cabane dont chaque recoin lui rappelait un souvenir.

– Notre première maison, acquiesça Jon en la prenant par la taille. Tu es fatiguée ?

– Non. Ce voyage par petites étapes a été un plaisir.

Telle avait été l'intention de Jon. Il ne souhaitait prendre aucun risque avec la santé de Blaze.

– Tu dois faire attention maintenant. N'en fais pas trop.

– Je me sens très bien.

Il se pencha pour l'embrasser sur la joue. Et il se demanda, comme souvent depuis leur rencontre, comment il avait pu vivre un jour sans elle. Ce qui lui fit penser à une autre chose importante.

– Puisque nous allons avoir un enfant, nous devrions essayer de trouver ton père. Il faut qu'il soit au courant de ce bébé et de notre mariage.

Ou, s'il était mort, il fallait que Blaze le sût et cessât de s'attendre à le voir arriver.

– Oui, j'aimerais bien. Je sais que papa sera très heureux pour moi, pour nous. Il m'a toujours dit : « Quand tu trouveras l'amour, tu le sauras. » Mais avant toi, je n'étais pas sûre qu'il eût raison. Tu penses qu'on pourrait lui faire parvenir un message... par Jimmy, peut-être ?

– Je vais voir.

Si Jimmy ignorait où était Billy Braddock, Rose le saurait. Jon savait que le colonel n'employait plus son guide. S'il était vivant, il avait donc dû rentrer à Diamond City ou à Virginia City.

Le soir même où Jon et Blaze s'installèrent dans la cabane et où ils discutèrent des moyens pour entrer en contact avec le colonel, Yancy et Millicent Braddock étaient en train de faire des projets de mariage.

– Nous devrions attendre un an, Yancy chéri. Tu sais ce qu'exige le protocole.

– Millicent, répliqua Yancy avec un sourire plein de sollicitude, je ne peux pas attendre un an. Je te l'ai déjà dit. N'insiste pas, je t'en prie. Sais-tu depuis combien de temps je cherche une femme comme toi ?

Sa voix était grave et beaucoup plus rauque depuis que Jon lui avait enfoncé son couteau dans la gorge. Il était resté entre la vie et la mort jusqu'au retour des pisteurs qu'il avait engagés, peu de temps après l'attaque de l'Indien. Bien qu'à moitié dans le coma, Yancy avait tout entendu : le colonel était mort, victime des Peaux-Rouges, avaient-ils dit en s'esclaffant.

Cette nouvelle avait redynamisé Yancy et il s'était battu pour survivre.

Un mois plus tard, il était guéri, et le cadavre du colonel était à la morgue, attendant d'être transporté dans l'Est dès que la veuve éplorée aurait retrouvé sa fille.

– C'est très gentil à toi, dit Millicent en lui jetant un coup d'œil entre deux battements de cils, ainsi qu'on lui avait appris à le faire durant son adolescence.

– Mais c'est la pure vérité, chérie. (Et il ne mentait pas : il avait passé sa vie à chercher une riche héritière du Sud.) Nous aurions pu nous marier après les obsèques, si tu avais accepté de l'enterrer ici. Au-delà du Montana, personne ne saura d'ailleurs combien de mois se seront écoulés exactement.

– Tu oublies la Buhl Mining, mon amour. Il y a tous ses amis. Je serais mise au ban de la société de Boston si nous hâtions ce mariage.

– Et alors ? De toute façon, nous reviendrons à Virginia City.

– Sois pragmatique, chéri. La validation du testament risque de prendre des mois. Des mois que je devrai passer à Boston, à affronter les amis de William. De plus, la mine appartient en copropriété à ses associés. Notre retour à Virginia City n'est pas pour tout de suite. Pour l'instant, tout l'argent et toutes les propriétés se trouvent à Boston.

– Où est ce testament ? demanda Yancy.

Puisque l'humeur semblait être ce soir à la candeur, il ne se sentit pas obligé de prendre des gants.

– Chez l'avocat de William, Curtis Adams.

– Sais-tu comment sont répartis les biens ?

C'était gentiment formulé, mais sa voix trahissait son impatience.

– Entre Venetia et moi, je suppose.

C'était probable, bien sûr. Les choses auraient décidément été plus simples si cette fille encombrante avait été elle aussi éliminée.

– Nous allons donc avoir besoin d'elle, concéda-t-il. Si elle n'est pas là, tout sera bloqué.

– Je crois, étant donné les circonstances, qu'il serait préférable que ma fille reparte dans l'Est avec nous. Une mère éplorée et sa fille, accompagnées de leur « lointain cousin », cela paraîtra plus respectable et suscitera moins de commentaires que si toi et moi revenons seuls avec le corps de mon défunt mari. Les Indiens ont très rarement des Winchester, et les mauvaises langues pourraient jacasser. La présence de Venetia rassurera ceux qui doutent. Et dès que le testament sera ouvert et que les biens seront distribués, nous pourrons envoyer Venetia quelque part avec une modeste pension – peut-être en Europe. Si elle se montre désagréable, nous imaginerons autre chose, conclut Millicent en haussant ses frêles épaules, très dénudées ce soir dans une robe en soie rouge qui n'avait rien d'une robe de deuil.

– Ton plan m'a l'air absolument parfait, murmura Yancy avec un regard approbateur.

– C'est que j'en ai souvent rêvé, dit-elle d'une voix doucereuse. Mais jusqu'à ce que je te rencontre, Yancy chéri, je n'avais personne à qui me confier.

Millicent et Yancy s'appréciaient, mais tous deux se réjouissaient plus encore de devenir bientôt milliardaires. Au-delà de leurs origines communes, ils étaient surtout liés par la même absence totale de scrupules. Et le mariage dont ils discutaient était exclusivement basé sur des raisons pratiques. Tous deux étaient de pauvres Sudistes désargentés, déterminés coûte que coûte à s'approprier une conséquente fortune. En somme, c'était un mariage de pure convenance.

– Dans ce cas, ma douce, je crois que nous devrions envisager d'arracher ta fille des griffes de son geôlier. Plus nous attendrons, plus nous tarderons à regagner Boston et à régler la succession.

La veuve Braddock retira une poussière de sa robe et releva la tête d'un air innocent.

– Tu as suffisamment d'hommes avec toi ?

– Depuis que le corps du colonel a été retrouvé, oui, sans aucun problème.

– Et ils sont revenus tous les deux ?

– Mon informateur m'a prévenu qu'il avait vu de la lumière dans la cabane il y a moins d'une demi-heure.

– Enfin, soupira-t-elle. (Les conditions primitives dans lesquelles elle vivait actuellement à Diamond City lui déplaisaient particulièrement.) Je veux qu'il ne lui soit fait aucun mal. La mort de ma fille, après celle de mon mari, serait fatale à ma réputation. Tu comprends ?

– Bien sûr, Millicent, je comprends parfaitement.

Jusqu'à ce qu'ils soient effectivement mariés, Yancy avait l'intention de ne contrarier aucun de ses caprices.

– Ça prendra du temps ? demanda-t-elle.

Elle pensait déjà aux ordres qu'il lui faudrait donner à sa femme de chambre en cas de départ précipité.

– Nous devrions pouvoir partir dans l'après-midi. Ou même en fin de matinée, si tout se passe bien.

– Je m'occupe de tout, dit-elle, la bouche tordue par un sourire affecté.

– Parfait, répliqua Yancy, une étrange lueur dans les yeux.

Demain soir à la même heure, ils seraient en route pour Salt Lake City. Dans moins de deux semaines, si le voyage se déroulait sans encombre, ils arriveraient à Boston. Et il serait à la veille de devenir riche, ainsi qu'il en avait rêvé toute sa vie.

Il se leva pour prendre congé, soucieux de sauver les apparences vis-à-vis des habitants de la petite ville minière.

— Oh, encore une chose, chéri... Je ne veux aucun détail sur cet Indien.

Elle avait dû interrompre Yancy quand il avait commencé à lui décrire la mort de William avec force détails.

Yancy aurait pourtant aimé lui faire part de son plan ingénieux. Il était fier de la manière avec laquelle le colonel avait été éliminé. Bien entendu, le fait que Billy Braddock se fût trouvé en pleine montagne, où les attaques d'Indiens et les vols étaient fréquents, avait largement facilité les choses. Ned Gates lui avait dit que l'opération avait été un jeu d'enfant. Ils avaient aperçu le colonel et son guide sur la dernière colline avant Virginia City.

L'Indien avait réussi à s'enfuir, bien que grièvement blessé à en croire les traces de sang retrouvées. Personne n'avait pris la peine de le rattraper, mais Yancy s'en fichait. Le colonel était mort et l'Indien, s'il s'en sortait, ne viendrait certainement pas en ville porter plainte.

Millicent avait apprécié l'efficacité discrète de Yancy, soulagée de n'avoir été mêlée en aucune façon à la préparation de ce meurtre sordide.

— N'oublie pas le petit mot, lui rappela-t-elle en montrant le secrétaire situé devant la fenêtre. Si jamais il y a une enquête, il faut qu'on croie que Venetia a décidé d'elle-même de s'en aller.

30

La petite armée de canailles engagées par Yancy arriva le matin, juste après que Jon fut entré dans la mine. Ils étaient environ une centaine, armés jusqu'aux dents. Un Indien de la tribu des Blackfeet, ennemis héréditaires de celle de Jon, leur servait de guide. L'attaque, parce que menée hors de la présence de Blaze et en plein jour, le prit par surprise. Même si le colonel était mort, il ne s'attendait pas à ce que ses partenaires et son épouse risquent la vie de la jeune femme avec autant de légèreté. L'étonnement fut absolu. Il ne fallait jamais sous-estimer la rapacité de l'homme blanc.

L'Indien blackfeet parvint le premier à la cabane et étouffa de son énorme main le cri terrifié de Blaze.

Ensuite, une centaine d'armes se mirent à crépiter dans un vacarme infernal et terrifiant.

Collé contre la paroi rocheuse glacée du puits sud, Jon, le bras gauche blessé et ensanglanté, le souffle coupé par la douleur qui lui déchirait le crâne, regarda au bout du tunnel d'un air horrifié. Sa vision se troubla, et il se frotta les yeux de sa main couverte de sang. Il lui fallait réfléchir. Il ne disposait pas de beaucoup de temps, mais la douleur lancinante qui remontait vers l'épaule l'empêchait de penser. Des pas précipités lui parvinrent et il vit des bouts de rocher ricocher contre la paroi dans la lumière du soleil. Les cent fusils étaient pointés sur l'entrée de la mine, formant un barrage infranchissable.

Il secoua la tête et sa vision s'éclaircit. Il était maintenant certain que le colonel était mort. Et, manifestement, l'homme qu'il avait cru tuer chez Rose était toujours en vie. Il reconnut son accent du Sud, identifiable entre tous. Yancy Strahan dirigeait bel et bien les opérations. Blaze était entre leurs mains. Ainsi que leur enfant. Et si la poudre dont il sentit l'odeur caractéristique était manipulée par quelqu'un qui s'y connaissait un tant soit peu en explosifs, il était sur le point de se faire enterrer vivant.

Il avait riposté et tué trois hommes mais l'assaut massif l'avait obligé à se replier à l'intérieur de la mine. Et aucun de ses agresseurs n'était assez brave pour se risquer à venir le chercher.

Jon se força à bouger, bien que le moindre mouvement déclenchât d'épouvantables nausées. Il lui fallait retrouver son matériel avant l'explosion, qui plongerait la mine dans l'obscurité. Comme il s'approchait de la caisse en bois contenant les bougies, une première détonation le projeta contre la paroi.

Une fois la fumée dissipée, il constata que la moitié de l'entrée était bloquée.

Il s'efforça d'agir vite, estimant que la seconde explosion suffirait peut-être à le priver définitivement de lumière. La douleur l'empêchait de penser plus loin. Poussé par l'instinct de survie, il fit encore quelques pas dans une semi-conscience, serrant les dents.

Le second choc le projeta à terre, et il lui fallut cinq bonnes minutes avant de réussir à trouver l'énergie pour se mettre à genoux. Il essaya de ramper, mais son bras blessé le fit hurler de douleur et il resta un long moment étendu sur le sol, en proie à des tremblements incontrôlables. Le corps brisé, seule la force de sa volonté l'empêcha de se décourager. Centimètre par centimètre, il s'appuya contre la paroi jusqu'à ce qu'il fût complètement debout. La caisse était à trente mètres devant lui. La prochaine explosion le laisserait dans l'obscurité. Surtout ne pas penser et se contenter de marcher. Sinon, ce serait la mort.

Il parvenait près de la caisse de bougies lorsque la troisième détonation retentit. Aussitôt, il sentit l'odeur de la poussière, mais ne put la voir. Il était désormais dans le noir le plus complet. Alors son esprit lui aussi s'obscurcit, et il sombra dans l'inconscience.

Lorsqu'elle s'éveilla, Blaze aperçut d'abord sa mère. Une lueur de triomphe éclairait son visage.

– Toi... accusa-t-elle d'une petite voix pleine d'amertume.

Millicent tripota les perles qui ornaient son cou. Un geste non pas de nervosité, mais de parfaite indifférence.

– Quand tu seras devenue plus mûre et plus sage, tu me remercieras. Seules les jeunes filles font la bêtise de tomber amoureuses de personnes indésirables.

Dans son sommeil, Blaze avait hurlé le nom de l'homme qu'elle aimait. Et Yancy avait raconté avec quelle énergie elle s'était débattue pour tenter de s'échapper, juste avant l'explosion, afin d'aller au secours de Jon.

– Il vaut cent mille fois mieux que toi ! répliqua Blaze d'un ton abrupt, ses yeux lançant des éclairs.

Jon possédait des qualités que des gens comme Yancy et Millicent n'auraient jamais et que leur avidité ne leur permettrait jamais d'acheter.

– Impétueuse enfant! dit sa mère avec un rire léger. Tu changeras d'avis en grandissant.

– Je n'ai pas l'intention de discuter avec toi. Où est papa? Je veux le voir.

Millicent resta immobile, continuant de caresser les perles qui scintillaient à son cou, une lueur de satisfaction dans ses yeux gris.

– Il est mort.

La nouvelle causa un choc effroyable à Blaze qui dut faire un effort considérable pour continuer à respirer normalement.

– Tu mens, parvint-elle à articuler, une immense douleur dans la voix.

Millicent lui adressa un sourire aussi malveillant que ravi.

– Son corps est à la morgue de Virginia City. Tu peux aller voir, si tu veux.

– Tu l'as tué! accusa Blaze.

– Vraiment, quelle odieuse enfant! Je ne l'ai évidemment pas tué. Il n'est jamais revenu de l'expédition qu'il avait entreprise dans les montagnes pour te sauver. Un de ces répugnants Peaux-Rouges l'aura sans doute assassiné. Si tu cherches quelqu'un à blâmer, ne t'en prends qu'à toi-même. Yancy m'a dit que c'était toi qui avais insisté pour aller parler à ce sauvage. A mon avis, tu es plus responsable que quiconque de la mort de ton père.

– Tu n'es qu'une ordure!

– Je n'ai que faire de tes insultes, répliqua-t-elle tranquillement en tirant sur la manche en dentelle de son déshabillé en soie. C'est un privilège que donne l'argent.

– C'est tout ce qui t'intéresse, n'est-ce pas? L'argent de papa. Mais pas lui.

– Mais... bien entendu. Comment pourrait-il en être autrement? Ton père n'était qu'un paysan. Et il semble bien que son sang coule dans tes veines. Ça t'a vraiment plu de coucher avec ce voyou d'Indien ? demanda-t-elle d'un ton doucereux.

– Il est mieux élevé que toi et tous les tiens.

– *Etait*, chérie. A présent, il est tout ce qu'il y a de plus mort.

Pâle comme un linge, Blaze se retrouva confrontée à la terrible réalité. Elle n'avait cessé de penser depuis son réveil que Jon était en vie, bien qu'elle eût vu les hommes de Yancy se masser à l'entrée de la mine. Dans un coin de sa tête, elle s'était promis de quitter cette chambre et cette femme détestable pour retourner à la cabane. Mon Dieu, pourvu qu'elle se trompe !

– Ce n'est pas vrai ! s'écria-t-elle, au bord des larmes.

– Il est mort.

Millicent ne cherchait pas à cacher sa haine, et une lueur venimeuse assombrissait ses yeux gris.

– Non. Il est vivant. Il le faut.

– Mort. Il est mort.

– Non, non, il est en vie ! insista Blaze, le cœur battant follement dans la poitrine, les mains glacées.

– Mort et enterré dans cette fichue mine, déclara calmement Millicent.

– Non ! Non, non, non, non !

Elle poussa un cri de douleur affreux, un cri primitif, venant du fond des âges.

– Il est mort sous les décombres. Des tonnes et des tonnes de décombres.

Blaze enfouit son visage sous l'oreiller pour ne plus entendre l'horrible voix. Mais cela ne servit à rien. Chaque mot continua à résonner dans sa tête, lui brisant le cœur et annihilant en elle toute volonté de vivre. Jon était mort. Elle fut secouée de longs et violents sanglots. Jon, qui était devenu la vie même à ses yeux, était mort. Les larmes inondèrent son visage. Elle n'avait plus aucune raison de vivre...

Deux jours étaient déjà passés et elle avait à peine bougé. Recroquevillée sous les couvertures, elle n'arrivait plus à pleurer, mais la douleur était pire encore. A chaque seconde, à chaque minute, Jon était présent dans ses pensées, et le souvenir des jours heureux qu'ils avaient connus la tourmentait à l'agonie.

L'après-midi du deuxième jour, encore très faible, elle se laissa facilement convaincre d'accompagner la dépouille de son père à Boston. Hannah, sa femme de chambre, l'avait rappelée à son devoir envers la mémoire de son père.

— Je reviendrai, Hannah, dit-elle d'une voix méconnaissable. Dès que papa aura été enterré, je reviendrai.

Blaze voulait que son enfant naquît là où était né Jon. Elle voulait l'élever dans le pays où il avait grandi. Elle n'en dit rien à sa vieille gouvernante qui comprenait pourtant son immense chagrin.

— C'est un pays magnifique. Et tu y retourneras. Mais pour l'instant, il faut rentrer chez toi.

— C'est ici, chez moi.

Pâle et léthargique, Blaze paraissait toute petite dans le grand lit en bois sculpté. Hannah avait l'impression de retrouver l'enfant dont elle s'était occupée dans la maison de Beacon Street. Blaze avait toujours su ce qu'elle voulait.

— Je sais, chère petite, et tu reviendras.

Hannah la consola, comme elle l'avait consolée tant de fois par le passé. Mais elle connaissait Millicent Braddock depuis trop d'années pour accepter la version de l'explosion accidentelle. Et, dès le début, Yancy lui était apparu comme une sombre crapule.

Elle ne pouvait rien changer à ce qui s'était passé, ni ramener son amour à Blaze. Mais elle lui donnerait ce qu'elle lui avait toujours donné : de la tendresse et du réconfort.

Trois jours après l'explosion, au moment où Blaze quittait Diamond City, Jon continuait à lutter pour rester en vie. Il avait entrepris de creuser la paroi afin de rejoindre le puits de l'est. La veille, il avait avancé de deux mètres et avait dû étayer le passage. Désormais, il comptait prendre le moins de repos possible, sachant qu'il allait s'affaiblir chaque jour un peu plus.

Une seule pensée l'aidait à oublier la douleur fulgurante qu'il ressentait dans le bras chaque fois qu'il le soulevait. Une seule pensée le poussait à trouver la force de creuser, encore et encore, allégeait sa peine et lui redonnait du courage quand il s'effondrait, épuisé, sur le sol rugueux. L'image de Blaze avec l'enfant à naître le maintenait en vie.

Blaze partit sans cris ni larmes, n'étant plus que l'ombre d'elle-même.

Mais sur le quai de la gare, elle refusa d'adresser la parole à sa mère ou à Yancy, un profond sentiment de colère se mêlant à son chagrin. Une fois alitée dans le train, dans le wagon particulier de son père, elle se tourna vers Hannah.

— Ils ne gagneront pas, murmura-t-elle d'une voix à peine audible.

La vieille gouvernante lui caressa machinalement les cheveux.

— Ah, je retrouve ma chérie, dit-elle, les larmes aux yeux, heureuse de voir apparaître enfin une étincelle dans le regard de Blaze. Ton père n'aurait pas aimé

318

que cette crapule fasse la cour à ta mère pour s'approprier son argent.

– Je sais, et il ne le fera pas. Tout me revient.

Le regard de Blaze s'assombrit brusquement. Elle aurait tellement pu aider Jon ! Mais il était trop tard... pour lui... pour eux.

– Elle va être surprise, lança très vite Hannah afin de la distraire de ses sombres pensées.

– Mais tout ça n'a maintenant plus d'importance...

A nouveau morose, Blaze s'abandonna au désespoir. En voyant toute énergie quitter la jeune femme qu'elle avait toujours connue si gaie, le cœur de Hannah se serra. Elle ne souhaitait pas empiéter sur sa vie privée, mais quand elle remarqua que des larmes coulaient sur les joues très pâles de Blaze, elle se décida :

– Ça en a pour le petit.

Blaze releva les yeux.

– Tu ne voudrais quand même pas que ces deux-là (Hannah indiqua la porte du compartiment voisin) s'emparent de ce qui revient à ton bébé. Et c'est ce qu'ils feront, petite, tu peux me croire, si tu restes là à ne rien faire.

– Comment le sais-tu ?

– Quelle question ! Voilà dix-neuf ans que je t'habille et que je te déshabille !

– Tu crois qu'ils sont au courant ? murmura Blaze en se redressant.

Une touche de rose apparut sur ses pommettes trop saillantes.

– Pas encore, mais ils le verront bien assez tôt. Alors tu as le choix : ou bien continuer à gémir ou bien te lever et te battre pour ton enfant.

– Ils vont essayer, c'est sûr...

– Aussi sûr que le soleil se lève chaque jour !

– Je suppose qu'ils prétexteront que je n'étais pas

mariée, dit Blaze en effleurant le haut du drap brodé de dentelle.

– Ça, et bien d'autres choses encore.

– Mais je peux désigner qui bon me semble comme héritier, non ? C'est mon argent, après tout.

Elle se tenait très droite et une ravissante rougeur colorait ses joues.

– Si tu veux qu'il le reste, tu as intérêt à reprendre tes esprits, remarqua Hannah.

– Dans ce cas, je ferais mieux de m'habiller. (Blaze rejeta les draps et se dirigea vers le petit secrétaire en bois de rose, retrouvant sa belle énergie.) Ensuite, je crois que je referai mon testament. Il y a du papier ici ? Trouve-moi une robe, une plume et un témoin. Demande à Cookie. On peut lui faire confiance.

Et elle offrit à Hannah un large sourire. Le premier depuis des jours.

La jeune femme qui descendit du train à Boston ne ressemblait en rien à celle qui avait embarqué à Virginia City. Millicent et Yancy auraient dû s'en rendre compte, mais ils étaient trop occupés par leurs propres projets, à savoir comment dépenser la fortune du colonel Braddock. A aucun moment, ils ne remarquèrent le pas léger et déterminé de Blaze lorsqu'elle les précéda sur le quai.

Ce fut leur première erreur dans la bataille qui allait éclater.

31

Quand la dernière bougie s'éteignit, Jon s'appuya contre la paroi de l'étroit passage qu'il avait creusé à même la roche et, pour la première fois, il prit peur. Il ouvrit et ferma les yeux : pas la moindre différence... L'obscurité absolue de tout côté. Il lui fallut plusieurs minutes pour combattre le sentiment de panique qui l'envahit alors. Il se força à respirer calmement et compta le nombre de jours qu'il avait passé enterré. Il estima ensuite le nombre de mètres creusés dans le plafond du puits et ensuite, refoulant sa frayeur, recommença ses calculs.

L'air frais, la lumière, l'herbe verte et la liberté devaient se trouver à un ou deux mètres au-dessus de sa tête. Il avait calculé large afin d'éviter d'être déçu. Mais son instinct lui disait plutôt qu'il restait une dizaine de centimètres.

Sa main, trempée de sueur à cause de la peur, glissa sur le manche de la pioche. Il n'avait pas mangé depuis cinq jours et était littéralement au bout de ses forces. La dernière fois qu'il avait somnolé, il avait eu des hallucinations. Il s'obligeait désormais à compter trente coups de pioche avant de s'accorder quelques minutes de répit. Et il y parvint, serrant de plus en plus les dents au fur et à mesure

qu'il approchait des derniers coups. Une fois, sa pioche dévia et retomba sur son bras cassé, et il poussa
un cri d'agonie dont l'écho se répercuta à l'infini
dans les galeries souterraines.

Il fut alors contraint de s'arrêter. Son bras lui faisait de plus en plus mal, et après dix nouveaux coups
de pioche, la douleur le força à s'interrompre. Un
sanglot de rage secoua tout son corps. A ce rythme, il
allait mettre encore plus de temps. Et justement, il
n'en avait pas. Le temps était son ennemi le plus farouche.

Jon osa à peine respirer lorsqu'il perçut un mince
filet d'air frais. Etait-il encore victime d'une halluci-
nation ?... Il retenait toujours son souffle quand il
sentit à nouveau un léger courant d'air.

– Blaze, murmura-t-il tout bas.

Il se remit à piocher, sans se donner la peine cette
fois de compter ses coups ni de s'arrêter, sentant la
liberté enfin à sa portée, à quelques centimètres. La
paroi céda difficilement, mais dès qu'il l'eut traver-
sée, du sable et de la terre se déversèrent dans le passage.

Maintenant, il lui fallait se hisser à l'air libre. Surtout, ne pas tomber. Mourir si près du but aurait été
trop cruel. Lorsqu'il réussit à dégager ses épaules, il
sentit battre son cœur avec une violence inouïe. Dans
un effort surhumain, il se hissa complètement avant
de s'affaler sur l'herbe. La brise soufflait sur son
corps ruisselant de transpiration. De sa main valide,
il agrippa le sol en remerciant les esprits de la terre,
plus que jamais conscient de leur présence. Il était
sauvé. Après de longues incantations qu'il chanta
d'une voix douce et profonde dans la nuit étoilée, Jon
se releva péniblement, et commença à redescendre
vers la cabane.

La silhouette de l'Indien, debout sur le seuil, se découpa dans le clair de lune. La porte avait été arrachée de ses gonds et gisait devant la cabane. Tout avait été saccagé. C'était ainsi que procédaient les voyous. Ils avaient besoin de détruire, d'abîmer, de tuer, avec une agressivité que Jon n'avait jamais comprise. Il avait espéré que ses armes seraient encore là, mais elles avaient disparu. Il ne restait plus rien. Ce qui n'avait pu être emporté avait été scrupuleusement réduit en pièces. La table et les chaises étaient brisées en mille morceaux. Même le poêle si lourd avait été renversé, et le tuyau d'évacuation, encore accroché au plafond, pendouillait dans le vide.

Une infinie tristesse s'empara de lui. Cette pièce où il avait vécu le début de son amour avec Blaze était maintenant livrée au vent, aux bêtes sauvages et à la nuit. Enjambant les débris de verre et les restes de nourriture qui jonchaient le sol, il se mit en quête d'un éventuel indice laissé par Blaze.

Jon passa deux fois à côté avant de remarquer l'enveloppe posée sur la cheminée qu'éclairait un rayon de lune.

Quand il la prit dans sa main, ses doigts salis laissèrent des traces sur le papier. Elle n'était pas fermée. Il sortit la feuille de papier avec ses dents et laissa tomber l'enveloppe.

Jon,
Je ne fais pas une bonne prisonnière. Je te l'avais dit. Je repars à Boston.

Blaze.

Jon devint tout blême. Stupéfait, il relut la lettre une deuxième fois, puis une troisième. Mais cela ne

changea rien. Ces mots cruels et moqueurs le harce-
laient. Tout à coup, il eut froid, se sentit glacé jusqu'à la moelle, puis une vague de colère, violente et
bouillonnante, monta en lui. La fille du milliardaire
s'était donc lassée de jouer les nobles sauvages en
pleine montagne. En fin de compte, c'était ce qu'il
avait toujours pensé. Elle en avait eu assez et avait
décidé de rentrer à Boston. Pas très correct de sa
part d'avoir voulu l'éliminer du même coup.

Mais sa mort arrangerait sacrément les affaires de
la Buhl Mining. Il suffisait de mettre les concessions
au nom de son enfant. Pas de transferts de titres va-
seux, ni papiers litigieux et compliqués comme Yancy
avait essayé de lui faire signer. Rien qu'une parcelle
de terre bourrée d'or en héritage. Jon n'aurait jamais
imaginé que la conception du bébé ait pu être à ce
point préméditée. L'idée lui donnait froid dans le dos.
Etait-il possible que Blaze fût allée si loin pour récupérer un bout de terrain ? Oui, car l'appât de l'or cor-
rompait tous les Visages Pâles...

« Dommage que leur plan n'ait pas aussi bien marché que prévu », se dit-il en jetant la lettre par terre.
Dès que son bras serait guéri, il avait l'intention de
rouvrir la mine. Et cette fois, personne ne le prendrait au dépourvu.

Le trajet jusqu'à Diamond City, habituellement de
quarante-cinq minutes, lui demanda quatre heures et
une volonté de fer. Aucune sentinelle n'était plus
postée aux alentours de chez Rose. Se croyant désormais tout à fait à l'abri, Yancy avait rappelé ses mo-
losses.

Tant mieux.

Lorsque Jon pénétra dans le boudoir de Rose, il lui
restait tout juste assez de force pour se traîner jusqu'au fauteuil. A peine affalé dedans, il perdit
connaissance, et c'est ainsi que Rose le trouva quel-

ques instants plus tard. En le voyant sale et en sang, le bras en écharpe, plus maigre que jamais, la tête dodelinant sur la poitrine, elle crut qu'il était mort. Mais elle vit qu'il respirait encore et son cœur emballé se calma aussitôt.

Yancy Strahan avait donc eu tort. Même une armée de ruffians n'avait pas réussi à tuer l'intrépide Jon.

Soudain, elle s'affola : que ferait-il quand il s'apercevrait que Blaze Braddock était repartie à Boston ?

Lorsqu'il se réveilla, très tard le lendemain matin, baigné, pansé et confortablement installé dans des draps propres, Rose le lui annonça.

– Je sais, répondit-il avec son ironie habituelle. La chère princesse n'a pas lésiné sur les moyens pour parvenir à ses fins.

32

Les jours suivants, tandis que Jon récupérait doucement, dormant beaucoup et reprenant les kilos
perdus, Rose le surprit souvent avec un regard rêveur.

Dès qu'il la voyait, il changeait d'expression instantanément, et redevenait le Jon Black qu'elle avait
toujours connu. Rose avait cependant le sentiment
que Blaze ne lui était pas indifférente – ou, du moins,
qu'elle avait compté pour lui – car il reprenait cette
attitude sombre et rêveuse dès qu'il était seul.

– Tu veux qu'on discute ? finit-elle par lui demander, le jour où il sortit prendre l'air pour la première
fois sur le balcon.

Jon, le visage impassible, regardait vers les montagnes. Il se tourna vers elle d'un air surpris. Perdu
dans ses pensées, il avait complètement oublié sa
présence.

– Rouvrir la mine ne va pas être une tâche facile,
dit-il après un long silence.

– Ce n'est pas de ça que je parlais.

– Je te dois beaucoup, Rose. C'est la deuxième fois
que tu t'occupes de moi.

– Tu ne me dois rien du tout. Si je n'avais pas

voulu le faire, je ne l'aurais pas fait... Tu vas aller la chercher ?

Il y eut un bref silence tandis qu'il considérait les différentes réponses possibles.

— Vas-tu finalement dire oui à ce jeune homme qui te fait les yeux doux ? demanda-t-il en levant les sourcils.

— Ne change pas de sujet, Jon.

Il haussa les épaules et esquissa un sourire coquin.

— Il n'arrête pas de me regarder d'un œil menaçant. Je m'attends à être provoqué en duel par ce freluquet à tout moment. Il a l'air jeune.

Le ton de Jon avait beau être léger, ses yeux révélaient une certaine mélancolie. Il était clair qu'il cherchait à éviter les questions de Rose.

— Il est jeune, c'est vrai, mais toi aussi.

— Tu as donc enfin eu pitié de lui ?

— Ce n'est pas ça.

— C'est quoi, alors ? Si j'en crois mon expérience...

— Il a eu une vie protégée, Jon.

— Pas comme toi et moi.

— Non.

Jon sourit — un long sourire plein d'ironie — en repensant à tous ceux qu'il avait vus vivre et mourir au cours de sa courte vie. En comparaison, même la vie de Rose pouvait paraître terne.

Tu es si gentille, Rose. Tu devrais te montrer aimable envers ce jeune homme, dit-il comme un vieux sage alors qu'ils étaient sensiblement du même âge.

— Ainsi que tu devrais le faire avec ta femme. Pourquoi ne vas-tu pas la rechercher ?

Jon croisa le regard violet de Rose et le soutint un long moment.

— Elle n'était qu'un pion sur l'échiquier. Rien qu'un pion dans un jeu qu'ils ont finalement perdu, car je suis encore en vie. Ce qui rend désormais le pion inutile – pour moi, pour eux, ou pour qui que ce soit. Non, je n'ai pas besoin d'elle, conclut-il en contrôlant parfaitement sa voix.

– Je ne te parle ni de la mine, ni d'un jeu, Jon.

Il sourit, mais son regard resta d'une totale froideur.

– Tu es trop romantique, ma chère Rose. Il n'y a jamais rien eu d'autre que la mine et un jeu – la Buhl Mining contre Jon Black. Pourquoi irais-je la rechercher ? J'ai ma mine, c'est tout ce qui importe.

– Tu en es sûr ?

– Avec un peu de chance, je ne crois pas qu'ils donneront mon adresse à une autre femme pour venir me soudoyer. La dernière qu'ils ont engagée leur a occasionné beaucoup de soucis.

– Oublie la mine, Jon. Tu es sûr de toi en ce qui concerne Blaze Braddock ?

Pour des raisons très égoïstes, Rose était la première à vouloir croire que Jon se moquait de Blaze. Mais elle connaissait trop bien les hommes pour prendre sa réponse pour argent comptant.

– Tout à fait sûr, affirma Jon avec un large sourire. Je reconnais qu'elle n'était pas dépourvue d'intérêt. Elle avait l'instinct d'un chat sauvage, ce qui n'est pas désagréable. Malheureusement, elle en avait aussi les défauts. Ce qui a failli me coûter la vie. Cela m'apprendra à faire confiance aux Visages Pâles. Toi mise à part, bien entendu. Ne jamais écouter ce qu'ils disent et ne jamais cesser de regarder leur doigt sur la gâchette. Pourtant, je ne peux m'empêcher de me demander si...

– Si quoi ? interrogea Rose d'un ton égal.

– Penses-tu que mon enfant aura les cheveux roux ? dit-il sèchement. (A nouveau d'humeur sombre, il plissa les yeux en contemplant le soleil.) Il est trop tôt pour boire un verre ? Mon bras me fait un mal de chien aujourd'hui, ajouta-t-il sans se retourner.

Un instant plus tard, Jon était confortablement installé sur le divan de Rose, jambes allongées, un verre d'alcool à la main. Il le serrait si fort que Rose s'attendait à le voir se briser à tout moment. En sirotant son cognac, il se demandait ce qu'il aurait fait si Blaze n'était pas partie de cette façon. Un jour, il aurait dû choisir entre elle et sa tribu. La tribu passait d'abord, bien entendu. Bien entendu... Il vida son verre d'un trait.

— Tu en veux un autre ? s'enquit Rose en revenant de la pièce adjacente, où elle était allée donner ses instructions pour le déjeuner.

Lentement, Jon se redressa, relâcha la pression de ses doigts autour du verre et s'excusa de sa triste compagnie avec un petit sourire.

— Pardon, dit-il tout bas.

— Nous avons tous nos mauvais jours, sympathisa Rose en lui versant une large rasade de cognac Napoléon.

Il éclata d'un rire forcé.

— Nos mauvais jours ? Ton éternel optimisme me ravit.

Quelle phrase inadéquate, songea-t-il en portant le verre à ses lèvres.

Au fond de son cœur, il savait que c'était Blaze qu'il aurait choisie. Il savait également que, malgré leurs différences, les choses auraient pu tourner d'une tout autre façon. Il savait qu'il l'avait tant aimée qu'il en avait oublié son devoir...

Ce matin-là, il but presque toute la bouteille sans parvenir à effacer les images, les souvenirs et les questions laissées sans réponse.

33

Trois semaines plus tard – le jour même où Jon réussit enfin à bouger les doigts de son bras cassé sans aussitôt hurler de douleur – dans le bureau de Boston de Curtis Adams, Millicent Braddock entra dans une colère noire lorsqu'elle prit connaissance du testament de son défunt mari.

– Il doit y avoir une erreur ! fulmina-t-elle d'un air mauvais.

Curtis Adams, qui avait été l'ami et l'avocat du colonel, savait cependant qu'il n'y avait pas d'erreur. Et les circonstances de la mort de Billy, ainsi que ce « cousin » Yancy tombé du ciel, lui paraissaient même confirmer les soupçons de son ami au sujet de sa femme.

Il ne l'avait d'ailleurs pas laissée dans le besoin. Etant sa veuve, elle pourrait vivre dans la maison aussi longtemps qu'il lui plairait et recevrait une rente non négligeable chaque mois. Personnellement, Curtis n'aurait pas fait preuve d'autant de générosité. Il connaissait Millicent depuis trop longtemps.

– Je veux qu'on casse ce testament, ordonna brutalement Millicent, l'air furieux.

Curtis croisa les mains sur son bureau bien ciré.

– Il est tout ce qu'il y a de légal, Millicent.

– Je le conteste.

– Il n'y a rien à contester.

– Je suis sûre que je trouverai un juge qui pensera différemment.

– Comme vous voudrez, déclara-t-il poliment avant de s'adresser à Blaze. Vous comptez rester à Beacon Street ?

– Pas pour longtemps. Je vais repartir dans le Montana.

Malgré les innombrables amis qui l'entouraient, et les jeunes gens qui lui envoyaient chaque jour des bouquets de fleurs, Blaze se languissait des montagnes de l'Ouest. Elle désirait voir grandir leur enfant sur la terre de son père.

– Bientôt, ajouta-t-elle, une profonde tristesse dans ses yeux bleus.

Dans sa robe de soie noire, elle était très pâle, et pourtant toujours aussi resplendissante. Elle aurait pu attirer n'importe quel gentleman de Boston par sa beauté.

Etrangement, le deuil mettait en valeur l'éclat de ses cheveux roux. Sans fard, d'une pâleur délicate et coiffée avec une extrême simplicité, ses grands yeux semblaient dévorer son visage et sa silhouette s'était légèrement arrondie. La jeune fille qu'elle était encore au printemps dernier était devenue une vraie femme, et tous les hommes éprouvaient l'envie de la consoler de son chagrin. Mais après Jon, aucun d'eux n'avait ses chances. Tous lui paraissaient fades, ennuyeux. Farouche et téméraire, Jon avait comblé son univers. Aucun homme ne supportait la comparaison.

– C'est ridicule, objecta sèchement Millicent. Tu resteras à Boston, c'est ici ta place.

– J'irai où bon me semblera, mère.

Blaze la dévisagea comme elle avait appris à le faire depuis l'enfance : dans une attitude composée, pensant à autre chose sous son air glacial. C'était sa manière à elle de lutter contre une mère uniquement capable d'exprimer sa haine et son dédain.

– Nous verrons, rétorqua Millicent, l'œil malveillant.

Elle était furieuse. Contre son défunt mari, contre Curtis Adams, contre Blaze, et contre tous ceux qui l'empêchaient d'accéder à la fortune de l'homme qu'elle avait épousé vingt ans auparavant.

– Inutile de s'énerver, intervint Yancy d'une voix posée, mais le regard cinglant. Tu es à bout de forces. (Il prit la main de Millicent dans la sienne.) Elle est épuisée, expliqua-t-il à Curtis en se tournant vers lui et en veillant à ne rien montrer de sa colère.

Il avait été si près de toucher au but... Vingt-deux millions de dollars. Et Blaze héritait de tout. Sale petite peste ! Elle devait l'avoir toujours su. Elle n'avait même pas eu l'air surpris en apprenant la nouvelle.

Et soudain, une idée géniale lui vint à l'esprit. Gracieusement, il prit congé de l'avocat et entraîna Millicent hors du bureau pour éviter d'aggraver les choses.

Blaze resta afin de signer les documents nécessaires, examinant chaque papier avec la plus grande attention. Pour la première fois, elle se sentait véritablement inquiète pour son enfant. Jamais elle n'avait vu autant de haine. Elle devait l'éloigner au plus vite de Millicent et de Yancy.

Lorsque Blaze fut revenue de chez Curtis Adams, Yancy la suivit subrepticement jusqu'à sa chambre et l'enferma à clé, pendant que Millicent attirait Hannah dans son bureau. Ils avaient donné congé aux domestiques pour l'après-midi en hommage à la mémoire du colonel. Ensemble, ils annoncèrent à

Hannah que Blaze était repartie directement pour le Montana après l'ouverture du testament et lui offrirent une avance alléchante sur la rente annuelle que Billy Braddock lui avait attribuée.

Hannah commença par protester :

— Blaze ne serait pas partie sans me dire au revoir, quand même !

— Elle est si déprimée ces temps-ci, expliqua Millicent. Vous le savez bien. Elle n'avait que cette idée en tête. Je lui ai dit qu'il était très impoli de partir sans dire au revoir, mais vous connaissez Venetia... Toujours aussi irréfléchie, même terrassée de chagrin. Vous n'avez qu'à demander à Curtis Adams. Il l'a mise dans un fiacre. Elle était si malheureuse... Voulez-vous que nous allions voir Curtis ?

— Pauvre enfant ! dit Hannah d'un air pensif, rassurée en entendant le nom de Curtis.

L'avocat était un ami loyal du colonel depuis de longues années. D'autre part, depuis qu'elle avait quitté le Montana, Blaze ne parlait que d'y retourner.

— Elle tenait asolument à ce que son bébé naisse dans ce pays, poursuivit la vieille gouvernante.

Un lourd silence s'installa dans l'immense bureau, uniquement troublé par le tic-tac de la pendule. Hannah réalisa soudain ce qu'elle venait de révéler.

— Elle ne vous l'avait pas encore dit, n'est-ce pas ?

Millicent fut la première à se reprendre.

— Non, mais cela rend encore plus compréhensible... ce départ précipité. Etant donné les circonstances, la pauvre chérie a préféré repartir tout de suite, répliqua Millicent avec un sourire de mère aimante. Vous savez comme moi à quel point Venetia est têtue. Mais inutile de vous inquiéter, Hannah. Avec les millions que son père lui a laissés, elle aura de quoi vivre où qu'elle décide de s'installer.

– J'espère que le bébé lui apportera un peu d'apaisement.

Que Blaze eût agi ainsi ne l'étonnait guère. Elle l'avait entendue chaque nuit pleurer le père de l'enfant.

– J'en suis sûre, Hannah. Maintenant, dites-moi, voulez-vous un chèque ou du liquide ?

– Quand vous aurez son adresse, pourrez-vous me la communiquer ? Je serai chez ma sœur, à Lancaster. Je vais vous laisser ses coordonnées.

La gouvernante inscrivit soigneusement le numéro de la rue sur une feuille de papier.

– Très bien, je vais le garder là, déclara Millicent en posant un sulfure dessus. Nous devrions avoir de ses nouvelles d'ici trois ou quatre semaines. Je vous remercie pour votre dévouement tout au long de ces années. Si le colonel était en vie, il vous ferait part de toute sa gratitude, j'en suis certaine. Yancy, pourrais-tu aider Hannah à faire ses bagages ? Pendant ce temps, je préparerai un chèque couvrant les six premiers mois de la rente... et le reste en argent liquide. Cela vous convient, Hannah ?

– Parfaitement, madame, mais je peux m'occuper de ma valise toute seule, répliqua-t-elle d'un ton mordant.

Peu de temps après, l'amabilité personnifiée, Yancy accompagna Hannah jusqu'à la voiture stationnée devant l'entrée de service, s'assura que ses bagages étaient bien chargés, puis donna ses instructions au cocher et la regarda partir en lui faisant de grands signes de la main.

Hannah ne prêta pas attention à ces politesses exagérées. Elle savait pertinemment que tous deux se fichaient pas mal de ce qui allait lui arriver. Mais puisque Blaze n'était plus là, elle n'avait plus aucune raison de rester.

Yancy revint dans le bureau, ferma soigneusement la porte et s'appuya dessus avec un sourire de triomphe.

– Nous nous rapprochons des vingt-deux millions de dollars, mon amour.

– Tout s'est plutôt bien passé, reconnut Millicent en relevant la tête.

– Parfaitement, et grâce aux révélations de la vieille Hannah, il va être plus facile de convaincre cette chère Venetia de se ranger à notre point de vue. Aucune jeune mère digne de ce nom n'abandonnerait son enfant à la naissance, n'est-ce pas ? Le seul et unique lien avec l'homme de sa vie...

Son ton était moqueur et plein de malice.

– L'enfant comme moyen de pression... murmura Millicent d'un air rêveur en déchirant l'adresse que lui avait confiée Hannah. Mais comment aurons-nous l'argent ? Le testament est très explicite.

– C'est simple. Nous lui ferons signer une procuration à notre nom. Et l'argent sera à nous.

Yancy contempla le bout de sa botte cirée d'un air satisfait.

– Et qu'arrivera-t-il ensuite ? On ne peut la garder éternellement enfermée. Les gens se poseront des questions.

Il la regarda très calmement.

– Après la naissance de l'enfant, si elle part, disons, dans le sud de la France, ou dans une maison tranquille à la campagne, elle recevra une rente et il ne sera fait aucun mal au bébé.

– Cela me semble tout à fait raisonnable, dit Millicent avec un sourire.

– Pour l'instant, il nous suffit de raconter qu'elle est retournée dans le Montana et nous a donné procuration en son absence. Quand le bébé sera là, nous veillerons à ce qu'elle s'embarque pour l'Europe. Et ensuite, à nous les vingt-deux millions de dollars !

– Tu as une imagination débordante, mon chéri.

– Je suis persuadé que la tienne ne sera pas en reste quand il s'agira de dépenser cette immense fortune.

Et Millicent éclata de rire.

Ce soir-là, ils apportèrent eux-mêmes un plateau à Blaze, non sans avoir expliqué aux domestiques que la lecture du testament de son père avait été pour elle un choc émotionnel et qu'elle avait besoin de repos et de solitude. Après avoir refermé la porte à clé derrière eux, ils informèrent Blaze de leur plan.

Elle écouta en silence, tout en réfléchissant au meilleur moyen de s'échapper.

– Donc, si tu acceptes de coopérer, tout se passera bien, conclut Yancy.

– Pour vous, mais pas pour moi, répliqua-t-elle, glaciale.

– Tu auras ton enfant.

– Et vous mon argent.

– C'est un compromis honnête, non ?

A vrai dire, Blaze ne tenait pas tant que cela à l'argent. Elle disposait déjà d'une rente suffisante, à laquelle même eux ne pouvaient toucher, qui lui permettrait de vivre plus que confortablement. Ce qui la dérangeait, en revanche, était leur extrême cupidité. Jusqu'où pouvaient-ils aller pour s'approprier les vingt-deux millions ? La mort de Jon constituait une réponse à cette question...

Si elle leur faisait don de son héritage, son enfant – l'enfant de Jon – perdrait tout. Elle aurait tant aimé qu'il fût là pour en parler avec lui. Peut-être aurait-il dit que l'argent importait peu. Mais peut-être aussi aurait-il dénoncé cet affreux marchandage. Cet après-midi même, elle avait fait enregistrer le testament qu'elle avait écrit dans le train. Curtis l'avait dans ses dossiers. Si elle leur donnait procuration, son enfant n'aurait jamais aucun droit. Par contre, si elle refusait, il risquait de ne pas vivre. Un petit enfant serait beaucoup plus facile à éliminer que Jon. Et ce dernier n'avait pu leur échapper...

— Je veux y réfléchir, déclara-t-elle d'une voix neutre.

— Ne tarde pas trop, dit Yancy.

— Il me reste six mois avant que vous puissiez mettre votre menace à exécution.

— Entre-temps, nous pourrions te rendre la vie fort désagréable.

— Merci de me prévenir !

— Je te donne trois semaines, rétorqua-t-il.

— Je suis sûre qu'elle sera raisonnable, pas vrai, chérie ? murmura Millicent en agitant son éventail en plumes.

— Trois semaines, répéta Yancy en gagnant la porte.

Millicent le suivit et Blaze se retrouva seule tandis que la clé tournait dans la serrure.

Hannah était partie. Si Curtis ou des amis venaient demander de ses nouvelles, on leur répondrait qu'elle avait déménagé. Et les domestiques croyaient qu'elle faisait une dépression nerveuse et qu'on la protégeait des regards indiscrets. Elle était seule avec son enfant... entre Yancy, Millicent et les vingt-deux millions qu'ils convoitaient.

Pendant la nuit, elle imagina de toutes ses forces – telle une petite fille – que Jon était encore vivant. Elle vivrait avec lui et leur enfant dans les montagnes couvertes de brume.

Et le lendemain matin, comme si son souhait s'était réalisé, Yancy lui fit part d'une rumeur inté-

ressante en lui apportant son plateau de petit déjeuner :

— Tu vas peut-être changer d'avis en ce qui concerne ton retour dans le Montana, ma chère petite.

— Je suppose que je dois demander pourquoi. D'accord, Yancy, je veux bien me montrer accommodante.
Alors, pourquoi ?

Blaze referma le livre qu'elle était en train de lire
et croisa les mains en le regardant calmement.

— Parce que ton amoureux a déniché un autre lit.

— C'est une mauvaise blague ? Parce que si c'est le
cas, je ne la trouve pas drôle du tout.

Mais son cœur se mit à battre follement, car Yancy
n'était pas assez subtil pour ça.

— Le salaud a réussi à s'en sortir, dit-il avec gros-
sièreté.

Une immense joie envahit Blaze. Elle était aux anges.

— Alors, vous feriez mieux de laisser cette porte
définitivement ouverte et de filer au plus vite. Je ne
crois pas que vous serez longtemps en sécurité en restant ici.

— Tu n'as pas compris ? Il ne viendra pas. Il est à
Diamond City, dans les bras de Rose Condieu. Depuis
bientôt un mois.

Blaze se figea en entendant ces paroles. Il devait y
avoir une erreur. Elle était sa femme. Ils allaient
avoir un enfant. Pourquoi n'était-il pas venu la chercher ?

— Mon offre tient toujours, riche demoiselle. Trois
semaines. Signe cette procuration ou bien je devrai
recourir à des méthodes plus persuasives.

Blaze se leva et alla se poster devant la fenêtre
pour ne pas lui montrer sa détresse. Avant de s'éclip-
ser, Yancy prit un malin plaisir à enfoncer le clou :

— Ne l'attends pas, petite. Tous ces Indiens prennent les filles puis les abandonnent, c'est connu. Et Jon a la réputation d'être un champion.

Mais elle l'attendit quand même. Malgré tout. Malgré les insinuations vulgaires de Yancy, malgré l'énorme distance qui les séparait, malgré l'appréhension qui la gagnait quand elle essayait de penser à l'attitude de Jon.

A la fin de la troisième semaine, Yancy vint lui rendre visite comme promis. Elle n'avait rien signé encore, remettant sans cesse à plus tard. Mais lorsqu'elle le vit entrer ce soir-là dans sa robe de chambre en soie, une corde sur le bras et un air mauvais dans ses yeux délavés, elle se détourna à moitié vers la fenêtre qui donnait sur la Charles River. Ce faisant, ses épaules semblèrent s'affaisser légèrement.

– Ce ne sera pas nécessaire, dit-elle tout bas. Je vais signer.

Yancy repartit avec une belle fortune en poche.

Et Blaze pleura à chaudes larmes. Non pas parce qu'elle venait de perdre son héritage, mais parce qu'elle avait perdu l'homme qu'elle aimait. Il n'était pas venu la chercher. Il se fichait pas mal de leur enfant. Sans doute avait-il même déjà oublié son nom.

Yancy et Millicent passèrent une bonne partie de la nuit à fêter l'événement en buvant l'excellent champagne du colonel Braddock.

– C'était peut-être un paysan, ma chère, mais il s'y connaissait en vins, remarqua Yancy en débouchant une nouvelle bouteille.

– C'était vraiment là sa seule qualité, répliqua Millicent. Quoi qu'il fasse, un paysan reste un paysan.

– Ce qui me fait penser à une solution pour mettre un terme à cette descendance de paysan.

Millicent ricana d'une voix aiguë.

– Tu retardes un peu, Yancy. Il est mort depuis déjà quelque temps.

– C'est à son petit-fils que je pensais. Mieux vaut s'assurer d'éviter toute réclamation ultérieure.

Elle se redressa, perplexe, et posa sa flûte de champagne.

– Que proposes-tu exactement ?

– Il y a quelqu'un à New York qui s'occupe tout spécialement des jeunes filles en détresse.

– Jamais Blaze ne sera d'accord pour avorter !

– Inutile qu'elle soit d'accord. Maintenant que nous avons la procuration, nous pouvons nous passer de son avis.

– Où et quand ? demanda Millicent, comprenant immédiatement l'intérêt d'un tel acte pour l'avenir.

– Là où tout le monde va – chez Mme Restell, à New York. Il se pourrait même que Venetia ne survive pas à cette épreuve, ajouta-t-il avec un regard lourd de signification.

– Ça suffit, Yancy. Je ne veux pas en entendre davantage.

– Et si tu n'en entends pas parler, tu es d'accord ?

– Je refuse de continuer à t'écouter, insista Millicent, soucieuse d'éviter les ennuis, mais pas choquée le moins du monde.

– Je sais, chérie, tu as horreur des détails. Eh bien, tant pis, je m'occuperai de tout.

– Mieux, j'espère, que tu ne l'as fait pour l'Indien.

Il haussa les épaules, quelque peu indifférent après trois bouteilles de champagne.

– Impossible de le tuer comme un homme normal... Mais ces deux petites concessions ne comptent plus, comparées aux millions que nous avons maintenant.

Oublier Jon qui se trouvait à deux mille kilomètres était facile, mais Millicent n'aimait pas les choses laissées en suspens. Aussi prit-elle la peine de bien peser sur chaque mot lorsqu'elle s'adressa à Yancy :

— Quand comptes-tu t'occuper du détail qui nous intéresse actuellement ?

— Demain, répondit-il en souriant. A la première heure demain matin.

34

Jon resta chez Rose environ un mois, au moment où l'été laissait place à l'automne. Yancy ne s'était pas trompé en disant que Jon partageait le lit de Rose, mais il n'avait pas fait l'amour avec elle. Pourtant, elle le lui avait plus ou moins proposé une fois son bras guéri.

— Tu es trop bonne avec moi, Rose. Je me sens coupable, avait répondu Jon.

— Pourquoi ne vas-tu pas la chercher, bon sang ?

— Elle ne veut pas que je le fasse. Voilà pourquoi.

— Comment le sais-tu ?

— Le mot que j'ai trouvé était très clair.

— Tu crois qu'elle était au courant des intentions de Yancy ?

— Apparemment, oui. (Jon n'avait pas oublié la date inscrite sur le mot : elle était antérieure d'un jour à l'attaque.) Elle devait en savoir quelque chose. Ne me demande pas comment, je l'ignore.

— Elle n'a pas pu se dire que tu survivrais pour le lire. Alors, à quoi bon ?

— Je n'en sais rien. Peut-être pour se disculper d'avoir été impliquée dans ma disparition. Un geste inutile dans un endroit où des gens meurent tous les jours sans que personne n'y prête attention. Mais peut-être était-ce par prudence, surtout si elle tient à ce que notre enfant hérite des concessions.

– Ça ne te dérange pas de savoir que ton enfant va grandir là-bas ?

Pour la première fois, Jon laissa éclater sa rage :

– Ça me rend fou rien que d'y penser ! (Instinctivement, Rose eut un geste de recul.) Elle prétendait vouloir rester ici, pour que le bébé naisse dans les montagnes. Mon Dieu, je me suis laissé avoir comme un pauvre imbécile...

Rose lui posa doucement la main sur l'épaule pour le réconforter.

– Tu ne pouvais pas savoir.

– Si, j'aurais dû. J'ai vécu dans cette société hypocrite. J'aurais dû m'en douter.

Une fois de retour parmi les siens, Jon ne trouva pas davantage de réconfort. Blaze hantait sa mémoire, quoi qu'il fît. Il la revoyait dans sa robe en peau d'élan, apprenant des mots absarokees, se serrant contre lui dans la fraîcheur de la nuit...

Comme il était toujours seul, les langues allaient bon train. Il ne couchait avec aucune femme, ne participait à rien. Lorsqu'il chassait, c'était tout seul. Son clan, sa famille et ses amis s'inquiétaient. Comme si sa force de vie l'avait abandonné. Et il refusait l'aide ou les conseils de quiconque.

Aussi, lorsqu'un soir il rendit visite à Bold Ax, le père de Blue Flower, tout le monde fut soulagé. Ce genre de négociation était bon signe.

Ce n'était pas par amour qu'il avait proposé à Blue Flower de l'épouser. Mais il avait besoin de se retrancher derrière une barrière solide, une fortification inattaquable. Le mariage constituait la meilleure défense pour lutter contre son désir de Blaze.

343

Ce soir-là, Blue Flower avait accepté avec joie et Jon l'avait embrassée chastement sur la joue.

Assis sous un arbre, bronzé et reposé, Jon cherchait un peu de tranquillité d'esprit. C'était un après-midi d'automne splendide et les feuilles aux tons nuancés frémissaient sous la brise légère.

Deux petits enfants jouaient à côté de leurs mères, qui préparaient le repas du soir. Ils devaient avoir deux ans et gazouillaient les quelques mots d'absarokee qu'ils connaissaient. Ils avaient l'air sain et heureux, s'amusant au soleil sur cette terre pour laquelle leurs ancêtres s'étaient depuis si longtemps battus.

Et soudain, Jon eut envie de voir son enfant grandir parmi son peuple, avec lui. Pas à Boston, dont il déplorait les hivers gris et neigeux, les maisons entassées les unes sur les autres d'où il était impossible d'admirer les couchers de soleil. Il ne voulait pas que son enfant fût élevé dans un amas de pierres, entouré de domestiques mais sans amour, auprès d'une mère seulement capable de froids calculs. Cette seule pensée le faisait frémir.

Aussi, contre toute logique, malgré toutes les raisons qui s'y opposaient, il décida de faire ses bagages sur-le-champ.

– Où pars-tu si vite ? lui demanda Rising Wolf depuis le seuil de son tipi inondé de soleil.

– A Boston.

– Tu as besoin d'aide ?

– Non, merci. Je peux me débrouiller tout seul, dit-il en fermant son sac.

Puis il sortit ses colts et les passa dans leurs étuis avant de les attacher à ses hanches.

– Tu es sûr de savoir ce que tu fais ?

– Je crois qu'il est grand temps que miss Venetia Braddock apprenne que même les filles de milliardaires n'obtiennent pas toujours ce qu'elles veulent, expliqua Jon calmement. Voilà trop longtemps qu'elle n'en fait qu'à sa tête. Je veux mon enfant.

– Et ta fiancée...

– Blue Flower fera ce qu'on lui dira, coupa-t-il d'un ton abrupt. Je serai de retour dans un mois environ.

– Avec l'enfant ?

Un sourire carnassier barra le beau visage de Jon.

– C'est possible.

Il prit la diligence de Diamond City deux jours plus tard, le moyen de transport le plus rapide. Ils roulèrent jour et nuit. S'il était parti à cheval, il aurait dû s'arrêter pour se reposer. Mais là, il dormit pendant presque tout le voyage, avachi dans un coin pour protéger son bras encore fragile, le chapeau sur le visage. Il n'était pas d'humeur à faire la conversation et ne répondit pas lorsqu'on s'adressa à lui. Les autres passagers ne s'aventurèrent pas à poser une seconde question à l'homme à la peau brune tout de noir vêtu. Il ne bougea qu'une fois au cours de ces longs kilomètres, quand des bandits les arrêtèrent à l'est de Salt Lake City. Jon abattit les trois hommes avant qu'ils aient eu le temps de réagir. Le cocher lui fit ses remerciements auxquels Jon se contenta de répondre par un grognement.

Ils atteignirent Boston en un temps record – dix jours, six heures et trente-deux minutes.

Yancy ne dévoila son plan à Blaze qu'une heure avant de l'escorter jusqu'à la voiture qui attendait devant l'escalier.

– Je refuse ! s'écria-t-elle, l'air combatif. Vous ne pouvez pas me forcer.

– Si tu savais le nombre de jeunes femmes réticentes qui passent entre les mains de Mme Restell... Tu

345

ne seras qu'une de plus sur la longue liste des filles qui ont couché avec un homme ne convenant pas à leur rang. Tu feras ce qu'on te dira, même si je dois moi-même t'attacher sur la table. Et Mme Restell ne posera aucune question lorsque je lui offrirai de doubler ses honoraires.

– Je lui raconterai tout.

– Elle ne te croira pas. Toutes ces petites chéries deviennent hystériques quand on les empêche d'épouser leur professeur de danse, leur valet ou leur garde-chasse. Et même si ton histoire diffère un peu, Mme Restell fera la sourde oreille. Elle ne s'est pas offert la plus belle maison de la Cinquième Avenue en refusant du travail. Nous partons dans une heure, alors inutile d'user ta salive.

Comprenant qu'il ne servait à rien de discuter, Blaze acquiesça. Au moins, elle allait sortir de sa chambre et elle aurait quelque chance de réussir à s'évader.

Elle s'habilla avec soin. Puisqu'elle était en deuil, son collier de perles noires n'attirerait pas l'attention. Elle aurait bien voulu vider son coffret à bijoux pour les cacher dans son sac, mais n'osa pas. Yancy le fouillerait sans doute et s'il découvrait qu'elle transportait une fortune en bijoux, il devinerait sans mal ses intentions.

Le collier se voyait à peine sur la soie noire de sa robe. Elle avait choisi ce bijou parce qu'il était le plus approprié au deuil, mais également parce que c'était celui qui avait le plus de valeur. Les perles noires, extrêmement rares, coûtaient fort cher. Et elles lui permettraient d'acheter sa liberté. Si Mme Restell était la redoutable femme d'affaires que prétendait Yancy, Blaze arriverait sûrement à la convaincre de la laisser s'échapper.

En s'approchant de la voiture, Blaze constata que

Yancy s'était entouré de deux compères. Deux énormes brutes qui se placèrent de chaque côté d'elle pour la surveiller. Elle garda un air contrit jusqu'à la gare, ainsi que dans le train qui les emmena à New York. Elle réfléchissait en fait aux détails de sa fuite. Un avortement devait durer longtemps, assez en tout cas pour qu'elle prît un peu d'avance avant la découverte du pot aux roses. Si elle parvenait à se rendre à la banque new-yorkaise de son père, elle pourrait retirer de l'argent sur son compte. Mieux valait éviter les gares de chemin de fer, décida-t-elle. Elle louerait une voiture avec un cocher pour deux ou trois jours et prendrait un train à Baltimore ou à Washington. Personne ne s'attendrait à ce qu'elle partît en direction du sud.

35

Millicent Braddock avait tout d'une dame distinguée. Elle portait une robe de deuil en soie violette avec deux simples rangs de perles assorties. Ses cheveux blonds étaient relevés en un chignon impeccable, et elle se tenait très droite, les mains gracieusement croisées devant elle. Venant juste de terminer sa première tasse de thé, elle se posta devant la fenêtre, afin d'admirer les roses du petit jardin adjacent à son bureau.

Brusquement, la porte s'ouvrit et elle se retourna d'un air irrité, prête à réprimander le domestique assez stupide pour oser entrer sans frapper.

— Où est-elle ?

Le ton sur lequel fut posée la question était très éloigné de celui d'un serviteur.

Pendant un temps assez long pour paraître impoli, elle ne répondit pas.

— Je vous demande pardon ? finit-elle par dire. A qui croyez-vous parler ?

Il se contenta de la foudroyer du regard.

— Elle ne veut pas vous voir, déclara Millicent d'un air acide.

— Faites-la descendre.

– Elle ne veut pas vous voir, répéta-t-elle avec arrogance.

– Je monte.

– Elle n'est pas là.

Il s'arrêta devant la porte et se retourna.

– Alors, où est-elle ?

– Partie ! s'écria Millicent avec une pointe de satisfaction dans la voix.

– Où ?

– Ça ne vous regarde pas !

– Ne me poussez pas à bout. Où est-elle ?

– Je vais vous faire jeter dehors. Je ne laisserai personne envahir ma maison. Si vous ne sortez pas immédiatement...

– Cessez de jouer les offensées. Je me fiche pas mal de ce que vous voulez. D'ailleurs, vous savez comme moi que personne ici ne serait capable de m'obliger à sortir. Maintenant, je vous donne exactement dix secondes pour me dire où est Blaze ou je vous étrangle sur place.

– Vous ne lui en avez pas assez fait comme ça ?

Il leva les yeux de la montre en or qu'il avait extirpée de la poche de sa veste.

– Elle vous a dit ça ?

– En effet.

– Eh bien, nos points de vue diffèrent quant à qui a fait quoi, lança Jon d'un ton égal. Cinq secondes.

– Vous ne m'intimidez pas, espèce de sauvage !

Ses yeux gris lançaient des éclairs de rage.

– Trois.

– Vous ne m'arracherez plus un mot.

– Dommage. Deux secondes.

– Yancy vous tuera dès son retour, dit Millicent, sûre d'elle.

Jon enregistra l'information. Yancy était donc

sorti. Il n'en avait pas été certain. Son regard se posa à nouveau sur la montre.

— Une seconde. Voilà. Vous pouvez dire vos prières.

Il referma le boîtier de sa montre qu'il remit dans sa poche, puis traversa la pièce à grandes enjambées. Elle essaya de s'enfuir, mais il lui bloqua fermement le passage.

— New York ! hurla-t-elle, revenant à la dure réalité en voyant Jon fondre sur elle.

— C'est une grande ville, répliqua-t-il calmement en refermant ses longs doigts sur le cou de Millicent.

Leurs visages étaient si proches qu'il sentit la chaleur de sa peau.

— Mme... Restell, dit-elle dans un souffle.

Lorsqu'il retira sa main, son cou crémeux était couvert de marques rouges, et elle avait perdu son air hautain.

Reconnaissant le nom, le cœur de Jon s'emplit d'effroi.

— Quand sont-ils partis ? demanda-t-il très lentement.

— Il y a une heure, articula Millicent, encore sous le choc.

Soudain, Jon fut pris de sueurs froides. Peut-être était-il trop tard. Le découragement s'empara de lui et, pendant un long et terrible moment, il demeura pétrifié comme une statue. Ce n'est qu'en entendant Millicent tousser qu'il retrouva ses esprits et courut aussitôt vers la sortie.

36

Quand ils arrivèrent devant l'immeuble de Mme Restell, Blaze entra par la porte de service et fut accompagnée par un domestique dans une chambre richement décorée, tandis que Yancy discutait avec Mme Restell dans son bureau. Les deux brutes montaient la garde dans le hall en marbre, comme des gardiens de prison.

Yancy pouvait bien raconter ce qu'il voulait, songea Blaze en examinant la chambre aux tentures bleu layette qu'elle trouva de fort mauvais goût. Elle aurait le dernier mot. Personne n'oserait refuser cent mille dollars pour *ne pas faire* un avortement. Elle entendit la porte s'ouvrir et se prépara à rencontrer la femme la plus célèbre de New York.

— Vous avez l'air en pleine forme, miss Braddock.

C'était la voix grave et familière qu'elle n'avait pas entendue depuis des semaines. La voix profonde et sensuelle de Jon. Non, c'était impossible.

Blaze fit volte-face en serrant le collier dans sa main. Il était là, à moitié dans l'ombre, tout vêtu de noir et impeccablement coiffé, et la dévisageait d'un œil accusateur.

Sa joie se brisa tout net contre ce regard noir et un terrible sentiment de culpabilité l'envahit. Comment l'avait-il trouvée ? Que devait-il penser ? Son cœur battait à tout rompre dans sa poitrine.

– Comment as-tu su que j'étais ici ? murmura-t-elle.

Elle aurait pu difficilement être plus maladroite.

Jon faillit se laisser prendre par cette candeur inattendue, mais il se rappela aussitôt que Blaze était en fait affreusement sournoise.

– Millicent n'est pas difficile à convaincre, dit-il doucement.

– Mais comment as-tu eu l'adresse ? demanda Blaze en lâchant les perles et en serrant les plis de sa robe comme pour s'y agripper.

– Cette femme gagne des millions de dollars et mène ouvertement grand train sur la Cinquième Avenue. D'ailleurs, j'étais déjà venu. Mme Restell est très connue à Boston. Tu ne crois quand même pas être la première gosse de riches à passer par ici ?

Il regardait la chambre d'un air dégoûté.

– J'aurais dû m'en douter, dit Blaze avec une soudaine dureté dans la voix, l'image de Rose et de Jon s'imposant brusquement à elle. Etant donné ta réputation...

– Non, tu ne sais rien. Contrairement à toi, j'accorde une grande valeur à ma progéniture. Je suis venu un jour ici avec Cornelia Jennings et une de ses amies, une femme dont le mari n'était pas prêt à accepter une grossesse à son retour d'un long voyage en Europe.

Cette brève explication mit Blaze dans l'embarras et le rose lui monta aux joues.

– Je... bredouilla-t-elle, pardonne-moi.

Son cœur se serra soudain en le voyant là devant elle. Finalement, il était venu... du lointain Montana. Et pourtant, il était étrangement distant. Et agressif. Mais elle n'avait pas le temps de chercher à comprendre pourquoi. Pas avec Yancy susceptible d'apparaître d'une seconde à l'autre.

– C'est dangereux, le prévint-elle à voix basse tout en avançant d'un pas vers lui.

Dans un lent mouvement, il s'écarta alors de la porte et s'arrêta près du lampadaire, en pleine lumière. Il avait très belle allure dans son élégant costume taillé sur mesure. Cet homme était d'une beauté à se damner, songea Blaze. Et comme si ses rêves s'étaient réalisés, il était à nouveau près d'elle...

– Yancy est là avec ses chiens de garde. Comment as-tu pu les éviter ? Ils surveillent l'entrée.

– Je sais. (Jon prit l'air affolé de Blaze pour une crainte de se voir trahie et non pas pour de l'inquiétude à son égard.) Je suis passé par la terrasse du bureau de Mme Restell. Je lui ai dit que j'étais le père de l'enfant. Et je lui ai donné vingt mille dollars en or pour qu'elle me laisse te voir.

– Pourquoi ?

– Pourquoi ? Mais parce que dix mille dollars n'ont pas suffi à lui faire lever les yeux et quinze mille lui ont tout juste arraché un sourire.

Il aurait dépensé beaucoup plus si cela avait été nécessaire. La somme en or qu'il avait sur lui aurait permis de lever une armée.

– Non, pourquoi es-tu venu ? Après tant de temps...

Un léger ressentiment se devinait sous la joie de Blaze.

– Disons à cause d'une soudaine envie de devenir père. Au bon moment, semble-t-il, puisque apparemment tu as décidé de te débarrasser de l'enfant.

– Ce n'est pas ce que tu penses, répliqua Blaze, à nouveau sur la défensive.

– Comment saurais-tu ce que je pense ? Si tu veux vraiment le savoir, miss Braddock, je pense que cet enfant est aussi le mien, et je n'ai pas l'intention de te laisser faire.

– Jon, je suis désolée, murmura Blaze, les larmes aux yeux. Tu te trompes, je t'assure. Je n'ai jamais souhaité... Tu ne comprends pas...

Affreusement blême, elle ne put poursuivre.

Et si le souvenir de la mine avait été moins présent à son esprit, Jon aurait eu pitié d'elle.

– Comment as-tu pu faire ça ? s'écria-t-il, furieux de constater qu'elle réussissait encore à l'attendrir.

– Mais je ne suis pas responsable ! Ce sont eux qui...

Ses immenses yeux bleus le regardaient en suppliant. Une enchanteresse encore capable de l'envoûter. Presque. Mais la haine fut la plus forte.

– Ne me raconte pas qu'ils t'ont forcée, Blaze, s'il te plaît. Alors que tu défends farouchement ton indépendance ? Admets-le, tu ne voulais pas de mon enfant, voilà tout.

– Non, non, ce n'est pas vrai ! Je n'ai jamais...

Et tout à coup, ses sentiments prirent le dessus. Elle oublia ce qu'on lui avait raconté sur Jon et Rose et sa tristesse de ces dernières semaines. Il était là, vivant. C'était un miracle.

– Tu es vivant, dit-elle dans un sanglot. Vivant !

Jon s'était juré de ne plus se laisser avoir.

– Ce n'est pas grâce à toi. Je dois cependant reconnaître que tu as failli réussir ton coup.

Au souvenir de ces horribles jours passés sous terre, Jon se sentit renforcé dans sa détermination de ne pas s'attendrir sur la détresse de Blaze, malgré les larmes qui coulaient sur ses joues.

Un bruit de sonnette lointain le ramena soudain à la réalité. Mme Restell lui avait promis qu'on ne les dérangerait pas, mais il ne lui faisait pas totalement confiance.

– Prends ton manteau, ordonna-t-il sèchement. Nous partons.

– Où ? demanda Blaze d'une toute petite voix en restant pétrifiée sur place.

Elle avait peur de Yancy, de ses gardes du corps et craignait pour la vie de Jon.

– Dans le Montana, évidemment. Dépêche-toi.

– Pourquoi ne m'as-tu pas écrit ? Tu ne m'as jamais écrit, marmonna-t-elle d'un air perplexe, en essuyant ses larmes du revers de la main.

– J'ai eu la vague impression, après avoir lu ton mot charmant, que tu n'avais guère envie d'entretenir une correspondance avec moi, répliqua-t-il d'un ton neutre en la regardant bien en face.

Une expression de surprise apparut sur son beau visage blême.

– Quel mot ?

– Splendide ! Je dois dire, ma chère, que j'admire ton talent de simulatrice. Tu as eu exactement l'intonation qu'il fallait. Mais tu as toujours été une excellente comédienne... n'est-ce pas, *bia* ?

Il chuchota ce dernier mot qui résonna dans la pièce, évoquant de doux souvenirs dans les montagnes. Il la dévisagea un long moment, et réalisa combien ce passé prenait de la force en sa présence. Il dut faire un effort pour le chasser de son esprit.

– Tu dois pourtant te rappeler ce mot, chérie. Tu l'as écrit la veille de l'attaque de Yancy.

– Comment aurais-je pu... Je n'ai jamais écrit quoi que ce soit. Je n'ai jamais vu ce mot ! Je te le jure ! Montre-le-moi !

– Je n'ai pas vraiment eu envie de le conserver.

– Je peux te prouver que je n'ai rien écrit. Regarde ! Je vais écrire quelque chose et...

– Inutile, Boston. Ça n'a plus d'importance, coupa-t-il avec impatience. Tiens, enfile ça.

La lumière douce soulignait les cernes sous ses yeux.

– Jon, je dois t'expliquer...

– Pas la peine d'user ta salive, Blaze. Je ne suis pas d'humeur à entendre tes histoires. Le voyage a été long et le retour va être pire encore, avec ces chiens sur nos talons.

– Nous rentrons ? murmura Blaze, les yeux brillants de bonheur.

Rien d'autre ne comptait puisqu'il était en vie. Sa colère, les malentendus, Rose... Elle avança vers lui.

Jon, inflexible, l'arrêta d'un geste et sa main lui effleura l'épaule.

– Je suis ici pour mon enfant. Je veux qu'il naisse près de son peuple. Ce n'est pas toi que je viens chercher. Malheureusement, je ne peux prendre l'un sans l'autre. (Son regard était indifférent, détaché, et sa voix, sans la moindre émotion.) Après la naissance, tu seras libre d'aller où bon te semble. Mais jusque-là, j'ai l'intention de te surveiller. Et de très près.

Changeant tout à coup d'humeur, Blaze respira un grand coup.

– Juste ça ? demanda-t-elle d'un air blessé.

– Juste ça.

Son ton était celui d'un chef absarokee. Sans discussion.

– Je n'ai pas mon mot à dire ?

Pour Blaze, dont le caractère rebelle reprenait le dessus face à l'autoritarisme de Jon, c'était absolument inconcevable.

– Je trouve que tu as suffisamment agi comme tu voulais, ces derniers mois. Rouvrir la mine exigera des semaines de travail dur et acharné. J'ai sans doute été naïf, mais j'en ai assez de jouer les martyrs. Et si toi tu ne veux pas de cet enfant, moi si.

Blaze ouvrit la bouche pour protester vigoureusement, mais Jon l'en empêcha.

– Je ne te retiendrai pas plus que nécessaire, c'est
promis. Dès que l'enfant sera né, tu pourras partir. Je
trouverai une nourrice au village.

– Une poulinière, c'est ça ? rétorqua Blaze d'un
ton acide.

Jon posa les yeux sur elle, calme, impassible.

– Je n'ai pas souhaité ça. C'est toi. Ton mot était
très clair.

– Bon sang ! Je n'ai pas écrit ce mot !

– Eh bien, quelqu'un d'autre appelé Blaze l'a fait,
dit-il d'un air sarcastique.

– Et si je ne veux pas partir... si je refuse d'être
renvoyée quand l'enfant sera né ?

Elle s'attendait à le voir riposter avec colère. Elle
se trompait.

– Je suis sûr que tu préféreras partir, répondit-il
d'un ton détaché. Tu ne seras pas ma première
femme, *bia*. Et, pour être honnête, la place de seconde femme n'est pas toujours très agréable.

– Seconde femme ?

Blaze sentit sa gorge se nouer.

Jon Black inclina la tête.

– Puis-je demander de qui il s'agit ? parvint-elle à
articuler, s'efforçant de résister au flot d'émotions
qui l'envahissait.

– Tu as sans doute deviné. Blue Flower élèvera
mon enfant. Les fiançailles ont eu lieu il y a trois semaines.

La phrase demeura suspendue entre eux dans un
silence de mort.

– Je vois... murmura enfin Blaze.

– Je savais que tu comprendrais.

Ils étaient à moins d'un mètre l'un de l'autre, mais
Jon aurait tout aussi bien pu se trouver de l'autre

côté de la planète, tant ses paroles étaient définitives et son regard distant.

– Et si je décide de rester quand même ?

Les yeux de Blaze, immenses et emplis de douleur, ressemblaient à deux lacs au milieu de son petit visage blafard.

– Tu changeras d'avis – après quelques mois passés au village. Dis-toi bien que tu n'auras rien de tout cela. Ni brocart, ni matelas douillet, ni lit en bois d'ébène incrusté d'or, ni domestiques, lança-t-il d'un air méprisant en contemplant la chambre. Et il n'y a pas de fleurs de serre dans le Montana. Comment feras-tu pour survivre ?

Blaze était écœurée.

– J'ai bien survécu cet été, pendant la chasse.

– C'était temporaire et tu joues très bien la comédie. Mais ne t'attends pas à ce que je succombe à la même représentation une seconde fois.

– Ce n'était pas une représentation, bon sang !

– C'est ce que tu dis. Moi, je pense le contraire. Nous sommes donc dans une impasse, observa-t-il très calmement. Mais pour l'instant, filons d'ici. Nous débattrons de nos mille et une différences un peu plus tard.

– Va au diable, Jon Black ! s'écria Blaze, le regard étincelant de rage.

– Merci, mais pas cette fois-ci, rétorqua-t-il, les lèvres pincées, regrettant amèrement de ne pas avoir agi ainsi dès le départ.

– Tu as peur de moi, déclara Blaze comme si elle venait de découvrir quelque chose.

En fin de compte, il y avait une faille dans cette armure inattaquable.

– Non, je n'ai peur de personne... et surtout pas de toi, ma belle.

Ce qui à l'instant même tenait plus de la provocation que de la vérité. Il déplaça le lampadaire, puis tira les rideaux et ouvrit la fenêtre.

– Maintenant, viens poser ton joli derrière sur le rebord de la fenêtre. Je te ferai descendre. (Il se retourna et claqua des doigts.) Tout de suite, *bia*, vite.

Blaze s'approcha et lui toucha légèrement l'épaule.

– Je n'en ai pas terminé avec toi, dit-elle, reprenant confiance.

Absorbé par le départ, Jon répondit machinalement à son geste et posa sa main sur la sienne.

– Moi non plus, je n'en ai pas terminé avec toi, *bia*. J'ai encore cinq mois devant moi.

Et, la prenant par la taille, il la souleva pour lui faire franchir la fenêtre.

37

Avec son or, Jon put leur offrir une voiture couverte, un cocher et les deux meilleurs chevaux de New York. Moins d'une heure plus tard, ils roulaient vers l'Ouest.

– Ils ont pris tout mon argent, annonça Blaze lorsqu'ils furent installés sur les confortables banquettes de cuir.

Jon était assis face à elle, les yeux clos.

– Peu importe. J'en ai plein.

– Ce n'est pas ce que je veux dire. Ils m'ont forcée à signer une procuration sur l'héritage de papa. Ils ont menacé notre enfant.

Jon souleva à moitié les paupières et lui jeta un regard noir et ironique.

– Excuse-moi de ne pas trouver ton histoire vraisemblable, mais c'est chez une avorteuse que je t'ai retrouvée. (Il posa la tête contre la paroi en velours capitonné, s'installant confortablement.) Épargne-moi ton mélodrame, murmura-t-il d'une voix somnolente. A présent, j'ai envie de dormir.

Offusquée de ses injustes reproches, Blaze le regarda sombrer dans le sommeil. Malgré sa colère, elle ne lui en voulait pas. Il avait l'air si las. Elle aurait voulu le toucher, le prendre dans ses bras pour le rassurer, mais il s'ingéniait à élever entre eux des barrières infranchissables. Il avait l'impression d'avoir été trahi, l'accusait d'être responsable de l'attaque de la mine et voyait en elle une ennemie, comme la première fois où elle était venue le voir ce matin d'été, des mois auparavant.

Mais elle avait pourtant réussi à lui faire changer d'avis. Serait-ce possible cette fois encore ? Elle l'aimait. Elle n'avait jamais cessé de l'aimer. Et le revoir ne faisait que renforcer cet amour. Comment pouvait-il envisager d'épouser Blue Flower ? Il était à elle ! Il lui restait à peine deux semaines avant qu'ils retrouvent sa tribu. D'ici là, elle parviendrait certainement à regagner son affection.

Elle oublia son ressentiment, se laissant aller à la tendresse que seul l'homme endormi devant elle lui faisait éprouver. « Nous verrons bien qui sera la première femme, se dit-elle. Si deuxième femme il y a !... » A cet instant, forte de sa belle assurance retrouvée grâce à la présence de Jon, elle n'aurait conseillé à personne de parier contre elle.

A l'étape suivante, Jon se réveilla en sursaut. Il s'étira en se frottant les yeux, puis descendit pour aller procéder au changement des chevaux. Lorsqu'il revint et s'affala à nouveau sur le siège, Blaze le regarda de ses grands yeux bleus.

— Pourrions-nous tout recommencer depuis le début ? Je t'aime. Je t'ai toujours aimé. Et je n'ai jamais cherché à te faire du mal. Je t'en prie, crois-moi.

Jon la considéra d'un air pensif, puis se détourna, le regard vide.

— La dernière fois que je t'ai crue, j'ai failli en mourir, murmura-t-il. Ça m'a servi de leçon, ma belle. (Il souleva un coin du rideau et jeta un coup d'œil à travers la vitre.) Où sommes-nous ? dit-il, détournant volontairement la conversation.

– Jon, nous devons discuter. Dis-moi comment tu as survécu à l'explosion de la mine et comment tu en es sorti. As-tu été blessé ? Oui, sans doute. Raconte-moi. Je me fiche pas mal de savoir où nous sommes !

– Tu as tort. Je crois que nous les avons semés. Désolé de te décevoir, Boston, mais nous allons gagner une cinquantaine de kilomètres en passant par là.

– Bon sang, Jon ! Je n'ai aucune raison d'être du côté de Yancy. Si tu n'étais pas aussi têtu, tu l'aurais déjà admis. Yancy et ma mère aimeraient me voir morte, moi aussi. Tu ne comprends donc pas ? Ainsi, tout l'argent serait à eux, sans même qu'ils soient contraints de manipuler la loi. Et je veux ce bébé, Jon. Je le veux. Demande à Curtis Adams. J'ai tout légué au bébé !

– C'est ce que tu dis, répliqua Jon avec une nuance d'exaspération dans la voix.

Cependant, la phrase qu'elle venait de prononcer – qu'elle avait tout légué au bébé – retint son attention.

– Mais c'est la vérité !

– La vérité est que, si je suis là, c'est uniquement parce que j'ai creusé huit mètres de rocher à la force du poignet, afin d'éviter de mourir de faim. La vérité, c'est le mot qui m'a accueilli quand j'ai enfin réussi à m'en sortir. Inutile que je te décrive ce que j'ai alors ressenti.

– Comment te faire admettre que ce n'est pas moi qui ai écrit ce mot ? dit-elle sur un ton mêlé de rage et de défi. D'ailleurs, pourquoi t'aurais-je laissé un mot si j'étais de mèche avec Yancy ?

– Pour te protéger, j'imagine. Mais ce n'est pas à moi qu'il faut demander de te comprendre. Il y a plusieurs semaines que j'y ai renoncé.

– Tu n'as qu'à interroger Hannah, elle te le dira.

Elle te dira tout sur Yancy et ma mère, et que j'ai voulu mourir en croyant qu'ils t'avaient tué.

Jon la regarda d'un air las.

— Hannah ? Qui est-ce ? Une de tes complices ? Inutile, Blaze. Tout ceci n'a aucun sens pour moi.

La voiture fit une brève embardée tandis que les chevaux accéléraient l'allure, mais Jon ne bougea pas d'un pouce.

— Je suis ta femme, insista Blaze, s'impatientant de cette indifférence à son égard. Cela a-t-il un sens pour toi ?

— Tu ne le seras plus très longtemps... si je le décide.

— Ce qui veut dire ?

— Il suffit que je dépose tes affaires devant le tipi et le mariage est dissous.

— C'est vraiment très pratique pour les hommes !

— Oh ! non, tu te trompes, corrigea-t-il. Une femme peut en faire autant à son mari.

Blaze renifla d'un air dégoûté.

— Peut-être choisirai-je d'user de ce privilège.

— Comme tu voudras. Tout ce qui m'intéresse, c'est l'enfant.

— Et si je le veux, moi aussi ?

— Ne me fais pas rire, je t'en prie, railla Jon. N'oublie pas que je t'ai trouvée chez Mme Restell.

— C'était la première fois que j'étais autorisée à sortir de ma chambre. J'y suis allée parce que c'était la seule chance pour moi de m'enfuir, mais j'avais emporté mon collier de perles pour le donner à Mme Restell en échange de ma liberté. Ces perles valent vingt fois le prix d'un avortement. Elle aurait sans doute accepté. Dieu m'en est témoin, Jon : moi aussi, je veux notre bébé. Combien de fois devrai-je te répéter que je n'avais aucune intention d'avorter ?

— Tu ne parviendras pas à me convaincre, dit Jon,

à bout de patience. Tu peux prendre ton air innocent, pleurer de honte ou filer avec le cocher dès que nous serons arrivés à St Joseph. Mais sois gentille, épargne-moi ta comédie !

— Tu es vraiment impossible !

Il fronça les sourcils.

— Ce qui est impossible, c'est nous, rectifia-t-il en haussant négligemment les épaules. Je l'ai su dès le premier jour. Et j'avais raison.

— Et entre-temps, il ne s'est rien passé ? lui rappela Blaze.

— Si. Une malencontreuse erreur de jugement, dit-il froidement, bien qu'une multitude de souvenirs lui revînt alors en mémoire.

— Comment peux-tu qualifier notre amour de malencontreuse erreur de jugement ?

— J'ai largement eu le temps d'y réfléchir, ma chère femme, pendant ces jours passés à creuser dans le rocher. J'ai eu de la chance, c'est tout. Quelques mètres de plus, et j'étais mort. Ce genre d'expérience a tendance à refroidir les élans amoureux.

— Tu peux dire ce que tu veux, répliqua fièrement Blaze, je ne partirai pas après la naissance du bébé. Je n'ai jamais désiré te quitter et je ne le voudrai jamais. Autant que je te prévienne tout de suite, afin d'éviter tout malentendu. Car nous avons apparemment le don de les accumuler, ce que je ne souhaite pas.

Les yeux noirs de Jon la fixèrent longuement, mais elle ne se détourna pas et soutint son regard.

Ce regard bleu – qui était la détermination même – c'était tout Blaze Braddock, la femme de Jon Black. Ce fut ce regard qui provoqua la première fissure dans la carapace de ressentiment dans laquelle il s'était réfugié.

— Parfait. Me voilà prévenu. (Peut-être parce qu'il

se sentit légèrement faiblir, Jon ne put s'empêcher de faire preuve d'un cruel cynisme.) Fais-moi penser à prévenir aussi Blue Flower, ajouta-t-il. J'espère que vous vous entendrez bien toutes les deux.

– Sale type !

– Ça, c'est une réaction typique des Visages Pâles, dit-il avec un petit sourire. Tu n'as pas mieux ?

– Je lui crèverai les yeux. Elle ne restera pas longtemps, déclara Blaze avec fermeté.

– Il faudra que je la protège, alors.

– Je te conseille de bien te protéger, toi aussi.

Jon eut un regard étonné et son sourire s'accentua.

– C'est une menace, ma chérie ?

– Interprète cela comme tu veux, mon cher, très cher mari, rétorqua-t-elle d'une voix mielleuse.

Blaze était plus déterminée que jamais à ne pas le laisser se marier avec Blue Flower. S'il la croyait prête à le partager avec une autre femme, il se trompait sérieusement. Elle n'avait nullement l'intention de céder sa place à quiconque. Et si Jon avait analysé plus attentivement ses sentiments, il se serait découvert le même besoin de possession. Blaze était à lui. Aucun autre homme n'avait le droit de la toucher. S'il pensait avoir entrepris ce voyage pour aller chercher son enfant, c'était pourtant bien cette même rage de la posséder, noyée sous sa rancœur, qui l'avait poussé à partir.

Ils prirent le train à Niagara Falls. Jon réserva un compartiment luxueux dans un des nouveaux wagons Pullman et prit la peine d'enfermer Blaze à clé chaque fois qu'il s'absentait.

– Je ne vais pas essayer de m'enfuir, protesta-t-elle lorsqu'il revint d'une de ses rondes de reconnaissance.

– Non, j'en suis persuadé, se contenta-t-il de répondre en remettant la clé dans sa poche. Pour une fois que nous sommes d'accord sur quelque chose...

— Nous le serions plus souvent si tu n'étais pas aussi affreusement intolérant.

— Pas intolérant, prudent. Je me suis déjà laissé piéger par tes beaux discours. (Un pli d'amertume se dessina au coin de ses lèvres et son regard s'assombrit sous ses longs cils noirs.) Et j'ai eu cinq jours pénibles pour me remémorer tes douces paroles. Tu veux manger ?

Il lui tendit un sandwich avec une froide indifférence et un lourd silence retomba dans le compartiment.

Même lorsque Blaze était enfermée, Jon restait sur ses gardes. Yancy chercherait tôt ou tard à les rattraper. Et il ne travaillait jamais seul. Comme toutes les crapules.

Le deuxième jour, Blaze se réveilla avec des nausées, ce qui lui arrivait rarement. Et quand Jon lui apporta le plateau du petit déjeuner, elle y jeta un bref coup d'œil avant de se précipiter dans la minuscule salle de bains.

Il ouvrit la porte qu'elle avait claquée derrière elle, contempla un instant son visage défait et l'aida à garder l'équilibre tandis qu'elle vomissait. Ensuite, il la porta sur la banquette et l'installa confortablement avec deux oreillers.

— Tu es souvent malade ? demanda-t-il d'un air inquiet.

— Non, répondit-elle d'une toute petite voix. Presque jamais. Je crois que c'est le bercement du train.

— Je regrette, dit-il calmement.

— Quoi, le bébé ?

— Non, pour cela, il est trop tard. Je regrette que tu sois malade. Si je peux faire quoi que ce soit...

Son inquiétude était sincère.

« Pardonne-moi, aurait voulu dire Blaze... Pour tout... Pour la mine, pour ma mère, pour Yancy... » Mais malgré ses tendres attentions, elle devina sa réserve et n'osa pas.

— Ne m'apporte rien à manger avant 10 heures, se contenta-t-elle de dire d'un ton léger.

— C'est promis, *bia*, répliqua-t-il avec son irrésistible sourire.

Mais aussitôt, il se rembrunit lorsqu'il réalisa comment il venait de l'appeler. Se levant brusquement, il alla s'asseoir sur le siège opposé et replongea dans le silence maussade qu'il observait depuis New York.

Quand Blaze lui fit part de son ennui, quelques heures plus tard, il profita de l'arrêt à Chicago pour lui acheter des livres. Et lorsqu'elle se plaignit de son silence, il se contenta de relever la tête et répondit qu'il réfléchissait.

Le lendemain, Blaze ouvrit la fenêtre, jeta les livres et se tourna vers lui.

— Parle-moi.

Jon ouvrit les yeux et sortit lentement de sa demi-somnolence. Pendant la nuit, à chaque arrêt, il était allé surveiller attentivement les passagers qui montaient à bord du train. Plus ils approchaient de St Joseph, Missouri, plus ils avaient de chance de se retrouver nez à nez avec Yancy. C'était le passage obligé de toutes les routes qui menaient vers l'Ouest. Et Yancy le savait.

— Parle-moi, répéta Blaze. Tu m'as à peine adressé dix mots depuis que nous sommes dans ce train.

Il s'était effectivement montré fort peu bavard et plutôt brusque, à la limite de la muflerie.

— Nous n'avons pas grand-chose à nous dire.

Manifestement, il n'était pas près de changer d'attitude.

– Nous allons prendre la diligence à Council Bluffs ? insista-t-elle.

– Vraisemblablement, répondit-il d'une voix traînante, paresseusement appuyé sur un coude.

– Hier soir, je t'ai entendu sortir plus souvent que d'habitude. Pourquoi ? (Elle vit qu'il était sur le point de refermer les yeux.) Je veux une réponse ! rugit-elle.

Jon se redressa. Il était clair que Blaze ne le laisserait pas tranquille aujourd'hui.

– Je voulais vérifier qui montait dans le train.

– Yancy ?

– Oui.

– Tu crois vraiment qu'il est à notre poursuite ? Ne serait-il pas plus raisonnable pour lui de rester à Boston et de dépenser mon argent ?

– Yancy ne m'a jamais semblé être un homme très raisonnable. Il est plus cupide et plus revanchard que beaucoup. Je suis persuadé qu'il viendra te chercher. Ainsi que moi et notre enfant.

– Nous arriverons jusqu'au Montana ?

Il haussa les épaules.

– Nous allons essayer.

– Je peux monter à cheval.

– Pas en ce moment.

– Je suis seulement enceinte de quatre mois.

– Ça n'aurait rien d'une balade pour le plaisir. Tu ne peux pas rester dix-huit ou vingt heures d'affilée en selle. C'est trop dangereux.

– Oui, bien sûr. Pour l'enfant...

– Tu t'intéresses à l'enfant, maintenant ? Toi qui es allée voir l'avorteuse la plus chère de ce pays.

– Je ne l'aurais pas fait.

– Peut-être aurais-tu encore changé d'avis. « Souvent femme varie », dit le proverbe. Cette fois-ci, je tenais à ne prendre aucun risque.

Soudain, il plissa les yeux, déchiré par une souffrance intérieure.

– Cette fois-ci ? répéta Blaze, sentant qu'un mystère se cachait derrière ces mots.

Se reprenant, Jon la regarda intensément.

– Tout le monde n'a pas recours à des Mme Restell. Chaque culture possède sa propre méthode.

– Ta femme ? dit Blaze dans un souffle.

Il resta immobile, respirant à peine. Quand enfin il recommença à parler, ce fut d'une voix désincarnée, semblant remonter d'un lointain passé :

– Elle a mis en danger sa vie et celle de notre enfant... mon enfant. (Il se tut un instant, revoyant d'anciennes images douloureuses.) Elle avait seize ans et elle était resplendissante de santé, reprit-il au bout d'un interminable moment. Elle a agonisé pendant une semaine. Je lui ai tenu la main en la regardant me quitter peu à peu. Nous étions jeunes, je l'aimais beaucoup. Nous étions inséparables après notre mariage. Elle venait partout avec moi. Quand elle a découvert qu'elle était enceinte, elle ne m'a rien dit. J'aurais refusé qu'elle m'accompagne. Alors elle a essayé de se débarrasser du bébé... (Jon releva la tête et croisa le regard horrifié de Blaze.) Je t'en prie, dit-il d'une voix pleine de regret, ne fais rien d'irréparable. Ne parle pas de monter à cheval pour échapper à Yancy. Je ne te le permettrai pas.

– Je te demande pardon. Je ne savais pas. Si j'avais su, je n'aurais rien dit. Je t'en supplie, Jon, ne me hais pas, dit Blaze dans un murmure.

« Ne me hais pas à cause de l'erreur d'une autre », faillit-elle ajouter.

Jon soupira et regarda défiler le paysage derrière la vitre.

– Ne pouvons-nous pas au moins être amis... pour l'instant ? reprit-elle.

Elle aurait tant aimé pouvoir le prendre dans ses bras pour le consoler.

– Je vais essayer.

Ce n'était pas grand-chose, mais c'était un début. Et comme Jon tenait toujours parole, il essaierait vraiment.

Le reste de la journée se passa mieux. Ils réussirent à échanger quelques mots, et quand il l'enferma pour aller faire sa ronde, il s'en excusa.

Pendant ce voyage en train, Jon prit soin de quitter le compartiment chaque fois que Blaze se préparait pour aller au lit et ou s'habillait le matin. Il avait retenu la leçon si douloureusement apprise. Au point d'avoir frôlé la mort. Et il n'avait pas l'intention de se laisser à nouveau séduire par la troublante sensualité de cette femme magnifique.

38

A Boston, Yancy revint annoncer la disparition de Blaze.

Millicent avait espéré que Jon n'arriverait pas à temps chez Mme Restell, souhaitant de toutes ses forces qu'il ne parvînt même pas à trouver l'adresse. Mais elle n'avait jamais envisagé qu'il réussirait à s'enfuir avec Blaze.

– Tu es un fieffé imbécile, Yancy Strahan ! hurla-t-elle. Et si tu ne la retrouves pas, je ne vois pas pourquoi je t'entretiendrais sur ma rente de veuve.

– Ça ne va pas être facile, grogna Yancy, admettant sans difficulté qu'elle repoussât leur projet de mariage.

A sa place, il aurait agi exactement de la même façon.

– Combien ? lança Millicent en passant un doigt sur les marques qu'elle portait au cou, signature de ce maudit Indien. Dis-moi combien ça va coûter.

Ils étaient associés dans une entreprise qui aurait pu rapporter des millions. Qui le pouvait encore... Aucun d'eux n'était prêt à abandonner. Elle avait besoin de lui, et lui d'elle. Lui, les muscles, elle, l'argent, et chez tous les deux une franche détermination à ne rien laisser leur barrer la route vers la fortune qu'ils convoitaient. Tels des combattants, ils s'étaient observés pendant les premières semaines passées dans le Montana, lâchant un mot ici ou là, guettant la réaction de l'autre avant de passer à la phase suivante, comme de vrais professionnels, jusqu'à ce qu'ils se soient pleinement engagés, chacun conscient des points forts de l'autre, tous deux convaincus qu'ils avaient intérêt à s'associer plutôt qu'à s'affronter.

Et, malgré les apparences, ils se considéraient avec un mutuel respect, auquel se mêlait parfois une curieuse attirance érotique. La méchanceté séduite par le vice...

— Il me faut des pisteurs, des chevaux et du matériel. Il a de l'avance sur moi, mais si j'arrive à engager Hyde à St Joseph, il n'ira pas loin. Ni l'un ni l'autre ne s'en tireront.

— Donne-moi un chiffre et va boucler tes bagages. Le chèque sera prêt quand tu redescendras. Et pas question qu'ils en réchappent cette fois-ci, compris ?

Yancy hocha la tête. Il comprenait parfaitement.

— Combien d'avance ont-ils sur toi ? s'enquit sèchement Millicent en s'installant à son bureau.

— Environ un jour, le temps que je m'organise. Mais Jon ne pourra pas aller très vite avec elle.

— Comment peux-tu être sûr qu'ils sont partis vers l'Ouest ?

— C'est un Indien, répliqua Yancy avec assurance.

39

Ce fut Blaze qui insista pour passer la nuit à St Joseph. Elle invoqua sa fatigue et sa grossesse pour le faire céder.

– Je veux dormir dans un vrai lit, pas sur une simple planche accrochée à un mur.

Jon ne souhaitait pas rester. Conserver leur avance sur Yancy était leur seul espoir, et il le lui dit.

– Je suis si lasse, Jon. Une seule nuit changerait vraiment quelque chose ?

Ils avaient changé plusieurs fois de train et le voyage commençait à fatiguer Blaze.

Ils patientaient sous un auvent, devant la station de fiacres de la gare de St Joseph, très animée à cette heure de l'après-midi. Jon jeta un coup d'œil à Blaze et vit les cernes sous ses yeux et la pâleur de ses joues. Après avoir très vite évalué les risques au regard de son état de santé, il acquiesça.

Il ne s'attendait pas à ce qu'elle lui sautât au cou pour l'embrasser. Sinon, il aurait évité ce contact physique, ainsi qu'il s'était appliqué à le faire depuis New York. Il goûta la douceur et la chaleur de son corps familier contre lui, et n'hésita qu'une seconde avant de l'enlacer. Dès qu'elle fut dans ses bras, il sentit combien il avait envie d'elle.

Blaze releva la tête, leurs regards se croisèrent et elle lui sourit.

– Merci, dit-elle.

Il était là, en plein jour, à l'endroit le plus fréquenté de la ville, en train de jouer sa vie, et tout ce à quoi il était capable de penser, c'était à son désir pour elle. C'était de la folie. Une folie qu'il ne pouvait se permettre.

– Il ne faut pas rester là, décréta-t-il.

Blaze secoua la tête et se serra contre lui. Etre dans ses bras lui donnait une force et une joie nouvelles. Elle aurait souhaité que ce moment ne finît jamais.

Les nombreux voyageurs passaient dans tous les sens, les bousculant au passage. Des cloches d'église sonnèrent à toute volée au centre de la ville.

– Nous ne sommes pas en sécurité ici. C'est le premier endroit où ils viendront nous chercher, dit Jon en se dégageant de son étreinte. Il faut partir.

Dans la voiture, ni l'un ni l'autre ne prononcèrent un mot. Le rejet de Jon, bien que discret, était manifeste. Blessée par son attitude, Blaze tourna la tête pour dissimuler les larmes qui coulaient sur ses joues. Pour la première fois depuis leurs retrouvailles à New York, elle douta de sa capacité à le faire changer d'humeur. Qu'il s'obstinât à la considérer complice de Yancy lui paraissait un obstacle insurmontable.

Ce fut une femme soumise que Jon présenta à Lydia Bailey qui habitait une petite ferme au nord de la ville. Soumise, d'une extrême pâleur, et donnant l'impression d'être toute petite et fragile comparée à la stature de son compagnon.

– Jon, tu n'as pas honte ! s'exclama Lydia dès qu'elle aperçut Blaze. La pauvre enfant est sur le point de s'écrouler. Les hommes ne comprendront jamais qu'on ne peut faire courir une femme comme un poney sauvage !

Jon eut l'air penaud pendant quelques secondes.

– Je suppose qu'il faut que tu me le rappelles de temps en temps, confessa-t-il en inclinant la tête d'un air coupable.

– Comme tu dis !

Et Lydia Bailey, qui malgré ses soixante ans se tenait droite comme un « i », lui lança un coup d'œil réprobateur.

– Décharge la voiture et viens manger quelque chose, pendant que je mettrai cette pauvre petite au lit, ordonna-t-elle.

– Je peux attendre, dit Jon. Elle va aller mieux ?

L'anxiété était perceptible dans sa voix, et il s'insulta mentalement d'être si obtus.

– Quand elle aura mangé et se sera reposée un peu, elle sera en pleine forme. Ne t'en fais pas, tout ira bien. Il y a de la nourriture sur la cuisinière. Tu sais où sont les assiettes.

Et elle fila s'occuper de Blaze.

Les vingt minutes suivantes, Lydia ne cessa d'entrer et de sortir de la cuisine, préparant un plateau et allant chercher de l'eau chaude. A un moment, elle demanda à Jon, assis immobile sur les marches du perron, si Blaze avait des bagages.

– Non, répondit-il en se levant à moitié. Y a-t-il quelque chose que je...

– Reste là et mange, Jon, c'est un ordre.

– Merci, Lydia. D'accord.

Mais il ne bougea pas. Et, après un temps qui lui parut infiniment long, Lydia revint sur le seuil de la porte.

– Tu peux aller la voir.

Blaze était installée dans un grand lit de plume, vêtue d'une chemise de nuit en coton appartenant à Lydia, en train d'avaler consciencieusement un bol de lait chaud.

– Vas-y, tu peux lui parler cinq minutes. Ensuite, elle fera un petit somme. Cinq minutes, pas plus, c'est compris ?

Elle attendit qu'il eût hoché la tête avant de regagner sa cuisine. Jon avait fait sa connaissance dix ans plus tôt au camp de trappeurs que son mari, Joël, dirigeait près de la Powder River.

Jon resta sur le seuil, sa tête touchant presque le linteau et ses larges épaules bloquant en partie l'embrasure de la porte.

– Je suis désolé, commença-t-il, confus. Je ne m'étais pas rendu compte à quel point tu étais fatiguée.

– Ça va mieux, répliqua poliment Blaze, en serrant le bol de lait chaud entre ses mains. Ça m'est arrivé tout d'un coup, à vrai dire.

Sensible à l'atmosphère un peu lourde, Jon s'efforça d'entretenir la conversation :

– Comment te sens-tu... sinon ? Je veux parler... du bébé.

– Ça va bien, je crois. Je n'en sais rien.

Elle avait l'air si jeune, tout en blanc, avec ses cheveux roux retombant sur ses épaules, dans cette chemise de nuit deux fois trop grande pour elle. Et il fut frappé de se dire que cette femme était la sienne. Avait-il commis une erreur en allant la rechercher ? Il n'était pas aussi insensible qu'il l'avait imaginé. C'était difficile de la considérer uniquement comme la femme qui portait son enfant – notion abstraite qui lui avait pourtant paru claire lorsqu'il était encore dans le Montana et avait pris la décision de partir dans l'Est.

— Tu dois être fatigué, toi aussi.

— Non, ça va, assura-t-il. Mais maintenant, tu devrais dormir. Lydia dit qu'il le faut absolument.

— Et je dois le faire ?

— Absolument, dit-il avec un petit sourire. Je n'ai jamais osé la contrarier.

— Elle te fait peur ? demanda Blaze en plaisantant.

— Beaucoup de choses me font peur.

— Mais pas moi.

— Oh ! si, toi aussi, *bia*, murmura Jon avec une extrême douceur. Allez, dors... Je vais m'occuper des chevaux.

Quand il fut parti, Blaze termina son lait en rêvassant. La réponse qu'il lui avait faite était dénuée de colère ou de sarcasme. Elle retrouvait le Jon qu'elle connaissait, franc et sincère. Ses paroles lui firent du bien. Et, pour la première fois depuis des semaines, elle dormit paisiblement et rêva d'eux, heureux, lumineux, formant une vraie famille. Elle, Jon et leur bébé, quelque part dans les montagnes, à l'abri, sous les saules inondés de soleil au bord d'une rivière limpide...

Une fois Blaze endormie, Jon se décida à manger.

— Tu ne peux pas la faire voyager au même rythme que d'habitude, lui reprocha Lydia.

Ils étaient tous deux assis sur la terrasse qui surplombait la route. Il était peu vraisemblable que quelqu'un vînt les chercher ici, mais mieux valait demeurer vigilant.

— Je sais. Mais on ne peut pas se permettre de traîner non plus.

— Pourquoi ? Tu as des ennuis ?

Jon ne répondit pas immédiatement. Il regarda ses mains, puis leva les yeux vers les champs de maïs.

– C'est exact.

– La famille du mari défunt ? demanda Lydia.

Les vêtements de deuil, tout comme les premiers signes de la grossesse, ne lui avaient pas échappé. Pas plus que leur manière à tous deux d'éviter les questions.

Jon secoua la tête.

– C'est de son père qu'elle porte le deuil.

– Il y a un mari ?

– Non.

– Qu'est-ce qui te préoccupe, alors ?

– Une mère cupide sans le moindre sentiment maternel et son petit ami, qui est prêt à tuer n'importe qui pour quelques sous.

– Belle équipe !

– Qui me pousse à ne pas trop retarder notre retour, poursuivit sèchement Jon.

– Où l'emmènes-tu ?

– Dans ma tribu.

– Elle est ta femme ?

Il hocha la tête, puis détourna les yeux.

– Des problèmes ? reprit Lydia, voyant bien qu'il cherchait à l'éviter.

Après un bref silence, elle lui posa la première question qui lui vint à l'esprit :

– L'enfant est de toi ?

– Oui, dit-il d'un ton enjoué, la regardant cette fois droit dans les yeux.

– Si tu veux les conseils d'une vieille femme qui a été mariée pendant quarante ans avec un trappeur colérique qui ne tenait pas en place, je te dirai que tout est possible... quand on le veut.

– Merci du conseil. Je vais y réfléchir, répondit-il

en contemplant le bout de ses bottes couvertes de poussière.

— Elle t'aime, tu sais.

Il releva lentement la tête, l'air perplexe.

— Elle ne me l'a pas dit avec des mots, reprit-elle, mais il suffit de voir comment elle te regarde. C'est de l'amour, ça, Jon. Et j'espère que tu es assez intelligent pour t'en rendre compte. Et puis, avec l'enfant, elle a besoin de toi. Maintenant plus que jamais. Je le sais, j'en ai eu huit.

Jon profita de l'occasion pour détourner la conversation. Il savait que ses enfants et ses petits-enfants étaient le sujet de prédilection de Lydia.

— Comment vont tes enfants ? demanda-t-il.

Lydia lui répondit. Avec force détails. Ce qui lui permit de mettre de côté les problèmes auxquels il devait faire face — du moins pour quelque temps. Ils étaient encore en train de bavarder sur la terrasse quand Blaze se réveilla.

L'immense chemise de nuit lui faisait une traîne et Jon, émerveillé par la fraîcheur de sa beauté, imagina la petite fille qu'elle avait dû être longtemps avant leur rencontre.

— Une balançoire ! s'écria-t-elle gaiement en passant devant eux. J'adore les balançoires sur les terrasses. Jon, tu te souviens de la nuit du bal, à Virginia City ? Il y en avait une.

Elle releva sa chemise de nuit pour s'y installer et commença à se balancer, pieds nus. Des pieds petits et joliment cambrés, dont la plante était tiède et douce. Des pieds que Jon avait caressés et embrassés...

Comme il ne disait rien, elle le dévisagea avec un sourire — un sourire de petite fille charmeuse qui lui fit fondre le cœur. Il se rappelait parfaitement cette nuit-là — ainsi que chaque jour passé auprès d'elle.

– Je m'en souviens, répliqua-t-il calmement.

Lydia n'avait jamais entendu personne l'appeler « Jon ». Elle ne lui avait jamais vu non plus un tel regard amoureux.

– Je vous laisse tous les deux pendant que je vais préparer le dîner, déclara-t-elle.

Ni l'un ni l'autre ne s'aperçurent vraiment qu'elle était partie.

– Tu ressembles à une petite fille dans cette chemise de nuit.

Il aurait dû dire quelque chose de plus neutre, parler du temps, du paysage ou de l'hospitalité de Lydia, mais c'était ce qui lui était venu spontanément à l'esprit.

– Je n'en suis pourtant plus une. Je me sens très enceinte dans cette chemise de nuit ! J'espère qu'avoir une grosse femme te plaît, dit-elle en souriant. Toi, tu as l'air d'un bandit, tout de noir vêtu. Un bandit grand et mince... nous ferions un beau couple !

Elle avait parlé comme elle le faisait toujours, avec franchise et enthousiasme, et Jon repensa aux moments qu'ils avaient passés dans la cabane.

– Former un couple n'a jamais été le plus difficile, observa-t-il en levant un sourcil.

– Alors, pourquoi ne le veux-tu pas ?

– Ce n'est plus possible.

– Et si moi je le veux ?

Il esquissa ce sourire irrésistible pour lequel elle aurait marché sur des charbons ardents.

– Tu veux toujours tout... Ce n'est pas une raison.

– C'est un début, Jon. Ce qui a été peut recommencer.

Une véritable espérance se devinait dans la voix de Blaze.

– Je ne veux pas recommencer, dit-il en se renfrognant à nouveau. J'ai eu tout le temps d'y réfléchir au cours des semaines qui ont suivi l'explosion, et je n'ai pas trouvé une seule raison logique pour que nous vivions ensemble.

— Que dirais-tu d'une raison illogique, comme par exemple... l'amour ?

— Ouvre les yeux, Blaze. Tu te trompes de mot. Toi et moi n'arrivons à rien, en dehors de nous créer des ennuis.

— Je ne suis pas d'accord avec toi.

— Tu ne l'as jamais été, Boston, répliqua-t-il sans enthousiasme. (Il repoussa sa chaise et se leva.) Je vais faire un tour avant le dîner.

Sautant par-dessus la balustrade de l'escalier, il s'éloigna sur la petite route qui bordait la maison.

40

– Je peux vous aider ? demanda Blaze en entrant dans la cuisine. J'ai besoin d'un conseil, ajouta-t-elle aussitôt avec plus de franchise.

Lydia se détourna de la fenêtre par laquelle elle venait d'apercevoir Jon partir vers la rivière.

– Une dispute d'amoureux ?

– J'aimerais bien que ce ne soit que cela.

Et en quelques phrases succinctes, Blaze lui résuma ce qui s'était passé au cours des derniers mois.

– Il est quand même revenu te chercher, remarqua la maîtresse de maison.

– Ce n'est pas pour moi qu'il est revenu, mais pour son enfant.

Lydia savait reconnaître l'amour au premier coup d'œil, or les sentiments de Jon n'étaient pas strictement paternels.

– Bah ! c'est ce qu'il croit.

– Il ne veut même pas m'approcher.

– Par orgueil. Comme un loup blessé pris au piège.

– Vous croyez ? Je ne sais même plus si je l'intéresse. Dans le train, il a pratiquement fallu que je lui fasse une scène pour qu'il accepte de me parler.

– Oh, il t'aime, ne t'en fais pas.

Blaze sourit et porta les mains à son visage en sentant le rouge lui monter aux joues.

— S'il m'aime encore... murmura-t-elle.

— Aucun doute, petite. Il te regarde comme... eh bien, comme je ne l'ai jamais vu regarder une femme.

— Vous le connaissez depuis longtemps ?

— Depuis l'âge de quinze ans. Il venait avec son père et des gens de sa tribu qui faisaient le commerce des peaux sur la Powder River. Jon était très différent des autres jeunes guerriers. Il était déjà plus grand, plus beau et avait un charme incroyable. Il était également très gentil – mais je ne t'apprends sûrement rien... Quels que soient les problèmes entre vous deux, ensemble, vous en viendrez certainement à bout.

— Mais il ne s'agit pas seulement de nous, répliqua Blaze. Il y a aussi ses devoirs envers son peuple, la compagnie minière, et puis Yancy, qui est le plus dangereux de tous. Tout ceci a rendu les choses impossibles.

Eh bien, pendant que vous êtes chez moi, vous n'avez qu'à oublier ces gens et ces problèmes. Au moins pour une nuit, dit Lydia avec un clin d'œil.

Blaze sourit à l'allusion.

— Au moins pour une nuit, répéta-t-elle. Ce serait merveilleux...

— Un homme et une femme ont du mal à se faire la tête quand ils dorment dans le même lit.

— Mais il ne voudra pas.

— Ce soir, il le voudra, déclara Lydia avec autorité en jetant des haricots dans une grande casserole. Bon, maintenant les biscuits. Tu veux t'en occuper ? La plupart des hommes adorent les biscuits que font leurs femmes.

Blaze rougit et avoua d'une petite voix :

— Je ne sais pas faire la cuisine.

– Doux Seigneur ! Comment espères-tu le garder si tu ne sais pas cuisiner ? Les hommes peuvent dire ce qu'ils veulent sur le plaisir et l'amour, mais de bons petits plats sont plus efficaces que le plus vaporeux des déshabillés. Fais bien attention, petite, je vais t'apprendre à préparer les meilleurs biscuits à l'ouest du Mississippi.

Blaze regarda et écouta attentivement, puis essaya de rouler et couper les biscuits jusqu'à ce que Lydia fût contente d'elle.

– Bien, tu y arriveras très vite. Il te faut juste encore un peu d'entraînement. Maintenant, va te laver et te faire belle. Jette cette affreuse robe noire. Une de mes filles possède à peu près ta taille. Il doit rester quelques-unes de ses robes dans l'armoire de ta chambre. Rien de somptueux, mais ce sera mieux que le noir. Et ton papa ne t'en voudra pas. Il souhaitait surtout te voir heureuse d'après ce que tu m'as raconté.

Jon revint peu de temps après que Blaze fut partie se changer. Quand il entra dans la cuisine, il avait repris le contrôle de lui-même. Il avait les cheveux mouillés et coiffés en arrière.

– J'ai pris grand plaisir à nager dans cette rivière, annonça-t-il. Comme au bon vieux temps.

Jon écarquilla les yeux en découvrant Blaze quelques minutes plus tard. Puis il sourit, un souvenir lui revenant en mémoire.

– Une robe à petites fleurs, comme celle que je voulais t'acheter à Diamond City. C'est joli sur toi.

– Merci, répliqua-t-elle en esquissant une petite révérence et en lui rendant son sourire.

Le compliment de Jon lui fit plaisir. Il avait l'air plus détendu, plus souriant et plus bavard aussi.

– Nous devrions te dénicher des robes comme ça. Tu crois que c'est possible, Lydia ?

– Prenez celles de ma fille.

– Blaze ? demanda Jon.

Bien qu'il eût été tentant de voir dans l'intérêt de Jon une promesse d'amour, Blaze se força à répondre le plus simplement possible :

– Vous êtes sûre que je peux, Lydia ?

– Prends tout ce que tu veux, petite. Ça te va si bien.

Et c'était vrai. « Tout autant que le soleil convient à l'été », pensa Jon. Pieds nus, ses cheveux retombant en boucles soyeuses sur ses épaules, fraîche et pimpante dans cette robe en coton à fleurs jaunes, Blaze était tout l'opposé de la femme qu'il avait retrouvée chez Mme Restell quelques jours plus tôt.

– Pourquoi Lydia ne garderait-elle pas mon collier de perles noires, Jon ? En remerciement de son hospitalité. De toute façon, il ne me servira plus.

– Pas question ! protesta Lydia.

Elle avait remarqué le double rang de perles magnifiques que portait Blaze à son arrivée. Ces bijoux devaient valoir une fortune.

– Tu peux emporter les robes avec ma bénédiction, reprit-elle. Maintenant, asseyez-vous et mangez. Jon a l'air d'avoir besoin d'un vrai repas.

Jon dévora avec un bel appétit. Après le dîner, tous trois allèrent s'asseoir sur la terrasse et regardèrent le jour tomber. Lydia et Jon évoquèrent le passé. Blaze écouta, apprenant plus de choses sur lui en deux heures que pendant tout le temps où elle avait vécu avec lui. Il était débarrassé de ses responsabilités, si pesantes lorsqu'ils étaient dans le Montana, et semblait soulagé d'un grand poids. Il était un homme comme les autres, se reposant dans la campagne du Missouri, profitant de la beauté du crépuscule.

Quand il fut l'heure d'aller se coucher, Lydia parla à Jon sans détour :

– Pendant que tu es sous mon toit, oublie tous tes problèmes avec Blaze. Tu vas dormir dans la chambre d'amis avec ta femme ce soir, et si tu me donnes du fil à retordre, je t'enfermerai à clé.

Jon avait prévu de dormir dans la carriole ou dans la grange, mais en entendant les paroles péremptoires de Lydia, il se retourna et scruta son visage. Elle ne plaisantait pas et, soudain, il eut l'impression d'être un adolescent à nouveau.

– Et ne crois surtout pas que je plaisante, Jon. Je pèse quinze kilos de plus que toi et j'ai pas mal d'années d'expérience d'avance, s'empressa-t-elle d'ajouter.

Devant tant de détermination, Jon préféra se rendre.

– Et tu as un crochet du gauche que beaucoup envient, dit-il en souriant.

– Comme tu dis ! Et je n'hésiterais pas à m'en servir, crois-moi !

– Tu as réussi à me faire peur, Lydia.

Avec un splendide sourire, Jon se tourna vers Blaze et s'inclina profondément devant elle.

– Ma chère femme, accepteriez-vous de vous retirer avec moi pour la nuit ?

– Avec plaisir, rétorqua-t-elle d'un sourire charmeur, elle aussi.

Et elle prit la main qu'il lui tendit. Leurs doigts se mêlèrent comme ils l'avaient déjà fait des centaines de fois, et elle éprouva un léger soulagement.

Dès qu'ils furent dans la chambre, il lui lâcha la main et referma la porte.

– Toutes mes excuses si le franc-parler de Lydia te met mal à l'aise, dit-il prudemment.

– Mais pas du tout, répliqua-t-elle en posant les mains sur le montant du lit en bois sculpté, le regardant bien en face. En fait, je la trouve adorable.

Jon lui jeta un coup d'œil soupçonneux.

– C'est toi qui as eu cette idée ? demanda-t-il sur un ton d'une douceur intimidante.

– Je n'aurais jamais pensé te forcer à dormir avec moi. Il y a des moyens plus subtils pour s'y prendre avec les hommes.

– Et tu dois les connaître, je suppose.

– Jaloux ?

– Non.

– Ce n'est pas une remarque digne d'un homme aussi subtil que toi avec les femmes. Et si tu te rappelles bien, mes rapports avec les hommes ont toujours été parfaitement innocents. Tu oublies que j'étais vierge... jusqu'à ce que je te rencontre.

Jon réagit aussitôt.

– C'est toi qui l'as voulu, si je me souviens bien, dit-il avec dureté.

– Je ne le conteste pas. Mais tu n'as pas refusé non plus, rétorqua Blaze en le regardant d'un air menaçant.

– J'ai essayé.

– Mais tu n'as pas réussi.

Il y eut un bref silence.

– M'en fais-tu le reproche ?

– Absolument pas, concéda-t-elle, consciente d'avoir pris elle-même l'initiative. Mais ne t'attends pas à une quelconque pitié de ma part.

Ses yeux noirs restèrent fixés sur elle un instant, puis il s'efforça de se ressaisir.

– Tu as raison. Pardonne-moi si je t'ai blessée.

Et il lui adressa un sourire charmant et dévastateur qui lui rappela l'homme superbe qu'elle avait embrassé au bal de Virginia City. Il était visiblement décidé à demeurer aimable, aussi profita-t-elle de l'occasion.

– Toi aussi, pardonne-moi, si je t'ai fait du mal,

dit-elle avec un sourire blasé qui contrastait avec son regard empli de détresse. Crois-tu que nous pourrions dormir ensemble en respectant un minimum de courtoisie ? Je sais que tu n'aimerais mieux pas, mais inutile de contrarier Lydia. Elle a été très gentille avec nous. J'aurais bien voulu avoir une... mère comme elle.

Brusquement, Blaze se retourna et se dirigea vers la fenêtre pour dissimuler les larmes qui lui montaient bêtement aux yeux. Comme la vie aurait été différente, alors... Malheureusement, elle avait une mère déterminée à s'approprier coûte que coûte l'argent de son père. Jusqu'à présent, profitant de son existence privilégiée, elle n'avait jamais pensé à tout ce dont elle avait été privée. L'affection chaleureuse et sincère de Lydia lui faisait ressentir de façon poignante tout ce qu'elle avait perdu.

— A propos de mère, lança soudain Jon d'une voix irritée, je vais aller jeter un coup d'œil sur la route. Nous partirons avant le lever du soleil.

Lorsqu'il revint, Blaze était au lit avec la chemise de nuit de Lydia trop grande pour elle. La chambre était dans la pénombre, seulement éclairée par le clair de lune qui filtrait à travers les rideaux tirés.

— Tout a l'air calme, déclara-t-il en retirant son ceinturon, sans remarquer le désarroi de Blaze. La voiture est dans la grange. Lydia possède heureusement assez de terres pour ne pas avoir de voisins tout à côté.

Jon s'assit au bord du lit afin de retirer ses bottes.

Elle vit les muscles de son dos puissant se contracter sous sa chemise, ainsi qu'une veine qui battait à toute vitesse sur son cou. Elle aurait tellement voulu le toucher, l'apaiser. Il se leva pour déboutonner sa chemise, la retira d'un geste brusque et la jeta sur le montant au bout du lit. Puis il enleva son pantalon, alla chercher son ceinturon sur la chaise et revint vers le lit sans dire un mot.

Blaze se demanda s'il avait changé. Entièrement nu, l'air nerveux et tendu, il paraissait plus mince, ses cheveux étaient légèrement plus longs et son corps plus vigoureux encore. Fascinée par son va-et-vient, elle repensa à son surnom de prédateur et éprouva une vague sensation de malaise. Finalement, elle ne le connaissait pas. Elle ne savait rien de cet homme fier et silencieux qui était devenu son mari.

Après avoir glissé son revolver sous l'oreiller, Jon se retourna et remarqua les yeux de Blaze rivés sur lui.

– Bonne nuit, dit-il sans aucune émotion dans la voix.

Ils restèrent allongés dans le noir en silence, chacun à une extrémité du lit, douloureusement conscient de la présence de l'autre. Ce silence n'avait rien de paisible. On aurait dit que des doigts invisibles tambourinaient nerveusement dans l'obscurité. Jon, les mains croisées sous la tête et le regard fixé sur le papier peint du plafond, se demandait comment il allait réussir à dormir.

Une vague mélancolique s'abattit sur Blaze, balayant ses tout derniers espoirs, et elle eut du mal à retenir les larmes qui lui piquaient les yeux. En silence, elles coulèrent sur ses joues avant de tomber sur l'oreiller. Jamais elle ne s'était sentie si misérablement seule, abandonnée : Jon ne lui reviendrait pas. Il ne l'aimait plus. « Bonne nuit », s'était-il contenté de dire. Deux mots froids comme la mort...

Il lui était impossible de se montrer forte plus longtemps. C'était trop douloureux. Elle avait fait de grands efforts afin de sauvegarder les apparences et n'avait plus une once d'énergie. Pendant des semaines, elle s'était battue courageusement contre Millicent et Yancy pour tenter de protéger l'héritage, le bébé et sa propre vie. Et tout à coup, elle était lasse de se battre, lasse d'être déchirée, et se sentait incapable d'affronter le monde avec sa détermination habituelle. Elle n'avait plus personne vers qui se tourner. Même Jon se moquait d'elle.

Cependant, elle s'efforça d'étouffer le sanglot qui montait dans sa gorge. Bien qu'à bout de forces, il lui restait encore un soupçon d'amour-propre.

Jon l'entendit et se demanda depuis combien de temps elle pleurait. Elle était recroquevillée à l'autre bout du lit et il ne s'était rendu compte de rien jusqu'à maintenant. Les fenêtres étaient ouvertes sur la nuit d'automne et une légère brise soulevait les rideaux en mousseline. Les bruits de la nuit avaient sans doute masqué ses pleurs. Ou plutôt, connaissant Blaze, elle avait dû les étouffer. Elle n'était pas le genre de femme à réclamer la pitié.

Jon n'hésita qu'une seconde avant de la prendre dans ses bras et de la serrer contre lui comme une enfant. En sentant ses larmes tièdes couler sur son torse nu, son cœur se brisa. Elle était malheureuse et, tout à coup, il réalisa qu'il ne le supportait pas.

L'étreinte de Jon – la première depuis tant de semaines – transforma les pleurs discrets de Blaze en un torrent de larmes. Une soudaine évidence s'imposa à son esprit, à son corps et à tous ses sens avec une simplicité impressionnante. Une vérité si indéniable qu'elle en éprouva un bref moment de frayeur. Car elle comprit, à l'abri de ses bras, combien elle avait besoin de lui, de son amour, et à quel point sans lui le monde n'avait plus de sens. Sans lui, elle était seule.

– Qu'y a-t-il, *bia* ? Dis-moi.

De ses longs doigts, il caressa ses beaux cheveux cuivrés, les dégageant de son front avec une infinie tendresse. Doucement, il se pencha sur elle et effleura sa tempe au contour délicat.

Accablée, Blaze ne put lui répondre, ayant du mal à reprendre sa respiration tel un enfant qui a pleuré trop longtemps. Il attendit en la serrant fort contre lui – pas aussi fort toutefois qu'il l'aurait voulu, de peur de lui faire mal. Après tant de jours passés sans goûter à sa douce chaleur, son envie d'elle semblait friser la folie.

La tête sur son épaule, blottie dans les bras de Jon, Blaze finit par se calmer.

– Je suis fatiguée, dit-elle enfin d'une toute petite voix.

– Je sais, princesse. Ces derniers jours ont été un enfer.

Avec un coin du drap, il essuya ses larmes. Leurs visages étaient tout proches et les yeux mouillés de Blaze lui parurent d'une criante innocence.

– Je ne veux plus être forte, murmura-t-elle. Je ne peux plus.

Et les larmes recommencèrent à couler.

Il comprenait. Trop de difficultés s'étaient abattues sur elle. Plus de responsabilités et d'incertitudes qu'une jeune femme seule ne pouvait en supporter.

– Tu n'es pas obligée d'être forte tout le temps, princesse. Il arrive à tout le monde d'avoir envie d'abandonner ou de tout arrêter. Tu as fait de ton mieux, seulement c'était beaucoup trop dur de prendre soin de toi et du bébé avec les menaces de Yancy. J'aurais dû être là pour me battre à ta place. Mais tu n'es plus seule maintenant. Je suis là. Alors, repose-toi et appuie-toi sur moi. Je m'occuperai de toi et du bébé.

Il avait dit cela sans réfléchir... Mais à cet instant, plus rien ne comptait que le besoin qu'il avait d'elle.

– Vraiment ? chuchota Blaze.

Elle n'osait le croire, craignant que ce ne fût que des mots. Cependant, elle espérait de tout son cœur que Jon Black était sincère.

– Vraiment, acquiesça-t-il doucement. Par le passé, il y a eu trop de malentendus, mais c'est fini. Je refuse même d'y penser. Tu dis que tu ne veux pas être forte tout le temps, *bia-cara*, eh bien, moi je ne veux pas tout le temps me soumettre à mon devoir. Je n'y peux rien. Je t'aime. Et si je dois perdre mon peuple et mon âme, tant pis, je te désire auprès de moi.

– Je suis à toi... jusqu'à ce que les sapins jaunissent, promit-elle tendrement, utilisant une vieille formule absarokee exprimant l'éternité. Ne me quitte pas. Non, jamais...

– Jamais... Je te le promets, à compter de cette minute. (Il la souleva délicatement et posa ses lèvres sur les siennes.) Voici la première nuit de notre longue route enchantée, murmura-t-il en contenant ses larmes. Je les combattrai tous, princesse... si tu es à mes côtés.

– Je suis là et je le serai toujours. Oh, Jon, je t'aime tant... Nous y arriverons, tu verras, dit-elle, ses yeux retrouvant leur habituelle vivacité.

– Bien sûr que nous y arriverons, Boston, répliqua Jon, comme toujours charmé par l'optimisme naïf de sa compagne. Toi et moi contre le monde entier, comment pourrions-nous perdre ?... Mais ce soir, il n'y a aucun dragon à pourfendre. Ce soir, il n'y a rien d'autre que nous.

– C'est ce qu'a dit Lydia. Comment le savait-elle ?

– Nous lui devons beaucoup.

– Serais-tu resté avec moi, sinon... je veux dire, ce soir ?

C'était une question typique de Blaze, qui allait droit au but.

Il demeura un instant silencieux, puis secoua la

tête. Mais ses bras la serrèrent plus fort, et elle devina que si le chef de tribu disait non, l'homme, lui, disait oui.

– Je n'ai pas écrit ce mot, Jon. Ce n'est pas moi.

Une lueur de colère brilla dans ses yeux. Il pouvait repousser les démons, mais pas oublier. Il était encore trop tôt, même s'il ne demandait qu'à la croire.

– C'est le passé, grogna-t-il, s'efforçant de dissimuler ses doutes. Je ne veux plus en parler.

– Jon Black, j'ai envie de te rouer de coups quand tu joues ainsi les mâles condescendants...

Et Blaze joignit le geste à la parole.

Jon n'eut aucun mal à emprisonner son poing minuscule dans sa large main. Il la contempla en souriant.

– Pour le moment, j'ai une meilleure idée. Mais je te promets qu'ensuite, tu pourras t'en prendre à ma condescendance si tu en as encore la force, dit-il en effleurant sa bouche de la sienne.

– Oublies-tu que tu es en train de frayer avec une diabolique sorcière qui a peut-être essayé de te tuer ? plaisanta Blaze.

Le souffle chaud de Jon descendit sur son cou et il mordilla sa chair tendre et nacrée.

– Si c'est toi la diabolique sorcière, petite fée de mai, j'en prends le risque, assura-t-il. Et si tu me tues ce soir, ma bien-aimée, ce sera d'une mort si douce que je ne saurais refuser.

Il déboutonna la chemise de nuit de Blaze qu'il lui ôta par la tête, et de ses mains douces comme de la soie, il lui caressa les bras.

– Tu m'as tellement manqué... Sais-tu depuis combien de temps je ne t'ai pas tenue dans mes bras ?

Sa respiration s'accéléra, et Blaze sentit l'intensité de son désir.

– Trop longtemps, soupirait-elle. Beaucoup trop longtemps.

Et elle l'embrassa, comme si c'était la fin du monde. Elle enfouit sa langue dans sa bouche, referma ses bras sur lui et l'attira à elle, se pressant contre lui avec une envie folle.

Ce qui se passait cette nuit-là, pensa-t-il, était au-delà du jugement ou de l'analyse, quelles qu'aient été les cruautés ou les fautes. C'était inévitable. Et il était heureux du cours que prenaient les événements.

Elle était sa femme.

Son âme vivait un joyeux printemps après un long hiver douloureux.

C'était comme de marcher sur un nuage.

C'était de la folie.

Il la pénétra en hésitant, comme un adolescent qui manque d'assurance. Et il glissa si lentement en elle qu'elle protesta.

– Jon, chuchota-t-elle en s'arc-boutant pour l'attirer en elle. Viens, je t'en supplie...

– Je ne veux pas te faire mal.

– Oh ! Jon, je t'en prie... Tu ne me feras pas mal. Je n'ai pas mal. Si je ne te sens pas en moi, je vais mourir. Viens...

Et Jon Black fit ce qu'il mourait d'envie de faire depuis qu'il avait posé les yeux sur son entêtée de femme à New York. Il s'enfonça dans la tiédeur de son ventre, doux comme de la soie.

– Je t'aime, murmura-t-il à son oreille.

Il était chez lui.

Blaze ne voulait pas le laisser partir, refusait qu'il la quittât. Il était son amant, son ami, son mari. Elle avait soif de toute son attention, de ses baisers, de sa tendresse...

Plus tard, beaucoup plus tard, Jon se retira et se laissa retomber sur le côté.

– Je veux juste me reposer un peu, *bia*... Ne t'inquiète pas.

Le lit ressemblait à un vrai champ de bataille et leurs corps étaient tout luisants de sueur.

– J'avais oublié combien tu étais exigeante, chérie, remarqua-t-il avec gaieté en s'étirant paresseusement.

– Tu t'en plains ? ronronna Blaze en ramenant une mèche de cheveux noirs derrière son oreille.

Il tourna la tête pour la regarder. Avec ses joues roses et ses cheveux ébouriffés, elle était adorable. Et elle était à lui.

– Je ne suis pas fou... dit-il avec un merveilleux sourire.

41

Très tôt le lendemain matin, alors que Blaze dormait encore, Jon alla se baigner dans la rivière avant de prendre son petit déjeuner avec Lydia.

– On dirait que vous êtes parvenus à régler vos différends, observa-t-elle.

Le sourire de Jon était contagieux.

– Grâce à toi.

– Inutile de me remercier. Vous auriez fini par le faire tôt ou tard. Elle dort ?

Il acquiesça, tout en dégustant ses œufs au bacon.

– Ne lui en demande quand même pas trop, Jon.

Malgré son hâle, elle remarqua qu'il rougissait. Voyant qu'il était mal à l'aise, elle se reprit aussitôt :

– Je ne pensais pas à ça... mais au voyage qui vous attend. Elle n'est pas aussi solide qu'une fermière ou que les femmes de ta tribu. Elle est sportive, j'en suis sûre, mais ses mains n'ont jamais dû effectuer de durs travaux.

Jon posa sa fourchette avant de lui répondre calmement :

– Je le sais mieux que personne. C'était une des raisons pour lesquelles je souhaitais me tenir à l'écart.

– Je ne dis pas que c'est impossible. Mais au début, vas-y doucement, c'est tout.

– Je vais essayer, mais ils finiront bien par retrouver notre trace, dit-il en haussant les épaules.

– Reste ici si tu préfères.

– Ça ne ferait que retarder les choses. Une fois que nous aurons rejoint mon peuple, Blaze sera en sécurité... et l'enfant aussi.

– Tu ne vas pas faire de bêtises, au moins ?

Lydia avait remarqué qu'il ne semblait pas se soucier le moins du monde de sa propre sécurité.

– Il faut que je le tue. Yancy Strahan est le genre de type qui ne cessera de nuire qu'une fois mort.

– Ecoute le conseil d'une vieille bique, Jon. Tuer n'est pas toujours une solution.

Jon releva les yeux du muffin qu'il était en train de beurrer.

– Ça dépend, répliqua-t-il doucement.

– Tu ferais mieux de penser à ta femme et au bébé à venir plutôt que de jouer les héros. Je connais les Indiens et leur sens de la justice.

– Pour l'instant, je veux juste arriver au village sans encombre. J'aurai tout le temps de m'occuper de Yancy plus tard. J'espère bien qu'il ne nous rattrapera pas avant. Si je savais comment prier le dieu des chrétiens, je n'hésiterais pas une minute à lui adresser mes prières.

– Prier ne fait pas de mal, mais si j'étais joueuse, je parierais de préférence sur ton colt.

– Souhaitons que nous n'ayons besoin ni de l'un, ni de l'autre, déclara Jon avant de mordre dans son muffin.

Quelques minutes plus tard, après avoir harnaché les chevaux, il transporta une Blaze tout endormie à l'intérieur de la voiture.

— Bon voyage ! cria Lydia tandis que Jon s'installait sur le siège.

Il lui fit un signe de la main et lui envoya un baiser. Puis le fouet claqua sur les chevaux et la voiture quitta la ferme. Suivant les instructions de Lydia, Jon évita les routes principales. A midi, lorsque Blaze fut réveillée, ils firent halte près d'un ruisseau pour se rafraîchir et abreuver les chevaux. Après avoir mangé le déjeuner que Lydia leur avait préparé, elle enfila une tenue de voyage et s'installa sur le siège du cocher près de Jon. Ils roulèrent tout le reste de la journée sur des chemins peu fréquentés, mais quand les agglomérations commencèrent à se faire rares, ils n'eurent d'autre choix que d'emprunter l'une des deux seules grandes routes menant vers l'Ouest.

Laissant Blaze à l'intérieur de la voiture, rideaux tirés, Jon s'arrêta dans un petit village où ne vivaient qu'une dizaine de paisibles familles, afin d'échanger leur équipage contre une diligence à six chevaux et d'engager deux cochers. A partir de là, il n'y avait plus qu'une seule et unique route, et Yancy n'aurait aucun mal à les repérer s'il était à leur poursuite. Il leur fallait atteindre les limites du territoire absarokee au plus vite.

L'or étant un langage universel, personne ne posa de questions au grand Indien vêtu comme un Blanc, ni ne s'étonna lorsqu'il souhaita acheter deux oreillers et du raisin. On lui suggéra de s'adresser à la veuve Brown, qui ne dissimula pas sa joie lorsque Jon lui offrit le double du prix qu'elle demandait.

Il faisait presque nuit quand ils reprirent la route, les derniers feux du soleil couchant ne jetant plus qu'une faible lueur à l'horizon. Jon resta à l'intérieur de la diligence, après avoir donné pour instruction aux cochers de filer tout droit. Les deux hommes se relayèrent et, à chaque poste de diligence, Jon descendit choisir des chevaux frais, prenant garde de toujours sélectionner les plus vifs et les plus rapides.

Voyager en diligence sur une route relativement fréquentée n'était pas la meilleure façon d'échapper à Yancy et à ses sbires mais, étant donné l'état de Blaze, il n'avait pas vraiment le choix. A chaque arrêt, il lui rapporta la meilleure nourriture qu'il put trouver et ne s'accorda un peu de sommeil que lorsqu'elle-même était endormie. Avec un peu de chance, ils atteindraient le territoire absarokee dans six jours. Alors, Jon pourrait dormir, lui aussi.

Ce fut au début de l'après-midi du deuxième jour qu'il aperçut un minuscule nuage de fumée, très loin derrière eux. Il grimpa sur le toit de la diligence et scruta l'horizon pendant une vingtaine de minutes. Ils étaient si loin que, si Jon n'avait été un éclaireur hors pair, ils n'auraient pas été visibles du tout.

D'après la dimension du nuage de poussière, ils devaient être huit ou dix hommes. Et ils chevauchaient à plein galop. Dans une demi-heure, estima-t-il, ils seraient assez distincts pour lui permettre de les compter.

Gagnant le siège avant, il confia son plan aux deux cochers et leur dit ce qu'il attendait d'eux – en échange, bien entendu, d'un généreux supplément.

Jon se faufila ensuite par la fenêtre de la diligence afin de mettre Blaze au courant de la situation. Calmement, il lui expliqua que leurs poursuivants étaient à une bonne heure derrière eux, puis retira ses bottes.

– Combien sont-ils ? demanda-t-elle.

– Huit, peut-être dix. Mais ne t'inquiète pas, poursuivit-il en voyant la panique dans son regard. Ils vont devoir se séparer pour nous courir après. (Il enfila ses mocassins et referma son sac.) Ils ne sauront pas qui de nous ou des cochers aura abandonné la diligence. Et si nous avons vraiment de la chance, ils ne repéreront même pas nos traces du tout. Il y a une rivière un peu plus loin. Si j'arrive à détacher les chevaux à temps, nous filerons par là. Maintenant, embrasse-moi, *bia*, et prépare-toi à sauter à cheval dès que je viendrai me placer le long de cette porte.

Ils échangèrent un tendre et délicieux baiser.

– Nous allons y arriver, assura-t-il ensuite en jetant son sac sur une épaule et ses sacoches sur l'autre.

Après un petit sourire d'encouragement, il disparut par la fenêtre et se hissa prestement sur le toit de la diligence.

– N'oubliez pas de rouler à pleine allure jusqu'au prochain arrêt, rappela-t-il aux cochers avant de sauter sur le cheval le plus proche.

Sans hésitation, Jon trancha d'un habile coup de poignard la bride qui reliait les chevaux de tête à ceux du milieu. Alors, d'un bond vertigineux, il s'élança sur l'un des chevaux de tête, puis les détacha avec une prodigieuse adresse.

Les deux chevaux continuèrent à galoper un moment près des autres avant de perdre un peu de vitesse. Jon talonna le premier animal sur lequel il était en selle, tout en tenant solidement le second par les rênes. Il dut guider sa monture à la force du poignet pour la contraindre à venir se placer parallèlement à la porte de la diligence. De sa main libre, il saisit Blaze par la taille.

– Saute ! cria-t-il afin de couvrir le bruit infernal.

Blaze obéit et s'installa devant lui. Cinq secondes plus tard, la diligence les dépassa dans un énorme nuage de poussière. Il ralentit les chevaux.

– Tu vois, ce n'était pas si difficile, lui dit-il en souriant.

– Tu es complètement fou, riposta-t-elle.

Mais elle aussi souriait.

– Fou de toi, oui !

Puis, apercevant la rivière à quelques mètres devant eux, il tira sur les rênes pour faire tourner son cheval et le força à entrer dans l'eau.

– Peux-tu monter pendant une heure ou deux ? demanda-t-il à Blaze dès que sa monture eut rejoint le lit peu profond de la rivière.

– Même plus, s'il le faut.

– Lydia m'a donné des ordres... Mieux vaut commencer doucement.

De toute façon, l'heure suivante allait être critique, mais Jon n'en dit rien à sa compagne. S'ils étaient rattrapés, ils le sauraient d'ici une heure. Et ils sauraient combien d'hommes les poursuivaient. Et il faudrait tôt ou tard les affronter, car Blaze n'aurait pas la force de chevaucher jour et nuit pour échapper à ces bandits.

S'étant assuré que son épouse était confortablement installée en selle, Jon sauta sur l'autre cheval. Puis il passa devant et ils avancèrent dans l'eau étincelante de la rivière.

42

Dans la région située au sud de la Powder River, la prairie devenait de plus en plus vallonnée. Jon aperçut un promontoire rocheux qui servait de poste d'observation aux Indiens depuis des générations et, au bout d'une heure de marche environ, ils sortirent de l'eau pour faire une halte. Les gravillons qui bordaient la rivière ne laissaient pratiquement aucune trace. L'aiguille au roc rugueux, au-dessus d'eux, projetait de longues ombres sur les bosquets d'arbres qui se serraient en contrebas.

Après avoir installé Blaze à l'ombre, Jon escalada le piton et regarda dans la direction d'où ils venaient. Il ne lui fallut pas longtemps pour les repérer. Ils étaient quatre. Il vérifia les environs à deux reprises afin de voir si les autres les attendaient plus loin. Personne, nota-t-il avec soulagement.

Ils remontaient lentement la rivière, à l'affût du moindre signe, et bien que Jon eût fait très attention, n'importe quel traqueur un peu expérimenté aurait pu les suivre.

Malgré l'approche du danger, il s'efforça de rester calme. Si seulement ils avaient pu avoir une journée d'avance, ou même une demi-journée, ils seraient déjà en territoire lakota. Et, si traverser la contrée des ennemis des Absarokees n'était pas sans danger pour eux, ce serait encore pire pour les quatre hommes lourdement armés. Les armes, surtout les plus récentes, étaient toujours très convoitées par les tribus indiennes.

Il scruta les environs, cherchant un endroit où tendre une embuscade aux quatre hommes.

Au bout de quelques minutes, il en vint à la conclusion que le piton rocheux constituait la seule possibilité. Ce n'était certes pas l'idéal, mais il n'avait pas vraiment le choix.

Il redescendit chercher Blaze, l'aida à monter le long de l'étroit et dangereux sentier, puis la mit à l'abri derrière un rocher.

— Reste assise et ne fais pas de bruit, lui ordonnat-il. Je reviens dans quelques minutes.

— Nous avons une chance ? Je veux la vérité, dit-elle d'un air de défi mêlé de frayeur.

Il soupira et détourna le regard, cherchant quel mensonge inventer. Mais il changea d'avis.

— Une petite chance. Tu sais tirer ?

Blaze respira un grand coup, sans quitter des yeux cet homme avec lequel elle désirait vivre une longue et heureuse vie, et fit appel à tout son courage pour lui répondre :

— Moyennement. J'ai déjà fait du tir sur cible, mais c'est tout.

— Si tu y es obligée, pourras-tu le faire ?

Elle savait parfaitement ce qu'il était en train de lui demander. C'était une question de vie ou de mort.

— Oui. S'il le faut.

Jon lui adressa un sourire, si bref qu'elle eut à peine le temps de l'apercevoir.

— Bon. Alors, prends le fusil. Je serai de retour dans quelques minutes. Je vais essayer d'en supprimer deux avant qu'ils puissent se mettre à l'abri. A partir de là, la partie sera égale et je me sentirai nettement mieux.

– Ils sont quatre ?

Il vérifia que ses colts étaient chargés et se contenta d'un hochement de tête.

– Ne bouge pas d'ici avant que je sois revenu, reprit-il en relevant les yeux.

– Si tu reviens... dit-elle d'une petite voix emplie de tristesse.

– Je reviendrai. Je t'en donne ma parole. Maintenant, baisse-toi et surveille la rivière à l'endroit où nous en sommes sortis. Je vais y laisser un des chevaux et poster l'autre au pied du rocher. Nos poursuivants seront contraints de se séparer pour s'en approcher. En tout cas, je l'espère.

Ainsi qu'il l'avait dit, Jon conduisit un des chevaux au milieu de la rivière, bloqua une des rênes entre deux rochers et laissa pendre l'autre dans l'eau, voulant donner l'illusion que l'animal s'était arrêté là accidentellement. Ce n'était pas d'une grande subtilité mais, parfois, lorsque la vigilance était extrême comme devait l'être celle des traqueurs, même l'évidence paraissait suspecte. Il attacha l'autre cheval dans une petite clairière au pied du piton rocheux où l'herbe était épaisse et verdoyante.

Après être remonté, Jon débarrassa Blaze du fusil, s'installa confortablement avec elle derrière le rocher qui formait une redoute naturelle et observa le cheval au milieu de la rivière. Il lui fallait éliminer deux des hommes le plus vite possible. Faisant signe à Blaze de ne plus rien dire, il s'assit et attendit.

Il reconnut le chef des traqueurs dès qu'il l'aperçut – un métis cheyenne du nom de Hyde, qui avait fait la guerre dans l'armée de Price. Depuis, il louait ses services comme éclaireur ou chasseur de primes.

Un Mexicain, Montero, dit « le Chasseur », le suivait de près. Un peu plus loin derrière, deux Blancs en tenue de cavalier – des hommes de Yancy, visiblement. Jon savait que les deux premiers étaient particulièrement redoutables, de vrais professionnels du meurtre. Avec ces deux-là, ils n'avaient aucune chance de s'en sortir vivants.

Jon devrait tuer en premier Hyde, le plus dangereux, qui avait la réputation de manier le couteau comme un boucher. Le Mexicain était lui aussi à l'origine de plusieurs massacres. Il serait le suivant. Les hommes s'approchèrent du cheval dans la rivière avec beaucoup de prudence, comme s'il allait exploser d'une seconde à l'autre.

Encore dix mètres, et il pourrait tirer. Jon, le souffle momentanément coupé, entendait Blaze respirer. Il compta les pas dans sa tête tandis que les hommes remontaient le courant. « Allez, avance, Hyde... Plus que cinq pas... », se dit-il en silence. Et son doigt appuya sur la détente à deux reprises. Deux corps s'écroulèrent dans des gerbes d'eau, les chevaux affolés se cabrèrent et les deux cavaliers blancs filèrent se mettre à l'abri. Jon tira encore deux balles, mais ce fut juste pour les effrayer – il n'avait pas eu le temps de viser. Par bonheur, il avait touché les deux hommes du premier coup.

– Et maintenant, la fête commence, déclara-t-il en se tournant vers Blaze. Tu m'as dit pouvoir tirer moyennement, mais encore ?

– J'ai dit cela uniquement en pensant aux guerriers absarokees et aux prouesses éblouissantes qu'ils accomplissent lancés au grand galop, expliqua-t-elle, retrouvant sa belle assurance.

Jon fut agréablement surpris.

– Je ne te savais pas si modeste.

Il sourit. Chaque seconde qui passait le rassurait sur l'issue du voyage.

– Par pur sens pratique, mon amour. J'ai répondu à ta question selon tes propres critères. Quand je suis bien en équilibre sur mes deux pieds, et non pas sur un cheval au grand galop, papa m'a appris à mettre dans le mille quatre-vingt-dix-neuf fois sur cent.

Jon la contempla dans sa robe à petites fleurs et songea qu'il avait vraiment beaucoup de chance.

– Tu ne cesseras jamais de m'étonner !

– Si tu veux que cela continue, tu ferais bien de me dire comment nous allons sortir d'ici.

Il poussa un léger soupir et scruta le bosquet d'arbres sous lequel les deux sbires de Yancy avaient trouvé refuge.

– Sans nourriture et sans eau, nous ne tiendrons pas longtemps. Eux, ils peuvent attendre. Ils ont tout leur temps. Pas nous. Quand les autres découvriront que nous ne sommes pas dans la diligence, ils rappliqueront à toute vitesse. Je vais descendre et nous débarrasser d'eux. Prends le fusil et couvre-moi.

Blaze hocha la tête.

– Le temps presse, poursuivit-il. Nous sommes à environ quatre heures du territoire de chasse des Lakotas. A partir de là, je pourrai nous ramener sains et saufs. Tire droit, dit-il doucement avant de se lever et de disparaître comme par enchantement.

Le canon du fusil posé sur un rocher, Blaze scruta le paysage en contrebas. Pendant quelques minutes, aucun bruit ne lui parvint et rien ne bougea, mais elle savait que Jon était là, quelque part, en train de guetter dans les fourrés.

Soudain, il s'élança dans la clairière entre le piton rocheux et la rivière. Les deux bandits, pris par surprise, bondirent hors de leur cachette. Aussitôt, Blaze ajusta son arme. Au bout de ce qui sembla une éternité, elle aperçut l'un des hommes dans sa ligne de mire. Il n'était plus temps de penser, il fallait agir. Elle appuya sur la détente tandis que Jon, ses deux colts dans les mains, sautait de côté pour viser l'homme qui lui faisait face.

Le bruit des détonations fit s'envoler des corbeaux et des passereaux, puis un silence de mort retomba. Jon, prudemment accroupi derrière un rocher, se releva et, l'arme au poing, s'approcha lentement des deux brutes pour s'assurer qu'elles étaient mortes. Il fit de même avec les deux autres traqueurs qui gisaient dans l'eau.

Puis il leva la tête vers Blaze dont la silhouette se détachait contre le ciel bleu et lui envoya un baiser.

Dix minutes plus tard, ils s'apprêtaient à partir vers le nord-ouest, avec quatre chevaux supplémentaires chargés de nourriture, d'armes et de matériel qui leur permettraient d'arriver à bon port. Blaze enfila le pantalon en cuir que Jon lui avait acheté à la dernière étape de la diligence et elle enfourcha le poney indien qui avait appartenu à Hyde.

– Je vous prends comme second quand vous voulez, miss Venetia, dit-il avec un sourire approbateur en la voyant dans sa nouvelle tenue. Si j'avais su que les demoiselles de Boston possédaient autant de talents, j'aurais sans doute regardé certaines jeunes filles d'un autre œil.

– Pour votre information, monsieur Black, sachez que je suis tout à fait unique dans mon genre. Alors, inutile d'avoir des regrets.

– Sur ce point, je ne te contredirai pas, *bia*. Tout à fait unique, en effet, murmura-t-il en lui caressant tendrement la joue.

Elle était à la fois de glace et de feu, forte comme l'acier et légère comme une plume. Il l'adorait. Ils échangèrent un sourire complice. Ils étaient en paix avec eux-mêmes et avec le monde, bien qu'ils fussent sur le point de pénétrer en pays ennemi.

Tout en chevauchant, ils parlèrent de leurs plans immédiats – pour les trois jours suivants, quand ils traverseraient le territoire des Lakotas. D'un accord tacite, aucun d'eux ne troubla leur sérénité en se risquant à échafauder des projets à long terme.

Car Yancy était toujours en vie, Blue Flower attendait le retour de son fiancé dans les montagnes, Blaze s'était vu confisquer son héritage et rouvrir la mine demanderait des semaines de dur labeur. A cet instant, c'était bel et bien l'amour qui les empêchait de considérer ces obstacles écrasants comme une menace à leur bonheur.

Une fois arrivés dans la région de la Powder River, ils voyagèrent seulement pendant la journée. Jon connaissait des grottes dans lesquelles ils purent s'abriter. Traîner ainsi était contraire à tous ses principes, mais il désirait ménager son épouse autant que possible.

Dès qu'elle était profondément endormie, il montait la garde en pensant à quel point leurs vies avaient été bouleversées depuis leur rencontre. Il songeait aussi à l'avenir de leur enfant. Les trois dernières années, beaucoup de Blancs s'étaient installés dans le Montana. Certes, les chercheurs d'or s'en allaient quand les mines ne donnaient plus rien, mais les fermiers restaient. Que deviendraient les Indiens, dans ces conditions ?

Tandis que la Grande Ourse tournait autour de l'étoile du Berger, et que la nuit avançait, Jon, les yeux grands ouverts, scrutait l'obscurité tout en écoutant la respiration paisible de la femme qu'il aimait. Il se demandait pendant combien de temps son peuple pourrait encore profiter de sa liberté. Une immense lassitude l'envahit alors. Lui, le guerrier accompli, né trop tard. Trop tard pour vivre comme autrefois. Trop tard pour arrêter l'avancée inexorable de la civilisation. Trop tard pour connaître le bonheur serein de son père sur une terre regorgeant de bisons et de richesses.

Et alors, tandis que ces questions restaient sans réponse, un problème plus imminent et plus concret se présenta à son esprit : qu'allait-il faire de sa promise, Blue Flower ?

43

Au bout de quatre jours, ce problème se posa pour de bon quand Blaze et Jon firent leur entrée au village, épuisés mais vivants. Il n'avait pas dormi plus de quelques heures volées ici ou là. Tous ces derniers jours, il avait porté Blaze lorsqu'elle était trop lasse, l'avait veillée dans son sommeil et lui avait donné pratiquement toute la nourriture dont ils disposaient.

Etant donné son état d'épuisement, il avait espéré pouvoir dormir un peu dans son tipi avant d'affronter Blue Flower. Cependant, quand ils arrivèrent devant le wigwam, la jeune Indienne, superbement habillée comme une future mariée, l'attendait sur le seuil en souriant. Jon puisa dans le peu de forces qui lui restaient pour se tourner vers Blaze d'un air suppliant.

— Tu es fatiguée et moi aussi. Alors, je vais te demander une immense faveur : si tu pouvais ne pas discuter, je t'en serais éternellement reconnaissant.

Blaze remarqua la lassitude de son visage et de sa voix et vit ses yeux noirs qui la dévisageaient, suspendus à sa réponse.

— S'il te plaît, insista-t-il d'une voix douce et émouvante.

Sans un mot, elle acquiesça d'un hochement de tête

et Jon la remercia d'un sourire. Un sourire fugace, vu son extrême état de fatigue.

Blaze jeta un coup d'œil en direction de la jeune fille qui, cependant, patientait devant le tipi de Jon.

– Nous allons devoir dormir dans le même tipi que...

– Non, s'empressa-t-il de dire. Mais il va falloir que je m'absente quelques heures. J'espérais pouvoir remettre cela à plus tard...

Il poussa un long soupir. Expliquer la situation à Blue Flower et à sa famille exigerait la plus grande diplomatie, et il se savait trop épuisé pour être au mieux de sa forme. Pourtant, il devait le faire.

– J'aimerais pouvoir te dire que je suis navrée, mais ce n'est absolument pas le cas, répliqua Blaze. Je me serais battue pour toi. Et je suis encore prête à le faire s'il le faut.

Ses grands yeux bleus brillaient avec ardeur.

Parmi toutes les qualités de Blaze, Jon admirait particulièrement cette force qui émanait d'elle. Cette femme était aussi forte et déterminée que lui.

– Ce ne sera pas nécessaire, *bia*, dit-il avec un petit sourire. Mais je te remercie. Moi aussi, je suis prêt à me battre pour toi.

C'était d'ailleurs justement ce qu'il allait faire.

Avant de saluer Blue Flower, il aida Blaze à descendre de cheval, signe évident quoique discret de son état d'esprit. C'était le premier geste de la procédure compliquée qui allait suivre, et il tenait à ce que tout le village comprît clairement ses intentions.

Lorsqu'il dit bonjour à Blue Flower quelques minutes plus tard, l'adoration qu'il lut dans ses yeux le déconcerta un instant. Il avait oublié, lui-même n'étant pas intéressé, que la polygamie était acceptée par les femmes. Certaines appréciaient moins que d'autres, cela dépendait de leur caractère. Il avait également oublié, à son grand regret, que Blue Flower était si jeune.

Elle ouvrit le tipi pour laisser entrer Jon et Blaze, puis les suivit à l'intérieur. Tout était d'une propreté immaculée, le repas cuisait doucement sur le feu et ses vêtements étaient impeccablement rangés sur le lit.

– Allonge-toi, mange et repose-toi, murmura-t-il à Blaze avant de pivoter vers Blue Flower en s'adressant à elle en absarokee.

Très formellement, il s'excusa pour son apparence, la remercia de s'être occupée de son tipi en son absence, puis lui demanda si elle voulait bien faire quelques pas avec lui.

Elle accepta, ravie de se montrer dans le village en compagnie de son fiancé. Il se rendit avec elle jusqu'au wigwam de son père et, après un long discours de bienvenue que Jon fut obligé d'endurer par courtoisie mais qui ne fit que réduire encore ses pauvres forces, il fit part de sa proposition. Un peu plus brutalement et avec un peu plus de précipitation qu'il ne l'aurait souhaité. Ce qu'il s'empressa de compenser par un énorme cadeau.

Il se sentait coupable envers Blue Flower, dont l'expression tenait de la pure adoration. Il offrit à sa famille tout son troupeau de chevaux – ne gardant que Peta et le palomino qu'il avait donné à Blaze – et s'excusa de son impolitesse : offrir un cadeau directement ne se faisait pas. Il aurait dû passer par une tierce personne.

Bold Ax comprenait les sentiments de Jon. Il connaissait le sens de l'honneur et l'intégrité de son chef et savait aussi que sa fille était trop jeune pour souffrir réellement. Aussi accepta-t-il la proposition de bonne grâce. En revanche, Blue Flower pleura lorsqu'elle vit partir Jon, et il se sentit mal à l'aise en remarquant ses larmes.

— C'est fini, dit Jon en entrant dans le tipi.
— Dieu merci !
— Merci surtout à Bold Ax d'avoir été si compréhensif. Nous aurions pu nous fâcher pour des années.

Il retira sa chemise, ses mocassins et se jeta sur le lit.

Fermant les yeux, il respira à fond avant de les rouvrir.

— Pardon, dit-il.
— Tu es pardonné, répondit Blaze, assise en tailleur près de lui.

Elle venait de passer une heure à attendre, sans bouger, se demandant avec appréhension ce qui se passait.

— Tu as mangé ? demanda-t-il.

Blaze hocha la tête.

— Moi, je suis trop fatigué pour manger.
— Tu ne devrais pas rester sans...

De sa longue main cuivrée, il lui fit signe de se taire.

— Ce n'est pas parce que tu es maintenant mon unique femme que tu as le droit de m'embêter, déclara-t-il d'un air charmeur.
— Disons que je cherche à te persuader amicalement, répliqua Blaze, jamais intimidée.
— C'est déjà mieux, fit-il en ouvrant grand les bras, les yeux plissés par un superbe sourire.

Blaze se serra contre lui, et il poursuivit :

— Montre-toi aussi amicale que d'habitude et ce sera parfait. Encore que tu pourrais faire un effort, étant donné l'occasion. Je viens de perdre trois cents chevaux pour que tu puisses rester ma seule et unique femme.

– Trois cents chevaux ? répéta Blaze, abasourdie.

– Tous ceux que je possédais, à part Peta et ton palomino.

– C'est plutôt gentil, dit-elle en l'embrassant. Quand je pense que je vaux trois cents chevaux ! Quel honneur !

– Ma première vraie nuit de sommeil depuis long-temps m'aura coûté trois cents chevaux, rétorqua-t-il d'un air moqueur.

– Parce que tu comptes vraiment dormir toute la nuit ? demanda aussitôt Blaze, l'air sincèrement affligé.

Il la dévisagea un instant. Pour elle, il avait parcouru quatre mille kilomètres, s'était battu et avait même tué. Pour elle, il avait donné tous ses chevaux et avait failli perdre la vie. Près de cette femme, la vie valait la peine d'être vécue.

– Disons... une heure ? proposa-t-il en souriant.

44

Les oies sauvages s'envolaient seulement maintenant vers le sud pour des contrées plus clémentes.
Mais cette année-là, la première neige tomba dès le
mois de novembre, contrariant le projet de Jon de
rouvrir la mine. A l'arrivée du froid, la tribu se sépara en petits groupes qui se répartirent dans les vallées de la Wind River où chasser et trouver des pâturages pour les chevaux était plus facile.

Partout, les mines étaient fermées pendant l'hiver.
Pour les exploiter, il fallait de l'eau, or les rivières et
les ruisseaux étaient gelés.

Blaze et Jon avaient envie de paix et de solitude.
Après être restés un mois au camp, ils s'installèrent
dans une petite vallée entre les montagnes, où il y
avait assez d'herbe pour nourrir les chevaux tout
l'hiver, ainsi qu'un torrent dont il cassait chaque jour
la glace afin de se baigner.

Ils avaient des livres à leur disposition. Il lui ap-
prit des jeux absarokees et elle lui montra comment
jouer au bridge avec des cartes qu'elle avait elle-
même fabriquées. Il lui enseigna des rudiments de sa
langue et elle développa ses talents de cuisinière,
bien que Jon fît la cuisine tout aussi souvent. Il
construisit un traîneau dans un tronc d'arbre et,

quand il faisait plus doux, ils allaient se promener sur la neige poudreuse des montagnes.

Cet hiver fut pour eux comme une longue lune de miel – parfaite, joyeuse et loin du monde, leur amour grandissant en même temps que leur enfant, au milieu du paysage splendide où était né Jon.

A Noël, le thermomètre descendit jusqu'à moins vingt degrés et le ciel resta bleu pendant une semaine. Jon rapporta un petit sapin que Blaze décora de rubans et de guirlandes. La nuit de Noël, elle insista pour qu'il ouvrît son cadeau le premier et, les yeux brillants de plaisir, elle le regarda défaire avec soin le petit paquet enveloppé de fourrure. Elle avait cousu les perles noires de son collier en forme de fleur sur la blague à tabac de cérémonie de Jon. Les fils irréguliers et grossièrement noués par endroits – Blaze n'avait jamais voulu apprendre à coudre étant enfant, préférant d'autres jeux moins sédentaires – laissaient apparaître les imperfections d'une technique plus que rudimentaire. Jon caressa la fleur asymétrique du bout des doigts et leva les yeux vers sa femme bien-aimée qui attendait avec impatience sa réaction.

– C'est la plus belle blague à tabac qui soit ! Quand je la porterai à la cérémonie du printemps, les autres seront verts de jalousie.

Blaze resplendissait de bonheur. Il ne l'avait jamais autant aimée.

– Maintenant, ouvre le mien, dit-il doucement en montrant le gros paquet entouré d'une peau de daim qu'il avait posé près d'elle.

Trop excitée, elle n'arriva pas à dénouer les liens de cuir, aussi Jon l'aida-t-il à défaire les nœuds. Quelques secondes plus tard, Blaze resta sans voix. Elle déplia un somptueux manteau en hermine et le serra contre elle.

– C'est magnifique, murmura-t-elle enfin. Absolument magnifique !

Des dizaines de peaux avaient été cousues ensemble, avec des points si fins qu'ils étaient pratiquement invisibles, et la doublure de velours noir était brodée de dessins géométriques indiens traditionnels.

– Essaie-le. J'espère qu'il t'ira.

Jon se leva pour l'aider à passer le manteau.

Blaze s'enroula dedans et dansa joyeusement à la lueur des flammes.

– Il te va, ma princesse.

– Comment as-tu eu cette merveilleuse idée ? demanda-t-elle en frottant sa joue contre l'épaisse fourrure.

– Je ne voulais pas que ma princesse ait froid cet hiver. Il y a quelque chose dans la poche, ajouta-t-il.

Blaze glissa la main dans la grande poche intérieure et en sortit une petite boîte en écorce de bouleau. Soulevant le couvercle, elle découvrit une minuscule perle suspendue à une chaîne en or posée sur de la mousse.

C'est ravissant ! s'exclama t-elle.

– Tu la reconnais ?

Elle le dévisagea d'un air perplexe.

– Pourquoi, je devrais ?

– Elle vient de ta robe...

– Le bal de Virginia City !

– Je l'ai trouvée par terre, quand tu t'es enfuie de la cuisine d'été. J'ignorais alors pourquoi je l'avais gardée. Sans doute les esprits savaient-ils déjà cette nuit-là que nos destins étaient liés. C'est la première fois que je t'ai embrassée. Tu t'en souviens ?

Elle hocha la tête.

– Personne ne m'avait jamais embrassée comme ça !

– Et je n'avais jamais embrassé personne comme

ça non plus, dit Jon, qui avait pourtant eu tant de femmes dans sa vie.

– Montre-moi encore ! implora-t-elle en avançant vers lui.

– Avec plaisir ! murmura-t-il avant de la prendre dans ses bras. Joyeux Noël, *bia-cara* ! Puissions-nous en voir mille autres encore.

– L'an prochain, il y aura quelqu'un d'autre à qui faire des cadeaux, lui rappela-t-elle.

– Tant mieux, dit-il simplement, le cœur débordant d'amour. Maintenant, embrasse-moi, et je te dirai si tu as fait des progrès depuis cette nuit à Virginia City.

– Tu sais bien que je suis la meilleure que tu aies jamais connue ! rétorqua-t-elle avec une délicieuse arrogance.

– Je le sais, mais j'aimerais vérifier encore une fois.

Et ils échangèrent le plus ardent des baisers.

Une nuit de mars, alors que le vent soufflait très fort, Blaze réveilla Jon.

– Je me sens bizarre, lui dit-elle.

Il fut debout avant même qu'elle eût fini sa phrase. « Je n'aurais pas dû l'écouter ! songea-t-il dans une première réaction de panique. Jamais nous n'aurions dû rester là, tout seuls, alors que la sage-femme est à Beaver Dam ! »

– Bizarre comment ? demanda-t-il sur un ton posé, bien que son cœur battît à toute vitesse.

– Je n'en sais rien. Je n'arrive pas à dormir... J'ai mal au dos...

– Je vais te masser. Tourne-toi... Ici ?... Ça fait du bien ?

– Umm, un peu...

Jon se remémora les paroles de Yellow Shield :

– Quand elle aura mal en bas du dos, alors tu sauras que ça a commencé.

A l'automne dernier, tous deux avaient parlé à la sage-femme du village. Elle leur avait expliqué comment se déroulerait l'accouchement. C'était Blaze qui avait tenu à être seule et à ce que ce fût Jon qui délivrât le bébé, refusant la présence d'un étranger. Il avait essayé de la convaincre, mais avait abandonné en se rendant compte de l'importance que cela revêtait pour elle. Il avait alors longuement interrogé la vieille femme, avait noté ses conseils par écrit et tout appris par cœur. Depuis plusieurs semaines déjà, il avait préparé la sauge et le cèdre moulu dont ils auraient besoin, s'était assuré qu'il y avait assez de récipients pour faire chauffer de l'eau, ainsi que des couvertures en fourrure douce pour le bébé.

Ils surent bientôt tous les deux avec certitude que les contractions avaient débuté. Jon aida Blaze à se lever.

– Il faut que tu marches.

– Je n'en ai pas très envie. Dis-moi que tout va bien se passer !

– Tout ira bien, *bia*, marche. Allez, appuie-toi sur moi.

Et ils marchèrent ensemble, s'arrêtant de temps à autre pour que Jon massât les jambes et le dos de Blaze. Quand les contractions devinrent plus fortes et plus rapprochées, il la porta sur les peaux de bison entassées entre deux piquets plantés dans le sol.

– Tiens-toi aux piquets et pose les coudes ici. Je t'aime.

C'était le moment – Yellow Shield le lui avait dit – de lui administrer le médicament. Jon lui avait demandé quelque chose pour atténuer la douleur. Il donna une cuillerée de sirop à Blaze.

Très vite, elle se sentit flotter délicieusement. Le

sirop au goût de réglisse supprimait toute appréhension. Jon était avec elle, elle était en bonne santé et, chaque fois qu'elle ouvrait les yeux, il était là pour lui sourire, l'embrasser ou lui chuchoter des mots d'amour. Elle avait entendu parler de la souffrance, de l'horreur et du danger de tout accouchement, et les premières contractions l'avaient mise à l'agonie. Mais maintenant, elle ne sentait presque plus rien.

– Encore une cuillerée, *bia*, murmura Jon en écartant les boucles rousses collées sur son front. Je t'aime, mon ange. Tout va bien.

On lui avait recommandé de faire attention au dosage, aussi regardait-il régulièrement les yeux de Blaze, vérifiait son pouls et comptait les secondes entre chaque contraction.

– Ouvre les yeux, mon amour, lui dit-il afin d'examiner ses pupilles.

Blaze obéit, soulevant ses longs cils.

– Je sens le bébé, murmura-t-elle. Nous allons avoir un bébé !

Elle sourit et lui tendit ses lèvres.

Si Jon avait pu lui donner le monde, le soleil et les étoiles, il l'aurait fait. Elle était dans son cœur et dans son âme, elle comptait plus à ses yeux que sa propre vie. Il l'embrassa avec une intense passion.

– Je sens ton amour, aussi. Et celui du bébé. Nous avons de la chance, Jon, n'est-ce pas ?

– De la chance, oui... Nous sommes les plus heureux sur terre...

A la fin, quand le sirop ne put adoucir davantage la douleur, Blaze prit peur et se mit à crier.

Bien que paniqué lui aussi, Jon s'efforça de la rassurer :

– Je suis là, mon amour. Ouvre les yeux... Je suis là...

Malgré son calme apparent, il n'avait jamais été

aussi terrifié de sa vie. Il pouvait la perdre. D'affreux souvenirs passèrent un instant devant ses yeux.

– Je ne te quitterai pas, *bia-cara*. Je suis là, répéta-t-il.

Et quand la tête du bébé apparut, Jon, le cœur battant à tout rompre, eut l'impression que son sang recommençait à couler dans ses veines. Haletante, les mains agrippées aux piquets, Blaze se concentra sur la prochaine contraction. Une petite épaule se libéra et, quelques instants plus tard, Jon mesura trois centimètres avant de couper le cordon ombilical et de prendre son fils dans ses bras. Minuscule, parfait, il semblait indifférent au monde dans lequel il venait d'entrer, l'air pleinement satisfait. Jon sourit en voyant ce petit être qui reposait confortablement dans ses deux grandes mains.

– Bienvenue... lui dit-il tout doucement.

Après l'avoir enveloppé dans une petite peau de mouton, Jon installa Blaze sur le lit de fourrures et attendit qu'elle ouvrît les yeux.

– Nous avons un fils ! annonça-t-il avec un fier sourire.

Il présenta le bébé à Blaze.

– C'est le plus beau bébé du monde, le plus fort et le plus merveilleux, tu ne trouves pas ?

Son regard bleu exprimait une infinie douceur.

– Absolument. C'est le meilleur, *bia-cara*. Un miracle surgi dans ma vie. Tout comme toi.

– Ne me quitte jamais, murmura Blaze, soudain effrayée par tant de bonheur.

– Jamais, ma chérie.

Elle leva les yeux vers lui, avec l'impression que son cœur était sur le point d'éclater.

– Dis-moi que tout se passera bien... pour notre fils.

Elle avait besoin d'être rassurée. Seule avec Jon,

loin des vicissitudes de ce monde, elle vivait dans une félicité absolue, et désirait qu'il en fût de même pour son enfant.

– Tout ira bien. J'y veillerai, promit-il d'un air déterminé avant de lui sourire. Rappelle-toi, Boston, avec toi à mes côtés, le monde est à nous !

Ils rirent tous les deux, ivres de bonheur. Ils se sentaient invincibles.

Blaze contempla le bébé posé près d'elle, l'air misérieux, mi-étonné.

– Il est incroyablement petit !

– Tu devrais lui en être reconnaissante. L'accouchement a duré juste le temps supportable.

– Tu as eu peur ?

– J'aurais préféré affronter mille Lakotas ! Tu es très courageuse, ma chérie, dit-il en lui caressant la joue. Merci... pour ce fils que tu m'as donné.

– C'est avec grand plaisir... maintenant que tout est fini. Tu crois qu'il ouvrira les yeux bientôt ?

Jon sourit de tant de naïveté.

– Ça, mon amour, tu peux en être sûre !

– Je vais rester là à le regarder. Ce sera long ?

– Pourquoi ne dors-tu pas un peu pour l'instant ? Dès qu'il se réveillera, il va vouloir manger.

– Ça, je le savais ! dit Blaze avec un sourire.

– Tant mieux. Parce que je peux faire la cuisine, le ménage, mais à toi de nourrir le bébé !

– Tu m'aideras ?

– Oui, petite paresseuse ! Autant que je le pourrai, répondit-il avec un regard chaleureux.

Puis il lava Blaze et l'installa près du feu.

Tandis qu'elle somnolait, il donna un bain à son fils, l'enduisit de graisse, lui talqua les hanches et les jambes avec une fine poudre que lui avait confiée Yellow Shield. Suivant consciencieusement les consignes mémorisées les semaines précédentes, il enveloppa le corps de l'enfant dans une peau de daim très douce, puis l'allongea sur une peau de bison plus raide afin de lui maintenir la nuque. Ensuite, il le recouvrit d'une peau en veau tanné et le prit dans ses bras tout en lui parlant. A la lueur des flammes, la silhouette de sa tête se découpait, penchée sur une autre, beaucoup plus petite.

– Pour toi, il n'y aura pas de chemin de larmes, mon fils. La terre de tes ancêtres restera à toi. Et tu jouiras des droits et des privilèges d'un fils de chef.

Son ambition pour son enfant se fondait au vif désir qu'il avait de voir son peuple échapper à l'exploitation et aux luttes qui l'attendaient.

Et il se laissa aller à rêver un instant – à son rêve le plus cher, un rêve d'unité dans lequel toutes les races vivraient en paix. Cette vision l'apaisa, même s'il savait qu'elle était illusoire, impossible. La paix coûterait extrêmement cher, il en était convaincu, et elle se paierait chaque jour de chaque année jusqu'à la fin des temps.

Durant tout le temps où il parla à son fils, lui faisant part de son amour, de ses envies et de ses espoirs, il ne se rendit pas compte que des larmes coulaient sur ses joues.

– Mon fils bien-aimé, chuchota-t-il en se penchant sur le visage de l'enfant pour l'embrasser.

Désormais, ils formaient une famille.

Donner un nom à l'enfant ne posa pas plus de difficultés que sa venue au monde. Il était le trésor de leurs cœurs, la réunion de leurs deux esprits fusionnés en un seul. Ils l'appelèrent *Baula-shela*, Trésor Doré – qui très vite fut abrégé en « Trey ». Ses yeux, qu'il ouvrit quelques heures à peine après sa naissance, n'étaient pas noirs comme ceux de son père, ni bleu saphir comme ceux de sa mère. Quand leur couleur se stabilisa, au bout de plusieurs semaines, ils apparurent d'un gris argent très pâle, strié d'éclats verts. Ses cheveux, bien que très noirs, n'étaient encore qu'un fin duvet, sans comparaison avec la chevelure satinée de son père. Son petit nez fin et très droit rappelait plutôt celui de Jon. Mais ses yeux, qui devinrent immenses en grandissant, tout comme les cils épais et les sourcils soyeux qui les encadraient, avaient la sensualité flamboyante de sa mère.

– Il est bien de toi ! remarqua Blaze la première fois que le bébé réclama à manger.

Jon était étendu près du feu.

– Je n'ai jamais songé à nier ma paternité, mon amour ! Ne suis-je pas un père parfait ? plaisanta-t-il.

– Personnellement, je trouve la perfection révoltante, alors ne t'attends pas à ce que je te fasse des compliments, rétorqua-t-elle gaiement.

– Que puis-je répondre ? Les Visages Pâles ne partagent pas les mêmes valeurs que nous ! lança-t-il, une lueur taquine dans les yeux.

– Sans doute, mais nous faisons de magnifiques bébés, reconnais-le.

Jon s'étira avant de s'asseoir face à Blaze qui donnait le sein à l'enfant.

– Là, je ne peux pas dire le contraire, admit-il d'une voix douce, le regard éperdu d'admiration. Vraiment pas.

Chaque soir, Trey fut déshabillé et lavé, libre de gigoter des pieds, pendant que ses parents jouaient avec lui et lui parlaient. Il leur répondait en général par d'irrésistibles gazouillis. Emerveillés par ses yeux, vifs et brillants à la lueur dansante du feu, et par la perfection de sa frimousse, ils décidèrent d'un commun accord qu'il était bel et bien un véritable trésor.

– Tous les bébés sont-ils aussi adorables ? demanda Blaze.

– Je crois que le fait que ce soit le nôtre aide un peu ! répliqua Jon en souriant.

Mais tous deux déclarèrent en chœur que c'était le plus beau bébé du monde.

45

Cette année-là, le printemps arriva fort tard, mais pour eux il vint beaucoup trop tôt. La neige et la glace fondaient sous les chauds rayons du soleil, les arbres bourgeonnaient, l'herbe verdissait dans les plaines et partout l'eau babillait dans les ruisseaux.

Les cols des montagnes furent à nouveau accessibles, et ils virent arriver leur premier visiteur.

Rising Wolf devint le parrain de Trey et, ainsi que le voulait la coutume dans la tribu de Jon, son père d'adoption. Son nouveau filleul lui fit une excellente impression, à la plus grande joie de ses parents.

— Que ses mocassins laissent de nombreuses traces dans la neige, dit-il à Jon.

Blaze sourit à Rising Wolf pour le remercier de son souhait de longue vie à Trey.

Jon prit la main de son ami.

— Ton cœur et le mien ont toujours parlé comme des frères. Je te remercie de la part de mon fils.

Outre ses félicitations, Rising Wolf apportait d'autres nouvelles. Il en fit part à Jon dans l'après-midi, alors qu'ils étaient allés voir si la glace avait fondu sur la rivière.

Yancy Strahan était de retour à Diamond City. L'hiver l'avait renvoyé à Boston, mais il était revenu à la mi-avril et était parti depuis une semaine en pays lakota, accompagné d'un guide cheyenne.

– Faut-il le chasser ?

– Non, dit Jon, je veux l'avoir.

– Il risque de repartir.

– Cupide comme il est, il reviendra. Je suis sûr qu'il va encore tenter de s'emparer de la mine... et de protéger son héritage de manière définitive.

– Il est possible qu'il ait abandonné. On dit qu'il y a de l'or sur le territoire lakota. Peut-être est-ce pour cette raison qu'il s'y est rendu...

– Yancy Strahan est fait de telle façon qu'il aura toujours besoin de plus d'argent. Il n'en aura jamais assez. C'est un défaut auquel je serais ravi de remédier.

– Et s'il te tue le premier ?

– Ici, il ne peut m'atteindre, répliqua tranquillement Jon. Et quand je descendrai dans la plaine, je ne me déplacerai pas sans garde du corps.

– Et la mine ?

Jon hocha la tête.

– Il faut la rouvrir au plus vite. Ensuite, nous achèterons la terre de notre peuple pour la faire enregistrer. Si nous agissons vite, aucune loi ne pourra être promulguée à temps pour déclarer cette procédure illégale. Je ne veux pas de réserves pour ma tribu. J'ai vu un territoire indien au nord du Texas. C'est un enfer. Je préférerais mourir.

– Blaze ne viendra pas à la mine, cette fois-ci ?

– Non.

– Comment a-t-elle réagi ?

– Je ne lui ai encore rien dit. Nous allons sans doute nous disputer. Mais c'est beaucoup trop dangereux. Nous monterons la garde jour et nuit. Si nous avons de la chance et si la mine rend bien, avec ce que nous avons déjà mis de côté, en deux ou trois mois nous aurons assez pour acquérir la terre et les chevaux nécessaires. Après cela, si Yancy ne s'est pas encore manifesté, c'est moi qui irai le chercher. Il a voulu tuer mon enfant, tu sais. J'aimerais avoir le cran de le torturer. Il ferait un excellent candidat. Mais je me contenterai de l'expédier en enfer avec une balle bien placée. Ce n'est pas ce qu'il mérite, mais nous, les Absarokees, sommes beaucoup trop doux et raffinés...

Blaze protesta vigoureusement, mais elle savait bien que Jon avait raison. Avec la menace de Yancy, elle et Trey seraient plus en sécurité au village.

– Ce ne sera pas long. Rising Wolf et moi prendrons vingt guerriers, et je reviendrai de temps à autre passer quelques jours ici. Vers le milieu de l'été, je serai sans doute revenu pour de bon.

Fin mai, Jon se prépara à quitter le village. Emue, les yeux noyés de larmes, Blaze se serra contre lui en retenant un sanglot.

– Ce ne sera pas trop long ?
– Non.
– Combien de temps ?
Jon hésita.
– Quelques semaines.
– Dis-moi la vérité !
– Peut-être deux semaines.
– Et tu reviendras ?
– Pour quelques jours, oui.
– Et ensuite ?
Il soupira.
– Je reviendrai dès que je le pourrai.
Dans ses bras, Blaze paraissait petite et vulnérable, et son visage était très pâle.
– Je sais que tu dois partir. Je le sais, mais...

– Ce n'est pas pour toujours, *bia*. Prends soin de toi... pour moi. Et veille bien sur notre fils. Il a besoin de toi.

– Je ne peux vraiment pas venir avec vous ? demanda-t-elle dans un dernier espoir, la voix vibrante d'anxiété.

– Pas pour l'instant, dit-il gentiment. (« Pas tant que Yancy est en vie », songea-t-il.) Dès que le bébé sera assez grand, vous viendrez tous les deux.

– Ne me fais pas attendre trop longtemps...

Il prit ses mains dans les siennes et les serra. Elle avait l'air si délicate, si fragile.

– Deux semaines, pas plus, promit-il.

Cette fois, les hommes restèrent en alerte vingt-quatre heures sur vingt-quatre et Jon organisa des équipes de travail jour et nuit. Dès qu'il aurait assez d'or pour acheter sa terre, alors le rythme pourrait ralentir. Avec de la chance – et en matière d'or, la chance jouait un rôle primordial –, la mine leur permettrait de vivre tous confortablement jusqu'à la fin de leurs jours.

46

Une semaine plus tard, la pleine lune brillait au-dessus du village indien près de la rivière.

Blaze avait confié le bébé à Red Plume, le jeune cousin de Jon, et apprenait de nouveaux mots d'absa-rokee avec la mère de Rising Wolf. Elle souhaitait faire une surprise à son mari et parler sa langue quand il reviendrait.

Ce soir-là, les chiens aboyèrent une seule fois, un long hurlement qui se répercuta sur la rivière avant de cesser brusquement, sans que personne n'y prêtât attention.

Lorsque Blaze rentra chez elle deux heures plus tard, le clair de lune avait des reflets argentés et une brise printanière soufflait de la montagne, annonçant la pluie.

Une étrange impression s'empara d'elle en ne voyant pas le chien-loup de Jon se précipiter pour l'accueillir. Elevé par son maître depuis la naissance, c'était le chien de garde le plus loyal qui fût. S'appliquant à chasser de son esprit toute appréhension infondée, Blaze commença à dresser mentalement la liste des raisons pour lesquelles il aurait pu ne pas l'attendre et entra dans le tipi.

Elle poussa un cri d'horreur.

Red Plume gisait dans une mare de sang. Le chien, les poils ensanglantés, était étendu raide mort, mâchoires retroussées. Et le berceau de Trey avait été renversé. Son bébé n'était plus là.

Le second cri qu'elle poussa, un cri où perçait sa douleur, déchira la nuit.

Treize heures plus tard, Jon reçut la nouvelle. Des cavaliers s'étaient relayés à un train d'enfer afin de le prévenir.

Yancy ! Personne d'autre que lui ne pouvait avoir eu l'idée d'enlever son fils. Il savait de quoi Yancy était capable : la violence ne représentait pour lui rien d'autre qu'un moyen d'atteindre son but. Les yeux clos, Jon laissa le messager parler jusqu'au bout. Puis il s'approcha de Peta et enfouit la tête dans sa crinière, le temps d'y voir plus clair et de calmer les battements de son cœur. Alors, enfourchant son cheval, il se précipita vers les montagnes, laissant loin derrière lui la troupe venue le chercher.

Blaze, prête à s'évanouir, se jeta dans ses bras en tremblant. Entre deux sanglots, elle lui expliqua qu'on avait trouvé un mot au bout d'une lance plantée au bord de la rivière.

Jon en devina le contenu sans peine.

— Il va tuer notre bébé ! Il va le tuer ! s'écria-t-elle en s'accrochant à lui de toutes ses forces.

— Non. Il ne le fera pas, assura Jon sans trop croire à ce qu'il disait. Il veut la mine. Et Trey va lui servir de monnaie d'échange. Nous lui donnerons la mine, voilà tout. Et Trey reviendra parmi nous.

De ses longues mains fines, il caressa les cheveux de Blaze pour l'apaiser, bien que lui-même fût terrorisé.

— Tu vas le retrouver ? Où ont-ils emmené mon bébé ? murmura-t-elle en levant un regard implorant vers lui. Il faut qu'il mange... Qu'arrivera-t-il si personne ne lui donne à manger ?

– Ils vont le nourrir, *bia*, ne t'en fais pas. Yancy a besoin de lui vivant pour avoir la mine. Ne pleure pas, mon ange. Je le retrouverai. (Il tenta de s'arracher à son étreinte.) Il faut que je parte. Ils m'attendent. Je t'en prie, mon amour.

Blaze s'agrippa encore plus fort à lui.

– Je viens avec toi !

Jon la regarda tendrement.

– Non.

Sa présence ne ferait qu'accroître le danger. Jon n'avait jamais sous-estimé la cupidité de Yancy.

Blaze se détourna, puis lui fit face à nouveau, le regard fiévreux.

– C'est mon enfant ! hurla-t-elle.

Jon se frotta les yeux et respira à fond. Puis, après un long et profond soupir, il lui parla avec fermeté :

– Si jamais tu tombais, je ne pourrais pas t'attendre. Je veux que tu le comprennes bien.

– Ce ne sera pas nécessaire, répliqua Blaze d'une voix étrangement calme. Je ne tomberai pas.

Très mince, très pâle, elle le dévisagea avec une remarquable détermination. Elle ne tremblait plus.

Leurs regards se croisèrent et il lui tendit la main. Après une brève étreinte, Jon sortit avec elle du tipi.

– Préparez six autres chevaux, ordonna-t-il aux hommes en selle qui l'attendaient. Et amenez le palomino.

Ils chevauchèrent à folle allure, sans s'arrêter, changeant de monture dès que les chevaux donnaient des signes de fatigue. Blaze resta sans cesse aux côtés de Jon qui admirait sa volonté et son courage.

Les Lakotas engagés par Yancy étaient rentrés chez eux au grand galop. Le lendemain après-midi, lorsque Jon et sa suite eurent quitté le territoire absarokee, ils s'arrêtèrent pour vérifier les armes, faire boire les chevaux, puis se déployèrent en deux rangs afin de protéger leurs flancs et un groupe de guerriers partit en éclaireur. Discrètement, Jon fit circuler l'ordre de resserrer les rangs autour de Blaze en cas d'attaque.

Il ne s'attendait à aucune confrontation dans l'immédiat, mais mieux valait se préparer à toute éventualité. Si Yancy ne parvenait pas à garder le contrôle des guerriers qu'il avait engagés...

Les tribus lakotas étaient beaucoup plus nombreuses que les Absarokees, et Jon ne disposait que de quatre-vingt-dix guerriers. Mais peu importait : la vie de son fils était en jeu. Sans perdre une minute, ils se rendirent au camp des Lakotas.

Quand ils arrivèrent en vue du village, Jon donna ses consignes à Rising Wolf – des consignes strictes et précises concernant Blaze – puis il avança seul sur Peta, son cheval de combat.

Tous les doutes qui l'avaient assailli pendant cette folle chevauchée avaient disparu. Désormais, il n'était plus qu'un guerrier prêt à l'attaque et résolument déterminé à vaincre. C'était pour son fils qu'il allait se battre.

Les Lakotas l'observèrent qui approchait lentement. Tout en armes, arborant ses peintures de guerre et faisant preuve d'un remarquable courage, il avança sur son magnifique cheval, paré lui aussi avec splendeur. Jon venait de franchir le premier cercle de tipis quand un murmure parmi la foule le fit se retourner.

Dans la lumière orangée du soleil couchant, un palomino aux reflets dorés fonçait vers lui. La chevelure flamboyante de sa cavalière flottait au vent. D'une pression des genoux, Jon arrêta Peta et attendit sa femme.

C'était de la pure folie, c'était jouer avec le diable ! Mais c'était la véritable Blaze, qui n'avait rien à voir avec la femme affligée et tremblante de la veille. Il patienta, calme et impassible, entouré de tous côtés par ses ennemis de toujours.

Quand elle s'approcha de lui, la foule s'écarta. Et quand elle fit halte derrière Peta, il lui sourit en signe de bienvenue. Ils avancèrent côte à côte – lui, l'air sombre et guerrier, elle, rayonnante de beauté. Ni l'un ni l'autre ne furent surpris de découvrir Yancy en compagnie des chefs lakotas. Ils mirent pied à terre.

Jon s'adressa aux chefs, sans se préoccuper de Yancy. Ses mains agiles s'agitèrent et il s'exprima dans le langage des signes commun à toutes les tribus des grandes plaines. Il leur dit qu'il était venu chercher son fils. Que Yancy Strahan était un voleur et un assassin. Et qu'il n'avait pas l'intention de repartir sans son enfant.

Puis, d'un geste théâtral qui jeta l'émoi parmi la foule, il renvoya Peta.

Le cheval n'hésita qu'une seconde avant de partir au galop.

Chacun comprit alors que Jon était prêt à mourir s'il le fallait. Cet acte de bravoure, d'une grandeur extraordinaire et d'une extrême rareté, força immédiatement le respect et la plus profonde admiration de ses ennemis. Le courage, quand il était aussi remarquable, était hautement estimé de tous les guerriers.

Indigné, Yancy se tourna vers son interprète. Il se moquait pas mal des gestes d'éclat de Jon. Ce qui l'intéressait, c'était qu'il lui cédât la mine et ensuite, le voir mort.

Cependant, les chefs lakotas commencèrent à palabrer entre eux, comparant le prix des armes apportées par Yancy aux vertus de Jon. Si l'échange de prisonniers avait un sens à leurs yeux, les visées de Yancy sur la mine leur apparaissaient typiquement représentatives de la cupidité des hommes blancs. Mais il leur fallait bien honorer le contrat passé en échange des fusils.

– Si ça tourne mal, saute sur ton cheval et enfuis-toi au galop, murmura Jon à son épouse. Rising Wolf nous surveille à la jumelle. Lui et tous les autres voleront aussitôt à ton aide.

– Ne dis pas cela...

– Il le faut. File vers Rising Wolf. N'oublie pas !

Elle ne répondit pas, refusant d'envisager l'idée de devoir partir sans Jon.

– Que vont-ils faire ? Yancy a l'air furieux.

– Les choses ne se passent pas comme il l'avait prévu. Ils sont en train de discuter. Je vais leur lancer un défi, expliqua-t-il sans quitter les chefs des yeux. S'ils acceptent, j'essaierai de les convaincre de t'amener Trey. Contrairement à Yancy, les Lakotas n'ont que faire de la mine. Ils n'ont plus besoin de Trey comme otage maintenant que je suis là. Quand je te crierai de partir, fais-le. Prends Trey et file aussitôt.

– Jon, non...

– N'hésite pas. Pas une seule seconde, dit-il, le visage dur. Allez, promets-le-moi. J'ai besoin de savoir que toi et Trey avez une chance. Et que vous la prendrez. Inutile de jouer les héroïnes. Ça ne me sauvera pas. Si je te dis de partir, pars. Jure-moi que tu le feras, vite, leur discussion touche à sa fin.

Il lui prit la main et la serra dans la sienne un instant.

– Tu me demandes de...

– *Bia*, je t'en prie, crois-tu que je te demanderais

une chose pareille si j'avais le choix ? Pense à Trey. Il représente l'avenir.

Il la dévisageait d'un air grave.

Blaze hocha la tête et pressa fort sa main.

– Bon sang, ce n'est pas juste ! Tu n'as qu'à tuer Yancy ! C'est lui le responsable de tous nos malheurs !

– Chez nous, les règles ne sont pas les mêmes.

– Je vous veux, toi et Trey... Je vous veux tous les deux...

– Je sais, princesse. Mais si la chance tourne, je refuse que toi et Trey mouriez sans avoir essayé de vous sauver. Essaie... je t'en supplie...

Accablée de tristesse, Blaze ne put répondre. « Pourquoi des gens tels que Yancy ont-ils le droit d'exister ? » songeait-elle.

– Maintenant, prie pour que je fasse preuve de la plus grande diplomatie. J'y vais.

Et, tout doucement, il lui lâcha la main.

Jon proposa de se battre contre n'importe quel homme de la tribu en échange de la vie de son fils – à eux de choisir les armes. Et il ajouta une dernière requête : s'il gagnait, Yancy serait à lui. Non comme prisonnier, mais pour l'affronter à son tour en combat singulier.

Il entendit Yancy exploser de rage quand l'interprète traduisit, et le vit brandir les papiers qu'il avait tellement hâte de lui faire signer. Mais ces papiers n'étaient rien face à un défi lancé aussi directement, et qui n'attendait que d'être relevé. Question d'honneur. Et si Yancy n'acceptait pas, sa crédibilité s'envolerait en fumée.

La proposition fut acceptée.

Alors, Jon entama de délicates négociations pour qu'on amenât son fils. Trente interminables et éprouvantes minutes plus tard, Trey fut remis à sa mère.

Jon prit le temps de le saluer, et lui fit silencieusement ses adieux, au cas où les esprits décideraient de
l'abandonner. Il murmura quelque chose à sa femme
en remarquant ses yeux remplis de larmes, puis
avança au centre du cercle qui venait de se former
pour laisser place au combat.

Face à lui, le guerrier lakota choisi pour représen-
ter sa tribu l'attendait. C'était un homme beaucoup
plus grand et imposant que Jon, un géant aux cheveux nattés dans le dos et aux muscles luisants de
graisse.

Plissant les yeux, les deux hommes commencèrent
à s'observer et avancèrent progressivement l'un vers
l'autre, en décrivant des cercles de plus en plus petits. Soudain, tel un serpent, le Lakota s'élança sur
Jon et l'empoigna. De ses bras d'acier, il le souleva
en l'air comme un vulgaire ballot. Blaze devint blême
et détourna les yeux.

Jon, vif comme l'éclair, donna un coup de genou en
avant, de toutes ses forces, avant que l'air vînt à
manquer dans ses poumons. N'importe quel homme
plus petit serait tombé, mais le Lakota n'émit qu'un
vague grognement en titubant et relâcha quelque peu
son étreinte. Jon en profita pour se libérer... du
moins à moitié, car la main droite du géant s'abattit
sur son épaule et il l'agrippa à nouveau. Les deux
hommes s'écroulèrent sur le sol, Jon en dessous. Un
murmure d'approbation parcourut la foule.

Le Lakota l'écrasait de tout son poids. Dans un effort désespéré, Jon réussit à se dégager, puis il le souleva et le projeta à terre. Sa tête rebondit durement
une première fois, puis une seconde, et il ne bougea
plus.

Les spectateurs encaissèrent le choc dans un silence absolu.

Blaze se retourna et vit Jon se relever, vacillant

mais vivant. Elle poussa un soupir de soulagement. Il la chercha du regard parmi la foule et lui sourit.

Maintenant, à Yancy... Le meurtrier qu'il était décida de se battre au couteau. Sans un mot, Jon approuva son choix.

Il tenait maintenant un couteau qui glissait entre ses mains humides de transpiration. D'un rapide coup d'œil, il s'assura que Blaze et Trey étaient toujours là. Il plia les genoux et respira à fond. Cette fois, il allait voir si Yancy avait quelque chose dans le ventre. De sa main libre, il essuya la sueur qui coulait sur son front et se prépara à attaquer.

C'était comme s'il avait attendu ce moment toute sa vie. L'heure était venue de prendre sa revanche sur ceux qui voulaient lui dérober sa terre, sa femme, son fils et son avenir. Comme si Yancy était le symbole de la cupidité et de la bêtise qui étaient en train de transformer à jamais l'univers de son peuple.

Mais Yancy n'avait pas survécu si longtemps dans ce monde de violence sans avoir appris à se défendre. Il était plus fort, plus hardi et plus brutal que la moyenne des hommes. Les pieds fermement plantés dans le sol, il toisa Jon d'un air hautain.

– Une fois que je t'aurai tué, j'emmènerai ta chérie avec moi et je la mettrai dans le même lit que sa mère.

Ses yeux étaient brûlants de haine, mais ils ne rencontrèrent que le regard froid et méprisant de Jon.

– Je ne crois pas que tu survivras à une telle expérience. Elle a appris à tuer à la Powder River. Tu n'as pas vu les cadavres de tes compères ?

Furieux qu'un sauvage se permît de lui parler avec autant de dédain, Yancy chargea comme un taureau en brandissant son couteau. Jon s'écarta un quart de seconde trop tard. La lame du couteau l'égratigna légèrement, laissant une trace rouge sur son torse.

La foule manifesta son plaisir, Blaze sursauta et Jon jura dans sa barbe. Sans attendre, il bondit à son tour et son arme déchira la manche de son adversaire en s'enfonçant dans le muscle du bras. Yancy grogna tel un ours blessé, une tache de sang macula sa chemise blanche, mais il s'élança à nouveau et toucha Jon à la hanche. L'Indien vacilla légèrement, mais se reprit très vite pour faire face à Yancy.

— Il va falloir que quelqu'un se charge de te donner une leçon, grommela Strahan, excité par sa blessure.

— Ce qui est sûr, c'est que ce ne sera pas toi ! répliqua Jon d'un ton égal.

Il avait parlé d'une voix posée, bien qu'il eût un mal fou à respirer. Le combat à mains nues avec le Lakota avait exigé toute son énergie et le sang coulait de sa dernière blessure. Il attendit, couteau en main, et esquiva le nouvel assaut de Yancy en tournoyant sur lui-même. Une fois encore, la masse imposante de son adversaire fondit sur lui.

Il entendit le cri que poussa Blaze pour l'avertir... une seconde trop tard. L'énorme éperon d'une botte en cuir vint le frapper, de biais, à l'entrejambe. Si le coup avait été porté en face, il ne se serait sans doute jamais relevé. Haletant, il se plia en deux et tomba à genoux en grimaçant de douleur. Alors, avec une violence inouïe, l'éperon s'enfonça dans ses côtes. Il roula à terre, et une douleur fulgurante se propagea dans tout son corps, comme un fer rouge, lui coupant la respiration. Il laissa échapper son couteau.

Yancy envoya promener l'arme d'un coup de pied et vint se placer au-dessus de lui, un air de triomphe sur sa face de brute.

A peine conscient, Jon ne distinguait plus qu'un tunnel de lumière bordé d'obscurité, dans lequel semblait se déplacer un monstre difforme aux yeux rouges.

– Regarde-les une dernière fois. Je crois que je vais laisser le petit bâtard chez les Lakotas...

La vision de Jon s'éclaircit et il vit Yancy devant lui, qui ricanait avant de poursuivre :

– Quant à la jolie poulette, je la ramène avec moi. Je me demande comment c'est avec une belle-fille...

Jon n'avait plus qu'une chance. S'il tombait une fois encore, il ne se relèverait pas, il le savait. Une soudaine poussée d'adrénaline fit accélérer son pouls et il éprouva une agréable sensation de chaleur en sentant le sang couler dans ses veines. Pendant quelques secondes, on n'entendit plus que la respiration difficile de l'Indien. Puis, les yeux plissés par la souffrance, il bondit avec une telle rapidité que Yancy n'eut pas le temps de réagir. La pluie de coups qui s'ensuivit mit très vite un terme au combat. Le cou de Yancy se brisa, juste au-dessus de la colonne vertébrale. Un flot sanguinolent coula le long de sa bouche, et il s'affala dans l'herbe, la tête de travers, le corps disloqué comme un pantin. Après un bref coup d'œil sur son visage bleu, Jon s'agenouilla lentement, à bout de souffle, les cheveux collés de poussière et de sueur, le sang ruisselant de ses blessures.

– Tu... ne... les... auras... pas, finit-il par articuler d'un air glacial.

Yancy était mort, et avec lui son infâme cupidité, seule véritable menace pour Jon et les siens. Yancy avait été l'incarnation même de ce qui existait de plus bas dans la nature humaine.

Les guerriers lakotas regardèrent le chef absaro-kee se relever dans un pénible effort avant de s'avancer. Le second pas lui arracha un petit cri de douleur, et il espéra qu'il ne surestimait pas ses forces. Le souffle court, les bras ballants, il chercha Blaze du regard. Malgré lui, ses paupières se refermèrent aussitôt. Si seulement il avait pu s'appuyer sur quelque chose. Blaze... Trey... Leurs noms résonnaient dans sa tête tel un écho. Ce n'était pas fini. Il fallait qu'il continuât de marcher. Il ne pouvait rester là. Jon ouvrit les yeux.

Rassemblant toute sa volonté, il fit un pas vers Blaze, debout au premier rang de la foule, Trey serré dans ses bras. Elle n'avait pas bougé. Personne n'avait bougé. Personne, excepté Jon. Comme si c'était là une dernière épreuve pour tester son courage. Tous attendaient en silence de voir si le Couguar Noir allait tomber.

Lentement, au prix d'une indicible souffrance, il parcourut les vingt mètres qui le séparaient encore de Blaze. Elle aurait voulu courir vers lui pour le soutenir, mais elle n'osait faire un geste.

— Jon, murmura-t-elle, afin de l'encourager.

Le regard de Jon croisa le sien et elle vit ses lèvres former son nom. Mais aucun son n'en sortit. Il devait garder le peu de souffle qui lui restait pour marcher.

Lorsqu'il fut tout près, il tendit la main et s'accrocha à la crinière du palomino, pantelant.

— On s'en va, déclara-t-il enfin.

Il lâcha la crinière pour aider Blaze à monter sur le cheval. Le bébé serré contre elle, elle posa le pied sur les mains jointes de Jon, agrippa la crinière et sentit qu'il la poussait. Sous l'effort, il manqua de tomber.

Se reprenant aussitôt, Jon prit appui sur le poney et attendit que ses oreilles cessent de bourdonner. Folle d'angoisse, ne sachant que faire, Blaze se pencha vers lui.

— Je vais descendre pour t'aider, dit-elle.

Il secoua lentement la tête, le front toujours posé sur le cou du poney. Au bout d'une longue minute, il se redressa.

— Tiens-toi bien, je vais monter...

Et il se hissa derrière elle sur le cheval.

Ils se mirent en marche, mais l'odeur du sang fit renâcler l'animal. Les rênes dans une main, Jon le guida, et de l'autre, il enserra la taille de Blaze puis se blottit contre elle. Ainsi, il parvint à rester droit. Elle sentait sa chaleur et les battements affolés de son cœur. Une légère brise souleva une mèche des cheveux noirs de Trey, forme minuscule nichée au creux de ses bras.

— Ne regarde ni à droite, ni à gauche. Garde la tête droite. Nous allons sortir lentement, ordonna Jon d'une voix blanche, épuisée par la tension de cette dernière heure.

Transpercé de multiples coups de couteau, Jon était couvert de sang, de terre et de sueur. Gêné par une blessure à l'œil droit, il secoua la tête et ramena ses cheveux en arrière pour y voir plus clair.

Miraculeusement, comme si son avenir était en effet garanti par le dévouement courageux de son père, Trey dormait paisiblement dans les bras de sa mère.

Ils avaient traversé la moitié du village et Jon tirait sur les rênes chaque fois que le palomino faisait un écart pour le forcer à fendre la foule ébahie. Blaze se tenait très droite, consciente que chaque geste de Jon aggravait davantage ses blessures.

— Tu vas tenir ? demanda-t-elle, inquiète.

— Ce fichu cheval n'est pas fait pour la guerre. Le sang l'affole.

— Tu vas tenir ? répéta-t-elle en lui caressant le bras.

— Ça ira.

— Ils vont vraiment nous laisser partir ?

— Chaque chose en son temps, *bia-cara*... C'est tout ce que je peux te dire.

C'était leur vie entière qui était en train de se jouer. Mais tout au bout, l'herbe était verte, le crépuscule embrasait les collines environnantes de lueurs mauves et la liberté les attendait. Lorsqu'ils eurent dépassé le dernier tipi, Jon talonna le cheval et ils s'éloignèrent au trot.

Pendant de longues années, les Lakotas évoquèrent ce valeureux guerrier, le soir à la veillée. Et aussi cette créature à la crinière rousse qui était venue avec lui au secours de leur enfant. Ils louaient son fabuleux courage, sa façon de se battre, sa détermination à ne jamais abandonner. Jon le Couguar Noir était toujours décrit plus grand qu'il n'était, tel un demi-dieu, et avec le temps, son histoire entra dans la légende.

47

Après avoir rejoint Rising Wolf et les autres guerriers, ils ne s'attardèrent pas, ignorant combien de
temps les Lakotas feraient preuve de clémence à leur
égard. Jon monta sur Peta et Rising Wolf se chargea
de Trey. Une fois les premières félicitations échan-
gées, ils chevauchèrent à vive allure et en silence
jusqu'au territoire absarokee, où ils firent une halte.

Jon aida Blaze à descendre de cheval, lui amena
l'enfant, puis serra affectueusement sa famille dans
ses bras. Enfin, ils étaient hors de danger. Quelques
instants plus tard, après s'être assuré que tout allait
bien pour eux, il s'évanouit. Il avait perdu trop de
sang, avait puisé dans ses ultimes forces, et le peu de
volonté qui lui restait ne suffisait plus.

Les yeux vitreux, il s'écroula dans l'herbe, ensanglanté des pieds à la tête. Blaze, terrifiée, ne cessa de
crier que lorsque Rising Wolf se releva après avoir
attentivement examiné son ami.

– Il est vivant, dit-il.

Ils le pansèrent, le recousirent, le lavèrent, lui faisant les soins les plus désagréables pendant qu'il
était inconscient. Blaze le surveillait d'un air
anxieux, sans savoir s'il était endormi, dans le
coma... ou pire encore. Inutile de compter sur Rising
Wolf pour lui dire la vérité... Mais dans l'après-midi,

la respiration de Jon s'améliora, ses blessures cessèrent de saigner et elle osa le toucher, délicatement, de crainte de lui faire mal. Il ouvrit ses yeux noirs, tuméfiés, et réussit à esquisser un faible sourire.

– Je t'aime... dit-il dans un souffle. Rentrons...

Puis il se rendormit. Et tous s'abandonnèrent à un délicieux sommeil, hormis les guerriers chargés de monter la garde.

Lorsqu'il se réveilla quelques heures plus tard, il insista pour aller se laver tout seul dans un torrent glacé, selon un remède ancestral. Mais quand il revint, il était d'une effrayante pâleur et ses deux blessures les plus profondes s'étaient rouvertes. Ils restèrent deux jours encore, jusqu'à ce que Jon eût repris suffisamment de forces pour accomplir la fin du voyage. Des éclaireurs partirent devant, aussi le village entier était-il réuni à leur arrivée. L'accueil fut triomphal, et l'on célébra la victoire tout au long de la nuit. Red Plume, qui avait lui aussi passé plusieurs jours entre la vie et la mort, allait mieux, et le premier geste de Jon fut de récompenser son cousin pour avoir défendu Trey au péril de sa vie.

Jon et Blaze s'excusèrent et prirent congé des festivités lorsque la première lueur matinale parut dans le ciel. Ils regagnèrent leur tipi et Blaze déposa Trey profondément endormi dans son berceau. Jon vint se placer derrière elle et la prit dans ses bras. Remplis de fierté et de reconnaissance, ils admirèrent en silence leur fils paisiblement endormi, qui souriait aux anges dans son sommeil.

– Je ne pensais pas que je pourrais aimer quelqu'un autant que toi, *bia-cara*, et pourtant, d'une façon différente, c'est le cas. Il est toi et moi, et puis aussi lui-même, et je veux tout lui donner. Irréaliste, peut-être... mais c'est le rêve de tous les pères, non ?

Penchant la tête, il frotta doucement son menton sur les cheveux soyeux de Blaze.

– Et de toutes les mères ! ajouta-t-elle en se retournant pour lui faire face. Nous lui offrirons une très belle vie au milieu de ces montagnes. Nous y parviendrons, j'en suis sûre !

Jon sourit légèrement.

– Mon ange de détermination !... (Il lui posa un baiser sur le front.) En tout cas, nous essaierons, déclara-t-il en se promettant de toujours les protéger.

– Quand repartons-nous à la mine ? demanda Blaze.

– Tu dis « nous » avec beaucoup d'assurance, me semble-t-il.

– Pourquoi pas ? Yancy n'est plus là, nous ne craignons plus rien.

– Moins que jamais, répondit-il de manière ambiguë.

– Alors, ne t'imagine pas que tu vas retourner là-bas tout seul ! Nous partons avec toi !

Elle le regardait d'un air volontaire et plein d'enthousiasme, comme elle seule savait le faire, et lorsqu'elle comprit qu'elle avait gagné, elle lui offrit un merveilleux sourire.

Jon la serra dans ses bras et tous deux éprouvèrent une délicieuse sensation de bien-être.

– Es-tu en train de me dire que je vais passer le reste de ma vie avec toi dans ma poche ?

– Exactement, Jon Black, le reste de ta vie ! Que penses-tu de ce programme ?

– Je trouve que je suis un homme qui a diablement de la chance, dit-il avec une infinie tendresse.

Là-bas, au-delà du tipi et des limites du village, l'avenir les attendait.

AVENTURES
&PASSIONS

Découvrez les prochaines nouveautés de la collection :

Le 1er juin :
L'ange nocturne ❧ Liz Carlyle (n° 8048)
Le jour, Sidonie Saint-Godard est une jeune femme correcte qui enseigne les bonnes manières aux jeunes filles de la bourgeoisie. La nuit, elle devient le séduisant Ange noir, évoluant dans les milieux interlopes et détroussant les gentlemen. Seulement voilà, elle n'aurait pas dû voler le marquis Devellyn !

Le trésor de la passion ❧ Leslie LaFoy (n° 8049)
Tout accuse Barret du meurtre de Megan Richard. Isabella, la cousine de la victime, croit en son innocence et lui offre son aide. Selon elle, le meurtre est lié à une mystérieuse carte indiquant l'emplacement d'un trésor. Une forte complicité naît entre eux lorsqu'ils se lancent à la recherche du coupable...

---

*Nouveau ! 2 rendez-vous mensuels
aux alentours du 1er et du 15 de chaque mois.*

3642

Achevé d'imprimer en France (Manchecourt)
par Maury-Eurolivres
le 21 avril 2006.
Dépôt légal avril 2006. ISBN 2-290-34772-8

Éditions J'ai lu
87, quai Panhard-et-Levassor, 75013 Paris
Diffusion France et étranger : Flammarion